KNAUR

Über die Autorin:
Liv Keen wuchs in einer großen, chaotischen und etwas verrückten Patchworkfamilie auf. Schon als sie ein kleines Mädchen war, versorgte ihre unkonventionelle Uroma sie mit etlichem Lesestoff und erfand mit ihr lustige Geschichten. Ihre große Liebe ist – wie es der Zufall so will – auch ihr bester Freund, mit dem sie ihre eigene Familie gegründet hat.

LIV KEEN

BACKSTAGE *Love*

SOUND DER LIEBE

Roman

Bei »Backstage Love – Sound der Liebe«
handelt es sich um eine überarbeitete Neuausgabe
des bereits unter dem Titel »Für immer vertraut – Backstage-Love 2«
erschienenen Werkes der Autorin Kathrin Lichters.

Besuchen Sie uns im Internet:
www.knaur.de

Vollständig überarbeitete Neuausgabe Mai 2019
Knaur Taschenbuch
© 2018 Knaur Verlag
Ein Imprint der Verlagsgruppe
Droemer Knaur GmbH & Co. KG, München
Alle Rechte vorbehalten. Das Werk darf – auch teilweise –
nur mit Genehmigung des Verlags wiedergegeben werden.
Redaktion: Martina Vogl
Covergestaltung: ZERO Werbeagentur, München
Coverabbildung: © FinePic/shutterstock
Satz: Adobe InDesign im Verlag
Druck und Bindung: CPI books GmbH, Leck
ISBN 978-3-426-52379-7

2 4 5 3 1

*Für Nane,
die mutigste und tapferste Frau, die ich kannte,
und all die anderen Frauen,
die einen ganz speziellen Kampf ausfechten.*

PROLOG

Sehr geehrte Miss Donahue,

wir danken Ihnen für die Vorstellung Ihrer Demo-CD, aber leider müssen wir Ihnen mitteilen, dass eine Anstellung als Songwriterin in unserem Unternehmen nicht infrage kommt. Ihr Musikkonzept passt leider nicht zu unserer Firmenphilosophie. Wir wünschen Ihnen dennoch viel Erfolg und weiterhin alles Gute.

Mit freundlichen Grüßen
A. R. Reynolds

Der Regen trommelte unaufhörlich auf das Autodach und die dunkle Straße. In so einer Nacht verließ niemand freiwillig das Haus, zumindest nicht, ohne Gefahr zu laufen, bis auf die Unterwäsche nass zu werden und sich einen schlimmen Schnupfen einzufangen. Niemand außer einer jungen Frau mit teils blonden, teils pinkfarbenen Haaren, einem Nasenpiercing und blau lackierten Fingernägeln, an denen sich der Lack langsam ablöste.
Lizzy Donahue war schon immer unkonventionell gewesen. Mangelndes Selbstbewusstsein hatte man ihr bisher nie vorwerfen können. Das hatte sie aber auch nicht viel weitergebracht. Sie knüllte das letzte Antwortschreiben einer ganzen Reihe von Absagen, die sich in ihrem Fußraum sammelten, zusammen und warf

es zurück in die chaotischen Tiefen ihres Wagens. Es war hoffnungslos. Sie saß in ihrem alten, verbeulten »Terminator«, der nur klägliche Laute von sich gab, und hatte längst aufgegeben, ihn starten zu wollen. Sie hätte auf ihren Bruder hören und ihn endlich ein neues Auto für sie kaufen lassen sollen; aber ihr Stolz hatte es ihr unmöglich gemacht. Das und eine gewisse Zuneigung zu dem alten Wagen. Ein wenig Sentimentalität war nach den vielen gemeinsamen Jahren, in denen er sie treu durch England chauffiert hatte, schließlich erlaubt.

Sie saß also vom Regen völlig durchgeweicht im Trockenen ihres Autos. Bei dem Versuch, im Motorraum das Problem ausfindig zu machen, waren ihre Jeansjacke, der Pullover und das Shirt darunter vom Regen so nass geworden, dass sie ihre Kleidung hätte auswringen können. Das war in diesem Moment jedoch ihre geringste Sorge.

Ihr Blick glitt zur Rückbank. Das Auto war über und über mit ihren Sachen vollgestopft. Ein Karton stapelte sich auf dem nächsten, und ihre Klamotten hatte sie in aller Eile in blaue Säcke gesteckt. Es war typisches Septemberwetter, vor allem für London. In Falmouth war der Regen besser zu ertragen, weil man dort dabei zusehen konnte, wie er das Grün wuchern und die schönsten Blumen erblühen ließ. Hier in London hingegen war alles grau, trist und eintönig. Die Innenstadt lockte nicht länger mit ihrem Glamour, und Lizzy fragte sich langsam, was sie vor etwas mehr als einem Jahr dazu bewogen hatte, hierherzuziehen.

Sie klappte die Sonnenblende herunter, in der ein Bild von ihr selbst und ihrer besten Freundin Mia hing. Sie strahlten beide um die Wette, und Lizzy musste bei der Erinnerung an diesen schönen Tag lächeln. Daneben war ein weiteres Bild befestigt, auf dem ein pausbäckiges Baby fröhlich auf seiner Faust herumlutschte. Sofort erinnerte sich Lizzy wieder, warum sie Cornwall verlassen hatte: um Mia bei ihrem Neuanfang in London beizustehen!

Die Verbindung zu Mia ging weit über eine normale Freundschaft hinaus. Sie war ihr ganzer Halt erst in Bodwin und dann in Falmouth gewesen, und Lizzy hatte sich nicht vorstellen können, an einem Ort ohne ihre Freundin zu leben. Sie waren gemeinsam aus den Windeln in die Stöckelschuhe gewachsen, und nichts hatte sie je trennen können. Wie hatte Mia es während des ganzen Nic-Dramas ausgedrückt? Kein Unwetter, keine Naturkatastrophe und schon gar kein Kerl würde sie jemals entzweien. Und so hatte Lizzy es gehalten.

Völlig selbstlos hatte sie ihr altes Leben aber auch nicht aufgegeben. Sie hatte in die Großstadt ziehen wollen, um dort ihrem Traum von einer Karriere als Songwriterin näher zu kommen. Nie im Leben hätte sie gedacht, dass sich das so schwierig gestalten könnte. Nicht in einer Stadt wie London.

Genau darin hatte ihr Denkfehler gelegen. Gerade in London gab es zahlreiche arbeitslose Songwriter, die nur darauf warteten, entdeckt zu werden. Außerdem wollte sie als eigenständige Künstlerin wahrgenommen werden und nicht von Nics Bekanntheit in der Branche profitieren. Bislang hatte sie sich geweigert, seinen Namen in einer Bewerbung ins Spiel zu bringen. Einmal war sie sogar auf ihren Familiennamen angesprochen worden, und sie hatte Zugehörigkeit schlichtweg geleugnet.

Es wäre ein Leichtes für Nic gewesen, ihr Demotape den richtigen Leuten zuzuspielen, und vielleicht säße sie dann nicht mitten in der Nacht und bei Regen mittellos in ihrer geliebten Schrottkarre.

In diesem Augenblick, zahlreiche Ablehnungen und miese Jobs in Kneipen später, fragte sie sich, was sie sich nur dabei gedacht hatte, die Hilfe ihres großen Bruders auszuschlagen. Die Antwort darauf war: ihr Stolz. Sie wollte keine Almosen, kein neues Auto und schon gar keine Hilfe bei ihrer Karriere. Sie wollte es allen beweisen.

Lizzys Blick glitt zum Beifahrersitz, wo Pebbles sie aus ihren kleinen Knopfaugen irritiert beäugte. »Und jetzt? Hast du eine zündende Idee? Ich bin für alle Vorschläge offen.«

Natürlich gab die Schildkröte neben ihr keine hilfreiche Antwort, und um ehrlich zu sein, hätte Lizzy sich höchstens selbst einen Krankenwagen gerufen, wenn sie es getan hätte. Sie stieß ihren Hinterkopf gegen die Kopfstütze und fluchte ungehalten. Noch nie hatte sie sich so gefühlt, so hilflos und verängstigt. Seit sie nach London gekommen war, war nichts so gelaufen, wie sie es sich gewünscht hatte. Noch nicht einmal ansatzweise. In ihrem Heimatort Bodwin und auch in Falmouth war alles einfach gewesen. Sie hatte keinen Schritt ohne Mia gemacht, und ihre Eltern hatten sie immer unterstützt. Obwohl das auch nicht so ganz stimmte, immerhin hatte ihr Vater ihre Entscheidung, die Uni zu schmeißen, nicht sonderlich gut aufgenommen.

Es gab natürlich ihren Bruder und Mia, die ganz in der Nähe wohnten und sie jederzeit aufnehmen würden. Allerdings hatten die zwei ihre eigenen Schwierigkeiten, und Lizzy wollte sich nicht wie ein Klotz am Bein fühlen. Es hatte sich viel im Leben ihres Bruders und ihrer besten Freundin verändert, und sie freute sich für sie. Aber sie bekam manchmal automatisch das Gefühl, nicht dazuzugehören.

Dieses Gefühl konnte sie so gar nicht gebrauchen. Sie war Elizabeth Donahue. Sie gab nicht bei der ersten Schwierigkeit auf. Oder auch bei den ersten zehn Schwierigkeiten. Nein, sie war weder am Verhungern noch schwer krank. Nur dann würde sie zu Hause zu Kreuze kriechen und ihrem Vater den Triumph gewähren, dass er recht behalten hatte.

Trotzdem brauchte sie einen Platz zum Übernachten. Leider war sie nicht gut darin, Pläne zu machen, und handelte generell eher impulsiv, was ihr schon reichlich Schwierigkeiten beschert hatte. Vor einer Viertelstunde hatte ein Polizist an ihre Windschutzscheibe geklopft und freundlich gefragt, ob sie Hilfe bräuchte. Seit sie ihn abgewimmelt hatte, war der Streifenwagen bereits ein weiteres Mal an ihr vorbeigefahren. Lizzy konnte schwören, dass er bei seiner nächsten Runde wieder bei ihr klopfen würde. Sie zog ihr Handy aus der Jackentasche und öffnete ihr Portemonnaie. Darin befanden sich noch etwa zwanzig Pfund, und die mussten sie bis zu ihrer nächsten Übernachtungsstelle bringen.

Es fiel ihr nur ein Mensch ein, den sie, ohne sich allzu schlecht zu fühlen, um Hilfe bitten konnte. Sie rief ein Taxi, packte eilig das Nötigste in drei blaue Säcke um und wartete. Sie konnte nur hoffen, dass niemand ihr geliebtes Auto abschleppen lassen würde.

Das Taxi setzte sie keine halbe Stunde später vor einer leuchtend rot lackierten Haustür in Mayfair ab. Lizzy kam sich in dieser schicken Gegend fast schäbig vor und wäre am liebsten mit den Säcken und der Schildkröte unter dem Arm zurück ins Taxi geklettert. Aber sie hatte ihr letztes Geld für die Fahrt ausgegeben, und ihr blieb wirklich keine Wahl. Entschlossen trat sie durch das niedrige Gartentor, hastete im Regen über den kleinen Vorplatz und erklomm die wenigen Stufen zur Eingangstür. Sie suchte nach dem entsprechenden Schild und drückte auf den Klingelknopf. Gespannt sah sie durch die schmalen Glasscheiben in den dunklen Hausflur und wartete, doch es tat sich nichts. Sie klingelte erneut, allerdings ohne Erfolg.

Mutlos stellte sie die Säcke ab und setzte sich auf die oberste Stufe. Sie hätte ihn vorher anrufen sollen. Dann hätte sie allerdings riskiert, dass er sie am Telefon abwimmelte, und das wollte sie gar nicht erst zulassen.

Plötzlich ertönte in der Gegensprechanlage eine verschlafene Stimme. »Hallo?«

Sie rappelte sich erleichtert auf und fragte unverblümt: »Hast du etwa schon geschlafen?«

»Lizzy?«, sagte die gleiche Stimme vollkommen perplex.

»Du hast echt schon gepennt«, stellte Lizzy fest.

»Es ist drei Uhr nachts. Sollte man da nicht schlafen?«

»Ich dachte, du wärst so ein wahnsinnig cooler Rockstar und machst jede Nacht zum Tage?« Sie grinste und wusste, dass ihn dieses Klischee wahnsinnig machte.

»Bist du hier, um nachzusehen, ob ich mein Rockstar-Image pflege?«

Lizzy biss sich unsicher auf die Unterlippe. »Nicht nur.« Auf der anderen Seite der Sprechanlage herrschte Stille, und sie fragte sich schon, ob er wieder ins Bett gegangen war, als er laut seufzte.

»Was hast du diesmal angestellt?«, fragte er.

Lizzy antwortete nicht und hörte das Knacken in der Leitung. »Liam?« Sie seufzte ebenfalls, streichelte Pebbles über das Köpfchen und setzte sie neben sich ab. Dann ging plötzlich das Licht im Gemeinschaftsflur an, und Liam Kennedy schlurfte gähnend, nur mit einer karierten Schlafanzughose und einem Unterhemd bekleidet, die Treppe herunter. Er schloss die Eingangstür auf und trat zu Lizzy. Sie war so erleichtert, ihn zu sehen, dass sie den Impuls unterdrücken musste, sich ihm in die Arme zu werfen. Als sein Blick auf die blauen Tüten neben ihr fiel, schien er auf einmal hellwach. Er kratzte sich am Kopf und drückte Zeigefinger und Daumen gegen seine Nasenwurzel.

»Also, was ist jetzt wieder passiert?«, fragte er resigniert.

Lizzy sah verlegen zu Boden. »Ich bin beinahe unschuldig.«

»Natürlich …« Die Ironie triefte aus diesem einen Wort, und Lizzy wusste, dass er ihr nicht im Entferntesten glaubte. »Und?« Dieser Mistkerl kannte sie einfach zu gut und ließ nicht locker.

»Ist das eine Diskussion, die wir jetzt führen müssen?«, fragte sie ungehalten.

Liam verschränkte die Arme vor seiner breiten, tätowierten Brust.

»Wenn ich zwischen den Zeilen lese, schließe ich aus deinem Auftauchen mitten in der Nacht – patschnass und mit Gepäck –, dass du einen Platz zum Übernachten suchst, und würde mit Ja antworten.«

Lizzy wippte mit dem Fuß und warf dann die Hände in die Luft. »Also gut. Da war diese Party ...«, murmelte sie, und Liam reckte sein Ohr in ihre Richtung, damit er auch alles verstehen konnte. »... und der Typ mit der offenen Beziehung entpuppte sich als Freund meiner Mitbewohnerin.«

Jetzt schüttelte Liam grinsend den Kopf und verkniff sich mit Mühe jeden weiteren Kommentar. »Und was ist mit meiner Schwester? Warum übernachtest du nicht dort?«, fragte er dann ernst, obwohl sein Blick sagte, dass er die Antwort bereits zu kennen glaubte.

»Weil ich dachte, dass Nic und Mia mit Baby Josh, seinen Zähnen und den wunden Brustwarzen schon genug zu tun haben.«

Liam nickte beinahe verstört, und in diesem Augenblick wurde Lizzy klar, dass er sie besser verstand als irgendwer sonst. Liam telefonierte oft mit Mia. Er wusste, wie schwer es war, einen Platz im Leben junger Eltern zu finden, auch wenn es die allerbesten Freunde waren. Plötzlich drehte sich in deren Alltag alles um Windeln, Babystuhlgang und das Stillen.

»Ich weiß, was du meinst«, sagte Liam, doch er trat noch nicht zur Seite, sondern sah sie grinsend an. »Und du denkst, eine chaotische Tante mit dem Hang, sich und alle im Umkreis von hundert Meilen ständig in die verrücktesten Schwierigkeiten zu bringen, würde da nur stören?« Lizzy sah ihn aus unschuldigen, großen Augen an. »Also hat sie sich gedacht, sie nistet sich lieber bei Onkel Liam ein.«

»So ähnlich«, gab Lizzy achselzuckend zu. Er verschränkte seine muskulösen Arme und schien nachzudenken. »Sagst du Ja?«, hauchte sie und warf ihren geflochtenen Zopf über die Schulter.

Er schloss die Augen und ließ keinen Zweifel daran, wie sehr er zögerte, sodass Lizzy ihm einen Rippenstoß versetzte. »Au!«, beschwerte er sich lautstark und sah sie prüfend an. »Bananenschalen gehören in den Müll, wehe, du benutzt meinen Rasierer für deine Intimrasuren, und deine Klamotten bleiben im Gästezimmer. Außerdem ist das keine endgültige Lösung. Du suchst dir schnellstmöglich was Neues, klar? Es reicht schon, dass ich mir auf Tour mit vier Kerlen einen Bus teilen muss.«

Überschwänglich fiel Lizzy ihm um den Hals. »Du wirst es nicht bereuen«, sagte sie über die Maßen erleichtert.

»Das tue ich bereits«, brummte er, bückte sich und hob den Gegenstand neben ihr hoch. Als das »Ding« sich bewegte, quietschte er höchst unmännlich und warf es reflexartig Lizzy zu. »Was ist das?«

Lizzy fing Pebbles mühelos auf. »Das ist Pebbles.« Sie wagte nur zu schmunzeln, schließlich wollte sie ihn nicht in den ersten zehn Minuten gegen sich aufbringen.

»Was ist eine Pebbles?«, rief er Lizzy nach, die mit einer Tüte und dem »Ding« unter dem Arm schon auf dem Weg nach oben war. »Ich schwöre, es hat mich angesehen«, fügte er unruhig hinzu.

»Hast du etwa Angst vor Schildkröten?«, sagte sie und warf ihm einen Blick über die Schulter zu.

»Eine Schildkröte. Na klar. In London. Wie konnte ich mich überhaupt wundern? Schließlich hält nur Lizzy eine Schildkröte in London.« Er schüttelte den Kopf, während er die restlichen Säcke Lizzys schulterte. »Wie kommt diese Nervensäge nur an eine Schildkröte?« Dann rief er lauter hinter Lizzy her: »Wie lange wolltest du noch mal bleiben?«

1

Drei Wochen später

Liam öffnete die Augen, blinzelte und brauchte einen Moment, um sich zu orientieren. Er sog tief Luft ein. Dieser Geruch … was war das nur für ein Geruch? Alarmiert setzte er sich im Bett auf und schob den nackten Arm seiner gestrigen Eroberung von sich. Diese bewegte sich nur leicht und zog die Bettdecke über ihre Schultern. Kurz versuchte Liam, sich an den Namen der Frau zu erinnern, gab es aber rasch wieder auf, denn das nun einsetzende Piepen des Rauchmelders bestätigte seine schlimmsten Befürchtungen. Er sprang eilig in seine Boxershorts und riss die Tür zum kleinen Flur auf, der ihn in den Wohn- und Essbereich führte. Rauch schlug ihm entgegen, und er raste in die Küche. Der Qualm drang aus dem Backofen und wurde noch viel schlimmer, als er dessen Tür öffnete. Wild hustend ergriff Liam mit den Backofenhandschuhen das Backblech, öffnete die Tür zu seiner Dachterrasse und stürmte hinaus. Er musste erst den Qualm über dem Verbrannten fortwedeln, um zu erkennen, was da vor sich hin kokelte. Es war eine Tiefkühlpizza, und sie sah nicht so aus, als könne man sie noch essen.

Wer machte sich in aller Herrgottsfrühe eine Pizza? Seine Lippen pressten sich aufeinander, und er fluchte ungehalten. Lizzy!

»Was sind denn das für Zustände bei Ihnen, junger Mann?«, empörte sich eine kratzige Frauenstimme vom Balkon neben seinem. Liam schloss die Augen und wurde sich seiner fehlenden Kleidung bewusst. Es war Anfang Oktober und ziemlich frisch. Das hätte er ertragen wie ein echter Mann. Doch das nun sicherlich anstehende Gespräch mit seiner Nachbarin war nichts, dem er sich unbewaffnet stellen wollte. Er öffnete die Augen und wandte sich nach rechts.

»Mrs Grayson. Guten Morgen! Wie schön, dass Sie schon so früh die frische Luft genießen. Ich hoffe, Sie fühlen sich wohl?«

Die adrette, alte Dame mit den perfekt frisierten Haaren auf den Zähnen, die nur ein paar Armlängen über die Dachterrassenbrüstung entfernt auf ihrem eigenen Balkon stand, sah nicht so aus, als würde sie ihm ernsthaft antworten wollen. Liam war ihr seit seinem Einzug vor einigen Monaten ein Dorn im Auge, und das ließ sie ihn bei jeder Gelegenheit spüren. Sie war in den Siebzigern, lebte allein und hatte offenbar mehr Geld als Verstand. Sie echauffierte sich darüber, dass er häufig Frauenbesuch hatte und keinen geregelten Tagesablauf. Dabei bemühte er sich wirklich, seine Pflichten als Mieter ordnungsgemäß zu erfüllen. Anscheinend gefiel ihr einfach seine Nase nicht.

Und sie würde nach diesem Morgen wieder was zum Tratschen haben: Mr Kennedy halb nackt auf der Terrasse angetroffen – und alles nur wegen dieser Nervensäge. So würde er diese wahnsinnig tolle Wohnung nie kaufen dürfen.

Bislang hatte Liam sie gemietet. Und auch wenn es im Haus immer wieder Stimmen gegeben hatte, dass er mit seinem Lebensstil sicher keine solch langfristige Wohnsituation wollte, hatte man ihm die Option für den Kauf gegeben.

Er fluchte leise vor sich hin, wünschte der Nachbarin, die missbilligend schwieg, einen guten Tag und folgte dem steten Piepton zurück in die Küche. Er warf das ruinierte Blech samt Pizzaresten in die Spüle, stellte den Rauchmelder ab und öffnete anschließend zusätzlich zur Terrassentür alle Fenster. Er wunderte sich nicht über das Chaos, das in seiner Küche herrschte. Apfelschalen lagen vor der geöffneten Tee-Box. Die Kaffeemaschine war neu gefüllt worden, doch die Dose mit den Kaffeebohnen stand noch daneben. Haarklammern verzierten seinen Küchentresen, und auf seiner Zeitung lag ein bereits benutzter Teebeutel, der sie völlig durchweichte und unlesbar machte. Er atmete tief ein, um nicht sofort an die Decke zu gehen.

Und wo war die Chaosstifterin? Liam trat in den Wohnbereich und schnappte nach Luft, als er Lizzy in aller Seelenruhe aus dem Bad kommen sah.

»Elizabeth!«, brüllte er. Sie reagierte nicht und schien erst auf ihn aufmerksam zu werden, als er wild vor ihr herumgestikulierte. Sie holte die Ohrstöpsel aus ihren Ohren und lächelte ihn an.

»Oh, guten Morgen, Dornröschen«, sagte sie mit ironischem Unterton.

»Guten Morgen? Guten Morgen? Im Ernst jetzt?«

Lizzy verfolgte seine aufgebrachten Gesten milde interessiert. »Öhm ... was soll ich denn sonst sagen? Einen wunderschönen guten Morgen? Angenehme Nacht gehabt?«

Liam ging mit erhobenem Zeigefinger auf sie zu. »Verarsch mich nicht! Was glaubst du, tust du hier?«

Lizzy sah ihn aus ihren großen blauen Augen unschuldig an. »Ich war im Bad?«

»Während du beinahe meine Küche in Brand gesetzt hättest? Oder alles in eine Müllhalde verwandelt hast? Und noch schlimmer, mich vor der gesamten Nachbarschaft zum Volldeppen gemacht hast?«

Lizzy roch die verbrannte Luft, lief in die Küche und sah die geöffneten Fenster. »O nein, der Ofen. Den hatte ich total vergessen«, sagte sie kleinlaut.

»Vergessen? Wie kann man vergessen, dass man Hunger hat? Oder diesen Geruch nicht wahrnehmen?«

»Ich hatte eine Idee für einen Song und war so in Gedanken ...«

Liam fuhr sich fuchsteufelswild durch sein lockiges, dunkles Haar. Er ahnte, dass es dadurch seltsam von seinem Kopf abstehen würde. Außerdem schien Lizzy ein Kichern zu unterdrücken, weil er so wütend war und gleichzeitig so witzig aussah.

»Innerhalb von Stunden verwandelst du meine Wohnung in ein völliges Chaos. Ich weiß genau, als ich gestern Abend gegangen bin, war alles aufgeräumt. Wie schaffst du das nur?«

Lizzy schüttelte lächelnd den Kopf und ging um ihn herum auf die Küchenzeile zu. Dort hing einer seiner Pullover, den sie sich geborgt hatte und ihm nun zuwarf. »Hast du eine Ahnung, wie seltsam du aussiehst?«

Liam fing ihn mühelos auf und schaute Lizzy verdattert an. Dann sah er an sich hinunter und zog schnell den Sweater über den Kopf.

»Hast du etwas zu deiner Verteidigung zu sagen?«, fragte er dumpf unter dem Pullover hindurch. »Und?«, hakte er nach, als Lizzy schwieg.

Sie hob eine Augenbraue. »Ich wusste nicht, dass ich vor Gericht stehe.«

Liam ließ genervt den Kopf hängen. »Ich erwarte eine Antwort, Elizabeth Donahue.«

»Darf ich meinen Anwalt anrufen?«

»Lizzy, ich mein es ernst.«

»Dein zweiter Vorname ist Ernst, Liam.« Um diese Aussage zu untermalen, rollte sie mit den Augen. Sie nahm zwei Tassen aus dem Schrank, stellte sie unter den Kaffeevollautomaten und drückte die entsprechende Taste. Der Kaffee verströmte einen angenehmen Duft, und Lizzy suchte nach dem Zucker und einem Löffel, während Liam sie fassungslos ansah.

»Wieso sollte ich dich weiter hier wohnen lassen, wenn ich noch nicht mal eine Antwort bekomme?«

»Mir steht aber auf jeden Fall ein Anruf zu. Da bin ich mir ganz sicher. Vor jedem Verhör darf der Verdächtige jemanden anrufen. Das hab ich bei *CSI* gesehen.«

Liam stützte sich theatralisch auf den Küchentresen und vergrub das Gesicht in den Händen. »Womit habe ich das nur verdient?«

»Vorher sage ich kein Wort«, meinte sie grinsend und summte eine Melodie vor sich hin.

So war das immer. Liam wusste ganz sicher, dass er recht hatte, doch dann tat Lizzy das. Sie redete so lange Unsinn, bis er nicht mehr wusste, warum er recht gehabt hatte. Diese Frau trieb ihn in den Wahnsinn.

»Störe ich bei irgendwas?«, fragte eine helle Frauenstimme und erinnerte Liam endlich wieder daran, dass sie nicht allein waren. Eine hochgewachsene, vollständig bekleidete Blondine stand mit verschränkten Armen im Türrahmen und musterte ihn und Lizzy. Liam konnte sich nicht mehr ins Gedächtnis rufen, was er gestern an ihr so anziehend gefunden hatte. »In was für eine schräge Situation bin ich da denn reingeraten? Ehekrach?«

Liam machte einen undeutlichen Laut, als hätte er sich verschluckt.

»Nun, Schatz? Möchtest du es ihr erklären, oder darf ich?«, fragte Lizzy betont spitz, was Liam zur Verzweiflung brachte.

»Es ist nicht das, wonach es aussieht«, sagte er kleinlaut. Die Blondine trat in die Küche und blickte bedeutungsschwanger auf Lizzys nackte Beine. Sie trug ein viel zu großes Hemd und hatte nur einen Slip an.

»Das ist es ja nie«, warf Lizzy wenig hilfreich ein. Sie genoss das Schauspiel eindeutig.

»Du wolltest ohne Anruf nichts mehr sagen!« Er deutete mit dem Finger auf Lizzy, die ihm ungerührt eine Tasse Kaffee reichte.

»Ich bin dann mal weg«, sagte die Blondine zickig und marschierte an Liam vorbei. Er überlegte kurz, ob er sie aufhalten sollte. Doch die Frau bedeutete ihm nichts, und so sah er ihr nur nach, wie sie mit geschulterten Sachen zur Küchentür eilte. Plötzlich kreischte sie laut auf und deutete vor sich auf den Boden. Die Schildkröte kam in ihrer üblichen gemütlichen Watschelgeschwindigkeit auf die Küche zu. »Was ist das für ein Ding?«

»Pebbles«, antwortete Lizzy und machte keine Anstalten, die Schildkröte, die seelenruhig ihren Weg über die Türschwelle fortsetzte, hoch- und damit aus dem Weg zu nehmen.

Liam spürte, wie er vor Wut erneut rot anlief, und folgte der Frau, die nun zur Haustür rannte, wobei sie »Was sind das nur für Zustände hier?« vor sich hin murmelte.

Natürlich musste Mrs Grayson genau in dem Moment ihre Wohnung verlassen, als die Blondine ohne weitere Abschiedsworte die Treppe hinunterstampfte.

Bevor die alte Lady auch nur ein Wort sagen konnte, erklärte Liam mit samtweicher Stimme: »Nochmals guten Morgen, Mrs Grayson.«

Dann knallte er die Wohnungstür zu und ging wie eine Dampflok schnaubend in die Küche zurück. Unterwegs packte er Pebbles, die sofort alle Gliedmaßen einzog, und trat – das Tier weit von sich gestreckt – auf Lizzy zu.

»Urzeittiere haben in meiner Wohnung nichts zu suchen. Sie sind schlicht und ergreifend nicht erwünscht!«

»Da hätte Sophie aber sicher etwas dagegen«, entfuhr es Lizzy, und sie wirkte beunruhigt, als wüsste sie genau, dass sie nur eine Haaresbreite davon entfernt war, ihn zu sehr zu ärgern. Da half es auch nichts, Liams verrückte, aber sehr liebenswerte Großmutter ins Spiel zu bringen.

»Sie bleibt in deinem Zimmer.«

»Ihr ist dort langweilig.«

»Urzeittier. Dein. Zimmer. Sonst. Tierheim.«

»Es ist kaum zu glauben, dass du und Mia tatsächlich Geschwister seid«, entfuhr es ihr ungläubig, und in ihren Augen blitzte es vergnügt.

Auch wenn es unmöglich schien, aber dieser Satz machte Liam noch wütender. »Was hat all das mit meiner Schwester zu tun? Du bist in meiner Wohnung, isst aus meinem Kühlschrank, und statt dich nur so zum Dank ordentlich zu verhalten, fackelst du beinahe meine Wohnung ab!«

Für einen Moment schlich sich eine Verletzlichkeit in Lizzys Augen, die Liam nicht entging und ihn innehalten ließ. Bevor er jedoch weitersprechen konnte, entgegnete sie ruhig: »Morgen bist du mich los. Ehrenwort!«

Dann stellte sie ihre Kaffeetasse ab, ergriff Pebbles und verschwand im Gästezimmer.

Liam blieb zurück, und auch wenn er sich Lizzys Auszug schon öfter gewünscht hatte, als er zählen konnte, fühlte er sich bei dieser Ankündigung kein bisschen besser. Er fühlte sich eher wie ein Arsch. Er griff nach seinem Becher und trank einen Schluck. Überrascht hielt er inne. Er enthielt genau die richtige Mischung aus Kaffee, Milch und Zucker. Er war genau so, wie er ihn gern trank.

2

Lizzy machte lautlos die Tür hinter sich zu, lehnte sich von innen dagegen und schloss die Augen. Was war nur mit ihr los? Wieso brachte sie alle Menschen in ihrer unmittelbaren Umgebung gegen sich auf? Früher war es um so vieles leichter gewesen. Sie und Mia waren unzertrennlich gewesen. Sie hatten oft ohne Worte kommuniziert, und es hatte so wenige Konflikte gegeben. Plötzlich sehnte sich alles in Lizzy nach ihrer gewohnten Umgebung. Sie sehnte sich nach Bodwin zurück, und nach dem einfachen Studentenleben und der chaotischen WG an der Uni in Falmouth.

In Wahrheit war es Mia, die ihr fehlte. Ihre beste Freundin, die in erster Linie eben genau das gewesen war. Damals war sie noch nicht Nics Ehefrau, sie war keine Mutter, und vor allem hatte sie nicht so weit von Lizzy entfernt gelebt. Sie beide hatte die meiste Zeit ihres Lebens nur ein blödes Gartentor getrennt, und Lizzy hatte zu ihr rübergehen können, wann immer ihr danach war. Natürlich wünschte Lizzy ihr alles Glück der Welt. Und das war Nic gewesen. Er war die Liebe ihres Lebens. So wie der kleine Josh sich sofort in Lizzys Herz geschlichen hatte. Und dennoch – sie hatte in dieser kleinen Familie nicht den gewohnten Platz. Sie war immer ein Stück außen vor. Mia war nach wie vor für Lizzy da, doch ein Naturgesetz verbot, dass Lizzy Mia von ihren Problemen erzählte. Sie war so mit ihrem Sohn und ihren Aufgaben als Mutter beschäftigt, dass Lizzy sie nicht belasten wollte. Langsam gingen ihr aber die Optionen aus.

Sie hatte sich Liam aufgedrängt, weil er die einzige, zwar ständig genervte, aber vertraute Person in London war. Und da gab es auch noch dieses andere Problem: Lizzys heftiger Streit mit ihrem Vater, nachdem sie ihm verkündet hatte, dass sie die Uni abbrechen würde. Das war kurz nach ihrem Umzug nach London gewesen. Seitdem war ihr Kontakt zu ihm bestenfalls unterkühlt gewesen, aber nach dem letzten großen Streit vor rund zwei Monaten hatte sie ihn gar nicht mehr gesprochen. Sie hatte es mit dem Wirtschaftsstudium wirklich versucht, hatte sogar ein Praktikum in einem Unternehmen absolviert, aber es entsprach einfach nicht ihrer Natur, in einem Hosenanzug trockene Zahlen durchzugehen. Ihr Vater wollte das nicht einsehen. Er sagte, er wolle sie vor dem in seinen Augen üblen Musik-Business bewahren. Er war eben ein konservativer Mensch. Lizzy war ihm gegenüber so laut geworden und hatte so große Töne gespuckt, dass sie sich geschworen hatte, nicht nach Hause zurückzukehren, bevor sie es geschafft hatte.

Liam war jetzt richtig sauer auf sie, und Lizzy wusste nicht, wie sie diese Situation retten sollte, ohne sich vollkommen zum Affen zu machen. Seine Worte hatten sie tief verletzt, und sie fühlte sich mit einem Mal als Schmarotzer. Es gab nur noch eine Möglichkeit: Sie musste gehen.

Lizzy spürte, wie Pebbles sich bewegte, und setzte sie auf den Fußboden. Mutlos griff sie in ihre Garfield-Spardose und zählte den Inhalt. Sie hatte, gleich nachdem sie bei Liam eingezogen war, in einem nahen Bistro zu arbeiten begonnen und jedes Pfund zur Seite gelegt. So musste sie ihre Eltern zumindest nicht anrufen und sie bitten, sie hier abzuholen. Stattdessen könnte sie sich ein Leihauto mieten. Ihr Terminator hatte leider seine letzte Ruhe auf einem Schrottplatz gefunden, nachdem sie mit Liam die restlichen Säcke und all ihre Kartons geholt hatte.

Sie könnte es als Besuch tarnen. Auch wenn es irgendwann ohnehin rauskommen würde, dass sie versagt hatte. Ihr Vater würde es durchschauen und noch viel schlimmer: Sie wusste es. Lizzy seufzte unglücklich, strich sich durchs Haar und warf einen Blick auf ihren Wecker. Sie würde nach ihrer Schicht im Surrender mit dem Packen beginnen müssen.

* * *

Der Klang der Gitarre schallte laut durch den Proberaum. Liam spielte seinen Frust und seine Leidenschaft hinaus in die Welt. So wie er es immer tat. Wenn er Musik machte, vergaß er seine Umgebung, er konzentrierte sich einzig und allein auf die Melodie, die in seinen Ohren widerhallte. Das war pure Entspannung für ihn, und es gab kaum etwas, das an dieses Gefühl herankam.

Freiheit bedeutete für jeden Menschen etwas anderes, aber Liam war frei, sobald seine Fingerkuppen die Gitarrensaiten berührten. In diesen Momenten ließ er es zu, die Kontrolle zu verlieren, die ihm im Alltag sonst so wichtig war. Große Gefühle spielten in seinem Leben, zumindest in Bezug auf Frauen, keine Rolle. Lockere Affären, die keine Verpflichtungen beinhalteten, waren in Ordnung. Darüber hinaus gab es bei Liam nichts zu holen. Er wollte sich auf nichts Ernstes einlassen. So hielt er das Risiko, verletzt zu werden, gering. Einzig in der Musik war er fähig, Empfindungen zuzulassen. Und dann genoss er es geradezu.

»Super, Liam«, sagte sein Manager über Liams Kopfhörer und reckte den Daumen hoch.

Als die letzten Klänge verhallten, spürte Liam, wie das Adrenalin durch seine Adern jagte. Er konnte es kaum erwarten, diesen neuen Song in einer ausverkauften Halle zu spielen und dort jegliches Gefühl für Zeit und Raum zu verlieren. So empfand er ihre Auftritte vor Hunderten von Fans. Es war wie ein Drogenrausch. Er war nur nicht berauscht von irgendwelchen illegalen Substanzen, sondern von der Musik.

Das mit den Drogen hatte er schon vor einer ganzen Weile aufgegeben. Er hatte rechtzeitig die Kurve bekommen, ganz im Gegensatz zu Jim, der in den letzten zwei Jahren immer unzuverlässiger geworden war und für die Band inzwischen ein echtes Problem darstellte. Selbst Stan, der von ihnen allen der Jüngste und wesentlich anfälliger für die Schattenseiten des Ruhmes war, hatte diesem Zeug abgeschworen. Allerdings war es vermessen zu behaupten, Liam wäre immun gegen jeglichen Drogenkonsum. Er sah nur allzu häufig tief in diverse Alkoholgläser, und wenn seine Mutter wüsste, wie viel er manchmal rauchte, würde sie vermutlich in Ohnmacht fallen.

Pablo winkte ihn durch das große Glasfenster, das das Studio mit dem Aufnahmeraum verband, zu sich. Es waren die ersten Probeaufnahmen für das neue Album, und Liam hatte den größten Teil der Arbeit für diesen Tag hinter sich. Heute war einer dieser stressigen Tage im Studio, die ihn in besondere Hochstimmung versetzten. Er gehörte zu den Menschen, die in der Arbeit voll aufgingen, denn es war gleichermaßen seine Leidenschaft. Etwas, das er mit seinen Bandkollegen gemeinsam hatte – auch wenn er immer der Erste im Aufnahmestudio war und meistens auch der letzte, der ging. Er wartete seit über einer Stunde darauf, dass die Jungs aus ihren Laken krochen.

Als er wenig später neben Pablo an das Mischpult trat, klopfte der ihm bewundernd auf die Schulter. »Exzellent«, rief er und grinste von einem Ohr zum anderen. »Auf dich ist in jeder Hinsicht Verlass.«

Liam grinste zurück und ließ sich auf dem nächsten freien Stuhl nieder. Der Tonassistent nickte zufrieden und gab Liam die Kopfhörer, damit er sich selbst davon überzeugen konnte.

Mit Pablo, dem neuen Manager der Swores, hatten sie einen wahren Glücksgriff gemacht. Ganz im Gegensatz zu Paul, der sie ständig manipuliert hatte und einzig auf seinen eigenen Vorteil bedacht gewesen war, war er ein wahrer Beschützer. Wenn ein Journalist mit neuen Anschuldigungen oder einer wilden Story aufschlug, musste er erst mal an Pablo vorbei. Das war oft lustig anzusehen, weil der gebürtige Spanier ein sehr sonniges Gemüt hatte und süchtig nach Harmonie war, wie er selbst sagte. Zu Anfang hatten Liam und die anderen Bandmitglieder Bedenken gehabt, ob er ihre Interessen mit der nötigen Härte und Stärke vertreten konnte. Aber wenn es darauf ankam, wurde aus ihm eine Löwenmutter, die ihre Jungen verteidigte. Es gab nur selten Unstimmigkeiten, und alle Entscheidungen wurden gemeinsam getroffen. Da Pablo selbst Vater von drei Kindern war, hatte er viel Verständnis für die beiden Familienväter der Band und plante ihre Termine und Tourdaten äußerst umsichtig.

»Hast du schon mit Nic gesprochen? Er sah gestern aus, als hätte er kaum geschlafen«, sagte Pablo, als er mit Liam in den Außenbereich der Plattenfirma ging, um sich eine Zigarettenpause zu gönnen.

Liam grinste. »Wahrscheinlich hatte er eine harte Nacht.«

Pablo lachte. »Wenn du das sagst!«

»Nun, ich dachte eher an Babykotze, volle Windeln und Babygeschrei wegen der Zähne.«

Sein Manager verzog das Gesicht. »Ich erinnere mich sehr gut an diese Zeit zurück.«

Liam zuckte nur mit den Achseln. »Ich schlage mich dafür mit seiner verrückten Schwester rum … Glaub mir, das ist kein bisschen leichter!« Er kickte mit seinem Schuh einen der vielen Kieselsteine von sich fort.

»Lizzy und du?«

Liam riss entsetzt die Augen auf. »Verfluchte Scheiße, nein!« Er schüttelte heftig den Kopf und nahm einen tiefen Zug von seiner Zigarette.

»Oh, ich dachte schon … Wäre doch eigentlich was?«

»Vergiss diesen Gedanken so schnell, wie er dir gekommen ist!«

»Nun komm schon. Sie ist noch hübscher als Nic, und das will was heißen bei unserem Sonnyboy.«

»Lass ihn das ja nicht hören«, riet Liam dem anderen Mann und lachte.

»Wen was nicht hören lassen?«, ertönte eine Stimme, und Liam erblickte Johns wirren Haarschopf in der Tür.

»Hey, da bist du ja wieder«, begrüßte er ihn und drückte ihn herzlich an seine Brust.

John freute sich mindestens ebenso wie sein Bandkollege. »Ja, frisch gelandet. Meine Ex hat die Mädels gerade vom Flughafen abgeholt, und da dachte ich, ich schau gleich bei meinen Jungs vorbei.« John hatte trotz Probenbeginn die Herbstferien mit seinen beiden Töchtern verbracht.

»Und, wie geht's den beiden so? Hast du die zwei Wochen Zickenterror gut überstanden?«, fragte Pablo neckend. Johns Töchter waren liebenswert, aber durch die Scheidung ihrer Eltern gerade ein wenig mitgenommen.

John lächelte, doch das Lächeln erreichte seine Augen nicht. Nach all den Jahren wusste Liam, was das zu bedeuten hatte. »Maureen?«

John ließ die Schultern hängen. »Sie wird wieder heiraten«, murmelte er, und Liam legte einen Arm um seine Schulter.

»Doch nicht etwa den Typen aus dem Baumarkt?«, fragte er fassungslos.

»Er ist immerhin der Geschäftsführer«, erwiderte John und ahmte dabei die Stimme seiner Exfrau nach. Jetzt sah man seine Niedergeschlagenheit erst wirklich.

»Verdammte Weiber«, sagte Pablo mitfühlend und bot John eine seiner Zigaretten an.

Johns Ehe war schon vor einigen Jahren zerbrochen, aber er und Maureen hatten lange weder miteinander noch ohne einander gekonnt. Allein der Kinder wegen hatten sie es mehrfach miteinander versucht, hatten eine Paartherapie in Anspruch genommen, doch es hatte trotzdem ein bitterböses Ende genommen. Die Scheidung hatte sie beide schließlich vor der gegenseitigen Zerstörung bewahrt. Vor wenigen Monaten hatte Maureen dann einen anderen Mann im Baumarkt kennengelernt, als sie neue Blumentöpfe kaufen wollte.

»Was soll ich sagen? Er hat ein festes Gehalt, feste Arbeitszeiten und die Wochenenden frei. Abgesehen davon gibt es wenige weibliche Fans, die ihn in Versuchung führen.«

Liam kannte Maureen schon fast so lange wie John. Damals, als sie die Band gegründet hatten, waren die beiden das Traumpaar schlechthin gewesen. »Ihr hättet den Klunker an ihrem Finger sehen sollen ...« John schüttelte traurig den Kopf.

Liam wusste nicht, was er dazu sagen sollte. Maureen hatte John alles bedeutet, dennoch konnte er nicht ansatzweise nachempfinden, wie sein Freund sich fühlte.

»Da sollte man meinen, die Weiber wären alle nur aufs Geld aus«, sagte Pablo.

Sofort schüttelten Liam und John den Kopf.

»Nein, Maureen ist anders«, sagten sie beinahe einstimmig und lachten, als sie sich ansahen.

»Sie war es, Liam. Sie war die Eine.«

Nichts konnte John trösten, also versuchte Liam, ihn auf andere Gedanken zu bringen, indem er von seinem Morgen erzählte.

John lachte herzlich, als er von Liams neuer Lebenssituation erfuhr. »Und du bist in Boxershorts draußen ...«

»Schön, dass dich das so erheitert. Lizzy treibt mich irgendwann noch in den Wahnsinn!«

John nickte lächelnd. »Ich finde es super! Du kannst etwas Abwechslung in deinem Leben vertragen. Ich will alles hören. Ich kann Lachanfälle im Moment gut gebrauchen.«

Liam brummte zustimmend und bedeutete ihnen zu schweigen, weil Nics Auto um die Ecke fuhr. Liam hatte Lizzy Verschwiegenheit versprochen. Außerdem war er nicht scharf auf Nics Witze auf seine Kosten.

Sein bester Freund war wie immer lässig gekleidet, allerdings fiel diesmal seine dicke rote Wollmütze besonders auf. Ein paar blonde Strähnen lugten darunter hervor, die Sonnenbrille verbarg die dunklen Ränder unter seinen Augen. Ein senfgelber Schal hing um seinen Hals und machte sein lässiges Rockstarimage zunichte.

»Ach, da kommt ja unser Sonnyboy!«, grüßte Pablo ihn.

»Wie bist du denn verkleidet? Ist schon St. Patrick's Day?«, fragte Liam lachend. Dann fiel es ihm wie Schuppen von den Augen. »Mias gestrickte Sachen ...« Er sah seinen Freund mitleidig an.

»Ha, ha«, sagte Nic ironisch und schlug nach Liams mitfühlender Hand. Schnell zog er die Mütze aus und strich sich über seine viel zu lange Haarmähne.

»Das muss wahre Liebe sein«, kicherte Jim, der nun ebenfalls aus dem Innern des Plattenstudios kam.

Nic verzog das Gesicht zu einer Grimasse und drohte: »Noch ein Wort, und ich erzähle Mia, wie gern du auch solche Sachen hättest.«

Jim lachte, hob jedoch die Hände, als würde er sich ergeben. »Ich schweige wie ein Grab. Aber wenn du das während irgendwelcher Pressetermine trägst, kann ich nicht dafür garantieren, dass ich nicht in schallendes Gelächter ausbreche.«

Ihr einstimmiges Grölen verstummte erst, als Pablo sie alle hineinscheuchte, damit sie mit ihrer Arbeit vorankamen.

* * *

Nach einer knappen SMS-Nachricht an Mia klingelte beinahe sofort Lizzys Telefon.

»Was soll das heißen, du fährst nach Hause?«, begrüßte Mia sie verwundert, und Lizzy schnalzte mit der Zunge.

Wenn es einen Menschen in ihrem Leben gab, der jede ihrer Lüge aufdecken konnte, dann war es Emilia Kennedy, Nein, mittlerweile Emilia Donahue. Sie war ein wahrer Lügendetektor, zumindest darin, Lizzy einer Schwindelei zu überführen. Nun kam es darauf an, ganz natürlich zu klingen.

»Hallo Schwägerin, schön dich zu hören! Wie geht's euch denn so?«

Mia ließ sich nicht beirren. »Lenk nicht vom Thema ab. Ich dachte, Richard wäre so sauer auf dich wie damals, als wir mit seinen Golfschlägern fechten geübt haben?«

Lizzy wich einigen entgegenkommenden Passanten aus und fluchte ungehalten, weil niemand sich die Mühe zu machen schien, ihr aus dem Weg zu gehen. Als ihre Tasche zu Boden fiel, breitete sich der gesamte Inhalt auf dem Gehweg aus.

»Lizzy?«, hörte sie Mias Stimme aus dem Handy.

Sie klemmte das Telefon zwischen Wange und Schulter und sagte: »Es ist grade schlecht, Mia. Können wir später spr…?«

»Vergiss es! Wehe, du weichst mir aus! Irgendwas stimmt doch nicht. Das weiß ich ganz genau!«

Lizzy sammelte ein paar Streichholzschachteln des Surrender, ein paar abgerissene Knöpfe, einige alte Hustenbonbons und Kaugummis sowie ein paar Pfundnoten und Taschenfussel ein und war kurz davor, ihrer Freundin alles zu erzählen. Dann besann sie sich eines Besseren. Sie wollte auf keinen Fall am Telefon in Tränen ausbrechen. »Mein Akku ist fast leer … Ich rufe dich gleich zurück.«

»Keine faulen Ausreden, Pinocchio. Sonst lass ich alles stehen und liegen und komm sofort zu dir.«

Lizzy schulterte ihre Tasche, lief weiter auf Liams Haustür zu und knurrte ihre Freundin an: »Emilia, ich habe nur ein paar Tage frei und möchte nach Hause fahren. Die Sache mit Dad ist schon fast zwei Monate her, und ich habe ein ziemlich schlechtes Gewissen. Ich will nur einfach ein paar Tage was Grünes sehen, das nicht von irgendwelchen Zäunen umgeben ist.«

Mia zögerte hörbar. »Ist denn wirklich alles in Ordnung? Du hast gesagt, dass die letzten Gespräche mit Produzenten nichts ergeben haben ... Soll Nic nicht vielleicht doch mal ...«

»Nein, du Nervensäge! Ich hab es dir schon so oft erklärt. Du weißt viel besser als ich, was es heißt, den Namen Donahue zu tragen, und du bist auch noch seine Ehefrau! Wenn Nic mir zu meiner Karriere verhilft, werde ich immer seine kleine Schwester sein. Du selbst hältst deinen Nachnamen doch auch fein säuberlich aus deinen Entwürfen raus.«

Lizzy wusste, dass Mia sie in dieser Hinsicht nur zu gut verstand. Allerdings – das war Lizzy ebenfalls klar – nahm Nic das nicht besonders gut auf, und nicht selten hatte es deswegen schon Unfrieden im Hause Donahue gegeben.

»Du würdest mir doch sagen, wenn du Probleme hättest, oder, Lizzy?«, fragte Mia nun.

Lizzy hasste es, ihre Freundin so ausdrücklich anzulügen, aber gerade jetzt hatte sie keine Lust, über all ihre Sorgen zu sprechen. Wie aufs Stichwort ertönte Babygeschrei, und Mia war so von ihrem süßen kleinen Jungen abgelenkt, dass sie vergaß, hartnäckig zu bleiben.

»Wie geht es euch?«, fragte Lizzy und musste lächeln, als sie das vergnügte Blubbern im Hintergrund hörte.

»Na ja, die Nächte sind kurz, und sein Schnupfen macht es nicht gerade besser. Aber sonst geht es uns ganz gut. Ich versuche im Moment, nachts zu arbeiten, damit überhaupt was zustande kommt. Aber wenn Josh nicht schläft, kann ich weder schlafen noch arbeiten, und Nic ist im Moment wieder ständig im Studio.«

Beinahe hätte Lizzy ihr beigepflichtet, dass Liam in den vergangenen drei Wochen auch sehr häufig weg gewesen war, doch sie konnte sich gerade noch davon abhalten. Mia dachte ja immer noch, dass Lizzy in der WG wohnen würde.

Lizzy hatte ihr damals euphorisch erzählt, dass sie und ihre Vermieterin sich auf Anhieb gemocht hatten. Nur deshalb hatte sie sofort all ihre Sachen in die Wohnung bringen dürfen. Es hätte eine wunderbare Freundschaft werden können. Dummerweise schaffte es Lizzy, auf der ersten WG-Party am zweiten Abend mit dem Freund ihrer potenziellen Vermieterin zu knutschen, der ihr versichert hatte, er hätte zwar eine Freundin, mit der er jedoch eine offene Beziehung führen würde. Zielsicher war sie ins Fettnäpfchen getreten.

Diesen jüngsten Fauxpas hatte sie Mia jedoch verschwiegen. Normalerweise gab es keinen Grund, ihre Freundin zu belügen, doch Lizzy wollte unbedingt vermeiden, dass Mia sich gezwungen sah, sie bei sich aufzunehmen. Stattdessen überwog Lizzys Wunsch, endlich etwas allein zu schaffen.

Es fiel ihr schwer, Mia dabei zuzusehen, wie sie ihr perfektes Leben führte, während sie selbst von einem Malheur zum nächsten schlidderte.

Lizzy erkannte erleichtert, dass sie endlich angekommen war. Sie öffnete gerade das Gartentor zu Liams Mehrfamilienwohnanlage, als sie eine alte Dame sah, die sich auf dem kleinen Vorplatz mit einem großen Karton abmühte, der offenbar in den Papiermüll gehörte. Es war Liams Nachbarin, Mrs Grayson, der Lizzy schon einige Male im Hausflur begegnet war. Im nächsten Augenblick geriet die zierliche und ziemlich unbewegliche Frau bedrohlich ins Schwanken. Lizzy verabschiedete sich rasch von Mia, legte auf und eilte zu ihr.

»Warten Sie, ich helfe Ihnen«, sagte sie, während ihre eigene Tasche wieder auf dem Boden landete, und griff unter den überraschend schweren Karton. Der Karton war zudem so hoch, dass sich die beiden Frauen nicht ansehen konnten.

»Wie haben Sie das schwere Ding überhaupt hier runterbekommen?«, fragte Lizzy.

»Papperlapapp! Das war doch ein Kinderspiel«, ertönte von der anderen Seite eine raue Stimme.

Lizzy nahm den Karton an sich und setzte ihn auf dem Boden ab. Als sie Mrs Grayson von Angesicht zu Angesicht gegenüberstand, bedachte diese sie mit einem seltsamen Blick.

»Sie sind das«, stellte die Alte naserümpfend fest.

»Ja, ich bin das«, gab Lizzy erstaunt zurück.

»Lassen Sie nur, Miss. Ich denke, ich schaffe das schon allein.«

»Und wer ruft Ihnen danach den Krankenwagen?« Lizzy hob vielsagend die Brauen und stemmte die Hände in die Hüften.

»Na hören Sie mal, Miss …«, echauffierte sich Mrs Grayson, während sie dabei zusah, wie Lizzy den Karton zu den Mülltonnen schleppte und mit viel Mühe darin versenkte. Sie klatschte zufrieden in die Hände und trat vor die alte Dame.

»Das hätten wir! Was muss noch in den Müll?«

Mrs Grayson sah etwas überrascht aus. Sie war adrett gekleidet, trug ein feines Kleid und war mit einigen Ketten und Ringen behängt. Ihr Haar war am Hinterkopf festgesteckt, und eine schmale Brille zierte ihre Nase. Abschätzig starrten die beiden Frauen sich an, und Lizzy konnte förmlich sehen, wie die Alte den Wunsch, sie so schnell wie möglich wieder loszuwerden, und das Bedürfnis, ihre Dinge zu erledigen, gegeneinander abwog.

»Nun, ich hätte da im Keller noch ein paar Sachen …«

Lizzy nickte nur zustimmend und folgte ihr zuerst ins Haus, dann die Stufen hinunter.

Minuten später fand sie sich in einer Fundgrube der ganz besonderen Art wieder. In Mrs Graysons gerammelt vollem Kellerabteil standen wertvolle antike Möbelstücke dicht gedrängt neben billigem, altem Kitsch. Lizzy verliebte sich sofort in einen alten Plattenspieler, der laut Mrs Grayson aber nicht mehr funktionierte. Lizzy sah ein seltsames Flackern in den grauen Augen der Frau und ahnte, dass es dazu eine größere Geschichte gab. Doch sie schwieg und half ihr stattdessen, einen Haufen Zeitschriften zur Altpapiertonne zu bringen und eine Kiste voller alter Marmeladengläser hochzutragen, die sie am nächsten Tag mit zum Glascontainer nehmen wollte. Mrs Grayson schien ziemlich überrascht über ihre Hilfsbereitschaft und wurde nicht müde zu betonen, wie gut sie allein zurechtkam.

Zuletzt begleitete Lizzy die Nachbarin bis in die dritte Etage und wollte sich schon verabschieden, als Mrs Grayson ihr mit rauer Stimme anbot: »Ein Glas Limonade würden Sie als Bezahlung doch akzeptieren, oder?«

Lizzy lächelte über das zögerliche Angebot, hinter dem sich sicherlich eine große Portion Einsamkeit verbarg. Eigentlich war sie müde und erschöpft von den zehn Stunden, die sie schon auf den Beinen war, und sie hatte noch allerhand zu packen, damit sie am nächsten Morgen nach Hause fahren konnte. Doch irgendetwas in ihr drängte sie geradezu, die Einladung der alten Frau anzunehmen. Sie nickte, versenkte ihre Schlüssel in der Tasche und folgte Mrs Grayson durch die offene Tür.

Die Wohnung war von der Aufteilung der Räume her der von Liam ganz ähnlich, doch die Einrichtung hätte nicht unterschiedlicher sein können. Die alten und sehr teuer wirkenden Möbelstücke im Flur waren bis auf den letzten Zentimeter mit Porzellanfigürchen, Blumengestecken und selbst gehäkelten Tischdeckchen geschmückt. Sicher hing an jedem Teil eine Erinnerung, die es Mrs Grayson unmöglich machte, irgendwas davon wegzugeben. Es kam Lizzy so vor, als hätte sie früher einmal in einer viel größeren Wohnung gelebt.

Sie betraten den Wohn- und Essbereich, und während Mrs Grayson schwer atmend in ihre Küche marschierte, blieb Lizzy wie erstarrt stehen. Wie im Flur war auch hier jeder freie Zentimeter vollgestellt. Was Lizzy aber noch mehr beeindruckte, beziehungsweise verängstigt, waren die vielen ausgestopften Tiere, die diesen

Raum besiedelten. Von einem Marder über einen Fuchs bis zu irgendeiner Art von Greifvogel war alles dabei. Es war erschreckend, wie lebensecht sie aussahen. Vorsichtig streckte Lizzy ihre Hand nach einer Katze aus, die so lebendig aussah, dass sie nicht widerstehen konnte, sie zu berühren. Plötzlich rührte sich das Tier und fauchte sie an. Lizzy machte einen Satz zurück und quietschte.

»Ich hoffe, Sie mögen Limonade, Miss«, ertönte Mrs Graysons Stimme hinter ihr. Lizzy fuhr zu ihr herum und nahm dankbar das Glas Limonade entgegen. »Das ist Charles«, fügte die alte Dame hinzu. »Er ist fast blind und taub. Er fühlt sich ständig bedroht, manchmal auch von seinem eigenen Schatten.« Sie wies mit ihrer Hand auf die ausgestopften Tiere. »Mein Mann hatte eine Schwäche für all diese Dinge. Mir machen sie eher Angst.«

»Warum werfen Sie sie dann nicht einfach weg?«, fragte Lizzy und bereute diese unbedachte Frage sogleich wieder.

Das Flackern in den Augen der Frau schien eine ganz eigene Geschichte in einer Sprache zu erzählen, die Lizzy nicht verstand. »Waren Sie bereits neunundvierzig Jahre verheiratet, Miss?« Lizzy schüttelte den Kopf und blickte auf den ausgestopften Fuchs. »Nun, Sie werden es verstehen, wenn Sie es einmal sind.«

»Mein Name ist Elizabeth oder einfach nur Lizzy, Mrs Grayson.«

Die Frau ließ sich erschöpft in einen Sessel fallen und blickte wie Lizzy auf die ausgestopften Tiere. »Etwas gruselig sind sie schon … man kann schon Angst vor ihnen haben«, wiederholte sie nach einer Weile und lächelte ungewohnt freundlich.

»Ja, absolut!«, bestätigte Lizzy und ließ sich ebenfalls auf ein blumengemustertes Sofa sinken. In ihren Augen war es zwar alt, aber beinahe schon wieder hip. Sie nahm einen Schluck von der köstlichen Limonade.

Ein nachdenklicher Ausdruck schlich sich auf Mrs Graysons Gesicht. »Und dennoch würde ich noch so viele mehr in meiner

Wohnung dulden, wenn das bedeuten würde, dass mein Harrison hier bei mir wäre. Der Tod hat die unangenehme Angewohnheit, alles andere in den Hintergrund zu stellen. Meiner Erfahrung nach sieht man niemals klarer als im Angesicht des Todes. Plötzlich weiß man wieder, was zählt und was nicht.«

Lizzy dachte gerade über diese Worte nach, als Charles neben sie aufs Sofa sprang. Sein Fell war grau, und seine Augen waren trüb gelb. Alle Haare auf seinem Rücken standen ab, und sein Schwanz glich einer Flaschenbürste. Lizzy wich automatisch vor ihm zurück, als er zu fauchen begann.

»Wie lange leben Sie schon allein?«, fragte sie, und die Frau antwortete wie aus der Pistole geschossen: »Vier Jahre, zwei Monate und sechsundzwanzig Tage.«

Lizzy war erst verblüfft, dann überkam sie eine ganze Fülle an Emotionen. »Eine ziemlich lange Zeit, um alleine zu sein«, stellte sie leise fest.

»Ich hatte großes Glück, den Großteil meines Lebens nicht allein verbringen zu müssen.« Ein gutmütiges Lächeln stahl sich bei der Erinnerung an diese Zeit auf Mrs Graysons Gesicht.

»Ich verstehe«, sagte Lizzy ebenfalls lächelnd und trank einen weiteren Schluck ihrer Limonade.

»Tun Sie das, Miss? Ich glaube, die jungen Leute werden das nie wirklich verstehen.«

Lizzy spürte den unterschwelligen Vorwurf und die Vorurteile der alten Dame. »Ganz schön voreingenommen für jemanden, der über so eine große Lebenserfahrung verfügt.« Sie schlug sich die Hand vor den Mund, weil sie glaubte, zu weit gegangen zu sein.

Mrs Grayson sah sie jedoch nur über ihr Limonadenglas hinweg abschätzig an. »Was wissen Sie schon über die Liebe, Miss?«

»Nennen Sie mich doch einfach Lizzy«, schlug sie erneut freundlich vor.

»Gut, Elizabeth. Kennen Sie sich mit der Liebe aus?«

»Ich selbst nicht.« Mrs Grayson nickte selbstgefällig, doch Lizzy fügte hinzu: »Aber ich habe sie mit eigenen Augen gesehen. Mein Bruder und meine beste Freundin sind seit ihrer Kindheit füreinander bestimmt. Es hat zwar ziemlich lange gedauert, bis sie zueinandergefunden haben, aber es gibt niemanden, der sich inniger liebt als diese beiden.«

Mrs Grayson zuckte mit keiner Wimper und trank ungerührt ihre Limonade leer.

»Sie wohnen also bei Mr Kennedy?«, fragte die Alte dann plötzlich, als hätten sie nicht gerade ein bedeutsames Gespräch geführt.

Lizzy zögerte. »Vorübergehend.«

»Sind Sie bei ihm auf der Suche nach der großen Liebe?«

Bei dieser direkten Frage verschluckte Lizzy sich fast an ihrem letzten Schluck Limonade. Was für ein absurder Gedanke. Dann wurde ihr plötzlich klar, für wen die alte Lady sie hielt, und ihr wurde schlecht. Zugleich machte sich ein heftiger Lachanfall daran, an die Oberfläche zu gelangen.

»Ich kenne Liam schon mein ganzes Leben, und glauben Sie mir, mir ist klar, dass er kein Heiratsmaterial ist«, sagte sie schließlich und kicherte. Mrs Grayson sah sie skeptisch an, und Lizzy hörte sich plötzlich sagen: »Aber seien Sie versichert, er ist ein sehr hilfsbereiter, freundlicher Mann. Er ist einer von den Guten.« Ihr Blick verdüsterte sich beim Gedanken an ihr Gespräch an diesem Morgen. »Nun, ich fürchte, es wird Zeit«, sagte sie und stand auf.

»Hätten Sie vielleicht Lust und Zeit, mit mir meinen Keller zu sortieren?«, fragte Mrs Grayson und wirkte so, als würde sie nur äußerst selten jemanden um Hilfe bitten.

»Ich würde wirklich gerne. Aber ... ich fahre morgen nach Hause. Es tut mir –«

»Nun«, wiegelte die alte Dame rasch ab, »dafür gibt es schließlich auch Unternehmen.« Sie erhob sich mit undurchdringlicher Miene und begleitete Lizzy zum Ausgang.

Lizzy ging gerade auf Liams Türe zu, als sie erneut Mrs Graysons kratzige Stimme hörte: »Ich hoffe sehr, dass Sie irgendwann selbst solch einer Liebe begegnen wie Ihr Bruder.«

Als sie sich zu ihr umdrehte, um sich für die Limonade und die netten Worte zu bedanken, war die Tür bereits wieder geschlossen.

3

Mia betrachtete skeptisch den Telefonhörer in ihrer Hand, aus dem nur noch ein Tuten drang und an dessen anderem Ende bis eben ihre beste Freundin gewesen war. Das stank doch bis zum Himmel! Mia war vielleicht chaotischer und schlechter organisiert als jemals zuvor in ihrem Leben, doch sie war nicht dumm. Lizzy machte ihr was vor oder verheimlichte etwas. Natürlich könnte sie erneut anrufen und so lange bohren, bis Lizzy von selbst mit der Sprache herausrückte. Oder sie könnte losziehen und ein Überfallkommando auf Lizzy starten und das Überraschungsmoment für sich nutzen.

Das Letztere schien Mia die beste Option zu sein. Sie klatschte entschlossen in die Hände und lächelte über Joshs herzhaftes Lachen.

Mia sah auf ihren süßen Sohn hinunter. Josh lag auf ihren Beinen und ließ sich darauf sanft schaukeln. Er quietschte begeistert, als Mias geflochtener Zopf in seiner unmittelbaren Nähe kreiste.

Nic und Mia hatten am vergangenen Abend darüber gesprochen, endlich umzuziehen. Der Gedanke, in der Stadt ein Haus mit kleinem Garten für sie zu suchen, war zuerst wunderbar gewesen. Mia sah Josh schon vor sich, wie er jeden Grashalm erkundete und laut kreischte, wenn sie ihn über die Wiese jagte. Doch nach dem Gespräch mit Lizzy, die nach Hause fahren wollte, stimmte sie der Gedanke, für immer in London zu bleiben, plötzlich sehr traurig, und die Sehnsucht nach Bodwin wuchs ins Unermessliche.

In den vergangenen vierzehn Monaten war alles so rasend schnell gegangen. Sie war schwanger geworden, hatte Bodwin verlassen, Anabelles Angriff überlebt, geheiratet und Josh bekommen. Mia fehlte die Kraft für eine weitere Veränderung. Wenn sie ehrlich zu sich war, wusste sie nicht, ob sie in London glücklich werden würde. Es fühlte sich richtig an, mit Nic hier zu sein. Allerdings wusste sie nicht so recht, wie sie mit all dem auf lange Sicht zurechtkommen sollte.

In dem Augenblick, in dem sie das erste Mal in Joshs kleines Gesicht geblickt hatte, hatte sich alles an ihr und in ihr verändert. Jeder Gedanke an eine eigene Verwirklichung als Designerin war wie verflogen. Ihr einziges Ziel war es seither, eine gute Mutter zu werden. Sie wollte für den kleinen Josh alles tun, was ihn glücklich machen würde. Mia wusste nicht mehr, ob London der richtige Ort war, um ein Kind aufzuziehen. Doch eine Entscheidung zu treffen, wie Nic und sie ihr Leben verbringen wollten, dazu war sie nicht bereit. Jeden Abend blickte sie von ihrem Loft aus über Londons Dächer und sog diesen Anblick in sich auf. Das Grün von Bodwin fehlte ihr trotzdem mit jedem Tag mehr.

Sie entschied, dass sie auf Nic warten und dann zu Lizzys WG fahren würde. Dort könnte sie ihr nicht mehr ausweichen. Andererseits wusste Mia, dass es bei Lizzy häufig besser war, abzuwarten. Erst wenn ihre Freundin selbst bereit war, würde sie mit der Sprache herausrücken und sagen, was sie wirklich bedrückte.

Mias Elan verflog, und sie seufzte. Im Moment fühlte sie sich Lichtjahre von Lizzy entfernt. So, als hätte sich einfach alles in ihrem Leben verändert. Natürlich zum Positiven. Sie war die glücklichste Frau Englands, ach was, der ganzen Welt. Und doch hatte auch ihr perfektes Leben Ecken und Kanten, an die sich Mia erst gewöhnen musste. Am meisten hatte sich die Beziehung zu Lizzy verändert, und das war etwas, was in ihrer gemeinsamen Zeit noch nie vorgekommen war. Lizzy und Mia waren immer unzertrennlich und ihre Leben fest miteinander verflochten gewesen. Das erste Mal in ihrem gesamten Leben stand jemand über Lizzy und auch über Nic. Und das war ihr kleiner Sohn.

* * *

Die Sonne ging bereits unter, als er den Schlüssel in das Türschloss steckte. Sofort schnellte sein Puls in die Höhe, wie immer, wenn er Mia zu sehen erwartete. Heute war er verhältnismäßig früh dran, und Baby Josh schlief noch nicht, sondern krähte vergnügt vor sich hin.

Er öffnete die Tür und sah Mia freudestrahlend mit Josh auf sich zukommen. Das war der beste Moment des Tages: die beiden Menschen zu sehen, die sein Leben wie die Sonne erhellten, und sie dann tatsächlich in die Arme zu schließen. Na ja, den schlafenden Josh in seinem Bettchen zu sehen und Mia später ins Schlafzimmer zu zerren, bekam den zweiten Platz. Mia sah ihn genauso glücklich an, wie er sich beim Nachhausekommen fühlte.

Nic trat auf sie zu und nahm sie in die Arme. Sie suchte seine Lippen und strich sanft mit ihrer Zunge über seine Unterlippe, was Nic erschauern ließ. Seine Hände fuhren durch ihr Haar, während sein Sohn aufgeregt quietschte.

Überrascht trat Nic zurück. »Was sind denn das für Töne, Josh? Trainierst du deine Stimmbänder?«

Grinsend ergriff er das Baby und warf es in die Höhe, was Mia mit »Vorsicht, er hat gerade gegessen« kommentierte. Sie deutete auf ihr Shirt, das voller Breiflecken war. Erst jetzt fielen Nic die dunklen Ringe unter ihren Augen auf. Sie sah sehr erschöpft aus.

Ein schlechtes Gewissen von der Größe eines Panzers walzte ihn platt. Das alles war seine Schuld. Mia kümmerte sich seit Beginn der Proben den ganzen Tag allein um Josh, arbeitete nachts an ihren Entwürfen und schlief zu wenig. Generell ließ er Mia seit Joshs

Geburt viel zu oft allein. Er hatte schon einige Male den Vorschlag gemacht, dass sie ein Kindermädchen anstellen könnten, doch Mia konnte den Gedanken nicht ertragen, die Verantwortung für ihren kleinen Sohn an eine andere, fremde Person abzugeben.

Nic glaubte zu wissen, woran das lag. Sein Mädchen und er hatten dank Mias ehemaliger Freundin Anabelle einiges durchmachen müssen. Nicht zuletzt hatten sie kurzzeitig um das Überleben ihres damals noch ungeborenen Babys gebangt. Die Wunden saßen vor allem bei Mia tief – wie sollte sie da einer Fremden vertrauen, wenn es um das Wichtigste in ihrem Leben ging?

Nic respektierte Mias Wunsch, wenn das auch bedeutete, dass er sie leiden sehen musste. Er hatte trotzdem heimlich einen Besuch von Celine, Mias Mutter, in London arrangiert. Durch die Entfernung von Bodwin und London waren die Besuche selten, und die Oma sehnte sich nach ihrem Enkel. Und Mia konnte etwas Unterstützung und Unterhaltung gebrauchen, jetzt, wo die Studioarbeiten begannen und eine Promo-Tour der Swores anstand. Eine dunkle Stimme riss Nic aus seinen Gedanken.

»Na, wo ist denn mein kleiner Rockstar?«

Nic wandte sich zu Liam um, der hinter ihm stand und die kleine Familie grinsend musterte. Liam war ihm in seinem Auto nach Hause gefolgt, um seine Schwester und seinen Neffen zu besuchen.

»Oh, Buddy, dich hab ich beinahe vergessen.«

»Ist euch eigentlich klar, dass ihr die Welt außerhalb dieser Wohnung völlig ausblendet?«, fragte der mit einem breiten Grinsen.

»Liam«, sagte Mia und ließ sich in die Arme ihres Bruders ziehen.

»Schwesterchen, du hast Brei in den Haaren«, sagte Liam statt einer Begrüßung, worauf Mia ihm einen Ellenbogenhieb verpasste, unverständliches Zeug murmelte und im Bad verschwand. Josh wanderte derweil von Nics Arm auf Liams, der ihn wie ein Flugzeug durch die Wohnung fliegen ließ. Josh hatte einen Riesenspaß.

Dann holte der Onkel etwas aus seiner Jackeninnentasche, was schwer nach Stans Drumsticks aussah.

Während Josh vergnügt mit den Stöcken herumhämmerte, redete Liam unaufhörlich Unsinn.

»Vielleicht solltest du Stan ablösen, Josh. Du hast das mindestens ebenso gut drauf wie dieser Clown. Außerdem hast du die Gene deines attraktiven Vaters…«

»Hast du mich etwa gerade attraktiv genannt?«, fragte Nic mit zusammengekniffenen Augen und holte zwei Bierflaschen aus dem Kühlschrank. »Du machst mir Angst.«

Liam ignorierte seinen Einwand und fuhr ungerührt fort: »Und was noch viel wichtiger ist: Du bist ein Kennedy. Das heißt im Klartext, dass du eine Art Superheld bist. Natürlich nicht so oldschool wie Peter Parker oder so zwielichtig wie Batman. Aber eine jugendfreie Version von Iron Man – Robert Downey junior in Windeln und mit Milch statt Alkohol. Was eine epische Vorstellung ist. Aber denk nur an seine Frauen: Scarlett Johansson, Gwyneth Paltrow… Wow.«

»Was tut er mit unserem Sohn?«, fragte Mia gespielt entsetzt und lächelte. Sie hatte sich im Bad die Haare gesäubert und ein frisches Oberteil angezogen.

»Er lebt seine Superhelden-Fantasie mit Josh aus«, erklärte Nic belustigt.

»Oje, also ich hab an etwas Konventionelleres als Berufswahl für Josh gedacht«, sagte sie.

Liam verzog gequält das Gesicht. »Jetzt sag bloß nicht Bankangestellter oder Arzt…«

Mias Augen leuchteten bei ihrer Neckerei. »Ein paar Männern steht dieses Weiß und dieses Lebensretter-Image ziemlich gut.« Nics Augen verfinsterten sich, und er machte einen Schmollmund. Doch Mia umfing sein Kinn und gab ihm einen Kuss. »Eigentlich hatte ich an etwas völlig Normales wie einen Rockstar gedacht!«

Nic grinste, schlang den Arm um Mia und küsste sie innig. Zumindest küssten sie sich bis zu dem Moment, in dem ein »Iiiieeeeehhhh! Ist ja ekelhaft!« ertönte. Nic löste sich von Mia und rollte mit den Augen.

»Also wenn das deine Tante Lizzy sehen könnte, dann hätte sie diese super Würggeräusche gemacht«, lachte Liam und ließ Josh an seinem Daumen lutschen.

Mia erinnerte sich plötzlich wieder an ihr Vorhaben und fragte: »Sag mal, Liam, hast du Lizzy in den letzten Wochen gesprochen?«

Liam versteifte sich kaum merklich, was Nic nicht entging. Er kannte seinen Freund gut genug.

»Wieso? Wie kommst du darauf?«

Mia kniff die Augen zusammen. »Hast du oder hast du nicht?«

»Nö, eigentlich nicht«, antwortete er und vermied es, ihr ins Gesicht zu sehen.

»Ich habe vorhin mit ihr telefoniert, und sie war komisch drauf. So, als würde sie mir was verheimlichen.«

»Ach was, du kennst doch Elizabeth, das Chaosbündel. Sie war sicher nur wieder mit fünf Sachen auf einmal beschäftigt.« Seine Miene glich der eines Unschuldsengels und erinnerte Nic an einen Tag vor vielen Jahren im Büro des Schuldirektors. Damals hatte Liam beteuert, dass sie beide nichts mit dem Graffiti an der Turnhallenwand zu tun hatten, obwohl sie beide es besser wussten. Bis heute stand ihr Bandname dort in großen Lettern. Ein Grinsen huschte über sein Gesicht.

»Wie kommst du darauf, Honey?«, fragte Nic interessiert.

»Hm, nee, das war anders. Sie hat mir eine Nachricht geschickt, dass sie morgen nach Hause fährt.«

»Und das nach dem Streit mit Dad? Ist sie lebensmüde? Hat sie denn rein gar nichts von mir gelernt?« Nic schüttelte ungläubig den Kopf, während er einen weiteren Schluck von seinem Bier nahm.

»Ich glaube ja auch, dass da was anderes dahintersteckt. Sie sagte, es sei alles in Ordnung. Aber du weißt ja, wie Lizzy so ist: macht immer alles mit sich alleine aus und fragt nie irgendwen um Hilfe. Dieser sture Maulesel. Das ist definitiv ein Donahue-Gen.«

Nic kratzte sich am Hinterkopf und verzog das Gesicht zu einer Grimasse. »Ich hab absolut keine Ahnung, was du damit meinst, Honey.«

Mia lächelte ihn liebevoll an. »Ich denke da an diese Geschichte mit Anabelle. Du musstest das unbedingt allein klären. Und wenn ich dich daran erinnern darf: Das hat mehr Probleme verursacht als gelöst.«

Nic zuckte mit den Achseln. »Das lag nur daran, dass du und dein Dickschädel durch jede Wand rennen musstet, egal, ob vielleicht Vorsicht angebrachter gewesen wäre«, sagte er lächelnd und ließ keinen Zweifel daran, dass er diese Seite – wenn sie ihn auch oft genug dazu brachte, dass er sich am liebsten die Haare raufen würde – an Mia liebte.

»Hör gut zu, Josh. Du wirst ein Dickkopf und ein sturer Maulesel«, sagte Liam und gab dem Baby einen Kuss auf das dunkle Lockenköpfchen.

»Das arme Mädchen, das ihn einst lieben wird«, meinte Mia mitfühlend.

Liam schüttelte entsetzt den Kopf. »Bis dahin dauert es noch eine ganze Weile.«

Mia schmunzelte. »Steck ihn ja nicht mit deiner Bindungsangst an, Mr Kennedy«, warnte sie ihn.

»Ich habe keine Bindungsangst«, verteidigte sich Liam und sah hilfesuchend zu Nic, der entspannt an einem Barhocker lehnte und an seinem Bier nippte. Er hob abwehrend die Hände als Zeichen dafür, dass er sich da heraushielt.

»Du bist ein mieser Verräter, Buddy. Es gab mal eine Zeit –«, weiter kam er nicht, denn Mia warf ihm ein Sofakissen entgegen, dem er mühelos auswich. »He, Baby auf dem Arm«, entrüstete er sich und reichte Josh an seinen Vater weiter, bevor er vor seiner Schwester floh.

»Ich hab doch nur gesagt, dass …« Mia ging drohend auf ihn zu.

Nic lachte, dann wandte er sich an Josh: »Siehst du, deine Mummy ist echt Furcht einflößend, wenn man sie verärgert. Dabei sieht sie ganz harmlos aus. So winzig, wie sie ist. Aber merk dir das besser, wenn du später mal was anstellst.«

Josh entblößte seine drei Zähnchen und zeigte ein herzzerreißendes Lächeln.

* * *

Eine Weile später saß Liam neben seiner Schwester auf der Dachterrasse und blickte auf Londons Lichtermeer. Es war immer wieder ein atemberaubender Ausblick, und er wusste, dass Mia und Nic allein deswegen noch nicht ausgezogen waren. Langfristig würden sie sicher eine andere Lösung suchen müssen. Ihr Loft war nicht die geeignetste Wohnung für ein Kind.

Liam rollte seine Zigarette zwischen den Fingern. Dann steckte er sie sich zwischen die Lippen, zündete sie an, machte den ersten Zug. Das Rauchen war eine schlechte Angewohnheit von ihm, doch er wurde sie einfach nicht los.

Er sah zu Mia, die seufzte und ihre Beine ausstreckte.

»Er schafft dich, oder?«, fragte er, und seine Schwester antwortete breit grinsend: »Wer? Nic?«

Liam rollte mit den Augen. »So was will ich gar nicht erst wissen. Sonst muss ich losgehen, um ihn zu würgen. Eigentlich meinte ich Josh.«

»Eines Tages wirst du verstehen, dass es sich durchaus lohnt, wie ein Geist durch die Gegend zu laufen. Dann gibt es auch bei dir jemanden, den du mehr liebst als dein eigenes Leben … Aber wenn du mich fragst, wie müde ich bin, dann würde ich sagen: Ich fall gleich ins Koma.«

Liam lachte, konnte sich aber nicht vorstellen, jemals eine eigene Familie zu haben. Natürlich wollte ein Teil von ihm eine Frau finden, die ihn nicht nur für eine Nacht glücklich machte. Mit einer solchen Beziehung kamen aber auch Verpflichtungen und Probleme, denen sich Liam nicht bereit war zu stellen. Nachdenklich zog er erneut an seiner Zigarette und sah seine Schwester von der Seite an. Sie hatte wohl recht damit, dass er unter einer Form von Bindungsangst litt.

Liam hatte nach dem Tod seines Vaters und der damit verbundenen Qual seiner Mutter entschieden, dass das Leben nur ohne die große Liebe viel zu bieten hatte, und er nahm alles davon mit. Deswegen ertrug er es nicht mehr, sich lange zu Hause aufzuhalten. Es waren weniger die Erinnerungen, die ihn schmerzten, sondern vielmehr die traurigen Augen seiner Mutter. Celine war nach wie vor ein lebenslustiger Mensch, viel mehr, als sein Vater es je gewesen war. Doch Liam wurde den Eindruck nicht los, dass sein Vater einen großen Teil dieser Lebensfreude mit ins Grab genommen hatte. Das machte ihm Angst. Er war nicht so stark wie Mia oder Celine. Er kam mehr nach seinem Vater und würde daran zugrunde gehen, würde er den Menschen verlieren, der sein Herz besaß.

Wenn das kein Grund war, der großen Liebe für immer aus dem Weg zu gehen?

»Liam? Bist du noch da?«

Er blickte in Mias grüne Augen. »Entschuldige, was hast du gesagt?«

»Würdest du mich bei Lizzy absetzen, wenn du gleich nach Hause fährst?«

Panik stieg in Liam auf. »Bei Lizzy?«

»Ich weiß einfach, dass mit ihr etwas nicht stimmt. Sie denkt, dass sie immer alles alleine schaffen muss, dabei brauchen wir alle mal ein wenig Hilfe. Ich weiß schließlich, wovon ich rede. Hätte ich Lizzy nicht gehabt, säße ich wahrscheinlich immer noch einsam in meinem Zimmer. Oder noch schlimmer: in Frankreich.«

Liams schlechtes Gewissen machte sich wieder in ihm breit. »Bist du sicher, dass es die beste Taktik ist, Lizzy zu drängen?«, fragte er daher nur.

»Nun, manchmal muss man sie zu ihrem Glück zwingen. Sie ist nicht so tough, wie sie vorgibt. Ich will für sie da sein, Liam!«

Liam setzte sich aufrecht und wählte seine nächsten Worte mit Bedacht. »Was hältst du davon: Ich schaue gleich bei ihr vorbei, während du ins Bett gehst. Du hilfst Lizzy nicht im Geringsten, wenn du rumläufst wie ein Zombie. Dann macht sie nur noch mehr dicht, um dich ja nicht zu belasten.«

Mia schaute ihren Bruder skeptisch an. »Ich weiß nicht …«

»Ich weiß es aber. Ich werde dich würdig vertreten und nach dem Rechten schauen. Morgen erzähl ich dir, was ich rausgefunden habe.«

Mias Widerstand brach in sich zusammen. Liam dachte, dass sie wirklich sehr erschöpft sein musste, um so schnell einzuknicken. Als sie sich an seine Schulter lehnte, legte er den Arm um sie.

»Sei lieb zu ihr, ja?«, bat sie leise.

Liam fühlte sich so hundsmiserabel, dass er nur ein schwaches Nicken zustande brachte.

Ein Räuspern ließ sie herumfahren. Nic hatte Josh ins Bett gebracht, stand nun hinter ihnen und deutete in die Küche. »Möchtest du mitessen?«

Liam grinste. »Nein, danke. Ich muss los, weil ich deiner Schwester noch einen Besuch abstatten will. Allerdings musst du dafür meine früh ins Bett bringen.« Liam nahm seinen Arm von Mias Schulter und stand auf.

»Kein Problem!« Nics Augen leuchteten, und er wackelte anzüglich mit den Brauen.

»O mein Gott! Vor ein paar Jahren hätte ich dich für so einen Satz windelweich geprügelt.«

Nic grinste. »So lange ist das noch gar nicht her! Ich hab immer noch das Gefühl, dass ein Zahn von deinem letzten Schlag wackelt.«

Sein Freund setzte eine Leidensmiene auf, und Liam warf den Kopf in den Nacken und lachte. Dann schlug er ihm auf den Rücken und ging kopfschüttelnd zurück ins Loft. Er hatte etwas Dringendes zu erledigen.

Es war schon fast zehn Uhr, als Liam die Haustür aufschloss und die Treppen zu seiner Wohnung hochstieg. Er hatte eine Familienpizza dabei und war fest entschlossen, mit seiner neuen Mitbewohnerin Frieden zu schließen. Das Gespräch mit Mia hatte ihm klargemacht, welche Überwindung es Lizzy gekostet haben musste, ausgerechnet ihn um Hilfe zu bitten. Natürlich war sie chaotisch und nervig und verrückt und trieb ihn in den Wahnsinn. Und wenn er sich mehr Mühe gab, würden ihm noch mehr solcher »Unds« einfallen, um Lizzy genauer zu beschreiben. Doch sie war neben Nic seine älteste Freundin, und er war es allein ihm schuldig, ihr zu helfen. Die beiden waren seine Familie.

Natürlich konnte er einer Fortführung ihrer WG nur unter der festen Absprache zustimmen, dass sie seine Wohnung nicht in Brand setzen würde.

Den Pizzakarton in einer Hand balancierend, wollte er gerade die Wohnungstür aufschließen, als ihn jemand ansprach.

»Mr Kennedy!«

Liam wandte sich erschrocken um. Hinter ihm stand seine alte Nachbarin. »Mrs ... Grayson ... Guten Abend«, stammelte er.

»Guten Abend, junger Mann. Wären Sie wohl so freundlich, das Ihrer ... Ihrer Freundin zu geben?«

Liam staunte nicht schlecht, als sie vorsichtig eine alte Schallplatte auf den Pizzakarton legte. War diese olle Schreckschraube etwa gerade freundlich zu ihm? »Öhm ... Ja, gern.« Er starrte sprachlos auf das Relikt.

»Richten Sie ihr meinen Dank aus. Vielleicht findet sie ja doch noch Zeit, mit mir meinen Keller auszukundschaften.«

Ohne eine Antwort abzuwarten, verschwand seine Nachbarin in ihrer Wohnung. Und so schloss Liam mit lauter Fragezeichen über dem Kopf seine Tür auf.

Es war dunkel und erstaunlich ruhig, und Liam dachte schon, Lizzy wäre fort, da hörte er eine leise Stimme aus ihrem Zimmer. Sie arbeitete gerade an ein paar Songs, wie Liam sofort wusste. Einen Augenblick blieb er im Flur stehen, ohne Licht zu machen.

Er wusste, Lizzy würde ihn all seine Nerven kosten, jeden Tag, den sie hier bei ihm blieb. Und doch musste er sich eingestehen, dass es seinen Reiz hatte, nicht ständig allein zu sein. Meistens hatte sich Lizzy, wenn er abends nach Hause kam, im gesamten Wohnzimmer breitgemacht und ihm ihre Songs vorgesungen. An ein paar Abenden hatten sie sich aber auch zusammen einen Horrorfilm angesehen oder auf seiner Playstation gezockt.

So hatte er sich immer ein WG-Leben vorgestellt. Er lauschte ihrem Lied und machte sich gedanklich bereits eine Notiz, was sie an dem Song verändern sollte, damit er sich runder anhörte. Dann blickte er auf die Schallplatte, die noch immer auf dem Pizzakarton lag.

Pat Boones *I'll be home* aus den Fünfzigerjahren. Verblüffung entsprach nicht mal ansatzweise der Empfindung, die ihn erneut erfüllte. Wie hatte diese Nervensäge es nur geschafft, dass seine alte, äußerst griesgrämige Nachbarin ihr eine Schallplatte schenkte? Ihn würdigte sie kaum eines Blicks, geschweige denn hatte sie freundliche Worte für ihn übrig. Sie ließ keinen Zweifel daran, dass sie ihn lieber gestern als morgen aus diesem Haus rauswerfen würde. Glücklicherweise verfügte sie nicht über diese Macht.

Allerdings hatte sie wie die restlichen Eigentümer ein Mitspracherecht, wenn es darum ging, wer diese Wohnung kaufen konnte. Mrs Grayson, die schon seit fast zwei Jahrzehnten hier lebte, genoss sogar höchstes Ansehen. Sie könnte die anderen Eigentümer davon überzeugen, dass Liam nicht in das konservative Bild der restlichen Bewohner passte.

Plötzlich hatte Liam eine Idee: Wenn es Lizzy weiter gelänge, sich mit diesem alten Drachen anzufreunden, könnte sie ihn womöglich bei Mrs Grayson in ein besseres Licht rücken. Dann wäre es vielleicht doch möglich, diese Wohnung für sich und als Kapitalanlage zu kaufen. Er musste nur eine Übereinkunft mit Lizzy treffen.

Liam stellte den Pizzakarton auf dem Tisch ab, hängte seine Jacke an den Hacken und klopfte, die Platte in einer Hand, an Lizzys Zimmertür.

Natürlich hatte sie ihre gesamte Umwelt wieder ausgeblendet, oder sie wollte ihn schlicht ignorieren. Da war Liam sich nicht sicher. Er klopfte lauter und trat ins Zimmer, während er sich eine Hand vor die Augen hielt. Er erinnerte sich noch genau an eine Begegnung im Bad vor ein paar Tagen. Gott sei Dank hatte sie ihn bereits vor einer Ewigkeit nackt gesehen. Damit waren sie quitt.

»Bitte sag mir, dass du was anhast«, neckte er Lizzy.

»Ich fürchte, du musst mal was riskieren, wenn du die Augen jemals wieder öffnen willst.«

Liam sah durch seine Finger hindurch und atmete erleichtert auf, als er Lizzy vollständig bekleidet auf dem Gästebett sitzen sah.

»Puh, da hab ich noch mal Schwein gehabt!«

»Ich denke, Mr Rockstar, du hast schon mehr nackte Weiber gesehen als Hugh Hefner. Da wird eine mehr oder weniger doch nicht dein Weltbild zerstören.«

Liam ließ seinen Arm sinken und blickte sich ein wenig ratlos im Zimmer um. Lizzy hatte tatsächlich Ernst gemacht und all ihre Sachen eingepackt. Noch heute Morgen hatten wilde Blumen in der Vase gestanden, ein paar Bilder an der Wand gehangen, ebenso wie Hunderte Tücher und Kleidungsstücke über jeder Ablagemöglichkeit gelegen hatten.

Er hatte das Zimmer vorher nie wirklich genutzt. Es war ein reines Gästezimmer. Es hatten nur ein Bett, ein Kleiderschrank und sein alter Schreibtisch darin gestanden. Den Tisch hatte er vor vielen Jahren mit seinem Vater gemeinsam geschreinert. Es war ein Schulprojekt gewesen. Damals war er so stolz darauf gewesen, und er hatte die beste Note der Klasse dafür bekommen. Es war für ihn eine Erinnerung an eine längst verdrängte Zeit mit seinem Vater. Niemals würde er ihn weggeben oder auch nur in Bodwin lassen. Er war so wenig perfekt, wie Liam es war. Er hatte Ecken, die nicht präzise verarbeitet waren, und außerdem ging eine Schublade nicht zu. Doch er liebte diesen alten Tisch, und wenn er eine melancholische Phase hatte, setzte er sich daran, um Alan Kennedy ein Stückchen näher zu sein. Mit Mühe wandte er den Blick davon ab und sah sich im restlichen Zimmer um. Von dem unordentlichen, fröhlichen Mädchenzimmer, in das es sich in den letzten drei Wochen verwandelt hatten, war nicht mehr viel übrig geblieben. Lizzy hatte bis auf ihre Gitarre und Notenblätter alles wieder eingepackt. Überall standen blaue Säcke und Kartons herum. Lizzy schwieg und wartete offenbar darauf, dass Liam etwas sagte.

»Du ziehst das wirklich durch?«, fragte er.

Sie reckte ihr Kinn stolz in die Höhe. »Was dachtest du denn?«

Liam wollte sich auf dem einzigen freien Stuhl niederlassen, als er die Schildkröte darunter sitzen sah. Ihre kleinen, schwarzen Augen blickten ihn anklagend an. Er blieb stehen und verschränkte die Arme vor der Brust. »Ich dachte nicht, dass du so leicht aufgibst.«

»Leicht? Ich weiß genau, wann ich unerwünscht bin, Liam.«

»Seit wann lässt du dich von so was abschrecken?«

»Du hättest nicht deutlicher sein können«, erwiderte Lizzy nur kurz angebunden.

Liam verstand, dass Lizzy in ihrem Stolz gekränkt war, und versuchte es auf eine andere Art. »Mia hat Blut geleckt«, sagte er schlicht und ließ seine Worte wirken.

»Ich dachte mir schon, dass du von Nic und Mia kommst.«

»Was hat mich verraten?«, fragte Liam.

Lizzy lächelte – zum ersten Mal, seit er ihr Zimmer betreten hatte. »Die Babykotze auf deinem T-Shirt war ein Hinweis. Ebenso der leicht säuerliche Geruch, der von dir ausgeht.«

Liam verzog das Gesicht zu einer angewiderten Grimasse. »Ich konnte Mia nur mit viel Mühe davon abhalten, heute Abend zu deiner ›WG‹ zu fahren.« Bei dem Wort WG setzte er übertrieben Anführungszeichen in die Luft.

»Deine Schwester sieht immer so süß und unschuldig aus, aber wehe, sie hat Lunte gerochen, dann verbeißt sie sich wie ein Pitbull«, sagte Lizzy seufzend.

Liam sah sie bedeutungsschwanger an. »Wem sagst du das! Sie kommt voll nach Sophie.« Beide mussten bei dem Gedanken an Mia und ihre exzentrische Großmutter lächeln, dann fügte Liam hinzu: »Du weißt, sobald du nach Hause fährst, kommt Mia nach und wird dich anklagen, warum du nicht zu ihr gekommen bist … Außerdem, willst du wirklich zu Richard fahren?«

»Woher weißt du davon?«, fragte sie erbost und verschränkte die Arme vor der Brust.

»Wir sind quasi verwandt. Schon vergessen?«

Lizzy verzog ihren hübschen Mund zu einer Schnute, und Liam schüttelte bei dem Gedanken, zu was er wohl noch so fähig war, den Kopf.

»Ich habe diese Kriegsgefechte bereits mit Nic und deinem Dad erlebt«, erklärte er und trat näher auf sie zu. »Ich weiß, wie sehr sich die beiden bekriegt haben.«

»Und was schlägst du dann vor?«

»Du bleibst hier ...« – Liams Finger erhob sich warnend – »... solange du kein Feuer legst.«

Lizzy schüttelte den Kopf. »Auf keinen Fall. Ich will dir nicht zur Last fallen.«

»Das tust du nicht!« Nun war es Lizzy, die ihn bedeutungsschwer ansah, und Liam ruderte zurück. »Okay, du bist eine Nervensäge mit all dem Chaos, das du so mit dir herumschleppst.«

Sie verengte ihre Augen zu Schlitzen und fragte lauernd: »Was hast du also davon, wenn ich dir so auf den Wecker falle?«

»Nun, wir könnten uns doch gegenseitig helfen«, erklärte Liam.

Lizzy horchte auf. »Womit könnte ich dir helfen?«

Liam hob die Schallplatte hoch, die er bisher hinter seinem Rücken verborgen hatte. »Ich soll meiner Freundin einen Dank von Mrs Grayson ausrichten.« Lizzy nahm die Schallplatte überrascht entgegen und betrachtete sie nachdenklich. »Falls es dir noch nicht aufgefallen ist: Diese Frau hat Haare auf den Zähnen.«

»Sie ist nur einsam, Liam!«

Er machte eine wegwerfende Handbewegung. »Wieso auch immer, du scheinst sie irgendwie geknackt zu haben. Mir hat sie zumindest noch nie auch nur ein Lächeln geschenkt, ganz zu schweigen von einer alten Schallplatte.«

Lizzy sah ihn schalkhaft an. »Das könnte daran liegen, dass du ihr vorzugsweise nackt begegnest und sie sich belästigt fühlt.«

Liam zog eine Grimasse. »Eine Verkettung unglücklicher Umstände, an denen du nicht ganz unschuldig bist, Nervensäge.«

Nun lachte Lizzy. »Okay, aber was hast du davon, wenn dich Mrs Grayson mag?«

»Ich will diese Wohnung kaufen, seit ich hier eingezogen bin. Aber die Eigentümergemeinschaft, der dieses Haus gehört, ist bisher wegen meiner Lebensumstände skeptisch. Ich denke zwar eher, dass es die Stimme von Mrs Grayson ist, die da Gewicht hat, aber ich bin mir nicht ganz sicher.«

»Ich bin keine Immobilienmaklerin, Liam.«

»Nein, du bist laut Mrs Grayson etwas viel Besseres: meine Freundin!« Ohne auf Lizzys verwirrten Gesichtsausdruck zu achten, sprach er weiter: »Unsere liebe Nachbarin hat dich offenbar ins Herz geschlossen. Keine Ahnung, wie du das angestellt hast. Das wird einer dieser Mythen im Leben der Elizabeth Donahue bleiben, ganz ähnlich wie dieses Urzeittier.« Liam suchte Pebbles' Knopfaugen und war sich sicher, dass sie ihn nicht mehr ganz so grimmig ansah. »Ich brauche dich, um mein Image im Haus aufzupolieren, und dafür gründen wir eine WG. Was hältst du davon?«

Lizzy überlegte ausgiebig. Liam war sich sicher, dass sie ihren Stolz gegen ihr Ego abwog. Schließlich legte sie die Schallplatte vorsichtig auf dem Bett ab, stand auf, ergriff ihre Garfield-Spardose und holte hundert Pfund heraus.

»Nur unter einer Bedingung!« Ihre blauen Augen richteten sich auf ihn. »Ich zahle Miete und trage zum Essen bei.«

Liam nickte und wunderte sich über das Gefühl, das seine Brust erwärmte und er nicht zuordnen konnte. »Einverstanden. Aber nur, wenn du in den Augen unserer Nachbarschaft meine Freundin bist.«

Lizzy grinste doppeldeutig. »Nun, nackt hast du mich ja schon gesehen. Das reicht für dein Verständnis von ›Beziehung‹ völlig aus.«

Jetzt war es Lizzy, die das Wort Beziehung mit Gänsefüßen unterstrich, und Liam kniff die Augen zusammen.

»Du bist eine penetrante Nervensäge, weißt du das eigentlich?«

»Es gibt keinen Tag, an dem du mich nicht daran erinnerst«, sagte Lizzy lachend. »Deal?«

Liam nickte und hob die Hand, um Lizzy abzuklatschen. Sie schlug ein und verlängerte die Zeremonie mit ein paar komplizierten Handbewegungen, die die Swores immer bei ihren Begrüßungen verwendeten. »Dann pack ich mal wieder aus, oder?«

Liam schüttelte den Kopf und sagte: »Ich hab Pizza dabei.«

»Perfekt, ich habe seit Stunden außer selbst gemachter Zitronenlimonade nichts mehr zu mir genommen. Bitte sag, dass keine Salami und Oliven drauf sind?«

»Wir könnten echt nicht unterschiedlicher sein«, sagte Liam lachend und eilte in sein Schlafzimmer, um das bespuckte Shirt gegen ein frisches auszutauschen.

Er hörte, wie Lizzy vor Begeisterung quietschte. Natürlich hatte er an ihre Leidenschaft für Ananas und Schinken gedacht und eine Hälfte der Pizza damit belegen lassen. Es hatte etwas für sich, wenn man die Ecken und Kanten des anderen schon so lange kannte.

* * *

Der nächste Morgen begann für Lizzy sehr früh. Sie hatte die Morgenschicht im Bistro und musste aufschließen. Als der Wecker klingelte, quälte sie sich aus ihrem weichen, warmen Bett, das so verlockend war.

Am Abend war es spät geworden. Liam und Lizzy hatten gemeinsam Pizza gegessen, und er hatte ihr Tipps zu ihrem neuen Song gegeben, der sich in Lizzys Ohren auch noch nicht so richtig rund angehört hatte. Aus den Tipps war eine Art gemeinsames Songschreiben geworden, und es war weit nach Mitternacht, als Lizzy ins Bett gekommen war. Sie schlurfte ins Bad, um sich frisch zu machen und die Zähne zu putzen. Ihre nach wie vor teils pink gefärbten Haare steckte sie mit einer Spange am Hinterkopf fest. Zuletzt schlüpfte sie in die Jeans von gestern, die in ihren Stiefeln verschwand, und zog einen eng anliegenden Pullover an. Seit Tagen war es ziemlich kühl in London.

Als Lizzy wenig später in die Küche trat, war sie verwundert, Liam dort anzutreffen. Gerade gähnte er ausgiebig.

»Karies hinten rechts. Ich würde einen Zahnarzt aufsuchen, Liam«, bemerkte sie gut gelaunt. Der Angesprochene brummte etwas Unverständliches und hantierte weiter erfolglos an der Kaffeemaschine herum.

»Lass mich mal«, sagte Lizzy und drängte sich an Liam vorbei, der sich mit winzigen Augen in Richtung Bad schleppte. Lizzy lachte über den Morgenmuffel in ihm. »Man sollte meinen, du wärst durch deinen Lebensstil einiges gewohnt. Oder liegt es daran, dass du stark auf die Dreißig zugehst?«

Liam gab ein weiteres Brummen von sich, als er Minuten später zurück in die Küche kam, stürzte sich dann allerdings regelrecht auf den dampfenden Kaffeebecher in Lizzys Hand. Ohne nachzudenken hatte sie zwei Löffel Zucker und einen Schuss Milch in Liams Kaffee gegeben. Er schien zu bemerken, dass es wieder einmal die richtige Mischung war, doch er sagte nichts, sondern hob nur verwundert eine Braue.

Lizzy grinste und entschied sich nach einem Blick auf die Uhr, dass sie keine Zeit mehr für ein Brot hatte. Sie schnappte sich eine Banane, warf die Schale auf Liams Zeitung und eilte an ihrem Mitbewohner vorbei Richtung Tür. Unterwegs griff sie nach ihrer Lederjacke, als ihr der frisch zubereitete Kaffee wieder einfiel. Also eilte sie zurück und trank hastig ein paar Schlucke, an denen sie sich verbrannte. Dann stellte sie die halb gefüllte Tasse vor Liam ab, der demonstrativ die Bananenschale von seiner Zeitung hob.

Lizzy lächelte entschuldigend. »Ich bin spät dran, du brauchst den Kaffee ohnehin dringender als ich. Sei lieb und ärger die anderen nicht, du Brummbär!«

Ein weiteres Brummes war das Letzte, was sie hörte, bevor sie die Wohnung verließ und die Treppe hinabeilte.

An den Briefkästen traf sie auf ihre Nachbarin.

»Guten Morgen, Mrs Grayson. Ich bin leider spät dran, aber ich komme später gern bei Ihnen vorbei«, rief sie ihr zu.

»Hatten Sie nicht andere Pläne, Miss?«

»Lizzy, Mrs Grayson, Lizzy. Meine Pläne haben sich gestern geändert. Ach, und danke für die Schallplatte.« Damit war sie aus der Haustür hinausgerauscht und ließ eine lächelnde alte Dame zurück.

Auch an diesem Freitagmorgen war die Hölle los, und Lizzy lief sich bereits wieder neue Blasen an den Füßen, um Kaffee zu verteilen oder frisch gebratenen Bacon zu servieren. Es war erstaunlich, wie viele Menschen an einem Freitagmorgen um acht Uhr im Surrender saßen. Hätte Lizzy die Wahl gehabt, hätte sie lieber die restliche Pizza vom Vorabend verschlungen und sich erneut ins Bett gekuschelt. Doch diese Menschen trieb es nach ihrem Besuch in dem Bistro in Londons imposante Innenstadt.

Es waren Mütter, die sich mit Kinderwagen und Babytragen in die stilleren Ecken setzten, Pärchen, die nach einem kurzen Frühstück zum Shoppen aufbrachen, ältere Damen in einer etwas größeren Gruppe, die auch mal ein wenig länger zusammensaßen und redeten, und gerade kamen ein paar Männer im Anzug zur Tür herein. In Lizzys Kopf entstanden immer lustige Geschichten darüber, was diese Menschen hierhergebracht hatte; so vertrieb sie sich die Zeit, wenn es etwas ruhiger wurde. Wobei das selten vorkam, denn das Surrender war eines der angesagtesten Bistros in Mayfair. Sein Besitzer James hatte ein Händchen dafür, zu wissen, was die Leute zu welcher Zeit brauchten.

Das große Bistro war hell, sonnendurchflutet und zwar modern, aber nicht zu schick eingerichtet. Mit den kleinen Tischchen und den bequemen roten Sesseln lud es nicht nur morgens ein, hier Zeit zu verbringen. Viele Londoner und Touristen kamen auch mittags gerne her. Es gab immer die sechs gleichen Gerichte, die zwar jeder kannte, die aber mit einer Prise Exotik angerichtet wurden. Eines davon war eine Ofenkartoffel auf gemischtem Salat mit Himbeer-Cayennepfeffer-Dressing. Hätte Lizzy es nicht selbst gekostet, hätte sie sich nicht vorstellen können, dass es schmeckte. Am Abend lockten Livemusik und neue Cocktails, die von ein oder zwei attraktiven Barkeepern gemixt wurden.

Zu jeder Tageszeit gab es also etwas, was die Leute hierherzog, und Lizzy bewunderte ihren Boss für dieses außerordentliche Gespür. Vor allem jedoch deswegen, weil er überhaupt nicht danach aussah. James war ein kleiner, untersetzter Mann in den Fünfzigern, den man leicht unterschätzte.

Lizzy hatte gerade Gläser gespült und abgetrocknet, als Misha, ihre dunkelhäutige und wunderschöne Kollegin, augenrollend auf sie zukam. »Gerade hat die Sängerin für heute Abend abgesagt. Unfassbar! Das wird den Boss gar nicht freuen.«

Lizzys Miene hellte sich auf. »Dann hab ich ja Hoffnung, heute keine Doppelschicht arbeiten zu müssen.«

Eine der zwei Bedienungen, die für den Abend eingeteilt gewesen war, hatte sich krankgemeldet, und so hatten Lizzy zugestimmt, ausnahmsweise deren Schicht zu übernehmen.

Misha zuckte mit den Achseln. »Ich ruf James gleich mal an. Vielleicht findet er noch Ersatz. Übernimmst du meine Schlipsträger am Fenster?«

Lizzy nickte, legte das Handtuch weg und strich ihre Schürze glatt. Die vier Männer waren in Designeranzüge gekleidet und sahen unglaublich wichtig aus, beinahe so, als müsse man sie aus der Zeitung kennen. Gott sei Dank hatte Lizzy nie Schwierigkeiten, auf Menschen zuzugehen, egal, wie wichtig sie auch sein mochten. In solchen Momenten erinnerte sie sich immer an Sophies Worte:

»Sie haben alle dieselbe Haltung, wenn sie ihr Geschäft verrichten.« Seither machten Anzüge sie nicht mehr nervös.

»Guten Morgen, die Herren, und willkommen im Surrender. Welche Wünsche darf ich Ihnen heute erfüllen?« Lizzy sah in die Runde, und ihr Blick fiel auf den jüngsten Mann am Tisch. Beinahe schwarze Haare, eisblaue Augen und ein wahnsinnig attraktives Gesicht.

»Sind Sie etwa eine gute Fee?«, fragte dieser und sah sie lächelnd an.

Da geschah es. Das erste Mal in ihrem Leben hatte sie keine schlagfertige Antwort parat. Es kam einfach kein Wort heraus, und sie nestelte nervös an dem Kugelschreiber in ihrer Hand herum. Was war denn nur los mit ihr? Er war schließlich nicht der erste gut aussehende Mann, den sie traf.

»Erfahre ich Ihren Namen?«, fragte er weiter und lächelte über seine gefalteten Hände hinweg.

»Tut mir leid«, sagte sie stammelnd. »Solange die Wünsche sich auf Kaffee und Frühstück beschränken, kann ich sie erfüllen. Diesen jedoch leider nicht.«

Der Angesprochene verzog bedauernd das Gesicht.

»Wie schade«, mischte sich nun einer der anderen Männer ein und fügte zwinkernd hinzu: »Wobei es schon ein Pluspunkt ist, sein Frühstück von einer so hübschen jungen Dame serviert zu bekommen.« Lizzy erschauderte. Der Mann hatte weißes Haar und hätte ihr Großvater sein können.

Es war sicher nur nett gemeint, beruhigte sie sich.

»Nun, was darf ich Ihnen bringen?«, fragte Lizzy noch einmal – sie musste endlich die Kontrolle über ihre nervösen Finger zurückbekommen.

Ohne weitere Flirtversuche bestellten die Männer, und Lizzy flüchtete zur Theke zurück. Sie gab die Bestellung bei der Küche ab und kümmerte sich gerade um den Kaffee, als Misha hinter sie trat.

»Kennst du jemanden, der heute Abend hier singen könnte? Ich schwöre, James ist kurz davor, einen Herzanfall zu bekommen.«

Lizzys Anspannung ließ nach, und sie musste bei der Vorstellung, wie ihr Boss wohl am Telefon gewütet hatte, lächeln. James bekam bei jeder Aufregung einen hochroten Kopf und hektische Flecken am Hals. Trotz seines Hitzkopfes war er allerdings ein fairer Chef, und Lizzy war froh, den Job bekommen zu haben. Plötzlich kam ihr ein Gedanke.

»Wie viel Erfahrung müsste die Sängerin haben?«, fragte sie unsicher.

Misha machte eine wegwerfende Handbewegung. »Ich denke, so kurzfristig nimmt James jeden, der nur halbwegs einen Ton treffen kann. Bei der Werbung, die er gemacht hat …«

Lizzy atmete tief durch, schüttelte ihre Unsicherheit dann jedoch ab. »Okay, dann sag ihm, ihr habt eine Sängerin, aber eine Kellnerin zu wenig.«

»Arbeitest du denn nicht?«, fragte Misha irritiert.

»Doch, aber ich singe.«

Ein Lächeln trat auf Mishas Lippen. »Dass ich nicht sofort an dich gedacht habe!«

»Nun, bei einer Songwriterin denkt man nicht unbedingt an einen Auftritt. Das ist allerdings die Gelegenheit, ein paar Lieder von mir zu präsentieren.« Und mochte es auch nur das Publikum eines Bistros sein, Lizzy wollte jede Chance, die sich ihr bot, nutzen.

»Ich finde es super und sage James Bescheid. Dann kann er sich das nächste blutdrucksenkende Mittel sparen.« Sie zwinkerte ihr zu und verschwand in dem kleinen Büro, das an die Theke grenzte.

Lizzy machte den letzten Kaffee für die Schlipsträger fertig und eilte dann mit dem vollen Tablett hinter der Theke hervor. Welche ihrer Songs sollte sie nur präsentieren? Natürlich musste sie auch ein paar bekannte Nummern bringen, damit etwas Stimmung aufkam. Sie würde sich später eine Song-Liste machen. Plötzlich tauchte vor ihr eine breite Brust in einem weißen Hemd auf. Lizzy wollte noch bremsen, doch da geschah es: Es gab eine Kollision, das Tablett kippte, und der heiße Kaffee ergoss sich über ihr Arbeits-T-Shirt mit dem Surrender-Aufdruck.

Als Lizzy aufsah, war ihre verbrühte Haut vergessen. Vor ihr stand der gut aussehende Typ, und auch er hatte eine Ladung Kaffee abbekommen. Geschockt und besorgt zugleich musterte er sie.

»Es tut mir so unendlich leid«, murmelte Lizzy, wobei sie das Tablett mit den umgestürzten Getränken weit von sich hielt. Zu ihrem Ärger glühten ihre Wangen. Wahrscheinlich leuchtete sie wie ein Feuermelder.

Ihr Gegenüber schwieg und betrachtete Lizzys durchtränkte Kleidung und dann seine eigene. Nach schier endlosen Sekunden brach er plötzlich in schallendes Gelächter aus, und Lizzy wusste nicht, ob sie mitlachen oder lieber weinen sollte. Wie peinlich ihr das war. Ausgerechnet bei ihm, der sie ohnehin nervös gemacht hatte. Sie wäre am liebsten im Erdboden versunken. Vor allem, als Misha angelaufen kam, sich ebenfalls entschuldigte und dann versuchte, den Schaden zu minimieren. Das machte es nicht unbedingt besser für sie.

Der Mann lächelte allerdings fortwährend und reichte Lizzy eine Hand. »Alles in Ordnung bei Ihnen?« Er deutete auf ihren Busen, auf dem sich der Kaffeefleck ausgebreitet hatte.

Lizzy errötete noch mehr, falls das überhaupt möglich war, und winkte ab. »Ich sollte das lieber Sie fragen! Es tut mir wirklich leid. Ich war wohl in Gedanken. Ich übernehme selbstverständlich die Rechnung für die Reinigung.«

»Seien Sie nicht albern. Ich fürchte, ich habe Sie einfach zu sehr aus dem Konzept gebracht. Eigentlich bin ich Ihnen etwas schuldig. Wie kann ich das wiedergutmachen?«

Lizzy winkte lächelnd ab. Wieso brachte sie wieder kaum einen Ton heraus? Sie räusperte sich. »Nein, ich bin sicher, es war meine Schuld.«

»Dann einigen wir uns wenigstens darauf, dass wir uns nicht einig sind?«

Lizzy nickte beschämt. Misha hatte das Tablett schon weggebracht, doch eine Tasse war zu Boden gefallen, und so sammelte sie die letzten Porzellanstücke auf. Dieses Chaos war wieder so typisch für sie. Der junge Mann zögerte, als überlegte er noch, was er sagen sollte, da brachte Misha für seinen Tisch neuen Kaffee, und er folgte ihr zurück an seinen Tisch, wo Misha sich nochmals für die Unannehmlichkeiten entschuldigte. Lizzy schlich in die Küche und versuchte zu retten, was zu retten war. Doch der Kaffeefleck auf ihrem Shirt wurde allenfalls noch größer. Wenige Minuten später kam Misha mit ernstem Gesicht zurück.

»War er sehr wütend?«, fragte Lizzy mit zusammengepressten Zähnen.

»Nein, überhaupt nicht. Aber so kannst du nicht weiterarbeiten, Lizzy. Geh nach Hause und zieh dich um. Ich kümmere mich um den Rest.«

Verblüfft schaute Lizzy sie an. »Bist du sicher? Ich könnte doch ein Ersatz-Shirt anziehen?«

Misha nickte. »Der große Ansturm ist vorüber, und bald ist sowieso Schichtwechsel. Bereite du dich für heute Abend vor.«

»Du bist ein Schatz, weißt du das?«

Sie lächelte. »Aber sicher weiß ich das. Du kannst dich nächste Woche bei mir bedanken und meine Mittwochschicht übernehmen«, rief sie Lizzy hinterher, die die Schürze an den Haken hängte und eilig durch die Hintertür das Bistro verließ.

* * *

Die Swores hatten nach einer intensiven Probe eins dieser Meetings, bei dem keiner wirklich aufnahmefähig war. Doch es standen Verhandlungen mit potenziellen Werbeträgern an, und da gab es einiges zu besprechen. Nic lümmelte sich neben Liam auf dem Sofa und kämpfte ganz offensichtlich gegen das Bedürfnis an, sogleich in komatösen Schlaf zu fallen.

Liam fühlte sich ganz ähnlich und murmelte leise: »Hat Josh dich und Mia auf Trab gehalten?«

Nic gähnte demonstrativ. »Mia glaubt, er kriegt wieder einen Zahn. Ich glaube, er hat eine tyrannische Ader und liebt es, uns zu quälen.« Liam gluckste. »Und warum hast du so kleine Augen? O nein, warte! Ich will nichts von deinen Sexabenteuern hören.«

Liam schüttelte den Kopf und antwortete: »Ehrlich gesagt war es deine Schwester.«

»Was?!«, entfuhr es Nic so laut, dass sich alle Köpfe in ihre Richtung drehten. Liam lachte über sein geschocktes Gesicht, bevor er jedoch antworten und alles erklären konnte, kam Emma, ihr Mädchen für alles, herein und brachte den Servierwagen, gefüllt mit Brötchen und Kaffee.

»Mittagspause!«, sagte Stan erleichtert, stand blitzschnell auf und schoss auf den bereitstehenden Snackwagen zu.

Pablo nickte ergeben. Er vertrat die Swores nun seit knapp vierzehn Monaten und wusste, dass es keinen Sinn hatte, alle Punkte durchzupauken, wenn die Aufmerksamkeit der Bandmitglieder sank.

Emma lächelte Liam an und machte sich an dem Kaffeewagen zu schaffen.

»Hast du mir gerade von einem Sexabenteuer mit meiner Schwester erzählt?«, fragte Nic perplex und zog endgültig die Aufmerksamkeit aller auf sich. Emmas Lächeln erstarb, und sie verließ, ohne mit jemandem zu sprechen, den Raum.

Liam ahnte seit einer Weile, dass sie eine Schwäche für ihn hatte. Eigentlich hatte Mia ihn darauf aufmerksam gemacht. Die beiden Frauen mochten sich, und er war sicher schon häufiger Gesprächsstoff gewesen.

Emma war süß, keine Frage. Sie war klein, sehr schmal und mittlerweile trug sie ihr dunkles Haar etwas länger, was sie etwas weiblicher wirken ließ. Allerdings war sie nicht unbedingt sein Beuteschema, und da Liam keine ernste Beziehung wollte, hielt er sich bei ihr zurück. Sie alle hatten bei Nic und Angela mitbekommen, welche enorme Spannung eine Affäre im Job auslösen konnte. Das wollte Liam auf keinen Fall wiederholen. Er glaubte auch nicht, dass Emma der Typ Frau für ein kurzes Sexabenteuer war.

»Oh, bitte nicht schon wieder«, stöhnte John mit Leidensmiene. Die Zeit, in der sich Nic und Liam regelmäßig an die Gurgel gegangen waren, lag noch nicht so weit zurück. »Ich erinnere mich nur zu gut an das letzte Mal.«

Liam grinste. »Nee, ich kann dich beruhigen.« Er wandte sich an Nic. »Du solltest vermutlich trotzdem wissen, dass sie bei mir wohnt.«

Der war mit einem Mal hellwach. »Moment ... ich komm nicht mehr mit. Hab ich die letzten Monate echt so wenig geschlafen? Du lebst mit meiner Schwester zusammen?«

Liam lachte gequält, während er seine langen Beine von sich streckte. »Eine WG, du Idiot!«

Nic entspannte sich etwas und verzog das Gesicht zu einer mitfühlenden Miene. »Wenn du mit meiner Schwester eine WG gegründet hast, bist du der Idiot. Kannst du dich noch an den Zustand von Mias und Lizzys Wohnung an der Uni erinnern?«

Alle lachten. Jeder kannte Lizzys chaotische Seite und wusste, wie ordnungsliebend Liam war. Im Tourbus trieb er sie regelmäßig in den Wahnsinn mit seinem Drang, alle Sachen fortzuräumen.

»Wann ist das denn passiert?«

Liam holte tief Luft. »Eigentlich stand sie mit gepackten Sachen vor fast vier Wochen nachts vor meiner Tür.«

Nic verschluckte sich an seinem Kaffee, den er sich vom Servierwagen geholt hatte. »Moment ... sagtest du vor vier Wochen? Also hat Mia recht, und Lizzy steckt in Schwierigkeiten?«

Liam zuckte mit den Achseln. »Sagen wir einfach, es lief nicht so rund. Du kennst Lizzy ja. Ursprünglich wollte sie nur ein paar Tage bleiben, doch dann wurde schnell klar, dass sie vollkommen pleite war. Sie hat sich sogar von ihrem Terminator getrennt. Kannst du das glauben?«

»Dem Himmel sei Dank. Das macht Londons Straßen um einiges sicherer«, entfuhr es Nic erleichtert.

»Du sagst es. Nach ein paar Auseinandersetzungen haben wir uns gestern dazu entschlossen, dass sie erst mal bei mir wohnen bleibt.«

Nic sah ihn an, als zweifelte er an Liams Geisteszustand. »Hast du nur im Ansatz eine Ahnung, worauf du dich da eingelassen hast? Ich liebe meine Schwester, aber nach der Geburt von Josh und der Hochzeit mit Mia kommt der Tag meines Auszuges von zu Hause direkt auf Platz drei meiner Top-Tage.«

»Glaub mir, ich weiß, worauf ich mich einlasse. Ich werde in den nächsten Wochen höchstwahrscheinlich irre und reif für die Anstalt sein. Aber was hätte ich bitte tun sollen? Sie hat mich um Hilfe gebeten.«

»Warum hat sie Mia und mir nichts davon erzählt?«, rätselte Nic.

»Jetzt sag nicht, du reißt dich darum, Lizzy bei euch wohnen zu haben.« Als Nic grinste, nickte Liam und fügte hinzu: »Ich glaube, sie will euch nicht noch mehr belasten. Das ist auch der Grund, warum ich es dir heute erzähle. Du kannst Mia später beruhigen. Ich weiß, dass sie sich Sorgen um Lizzy macht.«

Nic sah Liam an. »Danke, dass du sie bei dir aufgenommen hast. Sie lässt sich sonst von niemandem helfen. Und bei allem, was zwischen Dad und ihr los war …«

»Kein Thema. Du hast meine Schwester geheiratet. Das war ich dir irgendwie schuldig.«

»Aber du und Lizzy …« Nic kniff die Augen zusammen, und Liams weiteten sich.

»Jetzt bist du völlig übergeschnappt, oder? John, ruf den Krankenwagen, Nics chronischer Schlafmangel schlägt sich auf sein Hirn nieder.«

Alle lachten, und Nic stimmte mit ein.

»Nur, wenn du mitkommst und dich ebenfalls auf deinen Geisteszustand testen lässt. Eine WG mit Lizzy. Ich fass es nicht!« Er schüttelte den Kopf und stand vom Sofa auf, um sich einen neuen Kaffee zu holen. »Vielleicht sollte ich mir einen intravenösen Zugang legen lassen, damit das Koffein es leichter hat«, überlegte er laut.

* * *

»Du wohnst bei meinem Bruder? Sag mir, dass du schwer gestürzt bist und dir eine Kopfverletzung zugezogen hast!«

Lizzy klemmte das Telefon zwischen Schulter und Kinn. Es war kurz nach eins, und sie war gerade dabei gewesen, ihr Outfit für den Abend herauszusuchen, als Mias Name auf ihrem Handydisplay erschienen war.

»Hast du es schon mal mit einer richtigen Begrüßung versucht, Emilia?«

»Ich habe keine Zeit für so einen Quatsch, wenn meine beste Freundin es versäumt hat, mir zu sagen, dass sie bei meinem nervtötenden Bruder wohnt.« Mias Stimme war ungewöhnlich hoch.

»Also funktionieren die Kennedy- und Donahue-Buschtrommeln wieder. Ich bin gespannt, wann mich Josslin anruft«, kommentierte Lizzy trocken. Das schlechte Gewissen überkam sie jedoch schnell, und sie kaute auf ihrer Unterlippe, eine schlechte Angewohnheit von ihr. »Es tut mir leid«, sagte sie schließlich kleinlaut, und Mia schnaubte am anderen Ende der Leitung.

»Nimmst du starke bewusstseinstrübende Medikamente?«

Es klingelte an Liams Wohnungstür – das konnte eigentlich nur Mrs Grayson sein. Lizzy stand auf, strich ihren frisch übergezogenen Pullover glatt und eilte mit Mia am Hörer zur Tür. »Nein, wieso?« Sie öffnete und starrte perplex in Mias Gesicht.

»Weil das die einzig logische Erklärung wäre, warum du Liam um Hilfe gebeten hast statt mich«, sagte diese nun nicht mehr in ihr Smartphone, sondern direkt in Lizzys Gesicht.

Lizzy öffnete den Mund wie ein Fisch und schloss ihn kurz darauf wieder. Mia stürmte bepackt mit Josh, der eingemummelt in seinem Kindersitz schlief, einer viel zu großen Wickeltasche und einer Tüte voll Einkäufe herein. Lizzy staunte nicht schlecht, wie das Orkantief Mia so schnell durch Londons Straßen zu ihr gefegt war und jetzt über sie hereinbrach.

Mia stellte alles ab und wandte sich, die Hände in die Hüften gestemmt und mit wütend funkelndem Blick, zu Lizzy um.

Lizzy entschied sich erst mal dafür, die Tür zu schließen. Dann ging sie langsam auf ihre Freundin zu.

»Es tut mir leid. Ich schwöre, ich wollte es so oft sagen.«

»Tut es dir leid, dass du es mir nicht gesagt hast oder dass ich es rausgefunden habe?«

Lizzy zuckte mit den Achseln. »Ein bisschen von beidem ehrlich gesagt.«

Mia schnaubte, und es schien, als sei sie hin- und hergerissen, ob sie sich erschöpft auf Liams Sofa fallen lassen sollte, um einen Mittagsschlaf zu halten, oder all ihre Sachen wieder packen und hinausstürmen sollte. Doch dann geschah etwas Seltsames: Sie brach in Tränen aus und sank einfach zusammen.

Lizzy war zuerst viel zu perplex, um darauf zu reagieren. Dann eilte sie auf Mia zu, die völlig aufgelöst auf dem Boden kauerte.

»Schhhh, Mia! Ich wollte dich doch nicht so verletzen«, murmelte sie und strich ihr sanft über den Rücken.

Unter Tränen begann Mia zu schimpfen: »Das ist es doch nicht!

Ich bin nicht sauer auf dich. Ich bin so entsetzlich wütend auf mich, weil ich offensichtlich eine grottenschreckliche, hundsmiserable Freundin bin. Wie schlecht muss ich als Freundin sein, wenn du dich an Liam wendest statt an mich?!«

Lizzys Augen wurden tellergroß. »O nein, Süße! So ist es doch gar nicht.«

»Ich bin viel zu sehr mit Nic und dem Baby beschäftigt und habe zu wenig Zeit für dich. Ich weiß es genau. Ich habe gehört, wie du und Liam immer wieder gesagt habt, wir wären von der Außenwelt völlig abgeschnitten.«

Lizzy ergriff Mias Hand und musste lachen. »Ja, das stimmt. Ihr lebt wirklich manchmal in eurer eigenen kleinen bezaubernden Welt, zu der niemand Zutritt hat.« Mia schluchzte. »Nun hör mir erst mal zu, Mia! Es gibt niemanden, wirklich niemanden in dieser Welt und etlichen Universen, der es mehr verdient hat als ihr. Endlich seid ihr zusammen, unzertrennlich, und ihr habt ein Baby. Und sieh dir diesen süßen Schatz nur an. Es ist alles so, wie es sein muss. Du hattest gar keine Chance, meine Schwierigkeiten zu bemerken. Ehrlich gesagt habe ich alles dafür getan, damit du es nicht mitbekommst. Nicht, weil ich nicht auf deine Hilfe zählen kann oder sie nicht will ... es war eher deswegen, weil ich dich nicht belasten wollte. Du hast schon genug mit Josh und dem Muttersein zu tun, ganz abgesehen von deiner Karriere und Nic. Nicht zwingend in der Reihenfolge.«

Mia lächelte schwach. »Aber weißt du, als du vor knapp eineinhalb Jahren nicht von meiner Seite gewichen bist, konnte ich das annehmen, weil ich dachte, dass ich eines Tages dasselbe für dich tun kann.«

Lizzy umfing Mias Gesicht mit beiden Händen. »Aber Schatz, das hast du doch schon so oft zuvor getan. Und du hast noch das ganze Leben Zeit, mir beizustehen, so wie ich dir.«

Mias Augen füllten sich wieder mit Tränen, und Lizzy fuhr fort: »Du bist meine beste Freundin, weil du alles stehen und liegen lassen würdest, um mir zu helfen. Und ich bin deine, um genau das in manchen Situationen nicht von dir zu erwarten.«

Mia beruhigte sich etwas, als Lizzy sie fest in die Arme schloss. Irgendwann standen die beiden Freundinnen auf und gingen mit dem noch immer schlafenden Josh ins Wohnzimmer. Dort saßen sie dicht nebeneinander auf dem Sofa und verschränkten ihre Hände miteinander. Lizzy betrachtete ihren Neffen und schmolz beinahe dahin. Er war wahnsinnig süß und würde in einigen Jahren sämtliche Frauenherzen im Sturm erobern.

»Er ist von unserem Drama gar nicht aufgewacht«, stellte sie erstaunt fest, und Mia nickte erschöpft.

»Kein Wunder nach der vergangenen Nacht.«

Lizzy schaute Mia von der Seite an und sah die dunklen Ringe unter ihren Augen. »Du siehst echt scheiße aus«, sagte sie mitfühlend.

Mia zuckte mit den Achseln. »Was ist das da für ein Ding?« Sie deutete auf die Schildkröte auf dem Teppich.

»Darf ich vorstellen? Pebbles!«

»Ist es das, wonach es aussieht?«

Lizzy nickte. »Pebbles, das ist Mia, meine beste Freundin und die entspannte Schwester unseres streitlustigen Mitbewohners. Das ist Josh, der süßeste Herzensbrecher ganz Londons. Aber bitte weck ihn nicht, ich fürchte, Mia bekommt sonst einen Nervenzusammenbruch.«

»Hi, Pebbles!« Mia beugte sich zu der Schildkröte vor und streichelte über ihr Köpfchen. »Die ist ja goldig.«

»Ja, nicht?«

»Will ich wissen, wie du an sie gekommen bist?«, fragte Mia mit hochgezogenen Augenbrauen. Lizzy erweiterte ihr Lächeln zu einem typischen Donahue-Grinsen, und Mia winkte ab. »Ich glaub, ich hab meine Antwort! Nun erzähl mal … was ist los?«

Und dann erzählte Lizzy ihr von den unendlich vielen Absagen, von ihren Demo-CDs, von der letzten WG-Pleite, von ihren

Geldproblemen und schließlich von ihrem Zusammenleben mit Liam.

Mia hörte aufmerksam zu und unterbrach sie nicht. Erst als Lizzy geendet hatte und beteuerte, wie leid ihr all das tat, fragte sie: »Wie oft hattest du schon Fantasien, in denen du meinen Bruder umbringst?«

Lizzy machte eine wegwerfende Handbewegung. »Du hast ja keine Ahnung. Er treibt mich in den Wahnsinn.«

»Ich fürchte, ihr euch gegenseitig, oder? Willst du wirklich nicht bei uns wohnen?«

Lizzy schüttelte den Kopf. »Wir haben seit gestern Abend einen Deal.« Und dann erzählte sie von Liams Nachbarin, seinen Plänen, diese Wohnung zu kaufen, ihrem neuen Job im Bistro und der Chance, dort an diesem Abend ihre Songs vorzustellen. »Wahrscheinlich wird mir das nichts bringen. Aber einen Versuch ist es wert«, schloss sie, und Mia nickte.

»Du weißt, dass es für Liam und Nic ein Kinderspiel wäre, dich mit den richtigen Leuten in Verbindung zu bringen, oder?«

»Und würdest du das wollen in Bezug auf deine Entwürfe?«

Mia nickte, dann schien ihr etwas einzufallen. Ohne Erklärung eilte sie in den Flur und kam mit einer Riesenportion Eis, Prosecco, Schokolade von unterschiedlichster Form und Marke, Ohropax, Zeitschriften, Duschgel und einem Rasierer in ihren Armen zurück. »Das habe ich für dich eingekauft. Alles Dinge, die Liam sicher nicht hier hat. Du brauchst eine Art Survival-Pack, um das alles zu überstehen. Ich weiß, er hasst es, wenn du seinen Rasierer benutzt. Und die wirst du brauchen ...« Sie hob die Ohropax in die Höhe. »... sobald er nur ein paar Schnäpse getrunken hat, schnarcht er wie verrückt. Ich hab ihn damals bis ins Dachgeschoss gehört. Bei Bier geht es einigermaßen.«

Lizzy schüttete sich förmlich aus vor Lachen und drückte Mia fest an sich.

Eine Stunde später brach Mia mit dem noch immer schlafenden Josh auf, weil Lizzy ihr Versprechen halten und Mrs Grayson besuchen wollte, bevor sie zu ihrem Auftritt gehen würde.

Als Lizzy jedoch kurze Zeit, nachdem sie die von Mia mitgebrachten Einkäufe weggeräumt hatte, die Tür zum Hausflur öffnete, nahm sie einen strengen Geruch wahr. Es war, als ob es irgendwo brannte. Sie beugte sich über das Treppenhausgeländer und sah, wie starker Qualm bedrohlich in die obersten Etagen hochstieg. Die Rauchschwaden schienen aus einem der unteren Geschosse zu kommen, aber es war unmöglich, den Ursprungsort genau zu lokalisieren.

Panik stieg in Lizzy auf, und sie dachte nicht mehr nach, sondern handelte nur. Sie wählte die Nummer der Feuerwehr, rannte in Liams Wohnung zurück, um Pebbles zu holen. Sie klemmte die Schildkröte unter den Arm und verschloss die Wohnungstür. Dann klingelte sie bei ihrer alten Nachbarin Sturm und erklärte dem Notruf währenddessen, um welche Gefahr es sich handelte.

Endlich öffnete Mrs Grayson, höchst undamenhaft fluchend, die Tür und starrte Lizzy verblüfft an. »Was? Wie?«

»Es brennt! Raus hier! Sofort!« Lizzy packte die alte Dame am Arm und wollte sie energisch hinunterbringen. Doch Mrs Grayson sträubte sich.

»Charles!«, sagte sie bloß.

»In Ordnung! Warten sie hier, ich hole ihn!« Lizzy drückte der verdutzt dreinblickenden Mrs Grayson Pebbles in die Arme und rannte wie ein geölter Blitz in die Wohnung ihrer Nachbarin. Sie suchte den Kater an dem Ort, an dem sie ihn das erste Mal gesehen hatte. Sie ging die ausgestopften Tiere eins nach dem anderen durch, fand ihn allerdings nicht.

»Charles! Komm schon, alter Junge!« Sie war schon drauf und dran aufzugeben, als sie ein Fauchen unter einem Wohnzimmersessel vernahm. »Gott sei Dank! Los, komm her, du kleiner Kerl.«

Allerdings war Charles gar nicht damit einverstanden, dass Lizzy ihn auf den Arm nahm, und sträubte sich mit jeder Kralle. Irgendwie schaffte sie es dennoch, das Tier unter ihren Arm zu packen, und rannte aus der Wohnung.

Weiter unten im Haus waren mittlerweile Stimmen laut geworden – auch andere Nachbarn hatten offenbar den Qualm bemerkt und ihre Wohnungen verlassen. Dem Getrappel nach liefen sie die Treppen hinunter zum Ausgang.

Mrs Grayson wartete jedoch noch an dem Platz, an dem Lizzy ihr befohlen hatte, stehen zu bleiben, was sie sehr verblüffte. Sie gab Lizzy ihre Schildkröte zurück und nahm dankbar ihren Kater entgegen. Dann ließ sie sich von Lizzy das Treppenhaus hinabführen. In den unteren Stockwerken wurde der Rauch dichter, und sie hielten so gut es ging die Luft an. Sobald sie ins Freie traten, atmeten sie tief ein. Sicherheitshalber hatte Lizzy an jede Tür geklopft, an der sie vorbeikamen. Niemand hatte jedoch geantwortet. Umso erleichterter war sie, als sie die meisten Hausbewohner vor der Tür stehen sah.

Keiner schien so recht zu wissen, wo der Brand entstanden war. Bevor sie weitere Vermutungen anstellen konnte, erklangen die Sirenen der Feuerwehr, und die Bewohner machten dem Löschwagen Platz.

Lizzy holte ihr Telefon aus der Hosentasche und rief Liam an. »Ich möchte keine blöden Bemerkungen hören. Und nur damit du es weißt, diesmal bin ich völlig unschuldig.«

Liams Stimme war beinahe verzweifelt. »Was hast du wieder angestellt, Elizabeth Chaos Donahue?«

»Das Haus brennt!«

4

Dem Himmel sei Dank für meinen schnellen Sportwagen!, war Liams erster Gedanke. Der zweite war: *Nützt mir in Londons Straßen aber rein gar nichts!* Er fluchte wie ein Rockstar, der keine Kinderstube genossen hatte, und wusste, seine Mutter wäre nur bei der Hälfte der Schimpfwörter in Ohnmacht gefallen, während Sophie beeindruckt gewesen wäre. *Ach, ich vermisse meine Familie. Ich sollte bald mal wieder nach Hause fahren,* war sein nächster Gedanke.

Endlich, nach einer gefühlten Ewigkeit, hatte er seine Straße erreicht, fuhr er auf den Bürgersteig und sprang aus seinem Auto. Beim Anblick der Feuerwehr und all der in Schutzanzüge gekleideten Männer vor dem Haus wurde ihm ganz flau im Magen. Er hielt Ausschau nach Lizzy und sah sie auf sich zueilen. Seltsamerweise empfand er bei ihrem Anblick eine riesengroße Erleichterung. Er schloss sie erst fest in die Arme, dann nahm er ihren Kopf in seine Hände. Eine Geste, die er meistens bei Haley machte, wenn sie traurig war. Lizzy war mindestens ebenso überrascht wie Liam über diese offene Zuneigungsbekundung.

»Dir geht es gut?«, versicherte sich Liam und untersuchte sie nach irgendwelchen Verletzungen.

Lizzy nickte stumm und machte sich von ihm los. »Ich bin so froh, dass Mia mit Josh schon fort war, als das Feuer ausbrach.«

Liam nickte zustimmend und ging dann zu der kleinen Gruppe an Nachbarn. Er blickte in die aufgeregten Gesichter und fragte: »Ist irgendjemandem was passiert?«

Zum Glück schüttelten alle den Kopf.

»Es war wohl eine defekte Waschmaschine im Keller«, erklärte ein älterer Mann mit Schnauzbart, der einen Anzug trug. Liam wusste nur, dass er Dirigent an der Oper war, Mr Gates hieß und alleinstehend war.

»Hauptsache, niemand ist zu Schaden gekommen!«, sagte Liam und legte einen Arm um Lizzy, die ihm gefolgt war.

* * *

Das Flattern in Lizzys Brust nahm zu, und sie sah Liam überrascht an. Sie hätte mit allem gerechnet, doch nicht mit seiner großen Sorge und seinen offen gezeigten Berührungen. Dann erinnerte sie sich daran, dass er all das der Leute wegen tat, und ein Teil in ihr wünschte sich aufs Heftigste, dass es echt wäre. Um sich von diesen fremdartigen Gefühlen abzulenken, eilte sie zu Mrs Grayson, die einen Platz auf der kleinen Mauer vor dem Haus gefunden hatte. Sie streichelte Charles, der überraschend ruhig in den Armen der alten Dame lag. Pebbles saß neben ihr und dem Kater und beäugte die beiden Fremden kritisch.

»Brauchen Sie etwas?«, fragte Lizzy fürsorglich.

»Nein, danke, meine Liebe.« Mrs Grayson deutete auf ihren Kater. »Ich habe alles, was ich brauche.« Dann wandte sie sich an Liam, der hinter Lizzy trat. »Ihre Freundin ist eine Heldin!« Er hob fragend die Brauen. »Sie hat den Brand bemerkt, die Feuerwehr alarmiert, mich aus meinem Schläfchen gerissen und meinen Charles gerettet.«

»Ja, so ist sie, meine Lizzy! Verrückt genug, ihr Leben zu riskieren. Für einen Kater!«

Er sah Lizzy mit einem eindeutig vorwurfsvollen Blick an – wahrscheinlich, weil er ihre Unschuld an dem Feuer insgeheim immer noch anzweifelte.

Liam ließ sie kurz allein und kehrte mit einer Wolldecke zurück. Er legte sie fürsorglich um Mrs Graysons Schultern und zwinkerte ihr zu. Dann öffnete er den Reißverschluss seiner Lederjacke und hängte sie um Lizzys Schultern. Am liebsten hätte sie mit dem Finger auf ihn gezeigt und »Schleimer!« gerufen, aber sie konnte sich gerade noch bremsen.

Sie wollte sich gerade neben Mrs Grayson setzen, als Liam einen Arm um sie legte und sie ein paar Schritte zur Seite lotste.

»Bist du völlig verrückt geworden?«, flüsterte er verärgert.

»Was denn? Du wolltest doch, dass Mrs Grayson mich mag«, wisperte sie aufgebracht zurück.

»Aber nicht, indem du dein Leben aufs Spiel setzt. Für so ein altes Flohbündel wohlgemerkt.«

Lizzy machte ein ersticktes Geräusch und sagte dann: »Hast du überhaupt kein Herz für Tiere?«

Liam grinste spöttisch. »Doch, ich finde Tiere super: im Zoo, in der Tierhandlung, auf Plakaten. Manchmal gucke ich auch *Tiere suchen ein Zuhause*. Aber nicht, wenn du bei dem Versuch, ein Katzenvieh aus einem brennenden Haus zu retten, draufgehst.«

Lizzy hielt inne und sah ihn an. »Machst du dir etwa Sorgen um mich?«

Liam schnaubte und rollte mit den Augen. »Um dich kleine Nervensäge?« Dann sah er Lizzy in die Augen und grinste süffisant. »Dass du als potenzielle Brandstifterin festgenommen wirst, ja, darum habe ich mir tatsächlich Sorgen gemacht.«

Lizzy schüttelte den Kopf und löste sich aus Liams Umarmung. Sie ließ sich neben Mrs Grayson und Pebbles nieder und spürte, wie ihr Herz bis zum Hals schlug.

* * *

Zwei Stunden später hatte sich die ganze Aufregung gelegt, die Feuerwehr hatte die Schläuche eingerollt, die hinzugekommene Polizei hatte alle Aussagen und Daten aufgenommen und zuletzt den anwesenden Bewohnern erklärt, dass sie in ihre Wohnungen zurückkehren könnten. Abgesehen von einem Schaden, der einen der Kellerräume betraf, waren alle Wohnungen bewohnbar. Liam hatte Mrs Grayson mit ihrem Kater die Treppe hinaufgeholfen.

Jetzt kehrte er wild fluchend und mit zerkratzten Unterarmen in die Wohnung zurück. Er zog seine Schuhe aus, ließ sich mit einem theatralischen Seufzer aufs Sofa sinken und schloss die Augen. Da hörte er die kleine Nervensäge und blinzelte zu Lizzy hoch.

Unwillkürlich setzte er sich ein wenig auf. Lizzy hatte sich richtig herausgeputzt. Sie trug eins von Mias selbst kreierten Kleidern und hatte hochhackige Stiefel dazu angezogen. Ihre Haare waren offen, und die pinkfarbenen Spitzen fielen weich über ihren Rücken. Die großen Creolen, die sie von Nic zu ihrem letzten Geburtstag bekommen hatte, blitzten unter den Haaren hervor, und leichtes Make-up vervollständigte ihr Outfit.

»Na hoppla! Du hast noch was vor?«

»James' Sängerin für heute Abend hat kurzfristig abgesagt. Ich springe ein. Keine große Sache.« Sie winkte ab und hielt zwei Jacken hoch. »Welche ist besser?«

Liam überlegte kurz, dann deutete er auf die Lederjacke. »Das sieht etwas unkonventioneller aus.«

Lizzy nickte und streifte die Jacke über. »Und was treibst du heute?«

Liam ließ sich zurück in die Kissen fallen. »Du meinst, nachdem ich mich von diesem Wahnsinn erholt habe? Ich denke, die Playstation wird es werden.«

Lizzy hob überrascht die Augenbrauen. »Kein heißes Date für dich heute Abend?«

Liam kratzte sich am Kopf. »Auch ich brauch mal eine Pause.«

»Nun gut. Dann drück mir die Daumen, dass ein superattraktiver Produzent da ist, der ganz wild darauf ist, mir bei meiner Karriere zu helfen.«

Liam reckte den Daumen hoch und rief: »Viel Spaß!«

Nachdem die Haustür hinter Lizzy ins Schloss gefallen war, bemerkte Liam erst die Stille, dann ein ungewöhnliches Rauschen. Er stand auf und eilte ins Bad.

»Sie hat doch wohl nicht …«, murmelte er fassungslos, Wasserdampf schlug ihm entgegen, »… die Dusche angelassen.« Er lehnte den Kopf verzweifelt an die Tür und kniff die Augen zusammen. Womit hatte er diese Chaotin nur verdient? In einer fließenden Bewegung zog er sein T-Shirt über den Kopf, riss sich auch den Rest seiner Kleidung vom Leib und stellte sich unter den heißen Wasserstrahl. Als er zum Schluss vor dem Spiegel stand und sich rasierte, kam ihm eine Idee. Er würde sich anziehen und zu Lizzys Auftritt gehen. Er hatte ohnehin nichts anderes vor und würde sie ein bisschen unterstützen.

* * *

Elizabeth Donahue war prinzipiell nie nervös. Warum auch? Sie hatte ein gesundes Selbstbewusstsein und bislang nie Grund gehabt, sich in ihrer Haut unwohl zu fühlen. Andererseits hatte ihr Selbstwertgefühl in London einen Knacks bekommen, denn diese Stadt war ganz anders als ihre Wohlfühlzone in Falmouth oder Bodwin. Sie schluckte den Kloß in ihrem Hals hinunter und atmete tief ein. Es waren natürlich einige Gäste in der Erwartung gekommen, eine andere Sängerin zu sehen. Daran durfte Lizzy jetzt jedoch nicht mehr denken. Ihr Chef kündigte sie mit ihrem Vornamen an, und sie zwang sich, auf die kleine Bühne zu treten. Sie ergriff das Mikro und begrüßte die Gäste. Dann schloss sie die Augen und begann zu singen.

Der Auftritt war alles andere als ein Flop, und Lizzy resümierte im Anschluss mit James über diese Entwicklung.

»Unglaublich, wie viel positives Feedback wir bekommen haben. Warum bin ich nicht schon eher auf dich gekommen?«, fragte er sich zum wiederholten Mal und rieb sich den fast kahlen Kopf.

»Ja, warum eigentlich nicht, James?«, mischte sich Misha ein, die Lizzys Auftritt keinesfalls hatte verpassen wollen und ihre Doppelschicht übernommen hatte. »Und das, obwohl du diesen Geheimtipp hier für dich Teller schleppen lässt.« Sie zwinkerte Lizzy zu.

»Kann ja keiner ahnen, dass die Kleine so was kann«, verteidigte sich James und reichte Lizzy ein frisch gezapftes Bier.

»Zu seiner Verteidigung: Es gibt kaum jemanden, der mich je singen hört. Eigentlich singe ich nur beim Schreiben und unter der Dusche.«

Misha grinste sie an.

»Vielleicht sollten wir das öfter machen, was meinst du, Lizzy?«, schlug ihr Boss vor und deutete einen Toast an.

»Ich habe nichts dagegen«, lächelte Lizzy. Damit stießen sie an, und James schob ihr einen Umschlag mit einigen Pfund zu. Lizzy war etwas überrascht, wehrte sich aber nicht. James war nicht unbedingt bekannt dafür, großzügig zu sein, und wenn er sich für eine Bonuszahlung entschied, sollte man sich tunlichst vom Acker machen.

Das hatte Lizzy auch vor, doch Misha zog sie eifrig zur Seite.

»Da sitzt ein überaus attraktiver Kerl, der explizit nach dir gefragt hat. Du hast schon den ersten Fan.« Sie quietschte beinahe und deutete dann in die Sitzecke, die von der Bar nicht einzusehen war. »Na, geh schon«, sagte sie ungeduldig und schob Lizzy vor sich her.

Lizzy zögerte kurz, denn sie war wahnsinnig erschöpft, nachdem das Adrenalin abgeflacht war, doch dann ging sie um die Ecke, um ihren ersten Fan nicht zu enttäuschen. Wie angewurzelt blieb sie stehen und starrte den Mann fassungslos an.

»Nachdem du dich so schnell verdrückt hast, hatte ich beinahe keine Wahl, als dich hier zu stalken.« Seine blauen Augen funkelten, und sein Lächeln war überaus anziehend.

Es war der Kaffeemann vom frühen Vormittag. Sofort entglitt Lizzy ihr Selbstbewusstsein wieder, und sie wusste nicht, wohin mit ihren Händen. Alles an ihrem Körper war plötzlich zu lang oder zu groß, sodass sie sich sehr linkisch vorkam.

»Dein Auftritt hat mich begeistert! Setz dich doch bitte.« Er deutete auf den freien Stuhl ihm gegenüber, und wie ein Roboter ließ sie sich daraufplumpsen. »Du verunsicherst mich etwas, weil du so schweigsam bist. Sag nicht, das Stalken hat dich verschreckt.«

Der Schalk tanzte in seinen Augen, und endlich erlangte Lizzy die Kontrolle über ihre Mimik zurück. Sie lächelte. Es war unfassbar, aber er machte aus ihr ein nervöses Nervenbündel.

»Das Stalken könnte ein Problem werden«, sagte sie schließlich.

Er feixte und erwiderte: »Das krieg ich in den Griff, aber nur unter einer Bedingung...« Lizzy hob abwartend die Augenbrauen. »Ich möchte dich gerne zum Abendessen einladen!«

Lizzy spürte das Blut in ihren Adern rauschen und nickte begeistert. »Ich denke, einen Abend könnte ich opfern. Allerdings nur, wenn du mir sagst, wie du heißt. Ich gehe prinzipiell nicht mit Typen aus, deren Namen ich nicht kenne.«

»Tom, und du?«

Lizzy zögerte. Sie wollte nicht, dass Tom sie anhand ihres Nachnamens mit Nic und den Swores in Verbindung brachte. Er sollte sie allein um ihrer selbst willen und ihre eigenen Songs von heute Abend schätzen. »Elizabeth ... Kennedy.« Der Name kam ihr so leicht über die Lippen, dass sie darüber lächeln musste. »Aber meine Freunde nennen mich Lizzy.«

Er lehnte sich über den Tisch und flüsterte: »Ich bin ein Freund?«

»Wenn du mich nicht noch mal mit Kaffee umrennst.«

»Solange ich dich dann dazu bringen kann, dich umzuziehen, damit du so aussiehst«, gab Tom lachend zurück.

»Hey, das war ein wundervolles Shirt«, empörte sich Lizzy.

»Ich glaube, an dir sieht einfach alles wundervoll aus, Lizzy. Aber heute Abend siehst du besonders toll aus.«

Sie errötete und wusste nicht, was sie darauf erwidern sollte, außer: »Danke.«

»Und jetzt, da ich weiß, dass du mit mir ausgehst ...« Er machte eine Pause und fuhr dann fort: »Ich würde gern mit dir über deinen Auftritt reden.«

Er wirkte plötzlich ernst, und Lizzy war verwirrt.

»Das verstehe ich nicht.«

Auf Toms Gesicht tauchte ein Lächeln auf. »Ich bin wirklich kein Stalker und keineswegs in meiner Freizeit hier, Lizzy.« Sie verstand nur noch Bahnhof. »Ich bin Talentscout für die Produktionsfirma M. A. Records. Eigentlich wollte ich mir die für heute angekündigte Sängerin ansehen. Du kannst dir nicht vorstellen, wie überrascht ich war, als du auf die Bühne gekommen bist.« Er grinste breit über Lizzys verwirrten Gesichtsausdruck. »Ich fand dich einfach unglaublich und konnte nicht fassen, dass du Sängerin bist. Deine Freundin hat mich aufgeklärt, dass du nur eingesprungen bist. Jetzt frage ich mich, was du eigentlich bist? Sängerin oder Kellnerin?«

Lizzy musste zweimal schlucken, bevor sie erklären konnte: »Ich bin Songwriterin. Ich singe nicht, um groß rauszukommen. Ich würde viel lieber meine Songs von jemandem präsentieren lassen, der die richtige Ausstrahlung für die Bühne hat.«

Tom schüttelte den Kopf. »Ich denke, du hast eine völlig falsche Selbsteinschätzung. Du siehst umwerfend aus, hast eine tolle Stimme und bist offensichtlich unglaublich talentiert. Die Leute hier haben deine natürliche und lockere Art geliebt.«

Lizzy zögerte. Sie musste ihm sofort die Wahrheit über ihren erfundenen Nachnahmen sagen. »Ich sehe mich nicht auf der Bühne. Ich schreibe und komponiere Songs für mein Leben gern, aber ich möchte sie nicht selbst singen. Ich weiß einfach, was das für ein Leben sein kann, wenn es gut läuft. Ich möchte diese Art von Ruhm und Bekanntheit nicht haben.«

»Das verstehe ich. Aber ich denke, wir einigen uns wieder darauf, unterschiedlicher Meinung zu sein. Du könntest sehr erfolgreich sein. In der Musikszene kommt es manchmal nicht nur auf den Song an, egal, wie gut er ist. Es ist das Gesamtpaket, das die Menschen packt oder nicht.« Er hielt kurz inne und fuhr sich mit Daumen und Zeigefinger übers Kinn. Lizzy sagte nichts dazu. Für sie änderten seine Worte nichts. »Das waren deine eigenen Songs?«

»Zum Teil, ja. Die gecoverten Stücke hast du sicher herausgehört«, erklärte Lizzy und entspannte sich etwas.

»Mein Boss sucht immer talentierte Songwriter. Ich glaube, ich kann dir trotzdem helfen.«

Lizzy konnte ihr Glück kaum fassen. »Das ist nicht dein Ernst, oder?«

Tom nickte und lachte, als sie von ihrem Stuhl aufsprang, um den Tisch herumlief und ihn überschwänglich umarmte.

»Das hatte ich mir zwar für unser erstes Date gewünscht, aber ich nehme das auch gern jetzt schon.«

Lizzy sah ihm tief in die Augen. »Wer weiß, vielleicht hast du dir dann schon etwas mehr verdient.«

Er schluckte, und seine Stimme klang etwas heiser, als er sagte: »Dann werde ich mir wohl ganz besonders viel Mühe geben.«

* * *

Liam blickte durch das große Fenster des Surrender und ließ den Strauß mit Sonnenblumen sinken. Er hatte Lizzys Auftritt aus der hintersten Reihe mit angesehen und war gegen Ende losgezogen, um ihr als Glückwunsch einen Strauß zu kaufen. Allerdings hatte sie in der Zwischenzeit wohl ihren ersten Bewunderer getroffen, und Liam spürte ein dumpfes Gefühl der Enttäuschung.

Es war albern, schalt er sich selbst. Er hatte ihr nur eine Freude machen wollen. Er wandte sich ab und schritt die dunkle Straße entlang. Als ihm nach wenigen Metern eine ältere Frau entgegenkam, schenkte er ihr den Blumenstrauß. Sie konnte ihr Glück kaum fassen, und Liam befreite sich damit von jeglichen unangenehmen Gefühlen.

Am Samstagmorgen trafen sich die Swores bereits in aller Herrgottsfrühe zu einem Meeting und anschließenden Fototermin. Liam hatte sich aus dem Zimmer seiner spontanen Bekanntschaft geschlichen, nachdem Nic ihn ein paar Mal angerufen hatte. Er erschien als Einziger zu spät und mit dunklen Rändern unter den Augen.
Nic sah ihn demonstrativ an und erntete ein breites Grinsen. Dass er nicht die Absicht gehabt hatte, sich an diesem Abend auf diese Art zu vergnügen, sagte er nicht.
Die Bandkollegen waren gut drauf, und es gab ein paar fantastische Nachrichten zu verkünden. Ihr Manager hatte einen Werbeauftrag an Land gezogen, bei dem eine Menge Geld herausspringen würde. Dieses Geld wiederum würde es ihnen möglich machen, ein besonders ausgefallenes Musikvideo zu drehen. Die Stimmung war ausgelassen, als sie begannen, sich für den Fototermin mit einer der bekanntesten Zeitschriften des Landes fertig zu machen. Die Maske hatte es mit Liams übernächtigten Augen schwer, ihr Manager war jedoch zufrieden mit dem Endergebnis.
»Wir können ja dazuschreiben, dass Liam eine wilde Nacht hatte«, witzelte Nic und knuffte seinen Freund in die Seite.
»Und was schreiben wir bei dir? Riecht nach Babykotze und säubert Windeln?«, schoss er zurück, und Nic zuckte mit den Achseln.
»Mit Stolz, mein Lieber, mit Stolz!«

John gesellte sich dazu. »Irgendwann wirst du das vielleicht verstehen, Liam.«

Liam starrte die beiden Väter an, als hätten sie einen Dachschaden. »Nicht, wenn es sich irgendwie verhindern lässt.«

»Ich sage nur: safer Sex!«

* * *

»Na, das will ich auch schwer hoffen. Wenn er schon bei mir – und ich bin nur seine Mitbewohnerin – die Nerven verliert, wie soll das erst mit einem Kinderzimmer voller Legosteinchen werden?«, sagte Lizzy fröhlich.

Ihr kürzlich gefasstes Vorhaben, sich wieder öfters zu sehen, hatten Mia und Lizzy direkt am nächsten Tag in die Tat umgesetzt. Sie hatten vereinbart, sich beim Fotoshooting der Swores zu treffen, und waren eben zur Tür eingetreten, als Nic und Liam sich über Babys und safer Sex kabbelten.

Alle freuten sich, die beiden zu sehen. Lizzy schob Joshs Kinderwagen neben Mia her und grinste breit. Sie begrüßten die anwesenden Jungs, und Josh wanderte von einem Arm zum nächsten.

»So viel zum Thema ›harte Rockstars‹.« Mia kicherte.

»Wie wäre es, wenn wir den Bericht umschreiben: Harte Schale, weicher Kern – die Swores im Babyfieber«, mischte sich Emma, die eben den Raum betreten hatte, in das Gespräch der beiden Frauen ein.

Lizzy und Mia lachten und begrüßten sie freudig.

»Ich denke, sie werden alles tun, um das zu verhindern«, sagte Lizzy dann.

»O ja, und ich denke, ich habe einfach schon genug davon gesehen«, erwiderte Emma zustimmend und stellte die gekühlten Getränkeflaschen auf einen dafür vorgesehenen Tisch. »Bedient euch ruhig«, bot sie an.

Lizzy ergriff eine kleine Flasche Cola und trank, während Mia über etwas lachte, was Liam zu ihrem Sohn sagte.

»Liam ist ein ganz besonders harter Kerl, zumindest, bis Josh ins Spiel kommt.«

Emma schaute ebenfalls zu dem Gitarristen, und ihre Augen nahmen einen verräterisch verträumten Ausdruck an, was Lizzy nicht entging.

»Ja, er kann echt gut mit Kindern«, säuselte sie.

»Du stehst auf ihn!«, stellte Lizzy fest und stieß Emma mit dem Ellenbogen an.

Diese erwachte aus ihrem Tagtraum und bemühte sich verzweifelt um einen gelassenen Gesichtsausdruck. »Wie kommst du denn auf so eine absurde Idee?«

»Ach, komm schon. Ich bin doch nicht blind oder dumm. Du stehst voll auf Liam.«

Emmas Miene entglitt ihr für einen kurzen Moment, dann machte sie ein versteinertes Gesicht. »Das geht dich nichts an«, entgegnete sie kühl, was Lizzy jedoch nicht abschreckte.

»Womöglich ist er ja auch an dir interessiert«, sagte Lizzy verschwörerisch.

»Ach was, er interessiert sich nicht für mich. Ich arbeite schon seit fast drei Jahren für die Swores, und wenn er mich um was gebeten hat, dann höchstens um einen Kaffee, ein Handtuch oder um einen Tag Pause. Ganz bestimmt nicht um ein Date.«

Mia war zu ihnen zurückgekehrt. Sie sah erst Lizzy, dann Emma an. »Ich habe den letzten Teil eures Gesprächs mitbekommen. Das liegt nur daran, dass mein Bruder bei drei auf den Bäumen ist, wenn eine Frau mehr als ein flüchtiges Abenteuer mit ihm möchte. Und ich nehme schwer an, dass du nicht zu dieser Art Mädchen gehörst.«

Emma warf Mia einen Blick zu, als zweifle sie an ihrem gesunden Menschenverstand.

»Im Ernst, Emma!« Mia nickte heftig. »Mein Bruder hat nur lockere Affären, weil er Angst vor Beziehungen hat. Er macht einen Bogen um dich, weil du keine Frau für einen One-Night-Stand bist. Ganz einfach, du bist Heiratsmaterial.«

Jetzt wusste Lizzy, worauf ihre beste Freundin hinauswollte. Sie verkniff sich ein Grinsen. »Ich könnte ihn ja mal auf dich aufmerksam machen …«

»Nein, tu das bitte nicht. Er wird denken, dass das abgesprochen ist«, wehrte Emma ab.

»Na und? Soll er doch. Vielleicht musst du einfach mal mutig sein. Du hast ja nicht viel zu verlieren, oder?«

Emma schüttelte panisch den Kopf. »Ich arbeite immerhin mit ihm zusammen.«

»Ein wenig Risiko gibt es immer. Sonst wäre ja nichts Besonderes dabei. Wenn Mia eher auf mich gehört hätte, dann wäre die Sache mit Nic schon vor Jahren ins Rollen gekommen.«

Mia gab einen empörten Laut von sich. »Lizzy spielt gern den Amor, nur nicht für sich selbst.« Nun hüllte Lizzy sich in auffälliges Schweigen. »Es sei denn, sie verheimlicht wieder was vor mir«, fügte Mia zähneknirschend hinzu.

»Jetzt versuch nicht, mir ein schlechtes Gewissen einzureden, Mrs Donahue«, warnte Lizzy und erklärte der etwas ratlos dreinblickenden Emma: »Ich habe ihn erst gestern Abend nach meinem Auftritt kennengelernt.«

»Wer ist es? Dein erster Fan?« Mia hob erwartungsvoll die Brauen und wartete auf weitere Erklärungen.

Lizzy zuckte mit den Achseln und schob ein geheimnisvolles »Vielleicht ist er ja der Hauptgewinn« nach, woraufhin Mia euphorisch losjubelte.

»Wer hat im Lotto gewonnen?«, fragte Liam, der mit Josh auf dem Arm auf die drei Frauen zuschlenderte.

»Lizzy! Sie hat einen erfolgreichen Auftritt gehabt, und es gibt auch schon einen ersten Fan!« Mia quietschte aufgeregt, und Liam verzog gequält das Gesicht.

Er wirkte allerdings nicht so überrascht, wie er es eigentlich sein müsste. »Jackpot!« Er deutete einen Handschlag an, und Lizzy schlug ein. »Hast du gehört, Josh? Deine Tante Lizzy führt ihre Glückssträhne fort.«

»Welche Glückssträhne?«, hakte sie daraufhin nach.

»Na, erst darfst du bei mir wohnen, dem besten, intelligentesten, erfolgreichsten, hübschesten, sexyesten Rockstar ganz Londons –«

»Völlig uneigennützig, du selbstverliebter Irrer! Übrigens einen schönen Gruß von deiner Nachbarin.«

Liam grinste wie ein zu groß geratener Lausbub, und Lizzy ging drohend auf ihn zu.

»Baby an Bord!« Er deutete auf Josh, der fröhlich gluckste.

Lizzy nahm ihm Josh aus dem Arm. »Onkel Liam erzählt nur Unsinn. Hör nicht auf ihn. Ich tue es auch nicht.«

»Wann wollte Mum noch mal kommen?«, fragte Liam schließlich Mia und trat neben sie. Emma hatte bei Lizzys und Liams Geplänkel den Raum verlassen.

»Nächsten Samstag. Sie kommt mit dem Zug, damit sie nicht allein Auto fahren muss«, antwortete Mia.

Lizzy wusste von ihrem Gespräch auf dem Weg ins Studio, dass Mia sich riesig auf den Besuch ihrer Mutter freute, aber dass sie sich noch mehr gefreut hätte, nach Bodwin fahren zu können. Nic konnte allerdings in den nächsten Wochen nicht aus London weg, und so lange von ihm getrennt zu sein, war schlimmer für Mia.

In diesem Moment rief Pablo die Band zusammen, der Fotograf war eingetroffen, die Aufnahmen konnten beginnen.

»Kommt dann doch zu uns. Mum würde sich bestimmt freuen, euch zu sehen«, schlug Mia vor, bevor Liam sich abwenden konnte.

Lizzy wechselte einen Blick mit Liam, dann stimmten beide zu.

Lizzy hustete wie verrückt. Dieser Staub war ja nicht zum Aushalten. Sie war vor knapp zwei Stunden mit Mrs Grayson im Keller auf Schatzsuche gegangen und konnte nicht fassen, was die alte Lady alles aufgehoben hatte. So hatte sie etwa einen großen Schrank gefüllt mit Kleidern, die derart alt waren, dass sie sicher bald wieder in Mode kamen. Sie fand etliche Hüte und Haarnadeln, womit man locker einen Kostümverleih hätte bestücken können. Von den ausgestopften Tieren hatte sie auch einige entdeckt, und Lizzy hatte sich diesmal jeglichen Kommentar dazu verkniffen. Die letzte Unterhaltung dazu war ihr lebhaft in Erinnerung geblieben, genauso wie der traurige Ausdruck in Mrs Graysons Augen. Auf keinen Fall wollte sie die alte Dame wieder derart betrüben. Stattdessen sortierten sie sorgsam die antiken Stücke aus, und beinahe zu jedem zweiten fiel Mrs Grayson eine Geschichte ein, die sie mit dem Gegenstand erlebt hatte.

Lizzy hatte sich mittlerweile zu einem ganzen Stapel an Bilderrahmen vorgearbeitet. Ein Staubwirbel brachte sie zum Niesen, als sie das alte Tuch von den gerahmten Fotografien zog, um eine nach der anderen in die Hand zu nehmen.

Einige zeigten das junge Ehepaar Grayson. Mrs Grayson war eine sehr hübsche Frau gewesen, und auch ihr Ehemann hatte stattlich ausgesehen. Auf einem Foto waren die beiden mit einem kleinen Mädchen zu sehen. Es war das Bild einer sehr glücklichen Familie. Doch auf allen weiteren Bildern war das Paar alleine abgelichtet, ohne das kleine Kind. Lizzy drängte es, Mrs Grayson danach zu fragen, sie entschied sich aber dagegen. Sie hatte in der Wohnung kein einziges Foto von diesem Mädchen gesehen. Vielleicht wollte Mrs Grayson nicht daran denken, und Lizzy wollte keinesfalls alte Wunden aufreißen.

»Lizzy? Haben Sie etwas Interessantes gefunden?«

Lizzy legte den Bilderrahmen mit dem kleinen Mädchen zwischen die anderen und hob ein Hochzeitsfoto hoch.

»Sie sahen großartig zusammen aus«, sagte sie und bemerkte den glücklichen Ausdruck im Gesicht der älteren Frau.

»Ich werde diesen Tag nie vergessen. Aber ich erinnere mich nicht deswegen daran, weswegen andere Bräute es tun. Bei uns war das anders.« Sie sah verträumt in die Luft und lächelte, als sähe sie vor ihrem inneren Auge einen Film ablaufen. »Bei uns ging am Hochzeitstag alles schief, was schiefgehen konnte. Wir kannten uns schon beinahe zwei Jahre, bis er mich endlich fragte, ob ich ihn heiraten würde. Der Krieg war gerade vorbei, und man begann wieder damit, Pläne zu machen. Das war zur damaligen Zeit einfach so. Keiner machte Pläne und dachte an die Zeit nach dem Krieg, solange an der Front noch Männer starben. Es kam einem vor, als fordere man das Schicksal zu sehr heraus.« Sie schwieg einen Moment. »Doch ich habe sofort Ja gesagt, und wir begannen mit den Hochzeitsvorbereitungen. Ein paar Wochen später war es so weit. Ich vergesse es nie: Die halbe Familie hatte sich am Vorabend den Magen bei unserem Probedinner verdorben, nur uns ging es gut. Am Tag der Hochzeit selbst regnete es den ganzen Tag von früh bis spät und das mitten im Juli. Ich fand meinen Hut nicht, den ich tragen wollte, und Harrison trat in einen Hundehaufen, als er zum Standesamt erschien. Alle Zeichen standen denkbar schlecht für unser gemeinsames Leben, und eine abergläubische Frau hätte vielleicht Reißaus genommen. Uns konnte nichts voneinander fernhalten – und so heirateten wir zwar nur in Anwesenheit von etwa zwanzig Gästen und dem Pastor, aber es war der schönste Tag meines Lebens. Wir begannen ein neues gemeinsames Leben und bemühten uns, jeden Tag zu genießen, den wir geschenkt bekamen.«

Es waren nicht die Worte der alten Frau, die Lizzy beinahe zu Tränen rührten. Es war der Ausdruck auf ihrem Gesicht und der Klang ihrer weichen Stimme. In ihren Erinnerungen war Mrs Grayson glücklich.

»Sie vermissen ihn schrecklich, oder?«

Die alte Frau lächelte traurig. »Ich würde lügen, wenn ich Nein sagen würde. Er war mein Ein und Alles. Doch wenn ich eins gelernt habe, dann, dass nichts im Leben selbstverständlich ist. Und ihn so viele Jahre an meiner Seite gehabt zu haben, war ein Geschenk, das nicht größer hätte sein können. Das heißt aber nicht, dass es nicht auch Tage gibt, an denen es mir schwerfällt, aus dem Bett zu steigen, und ich mich frage, was ich hier auf der Erde noch soll. Dann höre ich die Stimme meines Mannes, der zu mir sagt: ›Darling, vergiss nie, dass jeder eine Aufgabe zu erfüllen hat. Irgendwann hat ein jeder von uns das getan, weswegen wir hier sind, und darf gehen.‹«

Lizzy betrachtete das Foto in ihren Händen nachdenklich. »Ich finde das alles sehr rührend.«

Mrs Grayson nahm Lizzy das Foto ab und ergriff ihre Hand. »Ich wünsche Ihnen, dass Sie eines Tages auch das Glück haben, so eine Person zu finden.«

Lizzy lächelte und dachte an Tom. Vielleicht war es Fügung, dass die Sängerin kurzfristig krank geworden war, Lizzy den Kaffee über Tom ausgeschüttet hatte und er auch noch zurückgekehrt war, um sie zufällig ihre eigenen Songs singen zu hören. Vielleicht würde sie in fünfzig Jahren anderen die Geschichte ihres Kennenlernens berichten, wie es nun Mrs Grayson tat. Ihr Herz klopfte schneller, als sie an das Telefonat dachte, das sie noch am Morgen mit ihm geführt hatte. Es war ungewöhnlich für sie, derart heftig auf einen Mann zu reagieren. Normalerweise gehörte sie nicht zu dieser Art Mädchen, die ausflippten, sobald ein Kerl anrief, und anschließend in jedes gesagte Wort, das er geäußert hatte, etwas hineininterpretierten. Diesmal war das jedoch anders.

Mrs Grayson hatte wohl ihr versonnenes Lächeln gesehen und etwas geschlussfolgert: »Eventuell haben Sie ihn aber auch schon längst getroffen.«

»Ja ... äh, eventuell«, stammelte sie. Es widerstrebte ihr, die alte Dame anzulügen, deswegen schwieg sie.

Nachdem sie einen Teil der alten Sachen für den Sperrmüll zur Seite gelegt hatte, folgte Lizzy Mrs Grayson durch den Keller hinauf in ihre Wohnung, wo es wieder selbst gemachte Limonade gab. Lizzy war schrecklich durstig und trank ihr erstes Glas in einem Zug leer.

»Wo haben Sie Mr Kennedy eigentlich kennengelernt?«

»Wir kennen uns schon ewig. Ich bin im Nachbarhaus groß geworden. Seine Schwester ist meine beste Freundin. Eigentlich sind wir wie Schwestern. Sie hat im letzten Jahr meinen Bruder geheiratet.«

»Ein Quartett also.«

Lizzy nickte und lächelte bei der Erinnerung an ihre Kindheit. Sie sah sich als blondes, blauäugiges Mädchen, das einige Zahnlücken hatte, mit einem dunkelhaarigen Mädchen Hand in Hand den Fluss in Bodwin entlangschlendern. Sie sah Liam und Nic, die knietief in besagtem Fluss standen und mit einem Fischernetz Stichlinge angelten. Dieser eine ganz besondere Sommer zählte zu den schönsten Erinnerungen an ihre Kindheit, und doch gab es so viele weitere, die sich förmlich in ihr Hirn eingebrannt hatten.

»Erinnerungen sind die größten Schätze, die wir haben, Elizabeth.« Die ältere Dame schien gespürt zu haben, dass sie an eine besondere Zeit gedacht hatte. Freundlich lächelnd streichelte sie den alten Kater, der eingerollt auf ihrem Schoß lag.

»Wir hatten wirklich eine traumhafte Kindheit. Bis heute sind diese drei Menschen meine Familie, die ich immer um mich haben möchte. Und auch wenn Liam ein richtiger Kontrollfreak sein kann – er treibt mich regelrecht in den Wahnsinn –, so kann ich mich doch immer auf ihn verlassen.«

»Wie lange hat es gedauert, bis Sie sich in ihn verliebt haben?«

Lizzy sah erstaunt zu Mrs Grayson auf. »In wen?«

»Nun, in Liam natürlich.«

Lizzy täuschte über ihren irritierten Gesichtsausdruck hinweg, indem sie den Kater fixierte. Er fauchte. Beinahe hätte sie alles durch ihr unbedachtes Plappern auffliegen lassen. Sie setzte sich aufrecht in ihren Sessel und sah Mrs Grayson in die Augen.

»Nun, ähm ... eigentlich bin ich immer noch nicht sicher, wie ernst es bei uns ist. Wir sind ganz anders als Nic und Mia. Die beiden sind vom Schicksal dazu bestimmt, zusammen zu sein. Aber Liam und ich sind wie Feuer und Wasser, wie Yin und Yang, Sonne und Mond ...«

Mrs Grayson zwinkerte ihr geheimnisvoll zu. »Jede Liebe ist anders, ebenso wie kein Mensch dem anderen gleicht. Das ist ja das Spannende.« Sie kraulte Charles weiter, sodass von ihm ein beständiges Schnurren ausging.

Lizzy saß noch einige Zeit bei Mrs Grayson, und während sie sich über Gott und die Welt unterhielten, spürte sie, dass sie die alte Dame nach und nach immer mehr in ihr Herz schloss.

Als es draußen zu dämmern begann, entschied Lizzy, dass es Zeit für ein Abendessen war, das diesmal nicht aus einer Tiefkühlpizza bestand. Sie musste nur noch dafür einkaufen. Sie schrieb ein paar Lebensmittelwünsche von Mrs Grayson auf und ging wenig später mit der Bonuszahlung von ihrem ersten Auftritt in den kleinen Supermarkt, der nur zwei Straßen weiter lag.

5

Am Abend schloss Liam mit der festen Absicht, sofort ins Bett zu fallen, die Tür zu seiner Wohnung auf und staunte nicht schlecht. Die neue CD der Kings of Leon ertönte, und ein einladender Geruch zog ihn in Richtung Küche. Augenblicklich lief ihm das Wasser im Mund zusammen, und er rief laut: »Lizzy? Hast du Besuch?«

Ein kurzer Schrei ertönte aus der Küche, und Liam eilte zu ihr. Da stand die kleine Nervensäge sozusagen im Schnee. Eine Tüte Mehl hatte sich wohl selbstständig gemacht und sich auf Lizzy und in der gesamten Küche verteilt. Liam konnte sich das Lachen nicht verkneifen und hielt sich nach wenigen Sekunden den Bauch.

»Du hast mich erschreckt! Jetzt hab ich das Mehl verschüttet. Hör auf zu lachen, du Trottel«, schimpfte Lizzy und rümpfte die Nase. Sofort musste sie niesen, und Liams Lachanfall steigerte sich ins Unermessliche.

»Wer ist hier der Trottel? Du solltest dich wirklich sehen …«, sagte er, während ihn weitere Lachanfälle schüttelten. »Bitte, Lizzy, lass mich ein Foto machen.«

»Nix da! Du postest das nur wieder bei Twitter.« Liam hatte trotzdem sein Handy herausgezogen und knipste sie.

»Ach, du vermaledeiter Superstar …«, meckerte Lizzy weiter und holte zu einem Gegenschlag aus. Sie warf ihm eine Handvoll Mehl entgegen und lachte nun ihn aus.

Irgendwann, als sie sich endlich beruhigt hatten, begannen sie, sich gegenseitig abzuklopfen, und Liam holte ergeben seinen Staubsauger heraus. Seine Mitbewohnerin deckte derweil den

Tisch und amüsierte sich diebisch, weil Pebbles unnachgiebig hinter dem Staubsauger herkroch. Liam fluchte ungehalten über die Bemühungen des Tieres. Schließlich stellte er den Staubsauger ab und sah Lizzy vorwurfsvoll an.

»Was will dieses Urzeittier von mir?«

»Ein Autogramm vielleicht?«, gab Lizzy trocken zur Antwort und grinste.

Liam erwiderte nur: »Pffft!«

»Vielleicht auch ein Kind? Wer weiß das schon genau? Ich spreche kein fließendes ›Schildkrötisch‹. Du brüstest dich doch immer damit, dass jedes weibliche Wesen auf dieser Insel ein Auge auf dich geworfen hat.«

Er zog es vor, nicht darauf zu antworten, und stellte demonstrativ den Staubsauger wieder an. Er beseitigte das restliche Chaos und schielte auf den gedeckten Tisch.

Er war gerade fertig und hatte den Staubsauger weggeräumt, als Lizzy den Backofen öffnete und eine Lasagne präsentierte.

»Sag bitte nicht, dass du ein heißes Date hast und ich mich mit einem Brot in mein Zimmer verdrücken muss.«

Lizzy grinste. »Ich habe durchaus ein Date, und zwar mit meinem Alibi-Freund.« Sie deutete auf ihn, und Liam eilte auf sie zu.

»Grade im Moment habe ich mich unsterblich in dich verliebt, Elizabeth Donahue.« Liam presste seine Lippen auf ihre, und Lizzy erstarrte, ebenso wie er selbst.

Eilig und unerwartet beschämt lösten sie sich voneinander.

»Das war ...«, begann Lizzy.

»Peinlich!«, vervollständigte Liam ihren Satz. »Lass uns nie wieder darüber reden und endlich essen. Ich verhungere gleich.«

Er stürzte zum Tisch, während Lizzy ihn perplex musterte.

Warum fühlte er sich so seltsam? Wegen eines impulsiven Kusses mit einer verrückten Frau, bei der er sich nicht mal sicher war, ob er sie schlagen oder an sich drücken wollte? Keine andere Frau rief so wechselhafte Gefühle in ihm hervor wie Lizzy, und das manchmal in rasanter Geschwindigkeit.

Liam schob seine verwirrten Gedanken beiseite und lud zuerst Lizzy und dann sich selbst eine Portion auf den Teller. Er probierte skeptisch eine Gabel, und sein Gesicht hellte sich auf. »Wow, die ist gut!«

»Wieso so überrascht, Mr Kennedy?«

»Nun, ich habe noch nie erlebt, dass du gekocht hast.«

»Wann auch? Zu Hause verwöhnt meine Mum uns, und in unserer WG an der Uni kam meistens der Pizzaservice.«

»Hast du es von deiner Mum gelernt?« Lizzy nickte und aß ebenfalls von der Lasagne. »Wirklich sehr lecker. Das Koch-Gen liegt wohl in der Familie! Meine Mum kann so gut wie gar nicht kochen. So richtig meine ich. Die Klassiker kriegt sie hin, aber nicht mehr als eben nötig.«

Lizzy nickte grinsend. »Ich erinnere mich an ein paar Hilferufe von Celine an meine Mum. Ihr habt sicher einiges mitgemacht.«

»Wir können quasi froh sein, dass wir noch leben und sie uns nicht vergiftet hat.«

Lizzy lachte. »So schlimm?«

»Du hast ja keine Ahnung!«

»O doch ... sag das nicht! Ich war mit Mia in dem Kochkurs in der Schule. Das werde ich nie vergessen. Ich glaube, unsere Lehrerin hätte ihr gnadenlos ein F gegeben, wenn es kein freiwilliger Kurs gewesen wäre.«

Liam glaubte Lizzy aufs Wort.

Nach ein paar unverfänglichen Themen und getrunkenen Bieren erklärte Lizzy, dass sie sich für den Abend zwei wichtige Dinge vorgenommen hatte. »Was hältst du davon, wenn wir unsere Patenpflichten ein wenig ernster nehmen würden, Liam?«

Er räumte gerade die Spülmaschine ein und sah Lizzy an. »Du meinst wegen Mias und Nics akutem Schlafmangel?« Er feixte und zeigte sein Zahnpasta-Lächeln. »Woran hast du gedacht?«

Lizzy zuckte mit den Achseln. »Einen freien Abend inklusive Nacht. Alleine würde ich mich das nicht trauen, aber mit dir zusammen …«

Liam nickte. »Geht mir ganz genauso. Aber meinst du, Mia stimmt zu?«

Lizzy grinste, und Liam dachte an die letzten Treffen mit Mia und Josh. Seine Schwester hatte kein wirklich gutes Nervenkostüm gehabt. »O ja, ich denke schon.«

Liam hob die Hand und deutete wieder ihre Abklatschzeremonie an. Lizzy schlug ein und reichte ihm den Kochtopf.

»Danke für das Essen«, sagte er, und Lizzy sah ihn unsicher an.

»Ach was, ich wollte mich nur revanchieren, weil du mich in den letzten Wochen durchgefüttert hast.«

»Mit Pizza … und Pizza … und Tiefkühlpizza, stimmt.« Er sah Lizzy an. Im Gegensatz zu ihr hatte er nicht für das leibliche Wohl gesorgt. »Es ist einfach schön, nach Hause zu kommen und statt Dunkelheit Licht und gutes Essen vorzufinden.«

»Hast du mir etwa gerade gesagt, dass du dich freust, mich hier aufgenommen zu haben?«, echote Lizzy ungläubig.

»So weit wollen wir mal nicht gehen. Ich lerne nur gerade die Vorzüge einer Mitbewohnerin kennen.«

Lizzy warf ihm das Handtuch entgegen und steuerte auf die Playstation zu. »Das schreit nach einem Duell, Mr Kennedy.«

»War das eine Herausforderung an den Meister?«

Lizzy machte nur »Pfft« und reichte ihm eine Steuerung, denn das war die zweite wichtige Sache, die sie sich für den Abend vorgenommen hatte: Liam abzuzocken.

»Mach dich auf eine weitere Niederlage gefasst«, warnte sie dieser nur.

Irgendwann wurde aus dem Playstation-Duell eine Musiksession, und sie feilten bis tief in die Nacht an neuen Songs. Als Lizzy mit einigen Zetteln in der Hand auf dem Sofa einschlief, brachte

Liam sie in eine gemütlichere Schlafposition. Er holte die Decke aus ihrem Zimmer und hüllte sie damit ein.

Plötzlich war er sich nicht mehr sicher, was ihn dazu bewogen hatte, Lizzy so lange beim Schlafen zuzusehen. Ehe er sich weiter Gedanken darüber machen konnte, machte er es sich mit einer zweiten Decke auf dem anderen Sofa gemütlich und schlief augenblicklich ein.

Am nächsten Morgen weckte ihn der Duft von frisch aufgebrühtem Kaffee, und als er die Augen öffnete, sah er in Lizzys blaue Augen, die eine Tasse vor seine Nase hielt. »Na, Dornröschen ... endlich wach?«

Er richtete sich brummend auf und schlug die Decke zur Seite. »Es ist Sonntag, ganz ruhig! Soweit ich weiß, hast du heute nur eine Verabredung mit Josh und mir.«

Er kniff kurz die Augen zusammen und schüttelte den Kopf. »Gut, dass du mich dran erinnerst.«

»Schon mal an eine persönliche Assistentin gedacht? So eine hübsche Maus mit braunen Kulleraugen?« Liam schaute Lizzy skeptisch an. »Könnte doch praktisch sein, so eine Assistentin?«, hakte Lizzy nach.

»Sprich nicht in Rätseln mit mir, Elizabeth«, brummte Liam und schlürfte den heißen Kaffee.

»Du willst die Wahrheit? Du hast Angst vor einer festen Bindung und suchst dir nur Weiber für eine Nacht ...«

»Oh, manchmal kommen schon ein paar mehr Nächte dabei rum«, grinste er anzüglich.

Lizzy rollte mit den Augen, ließ sich aber nicht mit einer solchen Bemerkung abspeisen. »Emma wäre perfekt für dich.«

»Emma?« Mit riesigen Augen schaute Liam zu Lizzy hoch.

»Ja, Emma! Sie ist bildhübsch, ein Mädchen, das mit beiden Beinen fest im Leben steht und dich nicht nur wegen deiner Berühmtheit mag. Und das Beste ist: Sie weiß schon, wie du deinen Kaffee trinkst.«

Er musste sehr belämmert aussehen, denn Lizzy lachte eindeutig über seinen Gesichtsausdruck.

»Moment mal, Lizzy … hab ich Tabletten genommen, die mein Bewusstsein trüben, sodass mir irgendwas entgangen ist?«

Lizzy ließ sich neben ihm aufs Sofa fallen. »Du hast dabei geholfen, dass mir ein Licht aufgegangen ist …«

Was um alles in der Welt meinte diese kleine Nervensäge? »Ich mach dir gleich ein Licht an!«, rief er.

»Im Ernst, Liam, wovor hast du eigentlich solche Angst?«

»Für so ein Gespräch ist es definitiv zu früh.«

»Für dieses Gespräch gibt es nie einen geeigneten Zeitpunkt«, erwiderte sie altklug, und Liam schnaubte.

»Warum interessierst du dich überhaupt dafür?«

Lizzy zuckte mit den Achseln. »Ich will, dass du glücklich bist. Und außerdem ist Emma toll, Liam.«

»Oh, Mann … wieso will mich eigentlich jeder auf die große Liebe vorbereiten? Ich bin absolut glücklich, so wie es ist.«

»Ist das so? Hättest du manchmal nicht auch gern jemanden, der auf dich wartet, wenn du nach Hause kommst? Gestern hast du so was angedeutet …«

Liam schluckte. »Ich hab doch jetzt dich am Hals. Das reicht für die nächsten dreißig Jahre an Veränderung«, wich er betont witzig aus.

Lizzy schien nicht so schnell aufgeben zu wollen. »Ich meine, möchtest du nicht auch irgendwann so etwas Besonderes haben wie Nic und Mia?«

Liam dachte kurz darüber nach und sah Lizzy nachdenklich an. »Und du?«

Lizzy holte tief Luft. »Manchmal bin ich schon erschöpft davon, die Welt im Alleingang zu erobern«, sagte sie flapsig, doch Liam erkannte den ernsten Ton dahinter.

Er räusperte sich. »Ich habe gesehen, wie mächtig wahre Liebe ist … nicht nur im Positiven. Sie kann auch ziemlich viel zerstören.«

»Du meinst deine Eltern?«

Es tat gut, nicht alles bis ins Detail erklären zu müssen. Daher nickte er nur. »Mum ist seit Dads Tod so traurig und einsam. Das macht mir Angst. Wenn sie es nicht hinkriegt, wieder glücklich zu werden, wie sollte ich das je schaffen?«

Liam spürte Lizzys nachdenklichen Blick von der Seite.

»Du solltest dich echt mal mit Mrs Grayson unterhalten. Sie hat eine ganz besondere Art, die Dinge zu betrachten. Ihr Mann ist nach fast fünfzig Ehejahren gestorben. Sie hat eine Wohnung voller ausgestopfter Tiere, die sie fürchtet, aber von denen sie sich nicht trennen kann, weil er diese Tiere liebte. Sie hat gesagt, dass die gemeinsame Zeit mit ihm die der Einsamkeit überwiegt.«

Liam zögerte. Er fühlte sich bei diesem Thema alles andere als wohl. »Ich glaube, für mich ist das einfach nichts«, entschied er und nahm einen Schluck von dem perfekten Kaffeegemisch.

»Woher weißt du das so genau? Du hast es nie probiert. Sei einfach mal mutig!«, erwiderte Lizzy und tätschelte seine Wange, ganz so, wie es Sophie getan hätte. »Emma ist auf jeden Fall interessiert, und sie hat eine Chance verdient, findest du nicht?«

Damit stand sie auf und marschierte ins Bad.

6

Als es an der Tür klingelte und Lizzy und Liam davorstanden, war Mia zwar überrascht, aber sie freute sich über die unerwartete gemeinsame Zeit mit ihrer besten Freundin und ihrem Bruder. Als Lizzy sie zum Sofa führte und sie zwang, sitzen zu bleiben, während Liam in der Küche einen Kaffee machte, wurde Mia langsam misstrauisch. Doch erst als Nic eine halbe Stunde später vom Joggen nach Hause kam und sich zu ihnen setzte, erfuhren sie von Lizzys und Liams im Geheimen geschmiedeten Plan.

»Wir haben uns gedacht, dass ihr eine Pause gut gebrauchen könntet. Eine Pause, in der wir Josh mitnehmen und ihr ausgehen könntet oder ...«, begann Lizzy.

»... oder auch einfach ins Bett«, beendete Liam den Satz und zwinkerte Nic zu.

Zuerst war Mia sprachlos, dann stammelte sie ein »Aber«, und Lizzy legte ihr die Hände auf die schmalen Schultern.

»Süße, nimm es mir nicht übel, aber wenn das noch zwei Wochen so weitergeht, dann fürchte ich, dass ich dich in eine Nervenheilanstalt bringen muss. Außerdem kannst du so Zeit allein mit deinem Mann verbringen ...«

Mia wirkte etwas überfahren, und Lizzy dachte schon, dass sie Nein sagen würde. Dann fiel sie ihr jedoch in den Arm und schniefte vor Rührung.

»Danke«, murmelte Mia so leise, dass nur sie es verstand.

»Dann mal los!«, sagte Lizzy, machte sich von ihrer Freundin frei und klatschte auffordernd in die Hände. »Wir brauchen Josh und all seine Sachen!«

Nic und Mia packten etliche Taschen, zuletzt weckten sie Josh auf. Etwas später war Liam mit einem Rucksack, einer Wickel- und einer Tragetasche ausgestattet. An seinem anderen Arm baumelte die Autoschale, und Lizzy wartete darauf, dass Mia sich von Josh trennen konnte.

Diese sah sie mit großen Augen an und bat: »Ruf mich an, wenn du dir bei irgendwas unsicher bist, ja?«

»Ich ruf dich an, versprochen.«

»Und denk daran, dass er die normale Milch nicht verträgt ...«

»Ich weiß! Er bekommt nur von dem Pulver, das du uns eingepackt hast.«

»Und –«

»Alles ist gut, Emilia! Wir schaffen das schon.«

Mia nickte und gab Josh ein Küsschen auf die dunklen Locken. Er quietschte begeistert, als er sich in die Arme seiner Tante kuschelte.

Nic streichelte seinem Sohn übers Köpfchen. »Mach's gut, Buddy! Und halt die zwei richtig auf Trab, ja? Wie abgesprochen.« Er zwinkerte ihm verschwörerisch zu und verabschiedete sich dann von Lizzy und Liam.

Als die beiden unten vor dem Auto standen, sah Liam Lizzy eindringlich an. »Es war aber nur die Rede von einer Nacht, oder?«

Sie lächelte über seinen besorgten Ton und nickte.

Liam stellte sich demonstrativ vor sie und deutete auf die vielen Taschen. »Ich meine, sieh dir das an. So viel Zeug habe ich nicht dabei, wenn ich für zwei Wochen ins Tonstudio fahre. Und Josh ist winzig! Was kann da nur drin sein, wenn er nur eine einzige Nacht bei uns bleibt?«

Lizzy lachte glockenhell. »Alles ist gut, Liam. Ich versichere dir, Babys brauchen so viel Kram. Du ahnst ja nicht, was Josslin alles mitbringt, wenn sie uns besuchen.«

Das Chaos begann damit, dass der Kinderwagen nicht in Liams Sportwagen passte und sie mit Nic die Autos tauschen mussten. Das Anschnallen des Kindersitzes war die nächste Hürde, sodass sie erst nach einer geschlagenen Dreiviertelstunde im Auto saßen und nach Hause fahren konnten.

Der Einfall, zuerst alles in ihrer WG herzurichten, stellte sich als wirklich gute Idee heraus. Und dennoch gab es etliche weitere Tücken, wie die beim Aufbau eines Reisebetts. Liam wäre beinahe verzweifelt, hätte er nicht im Internet eine Anleitung gefunden.

Lizzy beschäftigte sich derweil mit Josh und Pebbles. Der Kleine robbte begeistert hinter der Schildkröte her und lag im Wettrennen mit ihr nur knapp hinten. Es war unglaublich niedlich zuzusehen, welche Freude er dabei hatte.

Die nächste Herausforderung galt Lizzy, als Josh seine Windeln vollmachte, denn plötzlich war Liam schwer an seinem Handy beschäftigt und verließ den Raum. Zuerst lachte Lizzy ihn aus. Doch auch wenn sie Mia schon viele Male dabei zugesehen hatte, wie sie ihrem Sohn die Windel wechselte, war sie jetzt, nachdem sie Josh Hose und Strumpfhose ausgezogen hatte, ziemlich ratlos.

Sie starrte noch immer auf die volle Windel hinab, als Liam lauernd zurückkehrte.

»Bist du sicher, dass du weißt, was du tust?«, fragte er.

»Ich dachte, du wärst bereits erstickt«, gab sie hämisch grinsend zurück.

»Na, wie geht's, Buddy?« Liam kam mit zugehaltener Nase näher. Josh gluckste und streckte seine Händchen nach ihm aus. Diesem Anblick konnte er scheinbar nicht widerstehen, und so ließ er sich neben dem Sofa, wo Lizzy den Kleinen auf einer Wickelunterlage abgelegt hatte, nieder und machte Grimassen für das Baby. In diesem Moment öffnete Lizzy die Windel, und beide fuhren erschrocken zurück.

Liam machte laute Würggeräusche. »Alter Schwede, was kriegst du nur zu essen?«

»Ich denke, das ist ein Kennedy-Gen, ganz eindeutig«, sagte Lizzy und bedachte Liam mit einem bedeutungsschwangeren Blick.

Dieser hob entrüstet die Hände. »Ich kann mich da an vergangene Nacht erinnern, und glaub mir, Kumpel, deine Tante hat ganz schön einen abgerissen, während sie geschlafen hat.«

Empört schnappte Lizzy nach Luft und schlug mit der frischen Windel nach ihm. »Lüge!« Liam lachte laut, als sie hinzufügte: »Du hast gut reden, nach manchen deiner Klositzungen kann man eine halbe Stunde nicht ins Bad.«

So ärgerten sie sich weiter, bis Josh endlich eine saubere Windel hatte und sie sich trauten, mit ihm die Wohnung zu verlassen.

Es regnete ausnahmsweise nicht, sodass sie im nahe gelegenen Park spazieren gehen wollten. Josh war warm eingepackt und schaute sich neugierig um.

Irgendwann kicherte Lizzy und sah Liam von der Seite an. »Du weißt schon, dass die Leute uns für Joshs Eltern halten, oder?« Gerade lächelte ihnen ein Pärchen in ihrem Alter freundlich zu. Liam schien sich plötzlich nicht mehr wohl in seiner Haut zu fühlen. »Keine Panik, du kannst es dir gern auf die Stirn schreiben, wenn du willst: Bin nur Patenonkel oder so … Warte, vielleicht habe ich ja noch einen Kuli in meiner Handtasche. Ach Mist, tut mir leid. Die Tasche ist zu Hause geblieben.«

»Ach was.«

»Du hättest deinen Gesichtsausdruck sehen sollen.« Kichernd überließ Lizzy ihm das Weiterschieben.

»Ich war nur … etwas überrascht.«

»Aha!«, sagte sie ungläubig.

Am nächsten Spielplatz machten sie eine Pause, und Lizzy schaukelte eine Runde mit Josh, was er mit einem herzhaften Lachen kommentierte.

Der ältere Mann, der auf der Bank neben Liam saß, sagte: »Hübsche Familie haben Sie da.«

Zuerst schien er zu überlegen, den Irrtum aufzuklären, doch dann hörte Lizzy ihn antworten: »Danke.«

Der Mann deutete auf zwei schon etwas ältere Kinder.

»Das sind meine Enkelkinder. Es gibt doch nichts Schöneres, als eine Familie um sich zu haben.«

Liam nickte vage und wechselte einen hilflosen Blick mit ihr. »Ich bin auch in einer großen Familie aufgewachsen.« Lizzy dachte an die Donahues und Kennedys zu Hause in Cornwall, und plötzlich überkam sie eine ungeahnte Sehnsucht, die sie vor allem traurig stimmte. Seit dem Streit mit ihrem Vater hatte sie nur sporadischen Kontakt mit ihrer Mum gehabt, und auch wenn sie das Gefühl hatte, aus Bodwin rausgewachsen zu sein, und London ihr nach wie vor oft aufregend und wundervoll vorkam, vermisste sie das Meer und die leuchtend grünen Hügel.

Die nächsten Worte des alten Mannes rissen sie aus ihren Gedanken. »Na, dann müssen aber noch ein paar weitere her, oder?«, sagte er. »Bei so einer hübschen Frau wird das wohl nicht schwer.«

Als er Lizzy verschwörerisch zuzwinkerte, lachte Liam unsicher und sah zur Seite. Wofür sie sehr dankbar war, denn sie spürte die Hitze in ihre Wangen steigen.

Als sich der Mann verabschiedete und mit seinen beiden Enkelkindern davonging, gesellte sich Liam zu Lizzy und Josh, und sie schaukelten eine Weile zu dritt.

Auf dem Rückweg vom Park fielen Josh die Augen zu, sodass sie sich beim Chinesen etwas zu essen holten und den schlafenden Josh anschließend in der Kinderwagentasche nach oben trugen. Als sie die Tasche abstellten, öffnete er jedoch augenblicklich die Augen und durchkreuzte jegliche Essenspläne. Ein hungriges und weinendes Baby hatte eindeutig Vorrang, und so tanzte Liam mit ihm durch die Wohnung, während Lizzy den Brei in der Eile erst zu heiß machte und dann auf die Terrasse stellte, um ihn möglichst schnell auf die richtige Temperatur zu bringen.

Josh zu füttern wurde zu einer wahren Essensschlacht, und Lizzy sehnte sich dank der Breireste im Haar nach einer heißen Dusche. Doch als Josh schlafen sollte, gluckste und blubberte er vergnügt vor sich hin.

»Meinst du, er hat genug gegessen?«, fragte Lizzy unsicher, was Liam mit einem Nicken kommentierte. »Hat er die Hose voll?« Liam schüttelte entschieden den Kopf, während er Josh sanft hin und her wiegte. »Warum schläft er dann nicht? Er hat doch seinen Bären, oder?« Liam schnaubte und bedeutete ihr, endlich ruhig zu sein. Lizzy hob ergeben die Hände.

Dann begann Liam, die Melodie ihres erst kürzlich gemeinsam komponierten Liedes zu summen, und Lizzy lächelte.

Als sie ihn so betrachtete, spürte sie ein seltsames Gefühl, das gegen all das sprach, was sie bisher bei Liams Anblick empfunden hatte. Kräuselten seine Haare sich eigentlich immer im Nacken? Wie weich sie wohl waren? Hatte er schon immer einen so ausgeprägten Bizeps, und diese Tattoos, die sich über seine Haut schlängelten und in seinem Shirt verschwanden ... Wann, zum Teufel, war Liam Kennedy so heiß geworden?

Sie schnappte nach Luft, und Liam warf ihr einen warnenden Blick zu, woraufhin sie sich abwandte. Fand sie Liam tatsächlich heiß? Verräterisch knabberte Lizzy an ihrer Unterlippe und schimpfte sich selbst eine Idiotin. Das hier war Liam, der liebenswerte Brummbär und Bruder ihrer besten Freundin! Sie schob es auf eine Sentimentalität, die sie in letzter Zeit öfter heimsuchte, wenn Männer gut mit Kindern umgehen konnten.

Allerdings musste sie sich eingestehen, dass Liam einen viel besseren Vater abgeben würde als so manch anderer Mann, den sie kannte. Sie fiel in seine Melodie mit ein, und so summten sie noch eine ganze Zeit vor sich hin. Sie lächelten sich an, und Lizzy musste sich eingestehen, dass dieses Gefühl der Zusammengehörigkeit neu für sie war und einen Schwarm Schmetterlinge in ihrem Bauch zum Leben erweckte. Endlich fielen Josh die Augen zu, sodass sie ihn in sein Bettchen in Lizzys Zimmer legen und mit einem Babyphone das Zimmer verlassen konnten. Nebeneinander fielen sie mit einem tiefen Seufzen aufs Sofa und lachten.

»Ich liebe diesen kleinen Kerl wirklich, aber ich bin froh, dass ich ihn morgen wieder an Nic und Mia abgeben darf«, gab Lizzy ehrlich zu.

Liam nickte übertrieben heftig. »Dito!« Er hielt kurz inne, als das Babyphone rauschte, und flüsterte dann: »Ist schon erstaunlich, was Mia so den ganzen Tag tun muss. Das stellt man sich doch etwas leichter vor, oder?« Lizzy grinste, und er fügte hinzu: »Das erklärt auch ihre tiefen Augenringe.«

»Hast du schon mal ernsthafter darüber nachgedacht?«

»Was?«, fragte Liam begriffsstutzig und riss dann die Augen auf, als Lizzy bedeutungsschwer das Babyphone vor seine Nase hielt. »Ein Baby zu bekommen?«

»Das dürfte wohl schwierig werden, nicht wahr?«, witzelte Lizzy.

»Bislang gab es noch nie eine Frau, mit der ich mir so was hätte vorstellen können.«

»Aber generell wärst du doch offen dafür, oder?«

»Wieso willst du das wissen, Elizabeth Donahue?« Liam tippte ihr auf die Nase. »Führst du was im Schilde?«

Sofort dachte sie an Emma und errötete. »Es interessiert mich nur. Du machst das verdammt gut – das In-den-Schlaf-Wiegen hast du auf jeden Fall drauf. Mia sollte dich öfter anrufen.«

»Das war Teamwork«, erinnerte Liam sie. »Die zwei brauchen dringend einen Babysitter.«

Lizzy zuckte mit den Achseln. »Mia vertraut Josh keiner fremden Frau an.«

»Wegen der Sache mit der Irren?«, fragte Liam, und sein Gesicht verdüsterte sich merklich.

Lizzy bemerkte, wie er seine Hand zur Faust ballte, und nickte grimmig. Auch sie überkam jedes Mal die blanke Wut, wenn sie an dieses Miststück zurückdachte. Nach einer Weile knurrte ihr Magen laut und vernehmlich, und Liam begab sich auf die Suche nach dem Essen.

»Darf ich die Lady zum Essen einladen? Heute gibt es eine Spezialität des Hauses: Hühnchen süßsauer, lauwarm, und Frühlingsrollen auf Eis.«

Lizzy lachte und nahm eine Gabel von den gebratenen Nudeln. Angewidert verzog sie das Gesicht.

»Nicht gut?«, fragte Liam grinsend. »Nun gut, für diesen Fall habe ich uns die Karte des Lieferservice mitgebracht.« Er zog die Bestellkarte aus seiner Gesäßtasche und hielt sie stolz vor ihre Nase.

* * *

So viel Aufwand hatte Mia schon lange nicht mehr an ihrem eigenen Körper betrieben. Sie hatte gebadet, sich sämtliche störenden Haare vom Körper entfernt und sogar ein Peeling mit anschließender Gesichtsmaske aufgelegt. Nun stand sie vor dem Badezimmerspiegel, frisierte ihre Locken zu einer Hochsteckfrisur und legte ein dezentes Make-up auf. Als sie vom Spiegel zurücktrat und sich betrachtete, musste sie zugeben, dass ihr gefiel, was sie sah. Ihre grünen Augen wurden durch den Kajalstift und die Wimperntusche betont, während ihre Lippen einen sanften Glanz vom Lipgloss erhielten. Die Augenringe waren dank des Concealers versteckt.

Doch auch wenn sie nicht länger müde aussah – sie fühlte sich völlig erschöpft. Sie hätte so einiges für ein Bett und ausgiebigen Schlaf getan. Allerdings war das ihr erster richtig freier Abend, seit Josh auf der Welt war, und ein anderer Teil von Mia wollte diesen

Abend nutzen, um etwas zu unternehmen. Schließlich wollte sie nicht zu den Paaren gehören, die sich nach dem ersten Kind abends vor den Fernseher setzten und sich anschwiegen. Sie wollte für Nic abenteuerlustig und geheimnisvoll bleiben.

Und dafür musste sie ihren Hintern hochkriegen und den Schlaf auf später verschieben! Sie legte einen Hauch Parfüm auf und betrachtete ihren Verlobungs- und Ehering. Es war noch gar nicht so lange her, und trotzdem fühlte es sich an, als seien sie und Nic schon ewig verheiratet. In dieser kurzen Zeit war so viel geschehen, dass Mia manchmal das Gefühl bekam, die Zeit rausche nur so an ihnen vorüber.

Mit einem letzten Blick in den Spiegel öffnete sie die Badezimmertür und hielt verwundert inne. Es war erstaunlich ruhig. Sie hörte die leisen Töne des Fernsehers und ging ins Wohnzimmer. Dort saß Nic auf dem Sofa und war tief und fest eingeschlafen.

Das erste Gefühl, das sie spürte, war Enttäuschung, das zweite Wut. Sie hatte sich herausgeputzt und gegen ihre eigene Müdigkeit angekämpft, und nun das. Sie ging auf Nic zu, um ihn zu wecken. Doch als sie vor ihm stand, gewann die Vernunft wieder die Kontrolle über sie. Er war ebenso erschöpft wie sie. Er arbeitete, kam von den diversen Verpflichtungen der Band nach Hause und kümmerte sich ab der Sekunde, in der er zur Tür hereinkam, mit ihr um Josh. Er war ein wunderbarer Ehemann und ein noch viel besserer Vater.

Zu Beginn ihrer Beziehung hatte sie ihre Angst, dass er, sobald es schwierig werden würde, wieder wegrennen würde, nicht abschütteln können. In ihrer Vergangenheit hatte Nic oft diesen Weg gewählt. Bislang hatten sich all ihre Befürchtungen Gott sei Dank nicht bestätigt. Er hatte sie seit der schrecklichen Attacke von Anabelle nicht ein einziges Mal im Stich gelassen. Eine Welle von Glück überschwemmte sie.

Sie beugte sich zu ihm hinab, streichelte ihm die viel zu langen Haarsträhnen aus dem Gesicht und war überrascht, als er sofort die Augen aufschlug.

»Ich bin wach, ich bin wach«, murmelte er und richtete sich schlaftrunken auf.

Mia kicherte. »Ist schon okay«, sagte sie und ließ sich erschöpft neben ihn aufs Sofa fallen.

Er beäugte sie von Kopf bis zu ihren hochhackigen Stiefeln.

»Du siehst wunderschön aus.«

»Danke!«

»Ich hab es versaut, richtig?« Nic ergriff Mias Hand und küsste jeden Fingerknöchel.

»Ach was, vergiss es einfach. Ich bin selbst so schrecklich müde ...«

In Nics Augen spiegelte sich das schlechte Gewissen. »Es tut mir leid, ich –«

Mia machte Schhh-Laute und legte ihre Fingerspitzen auf seinen wunderschönen Mund. »Ich weiß«, sagte sie nur, und Nic zog sie in seine Arme.

»Was hältst du davon, wenn wir sofort zum Dessert übergehen?« Nic verschloss Mias Mund zärtlich mit seinem, während seine Hände ihren Körper entlangstrichen.

Mia genoss jede Berührung und fühlte sich so begehrt wie seit Wochen nicht mehr.

7

Wie im Flug war die Woche bis zur Ankunft ihrer Mutter vergangen. Doch sosehr Mia Celine auch vermisst hatte – keine zwei Stunden nach ihrer Ankunft in London war sie bereits wieder genervt von ihr. Von der Sekunde an, als sie aus dem Zug gestiegen war, überhäufte sie Mia mit Ratschlägen, die zu Mias und Liams Kinderzeit aktuell gewesen waren.

Mia war sicher nicht beratungsresistent, ihre Mutter schon. In dieser Hinsicht war es mit der anderen Oma wesentlich leichter. Lynn war feinfühliger und etwas zurückhaltender. Bei ihr hatte Mia nur selten das Gefühl, belehrt zu werden, und sie bekam viel mehr Anerkennung von ihren Schwiegereltern. Einerseits war Mia froh, dass mit Celine jemand da war, der ihr Josh abnahm. Andererseits verunsicherten sie die ständigen Verbesserungsvorschläge, beginnend bei Joshs Kleidung über die Einrichtung seines Kinderzimmers bis hin zu seiner Nahrung und der Wahl der Trinkflaschenmarke.

Mia rauchte der Kopf, und als es an der Tür klingelte, stolperte sie vor lauter Übereifer beinahe über Joshs Spielzeug. Sie blickte in die Gesichter von Lizzy und Liam und fiel ihnen in die Arme.

»Wie schön, dass ihr da seid!«, rief sie aus.

Liam hob grinsend eine Braue. »Ist es so schlimm? Soll ich lieber wieder gehen?«

Mia kniff die Lippen aufeinander, hob den Zeigefinger drohend und warnte: »Wag es nicht, auch nur daran zu denken.«

Lizzy schob Liam lächelnd durch die Tür, und Celine begrüßte ihren Sohn und Lizzy überschwänglich. Sie erzählte von Sophie, Lynn und Richard und ihren eigenen Erlebnissen der letzten Wochen und sparte nicht mit Details. Und so war es, als stiegen sie in einen Expresszug nach Bodwin und verbrachten die nächsten zwei Stunden damit, zu Hause zu sein.

»Und was ist hier bei euch so los?«, fragte Celine irgendwann neugierig.

Liam schnaufte theatralisch. »Abgesehen davon, dass eine kleine Nervensäge nachts auf gepackten Koffern vor meiner Tür saß und seither regelmäßig meine Bude abfackelt, hat sich nicht viel getan.«

Lizzy warf einen Schnuller nach Liam, der sofort den Kopf einzog. »Lügner!«, wehrte sie sich lachend.

»Na, na, na … keine Gewalt vor meinem Neffen«, wehrte sich Liam mit Schalk in den Augen.

»Ich habe deine Wohnung nur ein Mal und nur beinahe und völlig aus Versehen niedergebrannt. Das zweite Mal war es eine defekte Waschmaschine«, rechtfertigte sich Lizzy mit in die Hüften gestemmten Händen.

Liam lachte. »Wenn ich so drüber nachdenke, reicht das völlig aus.« Er ging in Deckung, und Lizzy stürzte sich auf ihn. Sie rangelten und kicherten wie kleine Kinder.

»Außerdem finde ich in meiner Küche nichts mehr wieder, seit du darin kochst.«

»Ach so, der Dosenöffner für dein Dosenfutter liegt in der linken Schublade. Dir koche ich noch mal eine Lasagne … du undankbarer, steifer Korinthenkacker.«

Liams Augen wurden groß. »Und dieses Urzeittier …«

Lizzy schnaubte und fand sich unter Liams Arm geklemmt wieder.

Celine tauschte einen Blick mit Mia. »Was habe ich verpasst?«

Mia kicherte, hob die Schultern und warf den beiden Streithähnen einen nachdenklichen Blick zu. »Guck mich nicht so an, Mum. Ich weiß es auch erst seit ein paar Tagen.«

»Wer hätte das nur gedacht?« Celine lächelte verzückt.

Lizzy spritzte Joshs Babyfläschchen in Liams Nacken und quietschte laut, als er ihr durch die Wohnung hinterherjagte.

In diesem Augenblick kam Nic verwundert mit der versprochenen Pizza nach Hause. Er trat mit fragendem Blick auf seine Frau und seine Schwiegermutter zu.

Mia winkte jedoch rasch ab. »Frag nicht!«

Liam hatte Lizzy im Flur geschnappt. Lizzy versuchte sich vergeblich aus seinem Klammergriff zu befreien.

Keuchend sagte sie: »Ich kann leider nicht zum Essen bleiben. Ich hab gleich eine Verabredung.«

»Oh, etwa dieser ›Fan‹?«, fragte Mia neckend.

»Was für ein Fan?«, wollte Celine neugierig wissen.

»Ach, hör schon auf.« Lizzy schüttelte den Kopf.

»Lizzy hatte einen Auftritt in dem Bistro, in dem sie arbeitet, und da war ein toller Typ, der laut ihr ein absoluter Hauptgewinn sein könnte.«

»Na, dann mal los«, sagte Nic und verscheuchte Lizzy, die über der heißen Pizza lehnte und sich ein Stück für den Weg schnappen wollte.

Liam trat neben sie und starrte auf das Essen hinab. »Schon wieder Pizza …«, murmelte er niedergeschlagen.

»Morgen gibt's was anderes!«, beruhigte Lizzy ihn und berührte seinen Arm. Sie verteilte ein paar Handküsschen und eilte zur Tür.

Mia entging nicht, dass Liam der quirligen Lizzy nachdenklich hinterhersah.

* * *

Die dunklen Wolken hingen tief über London, und Lizzy betrachtete sie mit einer Wehmut, die ungewöhnlich für sie war. Sie stand auf dem Gehsteig vor dem Surrender, an dem sie sich mit Tom verabredet hatte. Es war halb acht, und unzählige Menschen schwirrten wie an einem Samstagabend in London üblich um sie herum. Lizzy mochte diese Betriebsamkeit, ertappte sich aber immer wieder dabei, wie sie sich nach Bodwin und der Ruhe dort sehnte. Beinahe kam es ihr so vor, als zögen unsichtbare Fäden an ihr und drängten sie, nach Hause zurückzukehren. Doch noch war die Zeit nicht gekommen. Sie wollte weder mit leeren Händen zurückkehren noch ihrem Vater in die Augen sehen und ihm sagen müssen: »Du hast dich schon wieder geirrt. Und hat dein Starrsinn sich gelohnt?«

Lizzy schüttelte diesen düsteren Gedanken ab. Sie wusste, wenn es so weit war, würde sie nichts davon sagen. Genauso wenig, wie er ihr ins Gesicht sehen und sagen würde, dass sie jemals eine erfolgreiche Songwriterin werden könnte. Ihre Selbstzweifel nagten auch ohne seine Kritik an ihr. Sie ahnte natürlich, dass sie keineswegs so groß rauskommen würde wie ihr Bruder, aber jede Melodie in ihrem Herzen, jeder Songtext in ihrem Kopf fügte sich aneinander, als hätten sie immer schon gemeinsam existiert. Sie liebte, was sie tat, und würde nicht den Weg der Vernunft wählen, nur um sich in ein paar Jahren zu fragen, was wohl gewesen wäre, wenn sie mutig genug gewesen wäre.

Überraschenderweise hatte sie in Liam im Moment ihren größten Rückhalt, und dafür war Lizzy ihm unglaublich dankbar. Er hatte sie natürlich nicht ganz selbstlos bei sich aufgenommen, dennoch war er für sie da. Seit dem vergangenen Wochenende hatten sie jeden Abend zusammen an Songs geschrieben. Er war kritisch, forderte sie heraus und machte jeden ihrer Songs besser.

Neuerliche Zweifel schlichen sich an sie heran, und sie straffte die Schultern. Sie wollte gar nicht daran denken, wo sie jetzt ohne Liam wäre ... Zudem genoss sie die Zeit mit Mrs Grayson immer mehr. Ihr gefiel die Arbeit bei James, und sie freute sich darauf, morgen Abend einen Käse-Tortellini-Auflauf für Liam zu machen.

Jemand tippte ihr auf die Schulter. Lizzy fuhr erschrocken herum und schaute in die intensivsten blauen Augen, die sie kannte.

»Entschuldige, ich wollte dich nicht erschrecken.«

Lizzy schüttelte den Kopf und lächelte, als Tom ihr auf eine sehr altmodische Art und Weise die Hand reichte. Hätte diese Geste einer ihrer Verflossenen gemacht, wäre sie sofort geflüchtet. Doch Tom hatte diese Art an sich, die es ihr unmöglich machte, ihn als lächerlich zu empfinden. Nein, ganz und gar nicht lächerlich. Sie fand ihn höchstens noch anziehender und fühlte sich geschmeichelt von seinem Interesse an ihr. Obwohl sie immer noch nicht so genau wusste, woran er wirklich interessiert war.

War es rein geschäftlich, oder gab es da noch mehr? Sie ergriff seine Hand und war etwas verwundert, als er sie sanft mit sich den Gehsteig entlang und vom Surrender wegführte.

»Du wolltest nicht hier essen?«, fragte sie.

Tom schaute sie voller Vorfreude an. »Natürlich nicht. Ich möchte doch nicht, dass deine Kollegen dich bedienen müssen. Ich möchte, dass du dich wohlfühlst.«

Lizzy freute sich über die Gedanken, die er sich ihretwegen gemacht hatte, und noch mehr, dass er ihre Hand nicht losließ, bis die Lichter eines grauen Porsches aufblinkten und Tom ihr die Tür zu dem Wagen aufhielt.

»Du fährst einen Porsche?«

Er grinste. »Jeder hat ein Laster, oder?«

Lizzy sah ihn an, als sei er verrückt geworden. »Hin und wieder zu tief ins Glas gucken, rauchen oder meinetwegen auch ein Jumbo-Paket Eis am Abend verdrücken – das alles sind meiner Meinung nach Laster. Aber Porsche fahren ist eher … na ja …« Sie stieg zögernd ein, als er ihr die Tür aufhielt, schmiegte sich in das weiche, helle Leder und beobachtete, wie Tom feixend ums Auto lief und neben ihr Platz nahm. Sein bisher so ordentlich geglättetes Haar war strubblig und fiel ihm in die Stirn. Diese Veränderung gefiel Lizzy, denn das hieß, dass er mehrere Seiten zu bieten hatte. Sie spürte eine innerliche Aufregung und konnte es kaum abwarten, sie alle kennenzulernen.

Sein nächster Satz wirkte jedoch wie ein kalter Guss Wasser: »Ich würde sagen, das beschreibt die Gehaltsklasse.«

Lizzy warf ihm einen Blick aus dem Augenwinkel zu. Sie hätte ihn nie für einen Angeber gehalten, und mit einem Mal fühlte sie sich mit ihm nicht mehr auf Augenhöhe.

»Bevor wir losfahren, möchte ich gern etwas Geschäftliches besprechen«, fuhr Tom fort.

»Geschäftlich?« Lizzy wandte sich ihm voll zu.

Er nickte ernst.

In diesem Moment sah er wie ein wahrer Geschäftsmann aus. Lizzy konnte ihre Enttäuschung nur schlecht verbergen, und ihre Verwirrung über sein tatsächliches Interesse wurde größer.

Tom schien das sofort zu spüren. »Habe ich was Falsches gesagt?«

»Ich bin es nur nicht gewohnt, nicht zu wissen, wo es langgeht«, gab sie zu.

Tom sah ihr eindringlich ins Gesicht, als versuche er, in ihr zu lesen. »Du fragst dich, was für eine Art Treffen das ist?«

»Wow, du kannst Gedanken lesen!«, witzelte Lizzy. Sie lehnte den Kopf gegen den Sitz und wich seinem forschenden Blick nicht aus.

Tom grinste nicht und sagte auch nichts Witziges, was Lizzy wieder aus dem Konzept brachte. Sie war es gewohnt, den Ton anzugeben. Das war neues Terrain für sie.

»Nein«, seufzte er schließlich und schwieg erneut.

Lizzy sah auf ihre Finger, die nervös miteinander spielten. Plötzlich lag Toms rechte Hand auf ihrer, und als sie hochsah, schrak sie leicht zusammen. Er war so nah bei ihr, dass ihre Nasen sich beinahe berührten.

»Nein, ich bin kein Edward Cullen, Elizabeth. Ich stelle mir nur die gleiche Frage.«

Lizzy wagte nicht zu atmen. Ihr Herz klopfte erwartungsvoll gegen ihre Rippen. Tom zögerte keinen Augenblick zu lang, als er seine Lippen sanft auf ihre legte. Sie schloss die Augen und gab sich ganz dem Kuss hin, der weder als leidenschaftlich noch als sanft bezeichnet werden konnte. Er war schlicht perfekt. So wie Tom selbst. Alle Zweifel waren mit einem Mal wie fortgewischt.

Als sein Mund sich von ihrem löste, lehnte sich Tom gerade weit genug zurück, dass er sie ansehen konnte.

»Was fällt dir ein?«, sagte Lizzy grinsend und in einem Ton, der ihn eher dazu auffordern sollte, weiterzumachen.

Er grinste und zeigte gerade weiße Zähne. »Ich wollte meine Absichten klarstellen, ohne viele Worte.«

»Und was ist mit meinen Absichten?«

»Du hast sie mir grade ziemlich deutlich gezeigt.«

Lizzy streckte ihm die Zunge raus und grinste frech. »Normalerweise bin ich es gewohnt, erst nach dem Date geküsst zu werden.«

»Und ich habe dich für eine Frau gehalten, die ›normal‹ verabscheut.« Lizzy war verblüfft. Er schien sie ziemlich gut einzuschätzen. »Nun, wo das geklärt ist … mein Boss möchte dich kennenlernen. Er erwartet eine Kostprobe. Montagnachmittag um zwei Uhr in seinem Büro. Er ist nicht die Art von Mensch, der sich in eine Bar oder ein Bistro setzt.«

»Äh, okay … aber das ist ja schon übermorgen.«

»Hör zu, Lizzy. Diese Chance bekommt man nicht oft. Du kennst dich in dieser Branche nicht aus. Aber ich schon. Nutze diese Gelegenheit.«

Lizzy nickte und wurde plötzlich an etwas erinnert, das sie bislang erfolgreich verdrängt hatte. Sie hatte ihm immer noch nicht die Wahrheit über ihren Namen und ihre Erfahrung mit der Musikbranche erzählt. Kurz überlegte sie, es jetzt zu sagen, doch Tom ließ den Wagen an und reihte sich in den dichten Abendverkehr ein. Dafür würde der Abend sicher noch genügend Gelegenheiten bieten.

Tom hatte offenbar vor, sich in Unkosten zu stürzen. Zuerst brachte er Lizzy in einen dieser angesagten Sushi-Läden in Soho. Nicht in einen dieser Imbisse, die sie aufgesucht hätte, würde sie Fisch essen wollen. Leider hasste sie Fisch jeglicher Art, davon sagte sie jedoch nichts. Er hatte den oberen Lounge-Bereich für sie beide ganz allein reserviert. Das Essen war so teuer, dass die Preise nicht auf der Karte aufgeführt wurden und Lizzy sich wahrscheinlich nicht mal einen Happen davon hätte leisten können, geschweige denn das halbe Restaurant zu reservieren.

Dennoch, sie genoss jeden Moment mit Tom. Viele der Gäste aus dem unteren Bereich schienen ihn zu kennen, und auch wenn er offensichtlich in der Branche bekannt war, so vermied er es, damit zu prahlen. Er hatte ausschließlich Augen für Lizzy und wollte alles über sie wissen. Sie erzählte von Bodwin und ihrer Familie dort. Die Swores erwähnte sie mit keiner Silbe.

Nach dem Essen tat er ganz geheimnisvoll und ging mit ihr zu einer menschenleeren Bushaltestelle, die sich ein Stück die Straße hinunter befand.

Sie sah sich um. »Du bist keiner dieser Serienkiller, die ihre Beute zuerst in Schokolade tauchen, um sie dann doch in einer abgelegenen Straße kaltblütig abzumurksen?«

Er grinste. »Du hast eine blühende Fantasie, Elizabeth Kennedy, aber ich kann dich beruhigen: Es bleibt eine Fantasie.« Er hielt inne und fügte dann mysteriös hinzu: »Andererseits – würde das ein Serienkiller nicht auch von sich behaupten?«

Kurz darauf kam ein typischer, alter roter Londoner Doppeldeckerbus vor ihnen zum Stehen, und Lizzy war zu verblüfft, um etwas zu sagen. Tom reichte ihr auffordernd eine Hand und lächelte charmant.

Die ganze Zeit über hatte er mit ihr Körperkontakt gehalten. Er hatte sie nicht noch einmal geküsst, doch im Restaurant hatte er ihren Stuhl zurechtgerückt und seine Hände beiläufig auf ihre

Schultern gelegt. Beim Hinausgehen hatte er ihre Hand fest in seiner gehalten, und auch auf der Straße hatte er seinen Arm um ihre Schultern gelegt.

»Na, was ist? Vertraust du mir genug, um dieses Restrisiko einzugehen?«, neckte er sie.

Lizzy nickte lächelnd, und gemeinsam schlenderten sie auf die vordere Bustür zu, die sich wie von Zauberhand bei ihrem Erscheinen öffnete.

»Ich dachte, und bitte korrigier mich, falls ich mich irre … Da du erst knapp ein Jahr in London lebst, kennst du die Stadt vielleicht noch nicht besonders gut. Deshalb möchte ich dir als eingefleischter Londoner die Stadt bei Nacht zeigen. Vor allem meine absoluten Lieblingsplätze.« Tom nickte dem Fahrer und einem in Schlips und Anzug gekleideten Kellner kurz zu, führte Lizzy in den ansonsten leeren Bus und ging mit ihr auf das obere, offene Verdeck.

Lizzys Mund öffnete sich zu einem erstaunten »Oh«. Das offene Deck des Busses war mit Lichterketten, Blumen und zwei unglaublich gemütlich aussehenden Sesseln ausgestattet. Es war offenkundig, dass dieser Bus kein öffentlicher Sightseeing-Bus war, sondern von ihm für diesen Anlass gebucht wurde.

Kaum saßen sie, kam auch schon der Kellner zu ihnen herauf, reichte Lizzy eine warme Decke und platzierte ein Tablet mit Wein und Käse auf dem kleinen Tischchen zwischen ihnen. Außerdem reichte er ihnen zwei gefüllte Champagnergläser.

Es wurde ein traumhafter Abend. Niemand hatte jemals so etwas für Lizzy getan, und sie war schlicht überwältigt. London bei Nacht zu sehen hatte etwas Magisches, und es vertrieb Lizzys Heimweh nach Bodwin – für eine Weile.

Während der zweistündigen Fahrt prickelte es nicht nur in den Sektgläsern. Lizzy hatte nicht vergessen, was sie Tom vor einer Woche für einen gelungenen Abend zur Belohnung versprochen hatte. Sie war sicher kein Kind von Traurigkeit, doch Sex am ersten Abend hatte es bisher noch nie gegeben.

Sie konnte es selbst kaum fassen, dass sie nun darüber nachdachte. Doch Tom war ihr vom ersten Augenblick an nicht wie ein Mann erschienen, der all diese Mühen auf sich nahm, um eine Frau bloß für eine Nacht abzuschleppen. Er war ehrlich interessiert an ihr, und das war Lizzy nur selten passiert. Jetzt, mit einem Blitzen in den blauen Augen und einem Lächeln um die Lippen, wirkte Tom so anziehend auf sie, dass sie sich in seine Arme stürzte und schließlich nur wenig von seinen »Lieblingsplätzen« zu sehen bekam. Natürlich waren sie zu vernünftig, als dass sie sich auf dem Deck hätten gehen lassen wollen. Die Leidenschaft hatte sie dennoch unerwartet heftig getroffen, sodass sie die Fahrt mitten in der Stadt unterbrachen, kichernd ausstiegen und sich ein Taxi nahmen, um in Toms Wohnung zu fahren. Auf dem Rücksitz des Wagens fielen sie sogleich erneut übereinander her.

Seine Wohnung lag in einer der reichsten Gegenden Londons, und so war Lizzy auch kaum überrascht über all den Luxus. Das Tor zur Wohnanlage öffnete sich auf Knopfdruck, und die Inneneinrichtung seines riesigen Appartements war außergewöhnlich und sorgfältig ausgewählt. Viel mehr als diesen Gesamteindruck nahm sie aber nicht mehr wahr, denn Tom trug sie unumwunden in sein Schlafzimmer. Alles, was sie wollte, war Tom. Nackt. Voller Lust.

* * *

Liam blickte über die Dächer von London und rollte nachdenklich seine Zigarette zwischen Daumen und Zeigefinger. In der anderen Hand hielt er ein Bier und nippte in unregelmäßigen Abständen daran. Der Wind war frisch, klärte jedoch seine Gedanken. Es war schon fast Oktober, und abends wurde es für einen Pullover zu kühl, weswegen er eine Jacke trug. Er war so in Gedanken vertieft, dass er seine Mutter erst bemerkte, als sie neben ihm stand. Sie lächelte ihn an und berührte seinen Arm.

»Na, mein Großer.«

Er drückte die Zigarette im Aschenbecher aus und grinste. »Großer« stimmte in mehr als nur einer Hinsicht. Immerhin war er ihr ältestes Kind und überragte sie zudem um mehrere Köpfe. Celine war eine kluge Frau, und sie kannte ihre Kinder ziemlich gut, was auch der Grund war, warum sie leise fortfuhr: »Wenn du dir um irgendetwas Sorgen machst, hast du so ein Gesicht.«

Liam lachte leise und schüttelte den Kopf. »Du bist keine vierundzwanzig Stunden hier und musst mich schon analysieren.«

Celine machte ein zerknirschtes Gesicht. »Ich kann nichts dafür. Das ist das Mutter-Gen.«

Liam schenkte ihr einen abschätzigen Blick. »Mir geht's gut, Mum! Mach dir keine Sorgen.«

Celine stellte sich auf die Zehenspitzen und umfing Liams Gesicht mit beiden Händen. »Wann wirst du verstehen, dass ich mir immer Sorgen um meine Kinder, um meine Familie machen werde?« Sie seufzte theatralisch. »Wahrscheinlich erst, wenn du selbst Vater sein wirst. Frag mal Mia und Nic. Josh mag im Moment noch klein und auf Hilfe angewiesen sein. Aber egal, wie alt die eigenen Kinder sind, es gibt nur diese Menschen, die man mehr liebt als sein eigenes Leben, mehr noch als den eigenen Partner.«

Liam zwang sich zu einem Lächeln. »Ich glaube nicht, dass ich dafür gemacht bin.«

Celine sah ihn forschend an. »Wie meinst du das, Schatz?«

Mist, dachte Liam. Er hatte doch nichts sagen wollen, und nun platzte er förmlich damit heraus.

»Ich meine damit nur«, begann er ernst, »dass ich glaube, nicht für die Liebe gemacht zu sein.« Celine schwieg und sah ihn abwartend an. »Also, bei Nic und Mia sieht es toll aus, aber ich glaube, dass die Liebe für mich nicht vorgesehen ist.«

»Die Liebe ist für jeden vorgesehen, der bereit ist, sie in sein Leben zu lassen.« Celine sah ihn an, und Liam drückte sanft ihre Hand. »Das ist wohl eher das Problem, Liam.«

»Du hast Dad geliebt«, fasste er traurig zusammen.

»Und er hat mich geliebt, ja.«

»Und was hast du nun davon? Ich meine, du bist einsam und allein. Du bist so oft traurig. So etwas will ich nicht für mich.«

»Oh, Schatz. Das ist es, was dich so quält?«

Liam trank von seinem Bier, während Celine nach Worten zu suchen schien, die ihre Gefühle richtig ausdrückten. »Wenn du wissen willst, was ich von der Liebe zu deinem Vater habe: Ich habe euch! Und roll ja nicht mit den Augen. Aber selbst, wenn unsere Ehe kinderlos geblieben wäre, wäre ich eine der glücklichsten Frauen auf der ganzen Welt. Ich bin auf eine Art geliebt worden, von der du in deinen Songs singst. Von der in Filmen erzählt wird. Von der berühmte Dichter gesprochen haben. Liam, die eine wahre Liebe trifft man nur sehr selten im Leben, und sie ist ein Geschenk.« Celine hielt inne und atmete tief ein. »Ich würde die vielen glücklichen Jahre mit deinem Vater niemals gegen ein Leben ohne Kummer eintauschen. Niemals.«

»Aber du leidest immer so ...«

»So wirke ich auf euch? Ach du je ... Natürlich gibt es Tage, an denen ich deinen Vater so sehr vermisse, dass ich weine. Aber es gibt auch Tage wie heute. An denen ich sehe, was er mir geschenkt und hinterlassen hat. Eine Familie, die ich liebe und die mich braucht. Das ist sein wahres Erbe, nicht sein Geld oder seine Praxis.«

Liam sah seine Mutter skeptisch an.

»Es ist nicht einfach, ohne ihn zu leben. Das gebe ich zu«, fuhr Celine fort. Sie hatte wieder diesen traurigen Ausdruck in den

Augen, aber da war auch noch etwas anderes. »Aber es ist hundert Mal besser, als gar nicht mit ihm gelebt zu haben. Eines Tages wird eine Frau in dein Leben treten, für die du bereit bist, durch die Hölle zu gehen. Und wenn es so weit ist, mein Großer, dann lebe im Hier und Jetzt. Denk nicht so viel nach. Sei einfach glücklich.«

Sie hakte sich bei ihm unter, und Liam rang sich ein Nicken ab. Weniger, weil sie ihn überzeugt hatte, eher, um endlich das Thema wechseln zu können.

Wie aufs Stichwort drangen von drinnen laute Stimmen auf die Terrasse. Beide wandten sich überrascht zu den hell erleuchteten Fenstern des Wohnzimmers um, wo sie Mia und Nic sehen konnten, die sich gegenüberstanden und anbrüllten.

»Was ist denn da los?«, fragte Celine. »Meinst du, wir sollen hineingehen?«

Das war eine Frage, die nur seine Mutter stellen konnte.

»Nein, Mum. Wir mischen uns nicht ein«, sagte Liam.

»Ich will mich nicht einmischen«, erwiderte sie wenig überzeugend.

»Natürlich nicht!« Er grinste wissend.

»Mütterliche Sorge!«, erinnerte sie ihn nur.

»Auch Neugierde genannt«, korrigierte er lachend.

In diesem Moment geschah etwas Seltsames: Nic stürmte aus der Wohnung und ließ Mia stehen. Liam runzelte die Stirn – jetzt sollte er wohl doch eingreifen. Er stellte sein Bier auf dem Terrassentisch ab und lief hinein.

Drinnen sah er sich einer niedergeschlagenen Mia gegenüber, die ihn erst fassungslos anblickte und ihm dann, ohne ein Wort, in die Arme fiel. Das war mal etwas Neues. Sie schluchzte ein wenig an seiner Brust, während er sanft über ihren Rücken streichelte.

»Brüderliche Sorge?«, fragte seine Mutter, die zu ihnen getreten war, und betrachtete ihre Tochter nicht weniger besorgt.

Als Joshs Weinen durch das Babyphone zu ihnen drang, war Mia schon drauf und dran, zu ihm zu eilen, doch Celine war schneller und bereits auf dem Weg.

Liam führte seine Schwester in Richtung Sofa.

»Was ist passiert?«, fragte er, als sie sich nebeneinander darauf fallen gelassen hatten.

Mia winkte ab. »Wenn ich es dir erzähle, dann ... wirst du mich für verrückt erklären.«

»Ehrlich gesagt habe ich dich schon vor vielen Jahren für verrückt erklärt. Also brauchst du dir darum keine Sorgen mehr zu machen.«

Mia lächelte leicht und sah ihre Mutter, die aus dem Kinderzimmer kam, fragend an. »Und?«

»Sein Schnuller war weg. Ich habe ihm einen neuen gegeben.« Celine ließ sich auf Mias anderer Seite aufs Sofa sinken und ergriff ihre Hand.

»Ich wollte Liam gerade sagen, dass ich vor einigen Wochen in einer meiner Trauma-Sitzungen einen Entschluss gefasst habe. Bisher war immer so viel los, dass ich Nic noch nicht davon erzählen konnte. Nun ... heute Abend ist das Thema irgendwie aufgekommen, und er hat so reagiert, wie ich es mir gedacht habe. Wahrscheinlich habe ich es geahnt und deshalb bisher geschwiegen.«

»Was ist es denn?«, fragte Celine nach.

Mia zögerte und sagte erst nach zwei Anläufen: »Ich ... ich. Also ich werde sie in der Psychiatrie besuchen.«

Es war allen klar, wen Mia mit »sie« meinte.

Sie war Anabelle und hatte viele Jahre zu Mias Freundinnen gezählt. In Wahrheit jedoch hatte sie ein doppeltes Spiel gespielt und Nic gestalkt. Sie hatte ihm anonyme Drohungen geschickt. Sie hatte Mias Auto zu Schrott gefahren, ihre Wohnung zertrümmert und sie schlussendlich selbst angegriffen. Mia und auch ihr ungeborenes Baby waren nur knapp mit dem Leben davongekommen. Seither war Anabelle vom Gericht verurteilt worden und in einer psychiatrischen Anstalt untergebracht.

Nach dieser Ankündigung herrschte Stille. Wie Celine versuchte auch Liam, diese Information erst einmal zu verarbeiten. Er sprang vom Sofa auf und ging in der Wohnung umher.

Mia sah erst ihre Mutter, dann Liam flehend an.

»Ich weiß, ihr haltet das für den größten Unsinn, den ihr je gehört habt … aber ihr versteht nicht, was das für mich bedeutet.«

Celine seufzte, dann strich sie Mia verständnisvoll über den Rücken. »Natürlich, Chérie …«

»Mum, ich habe das Vertrauen in die Menschen verloren. Ich meine, ich zweifle ständig an deren Aufrichtigkeit. Selbst bei Leuten, die ich bereits seit Jahren kenne. Ich muss mich einfach davon überzeugen, dass sie eine kranke Frau ist. Nur sie und nicht der Rest der Welt. Ich will wissen, dass mir so etwas nicht noch einmal passiert.«

Celine nickte.

»Es gibt keinen anderen Weg?«, fragte Liam nun.

»Ich hadere seit über einem Jahr damit. Ich habe eine Therapie und zahllose Trauma-Sitzungen hinter mir, aber das Problem bleibt. Es zehrt an mir. Ich muss es tun, damit ich wieder gelassen leben kann. Ich will nicht in jedem oder jeder Bekannten eine Gefahr vermuten. Ich werde dagegen ankämpfen und mir mein Leben zurückholen. Auch wenn das bedeutet, dass ich meinem Albtraum schlechthin gegenübertreten muss.«

Liam setzte sich wieder und sah Mia von der Seite an. Er bewunderte seine kleine Schwester für all ihren Mut, für ihre kämpferische Art und für die Kraft, ihr eigenes Schicksal an den Hörnern zu packen.

»Du wirst nicht alleine gehen«, sagte er. »Ich werde dich begleiten und nicht aus den Augen lassen, wenn du in ihrer Nähe bist.«

Mia nickte und rang sich ein Lächeln ab. »Mein beschützender Bruder. Du hast schon immer den Hang gehabt, Dad zu ersetzen und mich vor jeglichem Schrecken zu bewahren.«

Ein paar Stunden später klingelte es an Liams Wohnung. Verschlafen schaute er auf den Radiowecker und stellte fest, dass es 3:11 Uhr am Morgen war. Hatte Lizzy ihren Schlüssel vergessen? Genervt schleppte er sich aus dem Bett und wagte einen Blick in ihr Zimmer. Tatsächlich, sie war nicht da. Er ging zur Tür, betätigte den Sprechanlagenknopf und sagte: »Hast du deinen Schlüssel vergessen, du Nervensäge?«

»Hab isch en Schlüssel?«, nuschelte jemand zurück.

Liams riss die Augen auf. Das war nicht Lizzy.

»Bleib, wo du bist, und stell ja nichts an«, sagte er dann knapp und eilte plötzlich hellwach die Treppen hinunter.

Da stand er, sein bester Freund, in einem bemerkenswert mitleiderregenden Zustand auf den Stufen vor der Haustür. Seine Augen waren gerötet, und er hatte sich offenbar geprügelt. Liam schloss eilig auf.

»Was ist das eigentlich mit euch Donahues und diesem Geklingel mitten in der Nacht?« Nic schaute drein, als hätte Liam ihm etwas von Kamelen erzählt. »Buddy, komm rein.«

Er legte Nic den Arm um die Schulter und schleppte ihn in die dritte Etage. Der brummelte allerhand Unsinn und fiel auf Liams Sofa augenblicklich in eine Art Koma.

»Sorry, Kumpel. Aber das Gästezimmer ist belegt.« Liam zog Nic die Schuhe aus und betrachtete seine aufgesprungene Lippe. Da war keine weitere Hilfe nötig. Also nahm er sein Handy und wählte Mias Nummer. Sie ging sofort dran und hatte offenbar nicht geschlafen, so wie Liam es sich gedacht hatte.

»Ich bin's. Nic ist gerade bei mir aufgetaucht.« Er hörte ihren erleichterten Seufzer und ihre hinuntergeschluckten Tränen.

»Gott sei Dank. Geht's ihm gut?«

Liam zögerte. »Frag mich das morgen noch mal.«

»Liam!«

»Er ist voll wie eine Haubitze.«

»Und er hat keine schweren, lebensbedrohlichen Verletzungen?«, fragte sie argwöhnisch nach.

»Nein?« Diese Antwort glich eher einer Frage.

»Gut, dann sag diesem Vollidioten, dass er mich mal kann. Ich fahr morgen mit Mum nach Hause. Damit du Bescheid weißt.«

Liam zögerte. »Meinst du nicht, dass das etwas übereilt ist –«

Als seine kleine Schwester ihn unterbrach, klang sie plötzlich so niedergeschlagen wie nie zuvor. »Er hat mir damals versprochen, mich nie wieder allein zu lassen. Jetzt wird es wieder einmal schwierig, und er lässt mich mit Josh hier sitzen. Ich habe mir solche Sorgen um ihn gemacht.«

Liam seufzte. »Er war wahrscheinlich einfach überfordert ... Du weißt doch, wie bescheuert wir Kerle manchmal sind«, sagte er in einem Versuch, die Wogen zu glätten.

Mia ging nicht darauf ein. »Richtest du es ihm bitte aus?«, fragte sie kühl.

»Ja, das tue ich. Mia? Er liebt dich und Josh über alles!«

»Das entschuldigt aber nicht alles.«

Bevor Liam darauf antworten konnte, hatte Mia mit einem leisen »Danke fürs Bescheidgeben, Liam« aufgelegt.

Er ließ sich gegenüber von Nic auf dem Sessel nieder. »Oh, fuck! Wenn du wüsstest, was dir blüht, mein Freund!«

Sein Blick fiel auf Lizzys Notenblätter, die mal wieder überall im Wohnzimmer verstreut herumlagen, und er sah noch einmal auf die Uhr. Es war 3:42 Uhr.

Wo steckte sie nur? Warum sorgte er sich überhaupt? Es war doch offensichtlich, dass sie nach ihrem Date mit zu diesem Typen nach Hause gefahren war. Sein Magen zog sich heftig zusammen, und er konnte sich nichts mehr vormachen. Es stimmte ihn wütend, wenn er daran dachte, dass Lizzy sich auf diese Weise mit einem Kerl vergnügte. Etwas, dass er selbst oft genug tat und an dem er generell nichts Anstößiges fand. Sollte doch jeder sein Sexleben ausgiebig genießen. Dennoch ... die Vorstellung, dass Lizzy sich derart amüsierte, tat unerwartet weh.

Und wenn ihr doch etwas zugestoßen war?

Er wählte ihre Nummer, legte aber sofort wieder auf und schlug sich mit dem Handy gegen die Stirn. Er war ebenfalls ein Idiot! Sie war eine erwachsene Frau, und er hatte keineswegs ein Recht dazu, ihr nachzuspionieren.

Als er Nic mit einem Eimer, einer Decke und einem Glas Wasser ausgestattet hatte, ging er zurück ins Bett. An Schlaf war jedoch nicht zu denken. Bis zum Morgengrauen wartete er auf das Geräusch des Schlüssels im Schlüsselloch, das Lizzys Heimkehr ankündigen würde.

8

Das penetrante Piepen des Weckers riss Lizzy aus ihrem wunderschönen Traum. Sie drückte das Kissen auf ihren Kopf und war verwundert, als das Piepen aufhörte, doch zu faul um nachzusehen, wieso. Es war so ein schöner Traum gewesen, und sie wollte sich von ihm gerade wieder einlullen lassen, als sie etwas an der Schulter kitzelte. Verwundert schob sie das Kissen weg und blickte in zwei intensiv blaue Augen, die sie in ihren Träumen verfolgt hatten.

Leben kam in sie, als die Erinnerung durch ihren Halbschlaf brach. Das alles war kein Traum gewesen! Es war echt: Tom lächelte und blickte sie versonnen an.

»Hat dir schon mal jemand gesagt, wie wunderschön du bist, wenn du aufwachst?«

Lizzy starrte ihn perplex an, fing sich aber rechtzeitig wieder. »Du meinst mit einer Lady-Gaga-Frisur und Mundgeruch? Ja, dieses Kompliment habe ich schon oft bekommen.«

Tom lachte, und sie zog die Satindecke bis über ihre Nase und versteckte sich.

»Hab ich schon erwähnt, dass ich eine Schwäche für Lady Gaga habe? Sie war ziemlich lange eine Songwriterin, genau wie du.«

»Im Ernst? Ich bin enttäuscht von dir, Tom.«

Lizzy quietschte und lachte, als er unter die Bettdecke abtauchte und sich so zu ihrem Kopf vorarbeitete. Er hielt an ein paar sehr intimen Stellen inne, sodass die Lust ein weiteres Mal über sie hinwegrollte.

Nach einiger Zeit löste Tom sich endgültig von ihr und gab ihr einen Kuss auf den Mund. »Ich muss jetzt wirklich aufstehen, mein Wirbelwind.«

Lizzy lächelte versonnen, bis ihr klar wurde, dass sie sich ebenfalls anziehen sollte.

Doch als sie Anstalten machte, ihm ins Bad zu folgen, zog er sie an sich und sah ihr tief in die Augen. »Bleib hier und schlaf dich aus. Du musst morgen bei deiner Verabredung mit meinem Boss hellwach sein.«

Lizzy grinste spitzbübisch. »Ich muss vor allem vorbereitet sein.« Sie küsste ihn und machte sich von ihm los.

»Ich werde mich nie lange genug konzentrieren können, um mich zu rasieren, wenn du nackt in meinem Bad stehst«, sagte er mit einem Klaps auf ihren Po.

Lizzy grinste. »Deswegen zieh ich mich nur schnell an und verschwinde direkt!«

»Kein Frühstück?«, fragte Tom verdattert. Lizzy schüttelte den Kopf und stieg in ihre Jeans. »Normalerweise beinhaltet ein Date mit mir immer ein Frühstück«, schmollte er.

»Hast du nicht gestern gesagt, dass ich alles andere als normal bin?« Damit entwaffnete sie ihn und warf ihm einen Handkuss zu. Plötzlich kam ihr etwas in den Sinn. Sie musste ihm die Wahrheit über ihren Nachnamen sagen.

»Es gibt da etwas, das du wissen solltest.«

Tom hob die Brauen. »Solange du mir jetzt nicht eröffnest, dass du verheiratet bist und drei Kinder hast, wird es schon nicht so schlimm sein.«

Lizzy trat unsicher von einem Fuß auf den anderen. »Mein richtiger Name ist nicht Kennedy, sondern Donahue.«

Toms Gesicht wurde ernster, und er sah sie irritiert an. »Du hast mich belogen? Warum?«

Lizzy zuckte mit den Achseln. »Es ist wegen meines Bruders. Die meisten bringen mich, sobald sie den Namen hören, sehr schnell mit ihm in Verbindung. Doch mir ist wichtig, dass man mich als eigenständige Person wahrnimmt.«

Tom sah aus, als hätte sie ihm gerade eröffnet, dass es Drachen in Wirklichkeit gab. »Das verstehe ich nicht. Wer ist denn …« Dann plötzlich hellte sich sein Gesicht auf. Lizzy verschränkte die Arme vor der Brust und verkniff sich gerade noch ein: Siehst du! Hab ich doch gewusst!

»Nicht im Ernst? Da stolpere ich im großen London über Nic Donahues ebenso begabte Schwester. Ich fass es nicht!« Tom sammelte sich und fragte: »Und Kennedy … Moment!«

»Ja, ich weiß. Liam Kennedy ist ebenfalls Mitglied der Swores«, gab Lizzy sich geschlagen. »Das war nicht die beste Idee. Das gebe ich ja zu.«

»Warum hast du ihn dann genommen?«

Lizzy zuckte erneut mit den Achseln. »Ich weiß nicht. Er ist mir als Erstes eingefallen.«

Tom schüttelte grinsend den Kopf. »Das wird den Boss aber freuen, wenn er das hört.«

»Flip nicht gleich aus!«, warnte Lizzy. »Wärst du nur ein potenzieller Produzent, hätte ich es dir auch jetzt nicht gesagt.«

Anzüglich grinsend kam er auf sie zu und nahm ihr Gesicht in beide Hände. »Und was bin ich jetzt?«

»Ich werde meinen Beziehungsstatus bei Facebook noch nicht ändern, wenn du das meinst. Aber …« Lizzy zögerte.

»Aber?«

»Aber ich könnte mir vorstellen, das öfter zu machen.«

»Was genau?«, fragte Tom und küsste Lizzy am Hals.

»Das und so ein paar andere Sachen …«

»Welche Sachen?«

Lizzy gab sich einem langen Kuss hin und rang um Fassung. Tom stand immer noch nackt und zu allen Schandtaten bereit vor ihr.

»Wolltest du nicht duschen?«, hakte sie nach.

»Hab ich dir schon erzählt, dass ich Gleitzeit im Büro habe?« Er knabberte an der empfindlichen Stelle ihres Ohrläppchens.

»Gleitzeit? An einem Sonntag?«, echote Lizzy und keuchte, als er seine Hand in ihre noch geöffnete Jeans gleiten ließ.

»Ja, ich arbeite auch an den Wochenenden ... was für eine Doppeldeutigkeit, oder?« Damit führte er Lizzy in die Dusche und schob die Hose ihren Po hinunter. »Außerdem können wir ja das Angenehme mit dem Praktischen verbinden, oder?«

Als Lizzy mit einer Tüte voller Brötchen und zwei Starbucks-Kaffees in der Hand die Tür zu Liams Wohnung öffnete, blickten ihr zwei rote, blutunterlaufene Augen entgegen, und diesmal gehörten sie nicht zu Liam.

»Nic?«, fragte Lizzy verwirrt. Er schlurfte gerade aus dem Bad zurück ins Wohnzimmer.

»Nicht so schreien«, murmelte er und hielt sich den Kopf.

Lizzy kam hinter ihm her. »Was machst du hier?«

Er hielt einen Finger an seine Lippen und machte »Schhhh«. Lizzy sah zu, wie er sich in Zeitlupe auf dem Sofa niederließ, als wäre er achtzig und nicht Mitte zwanzig.

»Wo steckt Liam?« Sie erntete nur ein Brummen und marschierte entschlossen in Liams Schlafzimmer.

Der lag ebenfalls noch im Bett und schlief tief und fest. Er hatte einen Arm über seine Augen gelegt, um sich vor dem Tageslicht zu schützen. Er trug höchstwahrscheinlich nur Shorts, denn sein Oberkörper war vollkommen entblößt, was Lizzy einen freien Blick auf all seine Tattoos ermöglichte.

Für einen Moment überlegte sie, wie es sich wohl anfühlen mochte, die schwarzen Male auf seiner Haut nachzuzeichnen. Das trieb ihr die Röte ins Gesicht.

Liam war ein lästiger Brummbär, der zur Familie gehörte wie der eigenbrötlerische Onkel Pete, der Bruder ihres Vaters. Sie und er waren grundverschieden und bisher noch nie einer Meinung gewesen. Gut, in einer Beziehung waren sie sich immer einig: wenn es um Nic und Mia ging.

Das erinnerte Lizzy wieder daran, was sie hier überhaupt verloren hatte. Sie berührte zögernd seinen Arm und zuckte sofort zurück, als sie einen kleinen Stromschlag spürte. Sie machte zwei hastige Schritte rückwärts, stolperte über Liams Schuhe und fiel nach hinten. Reflexartig griff sie nach dem Drehstuhl, auf dem fein säuberlich ein paar Kleidungsstücke lagen und der sie wider Erwarten nicht an ihrem Fall hinderte. Er kippte ebenfalls um und stieß den Turm voller CDs um. Das machte nicht nur die Verwüstung nahezu perfekt, sondern auch einen Riesenradau.

Mit einem Mal saß Liam alarmiert und aufrecht im Bett. Es dauerte ein paar Sekunden, bis er zu begreifen schien, was los war. Dann, als er Lizzy kaffeedurchtränkt auf dem Boden unter einem Klamottenhaufen begraben und von CD-Hüllen umringt liegen sah, verdüsterte sich sein Gesicht.

»Wie schaffst du es nur, jedes Zimmer in dieser Wohnung innerhalb weniger Sekunden zu verwüsten, Elizabeth Donahue?« Er war ein Morgenmuffel. Das hätte Lizzy beinahe vergessen.

Sie war für wenige Sekunden still, weil sie nicht wusste, wie sie ihm erklären sollte, wie es zu dem Unfall gekommen war. Schlagartig erholte sie sich von ihrer Scham und donnerte los: »Entschuldige, Mr Perfekt, dass ich so ein Trampel bin und etwas Unordnung in dein bis ins Detail organisiertes Leben gebracht habe. Wie konnte ich nur?«

»Fang jetzt nicht so an, du Nervensäge. Was tust du überhaupt hier?«

»Ja, was tue ich überhaupt hier? Ach ja, ich wohne hier. Oder hast du unseren Deal schon vergessen?«

»Oh, ich dachte schon, du wärst über Nacht zu deinem Lover gezogen«, sagte Liam bissig und zog sofort ein Gesicht, als würde er seinen Ausbruch bereuen.

Ärgerte ihn etwa weniger die blöde Unordnung und das unsanfte Aufwecken als etwas anderes? Hatte er sich Sorgen um seine Mitbewohnerin gemacht, oder missfiel es ihm, nicht zu wissen, wo sie steckte? Lizzy konnte sich darauf keinen Reim machen und starrte ihn verdattert an. »Hast du dich etwa um mich gesorgt?«

»Gesorgt? Sei nicht albern! Der einzige Mensch, der es schaffen würde, heil aus einem Tornado rauszukommen, wärst du. Ähnlich wie Kakerlaken. Die haben auch solche Überlebensinstinkte.«

Ihre Miene verdüsterte sich. »Bei deinem Charme ist es kein Wunder, dass deine Dates nicht über Nacht bleiben«, polterte sie wütend los. »Gott sei Dank gibt es auch noch andere Kerle, die wissen, wie sie eine Frau behandeln müssen, um sie im Bett zu halten oder auf dem Fußboden oder in der Dusche oder der Küche oder …«

* * *

Liam schüttelte den Kopf, um die Vorstellung von einer nackten Lizzy und einem fremden Kerl auf dem Fußboden loszuwerden.

Sie rappelte sich währenddessen auf und stemmte beide Hände in die Hüften.

»Du bist so ein Riesen…«

Weiter kam sie nicht, weil ihr Handy klingelte. Sie blickte aufs Display, streckte ihm das Telefon entgegen und schnaubte. »Es ist Mia! Kannst du für einen Moment die Unordnung vergessen und mir sagen, was mein verkaterter Bruder auf deinem Sofa macht?«

Liams Augen weiteten sich – natürlich, Nic war immer noch zu Gast! »Die Kurzfassung? Also gut. Mia hat vor, die Irre in der Anstalt zu besuchen … so als Trauma-Bekämpfung … frag mich nicht. Die Gründe wird sie dir sicher besser erklären können. Nic ist dagegen, und es gab richtigen Zoff. Er ist einfach abgehauen und irgendwann sternhagelvoll mitten in der Nacht vor meiner Tür aufgetaucht. Kommt dir das irgendwie bekannt vor?«

Der letzte Satz war ein Seitenhieb, den Lizzy zu Liams Bedauern großzügig ignorierte. Wenn es um Mia und Nic ging, hielten sie beide immer zusammen, ganz egal, was gerade zwischen ihnen nicht stimmte. Sosehr Liam sich einzureden versuchte, dass die seltsamen Empfindungen, die er seit Kurzem Lizzy gegenüber verspürte, ein Produkt seines Schlafmangels oder des plötzlichen Chaos in seinem Alter zu verdanken waren, jetzt waren sie präsenter als je zuvor.

»Da ist man nur einen Abend mal nicht da …«, murmelte sie.

»Das Wichtigste kommt erst noch. Ich habe Mia natürlich gesagt, dass Nic hier ist und es ihm gut geht. Sie war richtig sauer und hat gesagt, dass sie und Josh mit Celine nach Bodwin fahren.«

»Natürlich tut sie das. Dieser riesige Volldepp. Warum seid ihr Kerle nur so bescheuert?«

Liam holte tief Luft, um nicht sogleich an die Decke zu gehen. »Ach komm schon, Lizzy. Er ist auch nur ein Mensch. Er musste mal Dampf ablassen … Für ihn ist das alles auch nicht einfach –«

»Das mag sein. Aber zum Ersten: Wann hatte Mia in den vergangenen zwei Jahren die Chance, einfach mal zu gehen und Dampf abzulassen? Sie musste immer vernünftig sein, mal, weil sie schwanger war, dann, weil sie das Ziel einer Stalkerin war, und zuletzt, weil sie Mutter ist. Und nun, wo sie eine Entscheidung trifft, die alte Wunden aufreißt, ist es wieder mein behämmerter Bruder, der die Sau rauslassen muss. Von diesem Mist wird sogar mir kotzübel. Zum zweiten und viel wichtigeren Punkt: Nic hat versprochen, sie nie wieder zu verlassen. Und was macht er? Lässt sie mit dem Kind zurück. Wahrscheinlich würde ich nach dieser Geschichte nach Amerika abhauen.«

Liam sah Lizzy betroffen dabei zu, wie sie wild herumgestikulierte, und konnte nur an eins denken: War sie immer schon so schön gewesen, wenn sie sich aufregte?

»Das wären also ein paar meiner Fehler recht nett zusammengefasst«, sagte eine Stimme hinter ihnen.

»Der Volltrottel persönlich«, schnaubte Lizzy, wirbelte herum und verschränkte die Arme vor der Brust.

»Zu Diensten!« Nic deutete eine Verbeugung an, was Lizzy nur noch saurer zu machen schien.

»Ach, ihr seid doch echt alles Arschlöcher!« Damit rauschte sie aus dem Zimmer und überließ die beiden Männer sich selbst. Kurz darauf kam sie zurück und warf die Tüte voller Brötchen aufs Bett. »Frühstück! Mir ist der Appetit vergangen.« Dann war sie endgültig weg.

Liam tauschte mit Nic einen gequälten Blick. »Wie machen die das nur, dass man sich immer so schrecklich schuldig fühlt?«

Nic zuckte mit den Achseln, setzte sich äußerst langsam neben Liam aufs Bett und ließ sich dann auf den Rücken fallen. »In meinem Fall, denke ich, bin ich eindeutig schuldig. Ich bin wieder abgehauen. Und das, obwohl ich Mia versprochen habe, es nie mehr zu tun. Ich will gar nicht wissen, was sie gestern durchgemacht hat.« Er schloss gequält die Augen. »Bitte, Liam, sag mir, dass du eine Wagenladung voll Aspirin dahast.«

»Nein, und das wäre auch illegal. Für deine Zwecke sollte mein Medizinschrank jedoch noch was hergeben.« Liam ließ sich ebenfalls zurück in die Kissen sinken und verschränkte die Arme hinter dem Kopf.

»Ich habe jedes Mal das Gefühl, mein Innerstes wird zerrissen, wenn diese Irre erwähnt wird. Ich dachte, wir hätten das hinter uns, und dann kommt Mia mit so was an. Sag mir, Liam, ist deine Schwester jetzt völlig durchgeknallt?«

»Für mich hörte es sich so an, als würde Mia immer noch sehr darunter leiden. Sie kann deswegen nicht schlafen und so weiter.«

»Das hat sie mir nie erzählt!«, echauffierte sich Nic.

»Also, das wundert mich nicht, wenn du jedes Mal so reagiert hast, wenn sie davon angefangen hat. Nic, deine Frau ist schrecklich müde und trägt die Verantwortung für ein Baby meistens allein.

Was ist mit ihrem Studium? Sie wollte es doch beenden, oder nicht? Wie soll sie das schaffen, wenn ein Promotermin die nächste Studioarbeit jagt und du immer weg bist? Das schafft sie nicht ohne Hilfe. Ihr braucht ein Kindermädchen, das sie aber nicht will, weil sie noch so mit ihren Ängsten beschäftigt ist. Mal ehrlich, durch den Druck der Öffentlichkeit ist ein normales Familienleben ohnehin nicht möglich für uns. Durch die Sache mit Anabelle –«

»Sag ihren Namen nicht!«, herrschte Nic ihn an.

»Nic, ihr solltet dringend über all das reden, und ihren Namen zu nennen, wäre sicher ein guter Schritt, um das Ganze zu verarbeiten. Denk nur an Dumbledore. Er hat uns beigebracht, dass wir keine Angst vor einem Namen haben brauchen.« Liam hatte gehofft, Nic damit zum Lachen oder wenigstens zum Schmunzeln zu bringen, doch sein Freund starrte weiter nur die Decke an.

Nic holte tief Luft. »All das ist meine Schuld gewesen ... Mia musste durch diese Hölle nur wegen mir und meiner Jobwahl.« Nic legte beide Hände aufs Gesicht. »Ich bin ein grauenhafter Ehemann und Vater«, murmelte er durch seine Finger hindurch. »Was soll ich ihr nur sagen, wenn ich ihr gleich unter die Augen trete?«

»Ähm ... Nic, da gibt es noch was, was du wissen solltest. Mia hat mich gebeten, dir zu sagen, dass sie und Josh mit Celine nach Bodwin fahren.«

Nic setzte sich ruckartig auf. »Was?« Völlig ausdruckslos, aber nun hellwach blickte er zum Fenster hinaus. »Sie geht?«

»Nun, so drastisch würde ich es jetzt nicht formulieren. Ich denke, sie braucht eine Dosis Heimat und ein wenig Pause von London.«

»Oder von mir!« Entschlossen erhob sich Nic vom Bett und rannte aus dem Zimmer. Liam hörte, wie er sich die Schuhe anzog, dann rief er etwas davon, dass er Mia noch erwischen wollte.

Plötzlich kam er zurück. »Ich hab vergessen, wie ich gestern hierhergekommen bin.«

»Was egal ist, denn höchstwahrscheinlich dürftest du eh noch nicht fahren, Buddy«, antwortete Liam. Als ein verzweifelter Ausdruck auf Nics Gesicht trat, sprang er in seine Jeans. »Tu mir und Mia einen Gefallen und putz dir die Zähne. Ich hol Aspirin und mach dir einen Kaffee.«

* * *

Eine halbe Stunde später betrat Nic eine leere Wohnung. Joshs Lieblingsauto und die Spielzeuggitarre waren fort, ebenso seine Kuscheldecke und seine Fläschchen. Mias Reisekoffer fehlte, wie auch ihre Entwürfe auf der Staffelei und ihre Kosmetiksachen im Bad. Nic ließ sich haareraufend auf den nächsten Stuhl sinken. Dann wählte er zum wiederholten Mal Mias Nummer und landete wie immer auf der Mailbox.

»Wenn du glaubst, dass ich dich einfach so gehen lasse, Mia, dann kennst du mich aber schlecht. Wenn ich jetzt mit dem Auto losfahre, bin ich wahrscheinlich noch vor euch in Bodwin. Ich … Es tut mir so leid!«, sagte er energisch und legte auf.

Er lief ins Schlafzimmer, kramte seine Sporttasche hervor und warf wahllos ein paar Kleidungsstücke hinein.

Als sein Handy klingelte und er Mias Nummer erkannte, setzte sein Herz aus, er nahm jedoch sofort ab. »O Gott, ich bin so froh, dass ich dich höre. Bitte, es tut mir so leid … aber ich fahre gleich los.«

»Nic, warte und hör mir genau zu! Ich will, dass du in London bleibst.«

»Was?« Nic erstarrte.

»Ich möchte, dass du in London bleibst und mich nach Hause fahren lässt.«

Er schüttelte den Kopf. »Nein, ich komme nach. Ich lass dich nicht allein … Ich hab's versprochen und …« Er hörte eine Zugdurchsage im Hintergrund.

»… und es dennoch gestern gebrochen«, beendete Mia seinen Satz und sprach dann rasch, aber mit fester Stimme weiter: »Ich habe eine schlimme Nacht hinter mir. Ich wusste nicht, wo du bist, ob es dir gut geht und wann ich dich wiedersehe. All die alten Gefühle waren wieder da und so präsent, als wären keine eineinhalb Jahre vergangen.« Mia hielt kurzzeitig inne, und Nic hörte die Tränen in ihrer Stimme. »Ich möchte jetzt nach Hause fahren.«

Ihre Stimme war so traurig, dass Nics Herz brach.

»Ohne mich?«, fragte er perplex und ließ sich auf das Bett fallen.

»Warum sollte ich nicht dasselbe Recht haben? Außerdem weißt du, wo ich bin und wer dort bei mir ist. Das sind viel mehr Informationen als die, die ich in all den Jahren, als du mich zurückgelassen hast, von dir hatte.«

»Und Josh?«

»Vermisst dich schrecklich.«

»Du kannst ihn doch nicht einfach mitnehmen.« Seine Stimme war leise, beinahe flüsternd. Er wusste, es war nicht fair, ihr Vorwürfe zu machen.

»Wie wäre es denn sonst gegangen? Ich stille ihn noch, und du könntest dich ohnehin nicht um ihn kümmern.«

»Ohne Auf Wiedersehen zu sagen?«

»Wage es nicht, mir ein schlechtes Gewissen zu machen, schließlich bist du gestern gegangen, ohne dich zu verabschieden.«

»Ist das jetzt meine Bestrafung?«, fragte er böse.

»Domenic, ich brauche einfach eine Pause von London, von den Swores, von meinem Leben dort.«

»Deinem Leben mit mir«, sagte er niedergeschlagen. Mia nannte ihn nur bei seinem ganzen Namen, wenn es wirklich ernst war.

»Ja, auch davon«, gab sie zu.

»Ich dachte, du wärst glücklich mit mir«, hauchte er und spürte eine Flut von Tränen aufsteigen.

»Mit dir und Josh bin ich glücklich. Aber ich traue kaum jemandem darüber hinaus. Ich kann nicht schlafen, und ich gebe mir so viel Mühe, nicht ständig Angst zu haben. Aber ich bin so viel allein. Und du willst nicht über Anabelle reden –«, zählte Mia ihre Probleme auf.

»Sag ihren Namen nicht!«, entfuhr es Nic erneut.

»Das ist aber nun mal ihr Name, Nic. Du kannst sie als Irre bezeichnen oder sie gar nicht erwähnen. Aber es ändert nichts an dem, was sie mir, was sie uns angetan hat. Es ändert nichts daran, dass sie meine Freundin war. Es war keine Fremde, kein Fan von dir. Sie war meine Freundin und hat mir so etwas angetan«, versuchte sie ihm diesen Unterschied klarzumachen.

»Wenn ich an sie denke, will ich sie nur töten.«

Mia seufzte. »Ich weiß. Aber es geht nicht um sie, Nic. Es geht darum, dass ich normal weiterleben will. Ich muss jetzt aufhören, der Zug kommt in wenigen Minuten.«

»Ich liebe dich mehr als alles andere auf der Welt, Emilia.«

Mia hielt am Telefon inne und sagte: »Ich weiß.«

»Wenn du in ein paar Tagen nicht zurück bist, komm ich dich holen.«

Doch den Satz hörte Mia schon nicht mehr. Sie hatte bereits aufgelegt. Nic starrte eine Weile schweigend vor sich hin, ließ den Kopf hängen und strich sich immer wieder durchs Haar. »Sie hat mich verlassen«, murmelte er verzweifelt.

9

Auf ungewöhnlich wackligen Beinen betrat Lizzy wie vereinbart am Montag das riesige Gebäude im Herzen der Hauptstadt, das auch City of London genannt wurde. Obwohl sie sich stets Mühe gab, sich nicht von Geld und der damit verbundenen Macht einschüchtern zu lassen, fiel es ihr hier zunehmend schwer. Dieser Ort wurde von den Reichen und Mächtigen der Finanzwelt geleitet. Ein Wolkenkratzer ragte neben dem nächsten in den Himmel, ein prächtiges Gebäude konkurrierte mit einem weiteren, und mittendrin befand sich die St. Paul's Cathedral. Die maßgeschneiderten Anzüge und polierten Lackschuhe der hier Angestellten sprachen zwar für den Finanzmarkt der Börse, widersprachen ihrer Aufmachung jedoch vollkommen. Gegen ihren Willen fühlte sie sich fehl am Platz und sogar eingeschüchtert.

Diese Gefühle hatte sie vor einigen Monaten noch nicht gekannt. Damals hatte sie allerdings auch noch geglaubt, dass sie sofort erfolgreich sein würde. Sie war so an den Erfolg ihres Bruders gewöhnt gewesen, dass sie die vielen Jahre vor seinem Durchbruch ausgeblendet hatte. Hätte sie die Hilfe von Nic und den Swores angenommen, würde es ihr jetzt vielleicht anders ergehen.

Sie betrat den Aufzug, der an drei Seiten verspiegelt war, und betrachtete sich nachdenklich. Die letzten Monate hatten sie verändert. Das musste sie sich eingestehen. Sie war verwöhnt gewesen und naiv. In ihrer Heimat hatte sie immer im sicheren Schoß ihrer Familie gelebt und sich nie allein durchschlagen müssen. Wenn man mit gepackten Kartons und Säcken in seinem nicht funktionstüchtigen Auto saß, kein Geld und keine Bleibe hatte, veränderte das einen Menschen. Man verstand plötzlich, dass nichts einfach und gar selbstverständlich war. Dass man um das, was man erreichen wollte, hart kämpfen musste. Dass man fleißig und zielstrebig sein musste. Und dass man sich nicht zu schade sein durfte, jemanden um Hilfe zu bitten. Allein schaffte man es nicht. Man brauchte Freunde. Wie Liam.

Sie rümpfte die Nase. Der Gedanke an Liam ärgerte sie. Er war so selbstgefällig, und das machte sie wahnsinnig. Dennoch war er in den letzten Wochen ihr Halt gewesen, und ein bisschen genoss sie auch ihre ständigen Streitereien. So viel musste sie sich eingestehen.

Sie straffte die Schultern. Der Aufzug war im siebten Stock angekommen, und Lizzy machte sich bereit für dieses Treffen. Die Türen öffneten sich, und sie trat auf einen Flur, der aus teuerstem Marmor bestand. Sie betrachtete die edle Einrichtung und die riesigen Blumengestecke. Wo war sie denn hier gelandet? Bisher waren die Labels, bei denen sie sich vorgestellt hatte, keineswegs so nobel gewesen. Sie wollte sich schon wieder zum Aufzug umdrehen, weil sie dachte, sie hätte sich im Stockwerk geirrt, als eine junge Frau sie von ihrem Platz hinter dem Rezeptionstresen aus ansprach.

»Willkommen bei M. A. Records. Wie darf ich Ihnen helfen?«

Unsicher sah Lizzy sich um. »Ähm, ich habe einen Termin mit Tom bei ... Aber ich bin nicht sicher ...«

»Mr Winterbottom ist gerade bei einer seiner Klientinnen. Wie ist denn Ihr Name?«

Lizzy spürte, wie sie rot wurde und ihr der Schweiß ausbrach. Das war sehr schlecht – das Deospray war in ihrer anderen Handtasche. Winterbottom? Sie hatte alles über Tom wissen wollen, hatte die vorletzte Nacht stundenlang wilden, hemmungslosen Sex mit ihm gehabt und konnte der Frau trotzdem nicht sicher sagen, ob Mr Winterbottom tatsächlich ihr Tom war. Und was noch viel schlimmer war ... sie wusste nicht, welchen ihrer Namen Tom angegeben hatte.

»Ich weiß nicht ...«, begann sie unsicher.

Die Frau mit den penibel korrekt gezupften und etwas zu dunkel gefärbten Augenbrauen starrte sie an, als hätte sie nicht mehr alle Tassen im Schrank.

»Sie wissen es nicht?«

Lizzy stammelte vor sich hin und dachte unpassenderweise an ihre billigen Schuhe von Primark.

»Ich ... ich glaube, ich komme einfach später ...« In diesem Moment hörte sie ihren Namen, sah nach rechts und erkannte Tom, der durch einen unglaublich langen Gang auf sie zukam. Sie spürte große Erleichterung, aber nur für einen Moment. Dann sah sie die wunderschöne, langbeinige und knapp bekleidete junge Frau in seiner Gesellschaft.

Falls Lizzy sich nicht schon längst völlig unzulänglich gefühlt hätte, tat sie es spätestens jetzt. Wer zum Teufel trug zu dieser Jahreszeit einen Minirock mit Leopardendruck und dazu offene High Heels? Es war immerhin Herbst, und es regnete ständig in London. Zweifellos eine Frau, die einen Chauffeur hatte, dachte sie.

Lizzy sah unbewusst an sich herab und fühlte sich wie ein Bauerntrampel. Ihre Lieblingsboots sahen völlig abgewetzt aus und hatten höchstens zwanzig Pfund gekostet. Dann stellte sich die Tasche der dunkelhaarigen Schönheit auch noch als eine Louis Vuitton heraus, und Lizzy zweifelte ernsthaft daran, dass das ein Imitat war. War dies der Ort, an den sie mit ihren Songs gehörte?

Wenige Meter von ihr entfernt blieben Tom und die Frau stehen. Sie lächelte und berührte seinen Arm so selbstverständlich, als täte sie das jeden Tag und als sei Lizzy gar nicht anwesend.

Tom deutete ihr an, dass er sofort bei ihr wäre, und wandte sich erneut der anderen Frau zu.

»Isabelle, vielen Dank für diese Einladung. Ich werde es einzurichten versuchen.«

Sie verzog ihre Lippen zu einem Schmollmund und sagte betrübt: »Das hört sich aber nicht nach einer Zusage an.«

»Du kennst ja deinen Vater! Er verplant immer großzügig meine Freizeit.«

Sie warf ihren Kopf in den Nacken und lachte lautstark. Bei Lizzy hätte dieses Lachen albern gewirkt, doch Isabelle schien dadurch nur noch glamouröser. Sie ließ ihre linke Hand einen Moment über Toms Brust gleiten und verharrte an einer Stelle, der Lizzy sich erst gestern intensiv gewidmet hatte. Ihre Hand zierten diverse prachtvolle Ringe, und Lizzy konnte nur hoffen, dass einer davon bedeutete, dass sie verlobt oder verheiratet war. Mit einem äußerst unwiderstehlichen und erfolgreichen Mann, der nicht Tom war.

»Ich werde ein Wörtchen mit Daddy reden.« Damit umarmte sie Tom und gab ihm ein Küsschen auf seinen Mundwinkel.

Lizzy konnte nicht anders – sie starrte dieser Erscheinung hinterher, wie sie zum Aufzug stolzierte und eine erdrückende Stimmung zurückließ.

»Schön, dass Sie es geschafft haben, Miss Donahue.«

Tom war auf sie zugetreten, zwinkerte ihr zu und schüttelte ihre Hand.

Nun war Lizzy sich sicher, dass sie ihre gemeinsame Nacht geträumt oder irgendwann eins über den Kopf bekommen hatte. Es war gar nicht anders zu erklären. Wenn Tom mit ihr nach dieser Nacht so förmlich umging, was hatte er denn dann mit Isabelle getan? Am liebsten hätte sie noch in dieser Sekunde auf dem Absatz kehrtgemacht und sich mit einer großen Portion Eis vor Liams riesigen HD-Fernseher gesetzt. Doch der entschlossene Teil in ihr, der vor ein paar Wochen beinahe obdachlos war, riss das Zepter an sich und ließ sie sagen: »Mr Winterbottom. Vielen Dank für die Einladung.«

Tom lächelte und sagte freundlich: »Bitte folgen Sie mir. Mr Hawkins wird gleich zu uns stoßen.«

Lizzy spürte Toms Hand an ihrem unteren Rücken und hörte ihn zu der Sekretärin sagen: »Bitte stellen Sie die nächste Stunde keine Anrufe durch, Sybille.«

Lizzy ließ sich erstarrt den Flur bis zum Ende entlangführen und trat, als Tom ihr die Tür öffnete, in ein großräumiges Büro mit Minibar und gemütlicher Ledercouch. Es war so geschmackvoll und edel eingerichtet wie Toms Wohnung. Sie hatte zwar bis auf das Badezimmer und das Schlafzimmer nicht viel davon gesehen, aber es reichte, um seinen Stil in dem Büro wiederzuerkennen.

Sie öffnete gerade den Mund, um ihm die Meinung zu sagen, als er die Tür schloss, ihr Gesicht in beide Hände nahm und sie leidenschaftlich küsste. Ohne weiter zu zögern, schob er Lizzys Jacke von den Schultern und führte sie zum Sofa.

Für einen kurzen Augenblick ließ sie ihn gewähren – sie spürte seine Hände schon auf ihrem Po –, da drang das schwere Parfüm seiner vorigen Besucherin in ihre Nase und erinnerte sie daran, dass sie nicht einverstanden war. Gar nicht einverstanden. Sie schob ihn energisch von sich.

»Was denkst du dir überhaupt?«, herrschte sie ihn an, und Tom schien etwas irritiert.

»Ich dachte, das wäre offensichtlich.« Nun grinste er wieder und fachte damit Lizzys Zorn weiter an.

»Ich fass es nicht!« Sie hob ihre Jacke vom Boden auf und machte auf dem Absatz kehrt.

Doch Tom war in zwei langen Schritten bei ihr. »Na hoppla, was ist dir denn über die Leber gelaufen?«

»Nun, zuerst einmal eine Frage an dich: Weswegen bin ich hier?«

»Das weißt du doch. Der Boss will dich persönlich treffen.«

»Und wie fände dein Boss es, wenn er mich nackt in deinem Büro vorfindet? Sieht sicher unglaublich professionell aus.« Sie stemmte die Hände in die Hüften.

»Mr Hawkins hat ein Meeting bis halb drei. Ich hab dich extra früher herbestellt.«

Lizzy schnaubte. »Ich will nicht, dass er denkt, dass wir miteinander geschlafen haben und du mich deswegen empfiehlst.«

»Okay.«

»Okay?«

»Wolltest du etwas anderes hören?«

Lizzys Blick verdüsterte sich. »Und was sollte dann das Theater da vorn?«

»Welches Theater?«

»Na, diese Flirterei mit Isabelle und das Miss Donahue?«

Tom schüttelte lachend den Kopf, und Lizzy wollte erneut aus dem Büro stürmen, als er sie zurückhielt.

»Okay, okay ... ich bin ja schon ruhig. Aber wenn ich das richtig verstehe, dann bist du sauer, weil ich dich nicht als die Frau, mit der ich geschlafen habe, vorgestellt habe, und du bist sauer, weil ich unprofessionell genug war, über dich herzufallen?« Er sah sie zweifelnd an und fügte dann hinzu: »Ich bin offiziell verwirrt, Lizzy.«

Sie biss sich auf die Unterlippe und erkannte ihren Fehler. Ergeben warf sie die Hände in die Luft. »Ich gebe zu, es war unlogisch.«

Tom lächelte. »Nur etwas.«

»Aber ich bin nervös, und dann hab ich dich und diese ... Erscheinung gesehen und war ... unsicher. Aber so bin ich eben. Unlogisch und chaotisch. Wenn dir das zu viel ist ...«

Er ergriff ihre Hand und zog sie an sich heran. »Seit du gestern Morgen mit einem falsch herum angezogen Höschen aus meiner Wohnung gerannt bist, habe ich an nichts anderes mehr denken können als an dich und dieses Höschen. Jeden Augenblick habe ich diesen Termin herbeigesehnt, und es ist mit mir durchgegangen. Das tut mir leid.«

Lizzys Miene wurde weicher, und sie schmiegte sich an Tom. »Wirklich?«

»Wirklich!«, bestätigte er, und Lizzy ging das Herz auf.

Sie sah zu ihm hoch und fragte: »Und Isabelle?«

»Ist die Tochter vom Boss«, antwortete er schmunzelnd.

Lizzy pfiff durch die Zähne. »Ach du heilige Scheiße.«

Nun zeigte Tom ein Grinsen. »Ich weiß, sie hat eine gewisse ... Präsenz.« Bevor Lizzy noch etwas sagen konnte, verschloss er ihren Mund mit seinem und fragte nach einem langen Kuss: »Also, wie willst du die nächste halbe Stunde verbringen? Möchtest du dich vorbereiten? Denn anders, als ich am Empfang gesagt habe, wird der Boss nicht hierherkommen, er empfängt uns in seinem Büro.«

Lizzy sah ihn lasziv an: »Eine halbe Stunde, sagst du? Ich fürchte, ich bin sehr gut vorbereitet. Allerdings macht mich diese sexuelle Anspannung zu einer schlechten Gesprächspartnerin. Vielleicht könntest du mir da helfen?«

Sie grinste und ließ ihre Hände zu seinem Gürtel gleiten.

Lizzy hatte sich selten so wohl und gleichzeitig aufgekratzt gefühlt – sie glaubte auf Wolken zu schweben. Das änderte sich schlagartig, als Tom sie in das noch größere und wesentlich prachtvollere Büro seines Bosses geleitete. Das Erste, was ihr auffiel, war eine riesige Fensterfront, die einen wahnsinnigen Blick über London bot. Hier zu arbeiten musste einfach unglaublich sein.

Ein Mann wandte sich ihnen zu, und Lizzy musste die Luft anhalten, um nicht laut aufzulachen. Sie tarnte ihre Überraschung als Hüsteln und nahm die Hand des Mannes nur mit kurzer Verzögerung entgegen. Sein Aussehen war so grotesk, dass Lizzy jegliche Nervosität verlor.

Mr Hawkins musste um die fünfzig sein. Er hatte eine massige Statur, kaum Hals und ein so immens breites Gesicht, dass sie sich an Vernon Dursley erinnert fühlte, die fiktive Gestalt aus Harry Potter. Wenn diese Rolle in den Filmen nicht schon derart perfekt repräsentiert worden wäre, hätte Mr Hawkins durchaus eine Chance gehabt.

Allerdings stellte sich gleich heraus, dass man nicht den Fehler machen sollte, ihn zu unterschätzen. Lizzy hatte ihre aktuelle Demo-CD in den Händen und wollte sie ihm reichen, doch der Mann schüttelte nur missbilligend den Kopf.

»Ich möchte ehrlich zu Ihnen sein, Miss Donahue. Ich kenne Ihre familiären Verbindungen und weiß, welches Talent Ihr Bruder hat. Man erlebt es nicht selten, dass die Berühmtheit eines Geschwisterkindes als Schutzschild für den restlichen Clan genutzt wird. Ich lasse mich gern eines Besseren belehren und gebe Ihnen die Chance, etwas zu komponieren. Etwas ganz Neues. Sie haben die Möglichkeit, mein Studio zu nutzen und es aufzunehmen. Oder Sie finden ein anderes Studio, das ist mir egal. Wenn Sie mich aber dann damit überzeugen, höre ich mir jede verdammte Demo-CD von Ihnen an, die Sie zeit Ihres Lebens gemacht haben. Sagen wir in zehn Tagen, maximal zwei Wochen treffen wir uns wieder hier?« Er hielt inne, und die einsetzende Stille schnürte Lizzy die Kehle zu.

Plötzlich fügte er hinzu: »Und dann, Miss Donahue, bringe ich Sie ganz groß raus. Aber wenn nicht, haben Sie keinen Grund, in dieser Branche nach Erfolg zu suchen.«

Auch wenn der Boss sich nicht verabschiedete, wusste Lizzy, dass das Gespräch hiermit beendet war. Oder vielmehr seine Ansprache.

Sie sagte kleinlaut »Danke« und wurde wie vor den Kopf gestoßen von Tom wieder hinausgeleitet.

Kurz vor der Tür rief Mr Hawkins Toms Namen. Als dieser sich umwandte, sagte er: »Isa sagte mir, dass sie besonderen Wert auf deine Anwesenheit bei ihrer Party legt. Ich werde dir keine Ausrede liefern, um nicht dort zu sein, Tommy.«

»Vielen Dank, Sir.«

Der Klang in Toms Stimme war so fremd, dass Lizzy ihn verstohlen ansah. Dann traten sie in den Flur hinaus, und Lizzy schlurfte niedergeschlagen hinter Tom in sein Büro zurück. Jede Entspannung und Glückseligkeit war verpufft. Sie ließ sich auf das Sofa sinken, während Tom an der Minibar hantierte.

»Hier. Trink.« Er tauchte in ihrem Blickfeld auf und hielt ihr ein Glas mit sirupfarbener Flüssigkeit entgegen.

Lizzy hob eine Braue. »Willst du mich betrunken machen?«

Tom grinste spitzbübisch. »Niemals!« Dann ließ er sich neben ihr nieder, streckte seine langen und sehr muskulösen Beine von sich und wisperte: »Wo du doch so willig bist, ganz ohne Alkohol.«

Lizzy stellten sich alle Nackenhaare auf. »Glaub mir, wenn ich dir sage: Ich bin absolut nicht in Stimmung.«

Tom runzelte die Stirn. »Warum so niedergeschlagen, Süße?«

Lizzy machte ein verdutztes Gesicht. »Öhm … du warst doch dabei, oder? Vernon Dursley war nicht gerade begeistert von mir. Er hat mich nicht einmal richtig angesehen.«

»Wie hast du ihn genannt?«

»Vernon Dursley, den Onkel von Harry Potter«, lachte sie. Als sie ihren Blick zu Tom schweifen ließ, sah er sie ernst und wenig erheitert an. Lizzy verstummte.

»Eine Begegnung mit dem Boss ist immer irreführend. Aber glaub mir bitte, wenn ich dir sage, dass du gerade eine Chance bekommen hast, die sonst kaum jemand erhält. Normalerweise opfert der Boss seine Zeit nicht für so was.«

»Für so was?«

Tom schnaubte. »Du weißt, wie das gemeint war.«

Nein, eigentlich wusste sie das nicht, aber sie war zu niedergeschlagen für eine weitere Diskussion.

»Und wenn ich es nicht in dieser Zeit schaffe?«

Tom legte den Arm um ihre Schultern. »Ich bin überzeugt davon, dass du ihn umhauen wirst.«

Lizzy antwortete nicht und trank den Whisky in einem Zug aus.

* * *

Da ein paar Live-Auftritte für die nächsten Wochenenden anstanden, verbrachten die Swores so viel Zeit wie möglich im Studio. Nachdem Nic am Montagmorgen immer noch verkatert und deprimiert wie lange nicht mehr aufgetaucht war, hatte das Ende des Tages für Liam bereits festgestanden.

Und tatsächlich – Stan hatte irgendwann schlechte Laune bekommen und ständig Seitenhiebe auf Nic abgefeuert. Danach war es nur eine Frage der Zeit gewesen, wann Nic anfangen würde, um sich zu schlagen. Wobei es dann doch länger dauerte, als Liam gedacht hatte. Wahrscheinlich lag das daran, dass Nic noch nicht in alter Form war.

Stan mochte ein super Typ sein, außer er hatte schlechte Laune, dann stichelte er so lange über vermeintlich falsche Akkorde, unlogische Textstellen und anstehende Termine, bis irgendjemand darauf einstieg. Die Konsequenzen waren zwar abgesehen von Gebrüll und lautem Türenschlagen nicht weitreichender gewesen, kosteten die Band aber viel Kraft. Ihr Manager schickte die beiden Streithähne schließlich auf die Ersatzbank, also nach Hause.

Man konnte Nic ansehen, dass dies kein Gefallen für ihn war, und Liam fühlte mit ihm. Mia war fort und somit auch das Gefühl von Zuhause.

Nic hatte Liam keine Details seines Streits mit Mia erzählt, weil vor und auch während der Probe keine Gelegenheit dazu gewesen war. Zudem fiel es Nic schwer, mit ihm darüber zu sprechen, weil er auch Mias Bruder war.

Trotzdem schlug er Nic nun, kurz bevor er ging, auf die Schulter. »Du weißt, ich bin zu allen Schandtaten bereit, wenn du verstehst, was ich meine?«

Nic grinste und antwortet eine Spur selbstgefällig: »Liam, du bist einfach nicht mein Typ.«

Liam lachte und schüttelte den Kopf. »Du weißt, wo du mich findest.«

Da sie ohne Nic und Stan nur an Details arbeiten konnten, löste Pablo die Probe auf, und nach und nach verabschiedeten sich alle. Nur Liam ließ sich etwas mehr Zeit. Er hatte sich für diesen Tag etwas Besonderes vorgenommen. Jedoch hatte sich bislang nicht die Gelegenheit ergeben. Als er endlich allein im Studio war, setzte er sich an den Tisch und tat so, als arbeitete er an einem Song. In Wahrheit war er viel zu unruhig dafür.

Endlich betrat die junge Frau, auf die er gewartet hatte, den Raum. Sie hatte die Stöpsel ihres iPods in den Ohren und summte leise vor sich hin. Deswegen bemerkte sie ihn auch nicht sofort. Als sie ihn endlich entdeckte, erschrak sie derart, dass ihr ein Becher mit einem Rest Kaffee hinunterfiel.

Liam sprang auf. »Na hoppla. Warte, ich helf dir.«

Emma rollte die Ohrstöpsel zusammen, schob sie in die Tasche ihrer Jeans und sah ihn verlegen an. »Ich wusste nicht, dass noch jemand hier ist.«

Liam zuckte mit den Achseln, während er sich mit ihr zu den Scherben hinabbückte. »Ehrlich gesagt, ich habe auf dich gewartet.«

Emma ließ vor lauter Überraschung die bereits aufgesammelten Scherben wieder fallen und strich sich verlegen eine Haarsträhne hinter das Ohr. »Was?«

Liam sah ihr in die braunen Augen und musste lächeln. »Ja, du hast schon richtig gehört. Ich habe auf dich gewartet!«

Emmas Gesichtsausdruck veränderte sich leicht, als würde sie sich vor einer vagen Hoffnung verschließen. »Wieso?«

Liam war kurz davor, einen Rückzieher zu machen. Was, wenn sie ihn abweisen würde? Vielleicht hatte sie zu viele seiner Frauengeschichten miterlebt und war davon abgeschreckt. »Ich dachte … vielleicht würdest du mir bei einem Abendessen Gesellschaft leisten?«

Emma holte tief Luft und brachte nur gestammelte und unzusammenhängende Worte heraus. »Öhm … ich … weiß nicht.« Dann heftete sie ihren Blick auf Liam. »Warum ich?«

Sie verblüffte ihn mit dieser direkten Frage, und er nahm die Frau hinter dem nervösen Nervenbündel wahr. Diese Frau war mutiger, direkter und ehrlicher, als er erwartet hatte. »Nun, ich weiß nicht. Ich dachte … dass es eine gute Idee wäre«, sagte er.

Emma schnaubte. »Nun, dann nein.«

»Nein?«, fragte Liam geschockt, während sie die wieder aufgesammelten Scherben in den nächsten Mülleimer warf.

»Du hast schon richtig gehört!«

»Aber wieso?«

»Weil du nicht ganz so unwiderstehlich bist, wie du denkst, Liam Kennedy. Wie viele Mädchen haben sich schon überschlagen, wenn du nur ein Wort zu ihnen gesagt hast? Dir fällt ja nicht mal ein Grund ein, wieso du Zeit mit mir verbringen willst. Auf diese Enttäuschung verzichte ich dankend. Außerdem kannst du Lizzy einen Gruß ausrichten. Ich bin nicht interessiert.«

Sie schnappte sich ein paar der herumliegenden Noten und verließ mit diesen und hochgerecktem Kinn den Raum.

Zurück blieb ein verblüffter Liam. Das war neu!

* * *

Lizzy wollte auf keinen Fall zwischen Liam und Nic gefangen sein, die sich wegen der Frauen in ihrem Leben bemitleideten. Also flüchtete sie zu der Person, bei der sie sich nach den beiden und Mia am wohlsten fühlte.

Es dauerte etwas, bis die alte Dame auf ihr Klopfen hin öffnete, dann ließ Mrs Grayson sie mit einem erfreuten Lächeln herein. Allerdings hustete sie dabei heftig.

»Geht's Ihnen nicht gut?«, fragte Lizzy besorgt.

»Nur eine leichte Erkältung«, winkte sie ab und führte Lizzy in das vollgestopfte Wohnzimmer.

»Sind Sie sich sicher?«, fragte Lizzy misstrauisch. Doch Mrs Grayson ging nicht weiter darauf ein. »Ich hoffe, ich störe nicht«, sagte Lizzy.

»Seien Sie nicht albern, Miss!«

Lizzy schnaubte. »Werden Sie mich je bei meinem Namen nennen?«

Die ältere Dame überhörte diese Frage und sagte stattdessen: »Was möchten Sie trinken?«

»Irgendwas«, antwortete sie, doch Mrs Grayson schien Lizzys Niedergeschlagenheit erkannt zu haben und ging zu einem Schrank, der in der Ecke des Raums stand.

»Für solche Anlässe bewahrte mein Mann etwas Besonderes auf. Er liebte alten Cognac. Am Tag seiner Beerdigung habe ich mich daran vergriffen. Danach nie wieder.«

Lizzy staunte nicht schlecht, als Mrs Grayson den Schrank aufschloss und eine Flasche herausholte.

»Vor wem schließen sie die Flasche weg?«

»Vor mir selbst.«

»Das verstehe ich nicht.«

Mrs Grayson goss zwei Gläser ein und gab eins davon an Lizzy weiter.

»Ich hatte Angst, dem Alkohol zu verfallen«, sagte sie.

»Tatsächlich? Nach dem einen Mal?« Über das Gesicht der alten Frau huschte eine Regung von Schmerz, und Lizzy wünschte, sie hätte nicht gefragt.

Bevor die Stille unangenehm werden konnte, sprach Mrs Grayson weiter: »Es hat eine Zeit gegeben, es ist schon viele Jahre her, da war ich dem Alkohol verfallen. Mein Mann hat mich damals davor bewahrt zugrunde zu gehen. Es war unverzeihlich von mir, an seiner Beerdigung wieder einzuknicken ... Es ist so leicht, den Verlockungen des Vergessens durch den Alkohol nachzugeben.«

Lizzy dachte an das Bild mit dem Mädchen, das sie im Keller gesehen hatte. Bevor sie es sich anders überlegen konnte, fragte sie schnell: »Hatten Sie je Kinder?«

Der Ausdruck in Mrs Graysons Augen war unergründlich. »Sie haben das Foto meiner Tochter im Keller gesehen, richtig?« Lizzy nickte unbehaglich.

»Ja, meine kleine Feline. Sie ist nur fünf Jahre alt geworden.«
»O mein Gott, das tut mir leid.«
»Ja, es war der schlimmste Verlust, den ich je durchlebt habe.«
»Woran ist sie gestorben?«
»Scharlach. Sie hatte einfach Scharlach. Ich denke so oft, wenn sie heute geboren würde, hätte sie ein ganzes Leben vor sich.«

»Ich frage mich ...« Lizzy unterbrach sich beschämt, doch Mrs Grayson forderte sie mit einem Nicken auf, ihren Satz zu beenden. »Ich frage mich, warum Sie kein Foto von ihr hier oben hängen haben?«

Mrs Graysons Haltung änderte sich kaum merklich, doch sie schien nun noch etwas kleiner und zusammengesunkener zu sein, und Lizzy fühlte sich schrecklich.

»Für manche Erinnerungen braucht man kein Foto. Aber ich trage sie immer bei mir.« Mrs Grayson zog an einer langen Kette, die sie um den Hals trug, und förderte ein goldenes Medaillon zutage. »Eigentlich habe ich Angst, dass man mich nach ihr fragt. Ich könnte es nicht ertragen, immer und immer wieder davon zu reden.«

»Das verstehe ich«, sagte Lizzy. »Es tut mir so leid!«

»Aber warum denn? Sie können nun wirklich nichts dafür. Und jetzt sagen Sie mir, Miss, was ist geschehen?«

Lizzy schnaubte und sah auf den Boden. »Ich dachte, dass sich endlich etwas zum Besseren wendet … aber dann …«, begann sie, blickte dann wieder auf und strich ihren Pony über den Kopf zurück. »Ich soll in vierzehn Tagen einen Song komponieren, der diesen alten Mr Dursley von meinem Können überzeugt. Bloß keinen Druck! Und dann gibt es da diesen anderen Mann …« Mrs Grayson sah sie aufmerksam an, und Lizzy errötete. »Das war jetzt nicht sonderlich passend … Entschuldigen Sie.«

Doch die ältere Frau winkte ab. »Seien Sie nicht albern. Ich bin vielleicht tausend Jahre alt, aber deswegen weiß ich umso besser, wovon Sie sprechen. Dieser andere Mann … Ist er einer von den Guten?«

Lizzy zuckte mit den Achseln. »Ich denke schon. Er legt mir zumindest sein Herz zu Füßen.«

»Und das tut Mr Kennedy nicht?«

Natürlich nicht, denn wir sind nur Freunde, dachte Lizzy. Mrs Grayson sah sie einen Moment an und hustete leicht.

»Widmen wir uns erst einmal Ihrem Problem mit der einfacheren Lösung.«

Lizzy war verwirrt.

»Wenn man die Antwort nicht weiß, reicht es manchmal zu wissen, wen man fragen muss«, fügte Mrs Grayson hinzu und lachte über Lizzys verdutzte Miene. »Mr Kennedy scheint mir trotz seines zweifelhaften Charmes zufällig ein Mann zu sein, der sich gut mit Musik auskennt. Nicht, dass ich seine Musik nur einmal gehört hätte, ich bin viel zu alt für diesen Lärm, aber die jungen Leute scheinen es zu mögen. Und zu dem anderen Problem: Es gibt immer einen anderen Mann. Wichtig ist nur, sich für den richtigen zu entscheiden.«

* * *

Liam betrat seine dunkle Wohnung. Was hätte er für einen Abend mit Chaos und Gelächter gegeben. Er stellte das Sixpack Bier auf den Küchentresen und spürte plötzlich den Wind durch sein Haar fegen. Überrascht wandte er sich zu seiner Dachterrasse um und sah, dass eine Person dort draußen stand.

Mit zwei Flaschen Bier trat er wenig später auf die Terrasse hinaus. Er studierte Lizzys Gestalt und fragte sich, ob sie immer schon so zierlich gewesen war.

Dann stellte er sich neben sie und sah sie von der Seite an.

»Ich bin morgens der am schlechtesten gelaunte Mensch dieser Insel…«, begann Liam.

»Der Insel?«, echote Lizzy ungläubig.

»Nun gut, Europas«, gab Liam brummig zu.

»Das ist eine lausige Entschuldigung, du Loser«, sagte sie, und Liam setzte ein ehrlich zerknirschtes Gesicht auf. »Aber du hast Glück, dass ich für heute keine Energie mehr habe, wütend auf dich zu sein.«

Liam lächelte und fragte direkt: »Was ist passiert?« Er öffnete die beiden Bierflaschen und reichte Lizzy eine davon. Dankend griff sie danach und nahm einen tiefen Schluck.

Dann seufzte sie, was ihn glauben ließ, es sei diesmal ernst. »Ich hatte heute einen Termin bei M. A. Records, und Mr Hawkins hat mir fünf Minuten seiner Zeit gewidmet.«

Liam jubelte und war kurz davor, Lizzy an sich zu ziehen, doch etwas an ihrem Verhalten sagte ihm, dass es nicht gut geendet hatte. »Du warst also bei M. A. Records – warum siehst du dann so frustriert aus?«

»Ich habe mich Tom als Elizabeth Kennedy vorgestellt. Ich wollte nicht, dass er weiß, wie meine Verbindungen zu den Swores sind.«

Liam kniff die Augen zusammen. »Das beantwortet mir zwar nicht meine Frage – aber du weißt schon, dass ich auch Teil der Swores bin«, sagte er mit hochgezogenen Augenbrauen.

»Jaaa, es war nicht gut durchdacht, das gebe ich zu. Es war nur der erste Name, der mir eingefallen war. Vielleicht lag das an den vielen Trauungszeremonien, die wir als Kinder vollzogen haben. Ich war so oft deine Ehefrau, dass sich der Name Elizabeth Kennedy in mein Hirn gebrannt hat.«

Liam lachte bei der Erinnerung daran. »Und du bist meine einzige Ehefrau. So viel steht fest.« Er trank einen Schluck Bier und dachte an die vielen Male, als Lizzy in Sophies Spitzennachthemd neben ihm gestanden hatte. Er hatte immer den alten Hut seines Großvaters getragen und für Lizzy Wiesenblumen gepflückt. Damals war es ihm so selbstverständlich vorgekommen, dass er eines Tages eine Ehefrau und viele Kinder haben würde. Es war alles so leicht gewesen. Und dann war sein Dad gestorben, und er hatte seine Mutter leiden sehen.

»Hey, alles in Ordnung mit dir?«, fragte Lizzy plötzlich.

Liam nickte, dann sah er sie fest an. »Ich platze gleich vor Neugier, wenn du mir nicht endlich alles erzählst.«

Lizzy holte tief Luft und erklärte, was geschehen war. Dass Hawkins und Tom schlussendlich doch von ihrer Verbindung ins Musikbusiness erfahren hatten und er kein einziges Lied von ihr hören wollte.

»Ist das nicht ironisch? Da will ich nicht, dass die Swores ihre Beziehungen spielen lassen, weil ich denke, das macht es mir zu leicht. In Wahrheit macht es mir alles nur schwerer.«

Liam runzelte die Stirn. »Warum hat dieser Tom ihm davon erzählt?«

Lizzy sah über die Dächer von London.

»Ich weiß nicht. Ich glaube, er wollte seinen Boss nicht anlügen. Er scheint dort Teil der Familie zu sein.«

»Hattest du ihn gebeten, es nicht zu sagen?«

»Nicht direkt«, sagte sie und sah ihn endlich wieder an.

»Aber er hat gewusst, wie wichtig dir das war? Du solltest ihn abschießen, Lizzy.«

»Das geht nicht. Und das will ich auch nicht!«

Liam starrte sie entgeistert an. »Wie meinst du das? Er hat seinen Job über deine Wünsche gestellt. Das ist doch ein guter Grund.« Als Lizzy errötete, verstand er. »Du magst ihn.«

»Ja«, gestand sie schließlich und fügte hinzu: »Außerdem, wie sieht das denn aus? Als hätte ich ihn nur benutzt.«

»So wie ich das sehe, ist nicht ganz klar, wer hier wen benutzt hat. Es ist sein Job, neue Talente zu finden, oder etwa nicht?«

»Er ist nicht so, wie du denkst«, verteidigte Lizzy Tom.

»Woher weißt du das? Wie lange kennst du ihn? Drei Minuten?« Liam spürte, wie missgelaunt er war.

»Mach das nicht, Liam. Rede mir nicht alles madig.«

Mit einem Mal fühlte er sich schlecht, weil ihm nicht klar war, aus welchem Grund er auf diesen Tom losging. Liam stellte sein Bier ab, wandte sich Lizzy zu, umfing ihr Gesicht mit beiden Händen und sah ihr tief in die Augen. »Du bist eine riesige Nervensäge, und trotzdem … Ich will nur, dass du dich nicht unter Wert verkaufst. Du bist eine der talentiertesten Songwriterinnen, die ich kenne. Er sollte wissen, welches Glück er hatte, dich zu finden. Und dir nicht das Gefühl geben, dass er dir einen Gefallen tut.«

Lizzy sah ihn aufgewühlt an. »Danke, Liam! Das waren in etwa die Worte, die ich gern von Tom gehört hätte.«

Liam war verwirrt. Das war er von Lizzy nicht gewohnt. Er hatte mit einer ellenlangen Diskussion gerechnet.

»Wofür genau?«, fragte er und ließ die Arme sinken.

Lizzy lachte über sein belämmertes Gesicht.

»Dafür, dass du mich daran erinnert hast, was ich mir selbst wert sein sollte. Tom hat mich mit diesem Wahnsinnsdate, seiner Bekanntheit und seiner Position in der Firma wie ein Kaninchen im Scheinwerferlicht verschreckt. Ich war so beeindruckt von seiner Stellung und seinem Charisma, dass ich vergessen habe, wie beeindruckend ich selbst bin!«

Liam griff nach seinem Bier und prostete ihr zu – das war wieder die alte Lizzy!

»Jedenfalls«, fuhr sie nun enthusiastisch fort, »habe ich zwei Wochen, um einen Song zu schreiben, der diesen Vernon Dursley vom Hocker reißen muss.«

»Dursley?«, hakte er grinsend nach, und sie erklärte, wie sie sozusagen zwangsläufig auf diesen Spitznamen gekommen war.

Liam musste so lachen, dass ihm Tränen in die Augen traten. Nur langsam beruhigte er sich. »Und warum machst du dir Sorgen? Du hast in einer Woche schon viel mehr Songs geschrieben.«

»Vielleicht ist es der Druck. Oder eine Blockade. Aber im Moment will mir einfach nichts einfallen.«

»Na, wie gut, dass du mich hast.«

Lizzy schaute ihn an. »Im Ernst? Ich wollte dich wirklich um Hilfe bitten.«

»Wenn du mich nicht um Hilfe gebeten hättest, wäre ich zutiefst beleidigt gewesen«, sagte er und legte einen Arm um ihre Schultern.

Lizzy lehnte sich an ihn, dann sah sie mit einem Grinsen zu ihm hoch.

»Und was ist bei dir so los? Wie geht's Nic?«

Liam rollte mit den Augen und gab Lizzy wieder frei. »Kannst du dich noch an die Zeit erinnern, als Mia und Nic nicht zusammen waren, es aber hätten sein sollen?« Sie nickte. »So geht es Nic.«

Lizzy rollte mit den Augen. »Mia leidet auch sehr. Ich habe vorhin erst mit ihr telefoniert.«

»Meinst du, sie kriegen das wieder hin?«, fragte er.

»Ohne uns? Das kannst du vergessen«, entgegnete sie trocken. »Mia braucht einfach eine Ruhepause, und die sollte Nic ihr lassen.«

Liam nickte grinsend. »Bei Gelegenheit werde ich ihn daran erinnern.«

»Gut! Und wie läuft es mit Emma?«

»Emma? Wie kommst du denn jetzt darauf?«

Lizzy zuckte mit den Achseln. »Sie ist wirklich nett. Du solltest ihr eine Chance geben.«

»Nur zu schade, dass sie diese Chance nicht wollte«, sagte er zum Teil entrüstet, zum Teil belustigt.

»Was?«, fragte Lizzy fassungslos.

Liam berichtete ihr, was mit Emma vorgefallen war, und Lizzy grinste kopfschüttelnd.

»Dir ist wirklich keine bessere Antwort eingefallen?«

Liam schnaubte und wandte sich von ihr ab. »Ich bin nicht gut in solchen Dingen. Ich bin es nicht gewohnt, dass sie mich nicht wollen.«

Lizzy lachte wieder. »Dann tut dir dieses Mädchen echt mal gut, du Casanova.«

»Warum erzählst du mir nicht, was Mädchen hören wollen, und wir setzen uns rein ans Klavier?«, fragte Liam und streckte seine Hand aus, die Lizzy ergriff.

10

Es war wieder ein stressiger Morgen im Surrender gewesen, und Lizzy hatte seit einer halben Stunde Feierabend. Doch bei diesem heftigen Andrang kam sie nicht mal in die Nähe des Umkleideraums. Wie so oft schienen um diese Zeit sämtliche Jugendlichen und Angestellte der umliegenden Schulen und Bürokomplexe auf dem Nachhauseweg ihre Adern mit Koffein fluten zu wollen. Und so half sie den beiden Kolleginnen, die die Spätschicht angetreten hatten, bis sich die koffeingierigen Menschenmassen lichteten.

Sie bückte sich gerade seufzend nach den fallen gelassenen Zuckerpäckchen, als sie eine männliche Stimme hörte.

»Zwei Caffè Latte mit Zucker zum Mitnehmen, bitte.«

Lizzy fuhr ruckartig hoch und stieß sich prompt den Kopf an dem offen gelassenen Hängeschrank. Sie rieb sich fluchend die schmerzende Stelle.

»Alles okay, Lizzy?«, fragte dieselbe Stimme, und sie sah über den Tresen in schokoladenbraune Augen. Ein Lächeln stahl sich auf ihr Gesicht.

»Langsam glaube ich, dass ich durch dich vom Unglück verfolgt bin. Solche Sachen passieren mir nur, wenn du in meiner Nähe bist«, sagte sie grinsend.

Liam grinste zurück. »Jetzt bin ich an deiner Schusseligkeit schuld? Ich erinnere mich daran, dass du es ganz allein geschafft hast, aus der WG zu fliegen. Und diese Sache mit dem zweiten Vorstellungsgespräch, da –«

Seine Ausführungen wurden von Lizzy jäh unterbrochen. »Ja,

ja, ja, ich weiß! Ich bin ganz allein für all das Unglück in meinem Leben verantwortlich.«

»Und in meinem, nicht zu vergessen«, neckte Liam sie.

»Zwei Latte? Zum Mitnehmen?«, fragte Lizzy und deutete eine Grimasse an.

Liam nickte und bezahlte mit einem ordentlichen Trinkgeld. Er zwinkerte Lizzy zu und verschwand durch die Tür.

Lizzy ergriff die Chance, dass kein neuer Kunde an der Theke stand, und verdrückte sich in die Umkleide der Mitarbeiter. Es dauerte keine fünf Sekunden, und Misha stand hinter ihr. Wieder einmal beneidete Lizzy ihre Kollegin um ihre wahnsinnig schöne, hellbraune Haut und ihre Lockenpracht, die selbst im Neonlicht der Umkleide leuchteten. Misha war beinahe die hübscheste Frau, die Lizzy kannte, und hätte ohne Weiteres als Model arbeiten können. Soweit sie wusste, hatte Misha das auch eine ganze Weile getan. Doch dieses alberne Gehabe war nichts für Misha gewesen. Sie hatte einen anderen Traum: selbst eine Bar zu eröffnen.

Eine schöne Frau mit Köpfchen und Charakter war einfach ungerecht, empfand zumindest Lizzy.

»Wer war denn das Sahneschnittchen?«, riss Misha sie aus ihren Gedanken.

Lizzy sah sie erstaunt an. Die Augen ihrer Kollegin leuchteten seltsam und erinnerten sie an Mias Ausdruck, wenn sie damals von Nic geschwärmt hatte.

»Wer?«, fragte sie.

»Na der Typ mit den zwei Bechern Kaffee. Es sah aus, als würdest du ihn kennen.«

»Ach, du meinst Liam?«

»Liam? So heißt er? Toller Name«, schwärmte Misha einen Moment, bis sie plötzlich ernst wurde. »Seid ihr zwei etwa …?« Sie brach ab und wirkte sehr unruhig.

»Ähm, nein«, antwortete Lizzy gedehnt. »Er ist Mias Bruder.«

»Einer der Swores? Wahnsinn, was du für Leute kennst.«

»Glaub mir, das ist ein Segen und ein Fluch zugleich. Außerdem konnte ich nix dafür. Ich wurde da einfach reingeboren.«

Mishas Augen nahmen wieder diesen seltsamen Glanz an. »Meinst du, du könntest mich ihm mal vorstellen?«, fragte sie verlegen, und Lizzy hörte sich wie aus der Pistole geschossen sagen: »Er ist schon vergeben!«

Der aufgeregte Ausdruck in Mishas Augen erlosch, und sie sagte nur: »Oh.«

Lizzys schlechtes Gewissen überrollte sie wie eine Dampfwalze, und sie biss sich nervös auf die Unterlippe. Was hatte sie nur getan? Eilig zog sie ihren Mantel über und schlüpfte in ihre Schuhe. Dann verabschiedete sie sich wortkarg von Misha und verschwand nach draußen in die kühle Herbstluft.

Was hatte sie eben nur dazu getrieben, Misha anzulügen? Die Vorstellung, dass Liam die wunderschöne Misha kennenlernte, war ihr unerträglich vorgekommen. Oder war der Grund für die Lüge, dass sie für einen winzigen Augenblick nicht nachgedacht, sondern einfach spontan gehandelt hatte? Doch konnte sie wirklich ihr Unterbewusstsein dafür verantwortlich machen? Vielleicht war es auch nur die Hoffnung, dass Liam Emma eine Chance gab.

Das war es wohl, redete sie sich ein und war so in Gedanken, dass sie an dem wartenden Liam vorbeilief.

»Hey, Nervensäge! Steckt dein Kopf wieder in den Wolken?«, rief er ihr nach.

Lizzy wirbelte herum und sah ihn verwundert an. Er lehnte lässig an der Wand des Bistros und hatte offenbar auf sie gewartet. Geschmeidig und mit einem neckischen Grinsen kam er auf sie zu. Er reichte ihr einen der beiden Kaffeebecher, die er gerade gekauft hatte, und lief, als sie ihren Weg nach Hause wieder aufnahm, neben ihr her.

»Danke!«, sagte Lizzy verblüfft. »Was tust du eigentlich hier?«

»Ich hab frei. Dein Bruder sprengt im Augenblick jedes Meeting und jede Probe mit seiner Stimmung. Pablo ist vollkommen hilflos und hat für heute aufgegeben.«

Lizzy schüttelte den Kopf. »Nic benimmt sich also wie eine richtige Diva?«

Sie blieben an einer roten Ampel stehen.

»Du hast ja keine Ahnung«, erwiderte Liam schnaubend.

»Fährst du jetzt etwa mit mir U-Bahn?«, fragte Lizzy perplex, als er ihr bei Grün über die Straße folgte.

»Na ja, ich wurde heute Morgen von Nic abgeholt, und da er wie ein Irrer davongerauscht ist, hab ich keine Mitfahrgelegenheit mehr.«

Lizzy schenkte ihm einen amüsierten Blick. »Oh, armer Liam.«

»Sieh dir nur an, worunter ich zu leiden habe, sobald ein Donahue in meiner Nähe ist.«

Lizzy war keine Spur beleidigt. »Liam muss U-Bahn fahren … das wird ein Spaß«, sagte sie stattdessen und hüpfte entspannt die Treppen zur Haltestelle runter.

»Als wenn ich noch nie U-Bahn gefahren wäre«, rechtfertigte Liam sich und hielt mühelos mit ihr Schritt.

Lizzy berührte ihn am Arm, und ein Zucken, das sich wie ein leichter Stromschlag anfühlte, ging durch sie hindurch.

Liam wirkte ebenso überrascht wie sie, und Lizzy überlegte einen Moment, ob er es auch gespürt hatte.

Dann zwinkerte sie ihm zu und fragte: »Und jetzt sag mir, hast du Bargeld dabei?« Liam starrte sie sprachlos an. »Hättest du mal das Wechselgeld von deinen Kaffees angenommen, was?«

Sie lief los. Schritte hinter ihr und ein eiliges »Lizzy, warte doch!« sagten ihr, dass Liam ihr folgte.

* * *

Der Wind wehte das heruntergefallene Laub hoch und trug es durch den Garten. Mia sah den Blättern dabei zu, wie sie sich treiben ließen, und spürte, dass sie dieses Gefühl von Freiheit und Gelassenheit ziemlich vermisste.

Es war verrückt. Was einem jahrelang so selbstverständlich vorgekommen war, war plötzlich etwas heiß Ersehntes. Mia legte den Kopf schief und kuschelte sich tiefer in ihre Leseecke am Fenster. Sie lehnte den Kopf gegen das Glas und lauschte den sanften Atemzügen von Josh. Er lag in ihren Armen und schlief tief und fest.

Mia könnte diesen Schlaf ebenfalls dringend gebrauchen. Sie war selten so erschöpft gewesen. Aber ihre Gedanken ließen sie nicht zur Ruhe kommen. Sie vermisste Nic wie verrückt. Seine pure Anwesenheit hatte ihr in den letzten Monaten eine Form von Geborgenheit und Seelenheil geschenkt, die sie bislang nur als sorgenfreies Kind bei ihrem Vater erlebt hatte. Erst jetzt, wo sie weit von ihm entfernt war, wurde ihr bewusst, wie sicher sie sich in seiner Gegenwart fühlte.

Es war ihre Entscheidung gewesen, ohne ihn nach Bodwin zurückzukehren.

Trotz ihrer Sehnsucht bereute nur ein Teil von ihr diese Entscheidung. Für Mia war es eine Art Befreiungsschlag gewesen, endlich eine Weile nach Hause zu fahren. Sie war glücklich mit Nic und Josh. Dennoch gab es so viel, was sie nicht richtig eingeschätzt hatte, als sie nach London gezogen war. Bis dahin war sie es nicht gewohnt gewesen, lange allein zu sein. Es hatte immer jemanden in ihrer Nähe gegeben. Sie hatte sich manchmal etwas mehr Zeit für sich allein gewünscht. Schließlich hatte sie sich selbst an der Uni mit Lizzy eine Wohnung geteilt. Doch erst in Englands Metropole hatte sie das Alleinsein kennengelernt.

Es war nicht Nics Schuld, dass sie sich oft einsam fühlte. Er musste arbeiten, und Mia selbst hatte vor eineinhalb Jahren darauf bestanden, dass er die Swores nicht verließ. Sie war fest entschlossen gewesen, dieses Leben mit ihm zu führen, und das wollte sie auch immer noch. Diese Entscheidung war für Nic die richtige gewesen. Aber sie hatte den Umstand verkannt, dass sie mit einem kleinen Kind ein völlig anderes Leben führen würde als zuvor in Cornwall. Es gab feste Essenszeiten, feste Schlafenszeiten und Tage, an denen Kinder grundlos schlecht gelaunt schienen oder krank waren. Das bedeutete für Mia, dass sie nicht in den Tag hineinleben und kommen und gehen konnte, wann sie wollte.

Sie war fest überzeugt davon, dass sie sich ohne Kind in London nicht so verloren vorgekommen wäre. Lizzys und ihr Leben in London hätten seit Joshs Geburt gegensätzlicher nicht sein können. Während Mia früh aufstand, kletterte Lizzy erst gegen Mittag aus dem Bett, um abends in irgendeiner Bar bis tief in die Nacht Getränke zu servieren. Zu dieser Zeit lag Mia längst wieder im Bett, um Kräfte für den nächsten Tag zu sammeln. Und dadurch, dass sie hier keine Freunde außer Lizzy und den Swores und vielleicht noch Emma hatte, fiel die Einsamkeit noch mehr ins Gewicht.

Am schlimmsten war jedoch das Trauma durch Anabelle. Mia zweifelte nicht nur an den Menschen, die sie neu kennenlernte. Es waren die Zweifel tief in ihr selbst, die sie quälten. Sie konnte nicht verstehen, wie sie einen Menschen, den sie als Freund angesehen hatte, nur so falsch hatte einschätzen können. Anabelle war sicherlich nicht ihre beste Freundin gewesen, doch sie war jahrelang Teil ihres Lebens gewesen. Und was noch viel entscheidender war: Sie hatte geglaubt, Anabelle zu kennen.

Seit deren Angriff war es Mia unmöglich, sich auf neue Bekanntschaften einzulassen. Es war ohnehin schwierig, mit Nics Ruhm echte Freunde zu finden, die sich nicht nur in seinem Rampenlicht sonnen wollten. Sie hatte sich in Mutter-Kind-Kursen sogar mit ihrem Mädchennamen angemeldet, und trotzdem traute sie keiner der anderen Frauen über den Weg. Es wäre schön gewesen, sich mit anderen Müttern auszutauschen, die sich in einer ähnlichen Lebenssituation wie sie selbst befanden. Aber wer hatte schon eine vergleichbare Lebenssituation wie Mia? Wer hatte schon einen Ehemann, der ein Rockstar war und von den Frauen angehimmelt wurde? Wer musste sich mit hysterischen Fans und der Presse herumschlagen? Wer war schon von einer irren Stalkerin bedroht worden?

In Mias Welt war absolut nichts normal. Aber ein normales Leben hatte sie auch nicht gewollt. Nic hatte ihr die Wahl gelassen, und selbst jetzt würde sie dieselbe Entscheidung treffen. Dennoch wusste Mia, dass sich etwas ändern musste. Sie wollte nicht mehr in ständiger Angst leben, und sie wollte nicht mehr so einsam sein. Alles hatte mit Anabelles Angriff begonnen, und das musste jetzt enden. Sie musste ihr Seelenheil wiederherstellen, egal, wie Nic zu ihrem Vorhaben stand.

Seufzend sah sie wieder nach draußen. Obwohl der Himmel in Bodwin ziemlich grau war, sehnte sie sich danach, den Wind durch ihre Haare wehen zu lassen und die frische Luft einzuatmen. Sie blickte lächelnd auf Josh hinab, stand auf und legte ihn in sein Bettchen. Er hielt mit seiner Hand den Schnuller fest, und Mia fuhr ihm zärtlich durch die dunklen Locken. Er sah aus wie Liam als Baby. Allerdings hatte er Nics graublaue Augen und wunderschönen Mund. Eine tolle Mischung, wie Mia fand.

Sie trat aus ihrem Zimmer und stellte das Babyphone an. Dann schlich sie auf leisen Sohlen die Stufen hinunter, zog sich eine Jacke über und trat durch die Terrassentür ins Freie. Sie sog die kühle Luft ein und genoss die Stille, die nur vom Klang des Windes und den rauschenden Blättern unterbrochen wurde.

»Hat der Sandmann dich auch vergessen?«, ertönte eine raue Stimme und ließ Mia zusammenzucken.

»Granny!«, sagte sie erschrocken.

Sophie rümpfte die Nase und nahm einen tiefen Zug von ihrer Zigarette.

»Er ist ein gemeiner Hund, dieser Sandmann«, murmelte sie dann.

Mia lächelte, trat näher an die kleine Holzbank heran, auf der ihre Großmutter saß, und ließ sich ebenfalls darauf nieder.

»Ich würde diesen Kelch eher an Josh weiterreichen. Er hat mich aus dem Schlaf gerissen.«

»Ist er sehr unruhig?«

»Ja, in den letzten Tagen noch mehr, als wüsste er, dass Nic nicht da ist.«

»Ich bin davon überzeugt, dass er spürt, wenn sein Vater nicht da ist ... Ganz zu schweigen von der Gemütsverfassung seiner Mutter.« Sophie sah Mia bedeutungsschwer an

»Mag sein«, sagte Mia und wich dem taxierenden Blick ihrer Großmutter aus.

»Was ist nur mit dir, Liebes?«, fragte Sophie seltsam einfühlsam.

Mia hob die Schultern und seufzte. »Wenn das nur so leicht zu erklären wäre.«

»Versuch's doch mal!«

»Ich bin viel allein und einsam ... Und mir ist es nicht möglich, Freundschaften zu schließen, weil ich Angst davor habe.«

»Das, was dir zugestoßen ist, wird dir nicht noch einmal passieren«, sagte Sophie ruhig.

»Wie kann ich mir da sicher sein? Bei Anabelle habe ich das auch nicht für möglich gehalten.«

»Mag sein, aber sie kann unmöglich dein ganzes Leben lang für deine Probleme herhalten, Mia. Jede Ehe hat holprige Phasen. Und glaub mir, es gibt keine härtere Prüfung für eine Partnerschaft als das Aufziehen eines Kindes.« Sophie lächelte über Mias überraschte Miene und fuhr fort: »Plötzlich trägt man die Verantwortung für so ein kleines Wesen, und es müssen so viele Entscheidungen getroffen werden. Man ist selten so erschöpft, und jeder um einen herum glaubt, das Wissen mit Löffeln gefressen zu haben. Wichtig ist bei all dem Chaos und den Veränderungen, sich als Paar nicht aus den Augen zu verlieren.«

Mia dachte eine Weile nach, dann sagte sie: »Es ist nicht wegen Josh ...«

»Es dreht sich alles um Josh!«, widersprach Sophie. »Du hast als Mutter ständig Angst, etwas falsch zu machen, auch ohne deine Vorgeschichte mit der Verrückten. Du gibst ihn ja selbst hier kaum aus den Händen. Aber du musst lernen, dass es für dich und Nic, ebenso wie für Josh, wichtig ist, andere Bezugspersonen für ihn zu finden. Du brauchst auch mal Zeit für dich und auch nur für Nic.«

Mia sah ihre Großmutter von der Seite an. Sophie hatte recht, auch wenn sie das Ausmaß ihres Kummers nicht vollständig verstand. »Mit Nic und mir ist alles in Ordnung«, sagte sie leise.

»Und warum bist du dann hier und Nic in London?«, fragte Sophie, und Mia schluckte. »Ich möchte dir nur sagen, dass Weglaufen die Probleme nicht löst, Mia. Das ist etwas, was du und Nic in all den Jahren doch langsam gelernt haben müsstet. Immer wenn ihr beide getrennt wart, wurde es nur noch schlimmer.«

Das war kein Vorwurf. Es war nur ehrlich.

11

Mrs Grayson hustete wie verrückt, als Lizzy sie zwei Tage später im Keller fand. Oben hatte niemand geöffnet, und sie erinnerte sich, dass die alte Dame vor Kurzem erwähnt hatte, dass sie dort unten noch ein wenig aufräumen wollte.

Lizzy war gerade erst von ihrer Schicht im Bistro nach Hause gekommen und später mit Tom verabredet. In der Zeit, die zwischen der Arbeit und ihrem Vergnügen lag, war es mittlerweile zu einer Gewohnheit geworden, dass sie ihre alte Nachbarin besuchte und sich ein wenig um sie kümmerte. In den letzten Tagen hatte sie ihr Tee gemacht und Obst gebracht, weil die Erkältung nicht besser werden wollte. Erst gestern hatte sie Mrs Grayson eine Hühnersuppe gekocht und zu ihr rübergebracht. Lizzy hatte ohnehin den Verdacht, dass die alte Dame nicht ausreichend aß und trank.

Als sie sich Mrs Grayson nun genauer ansah, fiel Lizzys Date im Geiste ins Wasser. Die alte Dame sah richtig schlecht aus. Sie hustete heftig, und das Atmen fiel ihr so schwer, dass Lizzy sich sicher war, dass es keine leichte Erkältung mehr sein konnte. Sie wollte sie gerade ansprechen, als Mrs Grayson, die sich auf einen alten Polsterstuhl setzen wollte, plötzlich in sich zusammensackte. Panisch rannte Lizzy zu ihr und fühlte ihren Puls. Er war schwach, aber zu spüren. Sie kramte in ihrer Hosentasche nach ihrem Handy, wählte den Notruf und erläuterte, was vorgefallen war. Nachdem sie aufgelegt hatte, bettete Lizzy ängstlich Mrs Graysons Kopf auf ihren Schoß – das war eine der wenigen Instruktionen, die ihr die Frau am andere Ende der Leitung gegeben hatte – und wählte die Nummer, die ihr wieder mal als erste in den Sinn kam.

»Ein Notfall, bitte komm in den Keller!«, brüllte sie nur, kurz nachdem Liams Stimme durch den Hörer gehallt war. Dann legte sie auf.

Es dauerte nicht lange, da hörte sie ihn ihren Namen rufen.

»Ich bin hier hinten, in Mrs Graysons Keller!«, lotste sie ihn zu sich.

Als Liam hinter einem der vielen alten Möbelstücke auftauchte, hätte Lizzy beinahe laut gelacht, wenn die Situation nicht so ernst gewesen wäre. Er stand da in einen alten, sehr alten Bademantel gehüllt. Sein Haar tropfte noch von der Dusche, und er trug Lizzys Tigertatzen-Hausschuhe. Lizzy konnte nur hoffen, dass er Shorts darunter anhatte.

»Um Gottes willen, was ist passiert?«, rief er entsetzt, als er die bewusstlose Mrs Grayson in Lizzys Armen sah.

»Sie ist einfach umgefallen.«

»Gib mir dein Handy!«, drängte Liam sie mit fester Stimme.

»Nein, ich meine ... ich habe längst einen Krankenwagen angerufen ... Ich ... wollte nur nicht allein auf den Rettungswagen warten«, sagte sie leise, und Liam starrte sie an.

Zuerst dachte Lizzy, er würde sie anbrüllen, doch er ließ sich nur neben ihr auf dem Boden nieder und umfing eine ihrer Hände.

»Weißt du, was passiert ist?«, fragte er.

»Ich glaube, sie hat eine schlimme Erkältung. Gestern Abend, als ich ihr die Suppe gebracht habe, war sie schon ganz bleich, und sie hat sehr stark gehustet. Hätte ich sie nur da schon zum Arzt gebracht!«

»Nein, Lizzy. Mach dir keine Vorwürfe. Das konnte keiner ahnen.«

Mit seiner freien Hand tastete Liam nach dem Handgelenk seiner Nachbarin. Er horchte gerade nach ihrem Atem, als Mrs Grayson die Augen öffnete und erst ihn und dann Lizzy ansah.

»Meine Feline ... du siehst so wunderschön aus«, sagte sie leise und mit zitternder Stimme.

»Feline?«, flüsterte Liam.

»Das war ihre Tochter«, erklärte Lizzy und streichelte der alten Dame übers Haar.

»Mrs Grayson, hören Sie mich?«, sagte Liam laut, sodass sie ihren Blick wieder auf ihn richtete.

»Warum sind Sie, wenn ich Sie sehe, ständig nackt, junger Mann?«, fragte sie so ernst, dass man nicht glauben konnte, dass sie schwer krank war.

Nun musste Lizzy wirklich kichern, während Liam schnaubte.

»Ach, um Himmels willen, das werden Sie wohl nie vergessen. Aber so geht's wohl den meisten Frauen, die diese Ehre hatten.«

Lizzy schüttelte den Kopf, während die alte Dame erschöpft die Augen schloss, jedoch bei Bewusstsein blieb. Wenige Augenblick später ertönten von draußen die Krankenwagensirenen, und Liam eilte nach oben, um den Sanitätern die Tür zu öffnen und sie nach unten zu führen. Dort angekommen, legten sie Mrs Grayson auf ihre Trage, einer der beiden Rettungssanitäter maß den Blutdruck und legte einen Zugang.

»Wer ist Ihre nächste Angehörige?«, fragte er dann Mrs Grayson.

Sie deutete schwach auf Lizzy, der vor Überraschung der Mund offen stehen blieb.

»Miss?«, wandte sich der Mann an sie. »Möchten Sie im Krankenwagen mitfahren oder nachkommen?«

Lizzy sah unschlüssig zu Liam, der sofort anbot: »Fahr nur mit. In welches Krankenhaus wird sie gebracht?«

Wie in Trance ging Lizzy hinter den Rettungssanitätern her. Liam drückte sanft ihre Hand und sagte: »Alles wird gut, Lizzy!«

Lizzy fühlte sich sehr hilflos, als sie in den großen Krankenwagen stieg. »Kommst du bald nach?«, fragte sie Liam mit zittriger Stimme.

»Versprochen! Ich zieh mir nur was an!«

»Das ist eine gute Idee, Mr Kennedy«, mischte sich in diesem Moment Mr Gates, der Nachbar aus der Erdgeschosswohnung, ein. Der Dirigent war von der Ankunft des Krankenwagens alarmiert worden und stand nun neben Liam auf dem Gehsteig.

Liams Antwort bekam Lizzy nicht mehr mit, denn die Sanitäter schlossen die Türen des Krankenwagens und fuhren los.

Durch das Rückfester sah Lizzy, wie Liam auf die Straße trat und ihnen so lange nachsah, bis sie mit eingeschalteten Sirenen in die Hauptstraße abbogen.

* * *

Eine halbe Stunde später traf Liam an der Information im Krankenhaus ein. Allerdings konnte ihm die Frau, die dort Dienst hatte, nicht weiterhelfen. Solange ein Patient nicht aufgenommen war, war es unmöglich, seinen genauen Aufenthaltsort zu bestimmen. Liam orientierte sich an den Schildern, die ihn zur Ambulanz führten, und fragte einen hektisch dreinblickenden Mann, der gerade am Wartebereich vorbeilief, nach Mrs Grayson.

»Sind Sie mit ihr verwandt?«

Liam zögerte. »Sozusagen.«

Der Mann sah ihn zweifelnd an. »Warten Sie besser hier. Sie stehen den Ärzten sonst nur im Weg.«

Liam schnaubte und lief wie ein Puma im Käfig auf und ab. Dabei kam er zwei Mal der Putzfrau ins Gehege, die ihn mit einem ausländischen Fluch bedachte und wahrscheinlich zum Teufel jagte. Doch das kümmerte Liam nicht. Das Einzige, woran er denken konnte, war Lizzys blasses Gesicht und ihre Bitte, dass er schnell zu ihr kommen sollte.

Er überlegte gerade, einen Kaffee an diesem billigen Automaten zu ziehen, als jemand seinen Namen rief. Es war Lizzy, immer noch blass und mit riesigen, schreckgeweiteten blauen Augen. Sie hatte einige Formulare in der Hand und wirkte so entzückend verwirrt, dass Liam ein Schmunzeln unterdrücken musste. Immerhin war das eine ernste Angelegenheit, und Lizzy konnte niemanden gebrauchen, der sich über sie lustig machte.

Sie fiel ihm förmlich um den Hals, und Liam schloss sie in die Arme. Er hielt Lizzy fest, bis sie sich selbst von ihm löste.

»Wie geht es ihr? Was ist passiert?«, fragte er.

Lizzy wischte sich mit einem Tempo über die Nase und antwortete: »Sie haben sie an etliche Schläuche angeschlossen. Sie sagen, dass sie eine Lungenentzündung hat und ihr Kreislauf versagt hat. Höchstwahrscheinlich durch die Anstrengung im Keller. O Liam, was wäre nur gewesen, wenn ich nicht zu ihr gegangen wäre?«

Liam machte leise beruhigende Laute und strich Lizzy mit einer Hand über das bunte Haar. »Hey, nun hör mal … alles ist gut. Du hast sie rechtzeitig gefunden, und sie ist jetzt hier im Krankenhaus und in guten Händen. Sie können ihr helfen. Glaub mir, bald meckert sie wieder über meinen Kleiderstil.«

* * *

Nach all dem Schrecken musste Lizzy nun doch lächeln. Sie musterte Liam von Kopf bis Fuß und sagte: »Du hast dich umgezogen. Und dennoch muss ich sagen, die Tigertatzen stehen mir um einiges besser.«

»Ich werde darüber nicht mit dir streiten«, grinste Liam. »Du hättest Mr Gates mal hören sollen.«

Lizzy kicherte. »Paul ist gar nicht so übel, wenn du ihn erst mal richtig kennst.«

»Paul?« Liam sah Lizzy mit großen Augen an und schüttelte dann grinsend den Kopf. »Wie ist es möglich, dass meine Nachbarn dich nach nur wenigen Wochen ins Herz geschlossen haben und mir nach fast zwei Jahren immer noch nicht über den Weg trauen?«

Lizzy grinste schief. »Vielleicht, weil an mir diese Tatzenpantoffeln einfach so viel besser aussehen.«

Liam schlang erneut einen Arm um ihre Schulter und verstrubbelte sanft ihr Haar. Allerdings ließ er danach seinen Arm genau dort, wo er war, und Lizzy war nicht im Geringsten böse darüber.

Dann hielt sie die Dokumente hoch und bat Liam, ihr beim Ausfüllen zu helfen. Nach einer halben Ewigkeit und vielen offen gebliebenen Feldern, gab sie die Unterlagen an der Anmeldung ab. Sie schilderte die Situation und bekam das übliche Krankenhausequipment: Kopfhörer für den Fernseher, eine Chipkarte für das Telefon, die Essenskarte und Salzbrezeln. Anschließend suchten Liam und Lizzy die Intensivstation auf.

Lizzys Herz klopfte wie wild gegen ihre Rippen, und sie ergriff Liams Hand, als sie klingelte.

Es sei keine Besuchszeit, erklärte ihr die burschikose Schwester, die die Tür zur Station öffnete. Sie wollte die Türe schon schließen, als Lizzy einen Schritt nach vorne trat.

»Ich gehöre zu Mrs Grayson. Ich habe hier die Unterlagen.«

Die Schwester sah sie aus zusammengekniffenen Augen an. Dann befahl sie knapp: »Gut, kommen Sie mit. Aber waschen Sie sich anständig und ziehen Sie den Schutzanzug an. Ach, und nur Sie!«

Sie bedachte Liam mit einem argwöhnischen Blick, und der zuckte nur mit den Achseln. »Sag ihr gute Besserung von mir.« Damit nahm er vor der Tür im Flur Platz, und Lizzy ging hinein.

Eine wesentlich freundlichere und jüngere Schwester brachte Lizzy in einen mit Vorhängen geschützten Bereich, damit sie sich waschen und umziehen konnte, dann führte sie sie in ein kleines, nur durch eine Nachtlampe erleuchtetes Krankenzimmer.

Dabei redete sie ununterbrochen: »Sie haben Mrs Grayson gefunden? Da hat sie wirklich großes Glück gehabt. Sind Sie ihre Enkelin?«

Doch Lizzy blieb der netten Schwester die Antworten schuldig. Sie konnte nur auf die schmale und blasse Person in dem viel zu großen Bett blicken. Sie eilte zu ihr. »Ach, Mrs Grayson. Warum haben Sie nicht gesagt, wie schlecht es Ihnen geht?«

Die Angesprochene bewegte mühsam den Kopf zu Lizzy. Sie lächelte unter größter Kraftanstrengung.

»Wird es ihr bald besser gehen?«, fragte Lizzy die Schwester, die neben ihr stehen geblieben war.

»Wie gesagt, sie hat Glück gehabt, dass Sie sie so schnell gefunden haben. Sie bekommt ein hoch dosiertes Antibiotikum, und dann wird sie eine Weile brauchen, bis sie sich wieder berappelt hat.«

Lizzy drückte Mrs Graysons Hand. »Sie haben mir den Schrecken meines Lebens eingejagt, Sie sturer Esel. Anstatt mir gestern schon zu sagen, wie schlecht es Ihnen geht.«

Mrs Grayson sah Lizzy liebevoll an und sagte dann leise: »Dran gewöhnt ... alles allein zu schaffen ...«

Lizzy schüttelte den Kopf. »Ach, um Himmels willen, seien Sie zukünftig nicht so stur. Liam und ich helfen Ihnen gern. Soll ich Ihnen ein paar Sachen packen?«

Mrs Grayson nickte schwach und sagte: »Charles ... er kann nicht gut allein sein.«

Lizzy wusste, es wäre für Liam beinahe ein unmögliches Unterfangen, dennoch sagte sie: »Ich nehme ihn mit zu uns, ja? Dann hat er zumindest Pebbles und mich ...« Zum Verspeisen, fügte sie in Gedanken hinzu.

Mrs Grayson begann sehr stark zu husten, und die junge Schwester stützte sie sanft, bis der Anfall vorüber war. Plötzlich sah Lizzy die schlecht gelaunte Schwester im Türrahmen stehen.

»Ende der Besuchszeit!«, zischte sie in den Raum.

»Sie braucht wirklich Ruhe«, sagte auch die freundliche Schwester. Lizzy nickte und nahm noch einmal Mrs Graysons Hand in ihre.

»Mein Medaillon?«, fragte sie.

Lizzy lächelte, dann griff sie in ihre Hosentasche und legte das goldene Amulett in die Hand der alten Dame. Ihr Lächeln war so herzzerreißend, dass Lizzy kurz wegsehen musste.

»Ich komme morgen wieder und bringe Ihnen ein paar Sachen mit. Haben Sie bestimmte Wünsche?«

Mrs Grayson schüttelte den Kopf. »Nur den einen … Sagen Sie Mr Kennedy … er sah albern in den Pantoffeln aus …«

Lizzy grinste und schüttelte den Kopf. »Das sagen Sie ihm lieber selber. Ich soll Ihnen von ihm gute Besserungswünsche ausrichten. Er wartet vor der Station. Bis morgen, Mrs Grayson.« Lizzy ging zur Tür.

»Elizabeth?«

Sie wandte sich überrascht zu der alten Dame um. »Ja?«

»Danke!«

Die beiden Frauen lächelten sich an, und wenig später verließ Lizzy etwas erleichtert, aber auch unglaublich geschafft an Liams Seite das Krankenhaus.

Es war mittlerweile dunkel geworden, und sie erschrak, als sie einen Blick auf die Uhr im Armaturenbrett des Autos warf. Es war schon 22:12 Uhr. Wann war das denn geschehen? Sie ließ sich in Liams Beifahrersitz sinken und schloss die Augen. Er stieg zu ihr ein und lenkte das Auto aus dem Parkhaus. Keiner sprach ein Wort, bis Lizzy plötzlich in Gelächter ausbrach.

Liam sah sie amüsiert an. »Was ist los? Spuck es schon aus.«

Lizzy hielt sich den Bauch vor lauter Lachen. Bis sie sich soweit beruhigt hatte, dass sie etwas sagen konnte, hielt Liam bereits vor ihrer Wohnung. »Ich bekomm das Bild von dir im Bademantel und den Plüschschühchen nicht aus dem Kopf.« Liam tat beleidigt, und Lizzy tätschelte seine Schulter. »Oh …«

»Ich war nur so seltsam angezogen, weil du mich um Hilfe gebeten hast.«

Lizzy sah ihn von der Seite an. »Ich weiß«, sagte sie liebevoll.

»Ich dachte, dir wäre etwas passiert«, murmelte er leise und schaute ihr in die Augen.

»Danke!«, wisperte sie. Plötzlich waren ihre Hände im Weg.

Tränen traten in ihre Augen, und sie wusste nicht einmal genau, wieso. Vielleicht, weil sich jemand derart um sie sorgte, oder weil da plötzlich so ein Band zwischen ihnen beiden war.

»Sie wird schon wieder, Lizzy!« Liam nahm ihre Hand in seine.

»Du hast nicht gesehen, wie sie da im Bett lag mit all den Kabeln und Schläuchen. Es war schrecklich.«

»Und trotzdem gibt es abgesehen von Sophie keine Frau, vor der ich mehr Respekt habe. Mrs Grayson hätte ohne Weiteres eine steile Karriere bei der Armee hinlegen können.«

Lizzy lächelte und spürte, wie Liam mit dem Daumen über ihre Hand strich. Es sah nicht so aus, als wäre er sich dessen bewusst.

»Hast du Hunger? Sollen wir irgendwo was zu essen holen? Oder essen gehen?«, fragte er vorsichtig, und Lizzy schüttelte den Kopf.

»Ich möchte einfach nur nach Hause, mit dir eine Dose Ravioli aufwärmen und eine sinnlose Comedyserie gucken, ja?«

Liams Augen strahlten. »Die beste Idee ever!«, sagte er und stieg aus dem Auto.

Lizzy folgte ihm schwermütig, sodass er sie nach wenigen Metern an die Hand nahm und hinter sich herschleifte. »Ich habe absolut überhaupt keine Ahnung, wie ich die Treppe hochkommen soll«, jammerte sie.

Plötzlich gingen die Scheinwerfer eines Autos unmittelbar vor ihnen an. Es war ein Porsche, und Lizzy blieb wie erstarrt stehen. Ohne ihr die Möglichkeit zu geben, ihm alles zu erklären, überhaupt irgendetwas zu sagen, wendete Tom und preschte mit quietschenden Reifen davon.

»Was war denn das bitte?«, fragte Liam erstaunt.

»Meine Zukunft«, antwortete Lizzy geknickt.

Liam sah zwischen ihr und dem wegfahrenden Auto hin und her. »Damit ich nicht wieder vorschnelle Schlüsse ziehe, sag mir bitte, was du damit meinst.«

Lizzy schnaufte, und ihre Erschöpfung nahm ein Ausmaß an, das sie nicht kannte. Sie ließ sich auf dem nassen Bordstein vor Liams Haus nieder, und obwohl sie damit gerechnet hatte, dass er sie dazu anhalten würde, wieder aufzustehen, setzte er sich neben sie. Er legte seine muskulösen Arme auf seine Knie und wartete darauf, dass sie sich so weit gesammelt hatte, um ihm alles zu erklären.

»Nun, ich war heute Abend mit Tom verabredet. Er wollte für mich kochen, und ich hätte ungefähr vor ...« Sie hielt inne und schaute auf ihre Uhr, bevor sie fortfuhr: »... dreieinhalb Stunden bei ihm sein sollen. Ich habe ihn völlig vergessen.« Sie kramte in ihrer Tasche und griff nach ihrem Handy. Es war nach wie vor aus. Sie hatte es ausgeschaltet, als sie in den Krankenwagen stieg, und in der Aufregung nicht mehr daran gedacht. Sie stellte es an und gab die PIN ein. »Ich hätte ihn anrufen müssen.« Auf dem Display blinkten ihr zwölf Anrufe und ein paar besorgte und später bitterböse Nachrichten entgegen. Lizzy ließ den Kopf hängen. »Ich bin eine ganz schlechte Freundin.«

»Jetzt ist aber Schluss! Diese Geschichte mit Mrs Grayson war ein Notfall. Ich habe dein Gesicht gesehen, Lizzy. Du hast richtig Angst um sie gehabt. Was glaubst du, wieso ich so schnell im Krankenhaus gewesen bin? Du warst bleich wie eine Wand. Ich dachte, du klappst jeden Moment zusammen und legst dich zu der alten Hexe ins Bett.« Liam legte einen Arm um Lizzy. »Du solltest nicht so hart mit dir sein. Ruf ihn an und erklär ihm einfach die Situation.«

»Ich hab so das Gefühl, dass ihm das ziemlich egal sein wird. Wenn er denn überhaupt ans Telefon geht«, antwortete sie resigniert.

»Wieso?«

»Nun, er hat gesehen, wie ich mit einem anderen Mann Händchen gehalten hab. Er wird denken, dass –«

Liam unterbrach sie. »Also, ganz ehrlich, dann ist er ein Idiot. Wenn er so schnell die Flinte ins Korn wirft, hast du jemand Besseren verdient.«

Es war lieb, dass er sie aufbauen wollte. »Sagst du, ein absoluter Beziehungskiller«, murmelte sie.

»Ich bin vielleicht keine sichere Quelle, aber eins weiß ich, Lizzy …« Er nahm ihre Hand in seine und blickte darauf. »Du bist es absolut wert, dass er seinen Stolz vergisst. Du bist besonders.«

Lizzys Herz schlug kräftig gegen ihre Rippen, und sie spürte, wie etwas in ihrem Bauch einen Sturzflug machte. Ihre Hand schwitzte so stark, dass sie schon dachte, das Handy würde ihr herausrutschen. Was war denn auf einmal los mit ihr? Sie betrachtete Liam, der immer noch auf ihre Hand blickte. Sie sah die dunklen, kurz gelockten Haare, die sich, wenn sie länger wurden, sicher wie weiche Wolle anfühlen würden. Sie waren nicht wie sonst mit Gel in Form gebracht, so sehr hatte er sich beeilt, und Lizzy spürte den Drang, ihm durchs Haar zu fahren. Dann blickte sie auf das Stück freie Haut, das das T-Shirt unter seiner Lederjacke freigab. Sie sah die Gänsehaut darauf.

Als er den Kopf hob und ihr in die Augen sah, errötete Lizzy. Er hatte sie ertappt, wie sie ihn angestarrt hatte. Doch sein Blick war weich und ganz seltsam.

Irgendetwas bewegte sie aufeinander zu, und Lizzy wusste nicht, wie ihr geschah, bis es laut hupte und sie angeleuchtet wurden. Sie zuckten beide zusammen, und Liam ließ ihre Hand los, als hätte er sich an ihr verbrannt. Sie saßen in der Einfahrt, und einer ihrer Nachbarn wollte wegfahren. Schnell sprangen sie auf und traten zur Seite. Als Lizzy Liam erneut vorsichtig ansah, war der Moment vorüber.

»Besonders nervig«, neckte er sie und ging ihr voraus durch das Gartentor zum Haus.

Lizzy blieb wie erstarrt stehen und fragte sich, ob sie sich das alles nur eingebildet hatte. Sie spürte immer noch das Blut in ihren Adern rauschen und machte vorsichtige Schritte, weil sie so aufgewühlt war.

Liam rief ihr zu: »Was ist? Kommst du endlich?« Er stand schon an der Haustür und schloss auf.

»Ich komm ja schon.«

Lizzys Weg führte sie jedoch zuerst in Mrs Graysons Wohnung, wofür sie sehr dankbar war. Sie brauchte im Moment eine Pause von Liam und einen Ort, an dem sie diese fremden Gefühle sacken lassen konnte. Was war da eben nur geschehen? Sie schloss die Türe hinter sich, den Schlüssel, den Mrs Grayson ihr im Krankenhaus gegeben hatte, fest in der Hand, und lehnte sich schwer atmend dagegen. War überhaupt etwas passiert?

Nein. Abgesehen davon, dass sie Liam mit anderen Augen gesehen hatte, nicht.

Bislang war er der nervige große Bruder ihrer besten Freundin gewesen. Sie hatten als Kinder eine ganze Menge Unsinn gemacht. Aber sie hatte zu Liam nie eine engere Bindung gehabt, so wie es zwischen Nic und Mia seit jeher gewesen war. Liam war immer Teil ihrer Familie gewesen, so wie es auch Celine, Sophie oder Bea, Celines Schwester, waren. Aber es hatte keine intensiven Gespräche oder besondere Momente zwischen ihnen gegeben. Er hatte sie geärgert, und sie hatten Spaß miteinander gemacht. Bis vor zwei Jahren hätte Lizzy nie behauptet, Liam besonders gut zu kennen. Gut, sie hatte eine Menge über seine Unterhosen und Playboy-Magazine in seiner Schublade gewusst, als er fünfzehn gewesen war. Damals hatte sie sich mit Mia oft darüber lustig gemacht.

Und plötzlich, in den letzten Wochen, war er ihre wichtigste Stütze geworden. Er war jetzt ihr Freund. Ein wirklich guter Freund. Auch wenn er sich alle Mühe gab, sie zu necken und zu ärgern. Aber sie genoss diese Streitereien mindestens genauso sehr wie er. Sie waren schließlich wie Hund und Katz. Und selbst wenn ihre neue Art der Nähe Mia und Nic oder Baby Josh zu verdanken war: Sie waren wirkliche Freunde geworden. War es da nicht allzu natürlich, dass sie öfter an ihn dachte oder ihn mit anderen Augen betrachtete?

Zudem war sie heute auch ziemlich aufgewühlt gewesen. Die Angst um Mrs Grayson und dazu die Müdigkeit nach der langen Schicht im Bistro.

Aber vor allem der Ärger mit Tom hatte sie emotional aufgeregt. Wahrscheinlich war es deswegen eben so seltsam gewesen. Und noch wahrscheinlicher war es, dass außer ihr niemand etwas davon bemerkt hatte.

Tom.

Sie sollte sich lieber um ihn Gedanken machen. Sie sollte ihn anrufen. Lizzy griff zu ihrem Handy. Zuerst war ein Freizeichen zu hören, doch nach dem zweiten Klingeln wurde sie zur Mailbox weitergeleitet. Er hatte sie weggedrückt. Eine deutlichere Botschaft konnte er kaum senden.

Lizzy spürte, wie sie sauer wurde. Er sollte ihr wenigstens die Möglichkeit geben, die Situation zu erklären!

Sie wartetet die Ansage der Mailbox ab, dann legte sie los: »Tom, du hast jedes Recht, wütend auf mich zu sein. Aber auch wenn es sich blöd anhört: Es war nicht so, wie es aussah. Also spiel nicht die beleidigte Leberwurst, und lass mich erklären, warum ich unser Date versaut habe. Es gab einen Notfall. Melde dich bitte, wenn du bereit bist, mir zuzuhören.«

Lizzy steckte das Handy zurück in ihre Jeanstasche und machte sich daran, einige Sachen für Mrs Grayson zu packen, die sie ihr morgen ins Krankenhaus bringen wollte. Sie würde früh aufstehen müssen, um vor ihrer Schicht noch auf der Intensivstation vorbeischauen zu können.

Zuletzt suchte sie den Kater. Das Monstrum war diesmal leichter zu finden als gedacht. Er saß anmutig im Wohnzimmer zwischen den ausgestopften Tieren und blickte herablassend auf Lizzy hinunter.

»Das wird ein Spaß«, murrte sie genervt. »Diese Kerle schaffen mich.«

* * *

Liam hatte bereits vor einigen Minuten die Tür hinter sich geschlossen, doch noch immer stand er perplex in seinem dunklen Flur. Er kam gar nicht auf die Idee, das Licht anzumachen. Er hatte die Situation unten auf dem Gehweg zwar rasch wieder unter Kontrolle gehabt, aber für wenige Augenblicke …

Lizzy war wie eine Naturgewalt in sein Leben eingefallen, und er meinte, was er sagte: Sie war besonders, und sie war besonders nervig. Die meiste Zeit ihres WG-Lebens brachte sie ihn dazu, sich die Haare zu raufen. Manchmal wollte er sie würgen – nur ganz kurz natürlich –, und in der Regel verwandelte sie seine Wohnung innerhalb kürzester Zeit in ein Schlachtfeld. Sie brachte ihn in unangenehme Situationen und machte aus ihm einen Paranoiden. Ständig hatte er Angst, dass sie seine Wohnung abfackeln oder überfluten könnte. Sie war nicht nur chaotisch. Sie war das Chaos persönlich.

Lizzy war aber auch einfühlsam und wollte für ihre liebsten Menschen immer nur das Beste. Sie hatte sich so schnell in das Herz seiner Nachbarin geschlichen.

Außerdem war sie seine Freundin geworden. Seit Nic immer mehr Zeit mit seiner Familie verbrachte, war Liam etwas einsam gewesen. Das war ihm erst klar geworden, als Lizzy bei ihm aufgetaucht war. Sie war so lebendig und füllte seinen eintönigen Alltag mit Spannung und Leben.

Nun, der Tag war für sie alle recht aufregend gewesen, und Lizzy hatte eine Schulter und einen Freund gebraucht. Das wollte er auch für sie sein. Er machte sich auf den Weg in die Küche, um ein Bier aus dem Kühlschrank zu holen. Dabei bemerkte er, wie düster es in der Wohnung war, und klatschte sich kopfschüttelnd an die Stirn. Wie bescheuert war er eigentlich? Endlich machte er Licht an, legte seine Jacke ab, zog seine Motorradstiefel aus und öffnete eine Dose Ravioli.

Kurze Zeit später hörte er, wie Lizzy zur Wohnungstür hereinkam und leise vor sich hin schimpfte.

Schließlich rief sie durch den Flur: »Liam? Haben wir Pflaster?«

»Wofür brauchst du denn Pflaster?«, fragte er noch, als plötzlich ein Kater zu ihm auf die Küchentheke sprang. Das Tier sah ihn unglaublich böse an, hatte ein aufgeplustertes Fell und seinen Schwanz zu einer Flaschenbürste aufgerichtet. Liam war so perplex, dass er zuerst keinen Ton herausbrachte. Jedes seltsame Gefühl von Zuneigung zu Lizzy war verschwunden.

Erst als der Kater gemütlich über die Anrichte lief, kam wieder Leben in Liam. Er scheuchte ihn fort und sah noch, wie er sich duckte und sich an Lizzys Urzeittier anschlich, das wieder einmal seinen langsamen Weg durch die Küche nahm. Doch das war ihm in diesem Augenblick egal, er eilte wie ein schwer atmender Büffel zu Lizzy ins Bad.

»Katze!«, sagte Liam und spie das Wort mit jeder Verachtung, die er aufbringen konnte, aus.

»Er ist ein Kater.«

»Ist. Mir. Vollkommen. Scheiß. Egal.«

Lizzy stand am Waschbecken und desinfizierte die Kratzer auf ihren Armen. »Ich habe es Mrs Grayson versprochen«, sagte sie nur.

Liam hätte am liebsten innerhalb einer Sekunde hundert Flüche auf einmal ausgesprochen, doch er hörte nach rund zwanzig auf, da er wusste, dass das bei dieser Nervensäge nichts brachte.

»Wie kannst du über meinen Kopf hinweg so etwas entscheiden?«, sagte er schließlich.

»Die Frau lag an hundert Maschinen angeschlossen auf der Intensivstation. Was hättest du an meiner Stelle getan?«, fragte sie ihn ungewöhnlich sanft.

»Mir eine Ausrede einfallen lassen.«

»Welche?«

»Ich hab 'ne Allergie?«

Lizzy sah ihn nachdenklich an. »Okay, das wäre gegangen … aber ich war nicht in Form …«

Liam fluchte wieder wie ein Rohrspatz, bis Lizzy ihn unterbrach.

»Willst du diese Wohnung nun kaufen? Oder willst du deine Nachbarin weiter gegen dich aufbringen?«

Das entwaffnete Liam, und er ließ die Schultern hängen. »Wenn das so weitergeht, hab ich bald eine Giraffe im Wohnzimmer«, murrte er.

Lizzy tätschelte seinen Arm. »Ich fürchte, vorher müssen wir umziehen.«

Sie schnupperte demonstrativ in die Luft, und mit einem »Fuck!« hechtete Liam in die Küche, riss den qualmenden Topf vom Herd und brachte ihn wild fluchend auf die Terrasse.

Als er wieder hereinkam, zeigte er mit dem Finger auf Lizzy, die inzwischen auch in die Küche gegangen war, und sagte: »Ich will nichts hören, Nervensäge! Eigentlich ist das deine Schuld und die des Katzenviehs.«

Lizzy entschied sich für den Lachanfall und kostete ihn richtig aus, während Liam wutentbrannt alle Fenster öffnete.

12

Es hatte beinahe den gesamten Tag geregnet, und das Grün in Bodwin hatte selten so saftig ausgesehen. Doch auch die bunten Herbstblätter machten die Atmosphäre in Mias Heimat atemberaubend schön. Obwohl sie den ganzen Tag mit Josh im Haus festgesessen hatte, war ihr nicht ein Mal langweilig gewesen. Das war ein großer Unterschied zu London. Wie oft hatte sie dort vor lauter Müdigkeit keinen Elan besessen, vor die Tür zu gehen? Und dann aber die langsam verstreichenden Minuten gezählt.

Nach dem schrecklichen Übergriff von Anabelle vor eineinhalb Jahren hatte Mia den Rat der Ärzte ernst genommen und eine Therapie begonnen. Eine Weile ging es ihr viel besser. Aber wenn sie so zurückdachte, hatte sie damals auch keine Zeit gehabt, sich wirklich damit auseinanderzusetzen. Sie und Nic hatten einen Traumurlaub mit einer standesamtlichen Traumhochzeit am Strand erlebt, und nur wenige Monate später war Josh zur Welt gekommen. Es war einfach eine wundervolle, aber auch sehr emotionale Zeit. Ihre Ärzte nannten das eine Schokozeit. Doch nach einer Weile war es immer schwieriger geworden. Die Verantwortung für Josh und die ständigen Sorgen um ihn zermürbten Mia. Hinzu kam, dass sie selbst nicht genau wusste, wie es weitergehen sollte.

Mia war glücklich an Nics Seite, und sie war gern bei Josh zu Hause. Aber sollte sie nicht ihr Studium vorantreiben? Wurde das nicht von einer modernen Mutter erwartet?

Irgendwann hatten die quälenden Fragen begonnen, die ihr nur eine Person beantworten konnte. Mia wusste, dass sie etwas tun musste. Sie wusste, sie würde Frieden finden, wenn sie endlich mit Anabelle gesprochen hatte.

Anders als Mia hatte Nic nie einen Therapeuten konsultiert. Er sprach eigentlich mit keinem anderen Menschen über diese dunkle Zeit. Er lebte damit, indem er es verdrängte. Es schien für ihn zu funktionieren. Doch nicht für sie. Von Anfang an war das ein Problem zwischen ihnen beiden – dass Mia darüber reden wollte und Nic nicht. Und so hatte sie gewartet und gewartet.

Obwohl sie Nic vor weniger als einer Woche in London zurückgelassen hatte, vermisste sie ihn schrecklich. Wie oft hatte sie ihr Telefon schon in der Hand gehabt, um ihn anzurufen und zu sich zu bitten. Aber dann hatte der zerbrochene Teil in ihr wieder die Oberhand gewonnen und dafür gesorgt, dass sie das Telefon aus der Hand legte.

Nun nahm sie ihr Handy erneut zur Hand und sah auf das Display. Es war weit nach acht Uhr, Josh schlief, und sie trat mit dem Telefon in der Hand auf die Terrasse hinaus. Als sie über den dunklen Garten blickte, kehrten all die Erinnerungen wieder zurück.

In Wahrheit hatte es nie eine Wahl für sie gegeben. Sie und Nic waren füreinander bestimmt gewesen. Keiner Anabelle und niemand anderem würde sie es gestatten, diese Liebe zu zerstören. Mia sog diese Erinnerungen wie ein Schwamm auf und wusste, wie dringend sie hatte nach Hause kommen müssen. Hier in Bodwin, in diesen beiden Häusern, in diesem Garten hatte die Liebe zwischen ihr und Nic etwas Magisches, etwas Zauberhaftes. Sie spürte beinahe jede Welle der Verzweiflung, der Wut, der Leidenschaft und vor allem der Liebe, die sie jemals hier für Nic gespürt hatte.

In London hatte Mia das Gefühl gehabt, als nähme ihre Liebe eine Art Grauschleier an, wie ein weißes Tuch, das mit der falschen Wäsche gewaschen worden war.

Und dennoch, wieder in ihrem alten Zimmer zu schlafen machte ihr nur allzu deutlich, wo sie hingehörte. Sie mochte in ihrer Heimat sein, doch ihr einzig wahres Zuhause war Nic. Sosehr sie das Leben in Bodwin auch vermisst hatte – in diesem Augenblick wurde ihr eines klar: Es war das Leben mit Nic, das sie vollständig machte.

Sie war nur so gebrochen durch die Dinge, die Anabelle ihr angetan hatte. Sie war auch jetzt noch nicht so weit, Nic anzurufen, hatte aber eine solche Sehnsucht nach ihm, dass sie eine andere Person anrief.

»Schwesterherz«, grüßte Liam nach nur zwei Mal Klingeln.

»Hi, großer Bruder, wie geht's?«

»Ach, weißt du … so weit ganz gut. Aber wolltest du wirklich wissen, wie es mir geht?« Mia konnte sein Grinsen durch das Telefon hören. Er kannte sie zu gut.

»Wie geht es ihm, Liam?«, fragte sie leise.

»Warum rufst du ihn nicht selbst an?«

Ja, warum nicht?, dachte Mia und sagte laut: »Es gibt keinen plausiblen Grund.«

Liam schnaubte. »Es würde ihm viel besser gehen, wenn du ihn anrufen würdest. Er gibt sich jede Stunde am Tag die größte Mühe, nicht ins Auto zu steigen, um zu euch zu fahren. Das solltest du ihm hoch anrechnen. Er sieht aus wie ein Zombie.«

Mias schlechtes Gewissen nahm die Ausmaße eines Lastwagens an. »Nun, jetzt weiß er wenigstens mal, wie ich mich in all der Zeit gefühlt habe«, sagte sie, um sich zumindest schwach zu verteidigen.

»Geht es darum? Eine Art Ausgleich zu schaffen?«

»Nein! Es geht um Distanz. Damit ich wieder zu mir finden kann. Ich will mich nicht mehr ständig so traurig fühlen. Ich will unser Leben zurück.«

»Welches Leben? Das, bevor diese Irre dich angegriffen hat?«

»Sie hat einen Namen. Es macht es nicht leichter, sie eine Irre zu nennen.«

Es herrschte Stille am Telefon. Dann räusperte sich Liam. »Nun, mir macht es das um einiges leichter. Dadurch habe ich wenigstens nicht ständig das Bild von meiner verblutenden Schwester vor Augen. Weißt du, Mia, es gibt kein Patentrezept, wie jemand mit so einer Erfahrung umgehen soll. Wenn du sie treffen musst, um es endgültig hinter dir zu lassen, dann tu es. Aber lass dir dieses tolle Leben, das du seither mit Nic hast, nicht wieder von ihr kaputt machen.«

Mia schwieg bedrückt und hörte, wie Liam irgendwo entlanghetzte. »Hör zu, Mia, ich muss jetzt los, aber tu mir einen Gefallen: Ruf Nic an!«

»Hast du etwa ein heißes Date?«, fragte Mia lachend.

»Wer weiß!«, erwiderte Liam geheimnisvoll und verabschiedete sich.

Mia atmete die duftende Herbstluft ein, dann drückte sie die Kurzwahltaste.

Beinahe augenblicklich hob Nic am anderen Ende ab.

»Honey!«

Allein in diesem Kosenamen lagen so viele Emotionen, dass Mia beinahe zu weinen begonnen hätte.

»Du fehlst mir so schrecklich!«, platzte es aus ihr heraus.

»Wann soll ich da sein?«, fragte er nur.

Sie lächelte. »Sei nicht albern, es ist fast neun Uhr … Morgen hast du sicher einen vollen Tag.«

»Ich bin in vier Stunden da!«

Damit war das Telefonat zu Ende, und Mia starrte verwundert auf das Handy. Das meinte er offenbar ernst! Sie lief zurück ins Haus. Eine Welle der Euphorie durchfuhr sie. Sie hatte noch genügend Zeit, ausgiebig zu baden und ihr Pfirsich-Shampoo zu benutzen, das Nic so sehr liebte.

* * *

Lizzys Wecker riss sie dermaßen früh aus dem Schlaf, dass sie die Augen kaum aufhalten konnte. Ein Blick aus dem Fenster bestätigte ihre Befürchtungen. Es regnete Bindfäden vom Himmel. Ein weiterer Blick auf ihr Handy sagte ihr, dass Tom auf keine ihrer Nachrichten geantwortet hatte. Sie hatte nur eine SMS von Nic bekommen, dass er nach Bodwin fahren würde. Lizzy schmunzelte. Natürlich hatte Liam ihr gestern von seinem Telefonat mit Mia erzählt, und sie freute sich für die zwei.

Liam und sie hatten gestern über Faltschachteln vom China-Imbiss an ihrem neuen Song gearbeitet, und sie war mit der bisherigen Komposition sehr zufrieden. Er war eine wahnsinnige Hilfe für sie, und langsam begann sie sich zu fragen, wie sie je wieder ohne ihn leben und Musik machen sollte.

Der Kater trieb allerdings alle in den Wahnsinn. Selbst Pebbles war genervt von Charles, und sie zählten die Tage, bis Mrs Grayson aus dem Krankenhaus entlassen werden konnte. Doch dieser Tag lag noch weit in der Zukunft, was niemanden so sehr ärgerte wie Liam. Lizzy begann zu fürchten, dass er den Kater zwischenzeitlich aussetzen könnte, denn Charles hatte es sich zur Aufgabe gemacht, jeden Blumentopf in Liams Wohnung auszugraben und vor die Toilette zu pinkeln. Insgeheim fand Lizzy dieses provokante Verhalten beinahe rücksichtsvoll. Immerhin hatte er den Anstand, nicht auf den Teppich zu machen. Als sie so tollkühn gewesen war, es Liam gegenüber anzudeuten, war er vollkommen ausgeflippt und hatte etwas völlig Verrücktes gesagt: Lizzy würde sich auf die Seite des Katers schlagen und sich mit ihm verbünden.

Danach hatte sie perplex gefragt, ob er sich im Krieg befände, und Liam hatte nur damit gedroht, dass im Krieg und der Liebe alles erlaubt sei. Lizzy hatte tief Luft holen müssen, bevor sie in lautes Gelächter ausgebrochen war. Doch eigentlich war sie von diesem so jungenhaften Verhalten gerührt.

Mit dem anderen Mann an ihrer Seite lief es hingegen nicht so gut. Sie hatte seit dem Abend vor vier Tagen nicht mehr mit Tom gesprochen. Es war nicht so, dass sie es nicht versucht hatte. Sie hatte mehrfach bei ihm zu Hause angerufen, sein Handy mit Nachrichten bombardiert und sogar in seinem Büro angerufen. Die schreckliche Frau am Empfang namens Sibylle hatte sie jedoch hingehalten, und so hatte Lizzy einen Entschluss gefasst. Sie würde heute Morgen, noch vor ihrer Schicht im Bistro, Toms Büro stürmen.

Das trübe Wetter schlug ihr jedoch auf die Stimmung, und sie wollte sich gerade wieder ihre Bettdecke über den Kopf ziehen, als sie einen äußerst schlecht gelaunten Liam im Wohnzimmer meckern hörte.

Lizzy seufzte tief, verließ schweren Herzens das Bett und trat auf den Flur. Da raste ein flauschiger Kater wie ein geölter Blitz an ihr vorbei in ihr Zimmer.

Liam eilte fuchsteufelswild hinterher und schnauzte nur: »Wo ist er hin?«

Lizzy starrte beiden verwundert nach und folgte ihnen. Liam schob gerade Lizzys Bett wie wild hin und her und maulte leise vor sich hin. Sie lehnte sich gähnend an den Türrahmen und sah ihm dabei zu, wie er seine Hände nach dem Kater ausstreckte. Allerdings war Charles ziemlich gewitzt für sein recht hohes Alter.

»Was hat er diesmal angestellt?«

»Was er angestellt hat?« Es war, als sähe Liam rot, so eifrig verfolgte er den Kater, und Lizzy kicherte, was Liams Aufmerksamkeit erregte. Er ließ von dem Tier ab und wandte sich ihr zu.

»Du solltest dich sehen, Liam«, sagte sie und schüttelte lächelnd den Kopf.

»Er hat schon wieder den Blumentopf ausgegraben. Doch diesmal hat er die Erde auf meinem weißen Sofa verteilt!«

»Ich hab dir gleich gesagt, dass ein weißes Sofa keine gute Idee ist ...«

Sie wusste, dass sie damit eine weitere ihrer hitzigen Diskussion entfachte. Doch seltsamerweise fand sie mittlerweile keinen besseren Start in den Tag.

»Wenn man nicht vorhat, Kinder, Katzenviecher und Urzeittiere sowie eine schusselige Nervensäge bei sich aufzunehmen, ist es sogar eine brillante Idee.«

Liam hatte Charles nur einen Moment aus den Augen gelassen, und der nutzte die Chance prompt zur Flucht. Liam ließ sich haareraufend auf Lizzys Bett nieder und wirkte völlig erledigt.

»Er ist so berechnend«, sagte er.

»Bist du sicher, dass er das nur tut, um dich zu provozieren?«, fragte Lizzy prustend und ließ sich neben Liam nieder.

»Ich sehe es in seinem teuflischen Blick«, erwiderte Liam mit fester Stimme und Wahnsinn in den Augen. »Wann kommt Mrs Grayson noch mal aus dem Krankenhaus?«

Lizzy tätschelte mitfühlend seinen Rücken.

»Wenn sie völlig gesund ist, mein Lieber.«

Er ließ die Schultern hängen. »Und wenn wir ihn drüben lassen und uns dort ums Katzenklo und sein Futter kümmern?« Kurz wirkte er hoffnungsvoll.

»Und wenn er dort nur ansatzweise so eine Verwüstung anstellt wie hier? Wie erklären wir das unserer Nachbarin?«, hielt Lizzy dagegen.

»Ich sollte mir einfach irgendwo eine andere Wohnung suchen«, sagte Liam resigniert.

»Seit wann geben wir so schnell auf?«, fragte Lizzy, und er sah sie aufmerksam an.

»Apropos … wolltest du heute nicht zu deinem idiotischen Freund eilen?«

Lizzy entgegnete: »Es regnet«, als würde das alles erklären.

»Seit wann hält dich das von irgendwas ab? Du bist sogar im strömenden Regen umgezogen.«

Liam entlockte ihr ein Lächeln und stupste sie an.

»Ich weiß auch nicht. Ich glaube, ich komm nicht gegen den inneren Schweinehund an. Ich meine, ich habe so oft angerufen … Was sollte ich ihm noch sagen, um die Situation zu erklären?«

»Ich bestreite nicht, dass er der größte Volltrottel ganz Londons ist, aber wenn du etwas gewollt hast, hast du es dir bisher immer geholt. Also gib nicht so schnell auf.« Sie schwiegen einen Moment, und Liam fügte hinzu: »Ich fahre dich, wenn du willst.«

»Echt? Hast du heute nicht noch Termine?«

Er zuckte mit den Achseln. »Die Probe beginnt erst gegen Mittag. Da Nic nach Bodwin gefahren ist, hat Pablo sie nach hinten verlegt.«

Lizzy schlug die Beine übereinander, und da sie nur ein Männerhemd als Schlafanzug anhatte, gab sie recht viel nackte Haut preis. Liams Blick fiel darauf, und plötzlich lag ein Knistern in der Luft. Er schluckte hart, oder bildete sie sich das nur ein?

Diese seltsame Stimmung hatte es zuletzt an dem Abend von Mrs Graysons Zusammenbruch gegeben, und Lizzy wurde ganz warm im Bauch.

»Sag mal, ist das mein Hemd?«

Lizzy fühlte sich ertappt und spürte, wie sie rot wurde. »Ähm … ja … es war nach dem Waschen in meiner Wäsche … dann hab ich irgendwie versäumt, es dir zurückzugeben.«

Sie sah Liam aus dem Augenwinkel an. Wurde er etwa auch rot? Nun räusperte er sich. »Macht nichts … dir steht es ohnehin viel besser als mir«, sagte er mit erstickter Stimme. Dann sprang er auf und eilte, über Pebbles stolpernd, hinaus. »Ich spring schnell unter die Dusche.«

Lizzy sah ihm verwundert hinterher.

Liam hatte versprochen, unten im Wagen zu warten, nur für den Fall, dass sie einen Fluchtwagenfahrer brauchen würde. Lizzy war es ganz warm ums Herz geworden. Er kümmerte sich so gut um sie. Nur mit seiner Unterstützung war es ihr möglich, in diesen Aufzug zu steigen und die Taste für das siebte Stockwerk zu drücken. Dann wurde der Stein in ihrem Bauch zu einem ausgewachsenen Felsen, und Lizzy hätte alles dafür gegeben, um wieder umzudrehen. Doch die Tür öffnete sich und gab den Blick auf den Empfangsbereich frei.

Sibylle, die Sekretärin, saß an ihrem Platz und sah ebenso perfekt aus wie beim letzten Mal. Lizzy musste sich in Sekundenschnelle entscheiden. Aussteigen oder wieder nach unten fahren? Liams Worte fielen ihr ein: Sie nahm sich, was sie wollte, verdammt noch mal! Und wenn Tom sie nicht mehr haben wollte, dann sollte er gefälligst den Arsch in der Hose haben, es ihr ins Gesicht zu sagen!

Entschlossen hielt sie die Aufzugtür davon ab, sich wieder zu schließen, und trat auf den Empfangstresen zu. Sie setzte ihr perfekt einstudiertes Lächeln auf und grüßte Sybille.

»Ich möchte gern Mr Winterbottom sprechen.«

Sybille schien kurz um eine Antwort verlegen zu sein und sagte: »Ähm ... Mr Winterbottom ist in einem Meeting.«

»Im Ernst jetzt? Dieselbe Ausrede wie gestern und vorgestern am Telefon? Haben Sie ihm überhaupt ausgerichtet, dass ich angerufen habe?«

»Wen Mr Winterbottom zurückruft, bleibt nun einmal ihm selbst überlassen, Miss ...?«, entgegnete Sybille kühl. Sie fühlte sich eindeutig überlegen.

Lizzy starrte sie an, feuerte ein »Vielen Dank ... für gar nichts, Sybille!« ab und stürmte in die Richtung von Toms Büro. Dabei überhörte sie die kläglichen Versuche der Sekretärin, sie aufzuhalten. Als sie die Tür zu Toms Büro erreichte, zögerte sie nicht, sondern stieß sie voller Elan auf und sagte: »Du könntest dir wenigstens die Mühe machen und dir eine bessere Ausrede einfallen lassen, um mich abzuwimmeln …«

Lizzy brach ab und blieb abrupt stehen. Vor ihr saßen nicht weniger als sechs verdutzte Männer an Toms Konferenztisch und blickten ihr entgegen, als käme sie von einem anderen Stern. Es dauerte eine Weile, bis sie Tom unter den Anwesenden erkannte. Es herrschte bedrückende Stille, und Lizzy wollte im Erdboden versinken.

Eine gefühlte Ewigkeit später erhob Tom sich, knöpfte langsam sein Jackett zu und sagte: »Meine Herren, ich fürchte, dieser Unterredung wird kein Aufschub gewährt.« Damit trat er auf Lizzy zu, schob sie auf den Flur und sah Sybille an, die inzwischen ebenfalls sein Büro erreicht hatte und sich hektisch entschuldigte. »Ist schon gut, Sybille, ich kümmere mich darum.«

Lizzy glaubte, sich verhört zu haben, war jedoch zu perplex, sich gegen Toms Hand in ihrem Rücken zu wehren. Er bugsierte sie in den Raum, der seinem Büro gegenüberlag, und schloss die Türe hinter ihnen.

»Was fällt dir eigentlich ein?«, herrschte er sie an, und seine sonst so intensiven blauen Augen starrten sie blass und kalt an.

»Woher hätte ich wissen sollen, dass du diesmal tatsächlich in einem Meeting bist?«

»Diesmal?«, brüllte Tom beinahe und breitete die Arme aus. »In meiner Welt ist es durchaus üblich, jeden Tag ein Meeting zu haben.«

»In deiner Welt? Okay, Message ist angekommen«, sagte Lizzy und war verletzter von dem Hinweis auf ihre Unzulänglichkeit als von seiner kühlen Art. »Wenn du mich zurückgerufen hättest oder irgendwann mal ans Telefon gegangen wärst, wäre dieser letzte verzweifelte Versuch nicht nötig gewesen.«

»Wozu das alles, Lizzy?«

»Ich denke, ich schulde dir eine Erklärung.«

»Ich brauche keine Erklärungen, ich habe genug gesehen.«

»Ich hab dich versetzt. Ich hätte dich anrufen müssen, aber eine liebe Freundin …« Lizzy war kurz überrascht, dass diese Bezeichnung treffender war als jede andere. Sie wollte weitersprechen, als Tom ihren Satz beendete: »… hatte einen Unfall, und du bist mit ihr ins Krankenhaus gefahren. Ich weiß! Das ist es auch nicht, was mich verärgert hat.«

Lizzy sah ihn verdutzt an. »Dann geht es gar nicht nur um das verpatzte Date, sondern …«

»Um deinen Freund, ja.«

»Meinen Freund? Du meinst Liam?« Ein seltsames Gefühl breitete sich in Lizzys Brust aus.

»Ging es dir nur um den Einstieg in die Musikbranche? Dann versteh ich nicht, warum du nicht seine Kontakte nutzt.«

»Es ist nicht das, wonach es aussieht. Liam und ich sind schon zusammen aufgewachsen. Er ist mein Freund … aber nicht in diesem Sinne.«

Nun lachte Tom spöttisch auf. »Wenn es stimmt, was du sagst, warum wohnst du mit ihm zusammen? Und warum erzählt dein Nachbar mir, dass ihr euch darum bewerbt, die Wohnung dort gemeinsam zu kaufen?«

»Ich spiele seine Alibi-Freundin! Liam bekommt die Wohnung nur, wenn er ein seriöses Leben führt. Welcher Rockstar tut das bitte schon?«

Toms Standhaftigkeit schwankte, das merkte Lizzy. Dennoch sagte er: »Das Gespräch ist beendet. Ich muss zurück in die Besprechung.«

»Es gibt doch für alles eine Erklärung, Tom.«

»Mag sein, aber was ist mit all den Lügen? Du hast mich von der ersten Minute an belogen.« Er schüttelte den Kopf und sah sehr enttäuscht aus. »Und jetzt erzählst du mir, dass du eine Menge anderer Leute belügst und täuschst, damit du irgendetwas erreichst.

Wie viele Lügen bist du noch bereit zu erzählen, um zu bekommen, was du willst?«

Damit brachte er Lizzy zum Schweigen. Allerdings nur für einen Augenblick.

»Und was ist mit dir? Hast du mir in der kurzen Zeit jede Kleinigkeit über dich erzählt? Vergiss es, Tom. Vergiss es einfach.« Damit rauschte sie an ihm vorbei. Sie wollte nur noch raus.

* * *

Liam stellte unentwegt das Radio neu ein, während er auf Lizzy wartete. Es war verrückt. Warum war er nervös? Es ging schließlich um Lizzys Kerl.

Da öffnete sich so ruckartig die Beifahrertür seines Autos, dass er vor Schreck beinahe den Radioknopf abriss. Lizzy setzte sich schwungvoll ins Auto, und Liam sah sie vorsichtig an. Sie sah völlig fertig aus.

»Die Frage, wie es gelaufen ist, spar ich mir, oder?«, stellte er fest, und Lizzy schniefte.

»Bitte fahr einfach. Bring mich nur weg von hier, Liam.«

»Bist du sicher?«

»Sicher!«

»Meinst du nicht …«

»Herrgott noch mal, Liam, fahr einfach!«, brüllte sie ihn an, worauf er den Motor anließ. Im nächsten Moment legte Lizzy sanft eine Hand auf seinen Arm und sagte: »Sorry!«

Er winkte nur ab und fuhr los. Sie schwiegen gemeinsam, während das Radio rauschte.

»Du kannst mich hier rauslassen«, bat Lizzy, als das Surrender in Sichtweite kam.

Liam fuhr rechts ran und machte den Motor aus. »Nun sag schon, was hat er gemacht?«

Lizzy schüttelte den Kopf und gab sich jede Mühe, nicht zu weinen. Allerdings waren es Tränen der Wut, wie Liam gleich darauf bemerkte.

»Ich bin so eine dumme, dumme, richtig dumme Gans«, schimpfte sie los. »Du hattest völlig recht, Liam. Die Liebe macht einen nur fertig. Lass bloß die Finger davon!« Damit stieß sie ihre Tür auf und sagte wesentlich ruhiger, fast liebevoll: »Ich danke dir fürs Fahren. Bis später?«

Liam nickte und sah Lizzy nach, während sie langsam und mit eingezogenem Kopf zum Eingang des Bistros ging. Er blieb noch einige Minuten sitzen, während sie schon längst im Inneren verschwunden war. Er starrte auf das Lenkrad und spürte, wie die Wut in ihm zu brodeln begann. Dann setzte er den Blinker und wendete impulsiv.

Er trat nur vierzig Minuten später durch dieselbe Aufzugtür wie Lizzy und ging auf die Sekretärin zu.

»Ich möchte bitte mit Tom sprechen«, sagte er und setzte sein Zahnpasta-Lächeln auf.

Die Frau lächelte entzückt zurück. »Und wen darf ich melden?«

»Liam Kennedy. Ich gehöre zu den Swores.«

Plötzlich hellte sich ihr Gesicht auf. »Sie sind es! Tatsächlich! Wahnsinn, dass ich Sie jemals persönlich …«

»Sybille, suchen Sie mir bitte die Akte von …«

Liam wandte sich zu der Stimme um und sah einen gut aussehenden Mann in den Dreißigern auf den Empfang zukommen. Er roch nach Macht, nach Stil, und Liam verachtete ihn vom ersten Moment an. Er konnte nicht genau sagen, woran es lag.

»Mr Winterbottom, hier ist Mr … äh.«

»Kennedy. Liam Kennedy!«, sagte Liam.

Tom schien einen winzigen Moment wie vor den Kopf geschlagen. Damit hatte er offenbar nicht gerechnet.

Gut!, dachte Liam.

»Er gehört zu den ...«

»Swores. Ja, danke, Sybille! Ich nehme an, Sie bevorzugen einen privateren Raum?«

»Mir ist das herzlich egal, Mr Winterbottom! Ich könnte mir allerdings vorstellen, dass das, was ich Ihnen zu sagen habe, nur für Ihre Ohren bestimmt ist.«

Tom zögerte, und einige Sekunden lang starrten sich die beiden Männer, die unterschiedlicher nicht hätten sein können, nur an. Tom war wie aus dem Ei gepellt, und Liam stand mit abgewetzten Jeans, Lederjacke und fleckigem T-Shirt vor ihm.

»Bitte folgen Sie mir«, sagte Tom schließlich und schritt eilig den Gang hinab. Er hielt seine Bürotür für Liam auf und schloss sie hinter ihm.

Liam verschränkte die Arme vor der Brust und sah Tom abwartend an. Dieser tat ihm jedoch nicht den Gefallen, das Gespräch zu beginnen, sondern setzte sich seelenruhig hinter seinen protzigen Schreibtisch.

»Haben Sie eigentlich eine Ahnung, was Sie eben getan haben?«, brach Liam das Schweigen.

Tom sah ihn lächelnd an und sagte: »Ein Riesengeschäft abgeschlossen.«

»Meinen Sie, dass diese arrogante Art mich irgendwie beeindruckt?«

»Und Sie?«, fragte Tom nur.

Doch er kannte Liam schlecht, denn er war ein Hitzkopf.

»Nun passen Sie mal auf, Mr Winterbottom. Diese junge Frau, die vor etwas weniger als einer Stunde Ihr Büro gestürmt hat, die Sie die letzten Tage nonstop angerufen hat, Sie mit Nachrichten bombardiert hat, die keine Chance ausgelassen hat, ihr Versäumnis zu erklären, diese Frau hat sich um keinen anderen Mann vor Ihnen jemals so bemüht. Sie sind der Erste, und wenn Sie es richtig anstellen, der Letzte. Ich habe keine Ahnung, was sie an Ihnen findet. Ich mag Sie nicht. Aber ich mag Lizzy. Sie hat so eine Gleichgültigkeit nicht verdient. Sie hat alles und noch viel mehr verdient. Sind Sie bereit, das für sie zu tun, dann bekommen wir keine Probleme miteinander. Sind Sie es nicht, dann verschwinden Sie aus ihrem Leben, und Sie sehen mich nie wieder. Aber wenn Ihnen nur ein Fünkchen an dieser Frau liegt, würde ich mir meine Laufschuhe anziehen, denn das Zeitfenster für ein Happy End schließt sich bereits.« Liam hielt nach seiner Rede keinen Moment inne, sondern schritt ohne Verabschiedung aus Toms Büro.

Kurz bevor er die Tür hinter sich zuwarf, hörte er noch, wie dieser Mr Winterbottom die Gegensprechanlage seines Telefons drückte und sagte: »Sybille, ich verlege meine Mittagspause nach vorn.«

13

Liam betrat in flottem Tempo das Büro seines Managers, das sich im gleichen Gebäude befand wie die Räumlichkeiten der Swores. Eine Bandprobe stand erst für den Nachmittag an, doch er hatte andere Pläne. Er ging ohne Umwege zu Maggie, Pablos Sekretärin, die ihn lächelnd begrüßte.

»Hey, hast du eine Ahnung, wo ich Emma finde?«

»Emma?« Maggie wirkte verdutzt. »Sie wollte kurz in die Teeküche.«

Liam eilte ohne ein weiteres Wort dorthin und sah die junge Frau mit dem braunen Schopf an der Kaffeemaschine stehen.

»Hallo, Emma.«

Sie wandte sich um und erstarrte bei seinem Anblick. »Liam … Was …?«

Weiter kam sie nicht, weil er auf sie zuging und sie an sich zog. Ohne zu zögern senkte er seine Lippen auf ihre und spürte, wie sie den Kuss nach wenigen Sekunden der Verblüffung erwiderte. Dann lehnte er sich gerade weit genug zurück, um sie anzusehen.

»Ich will mit dir ausgehen, weil du mich verrückt machst und von Anfang an meine Aufmerksamkeit geweckt hast. Aber da ich nun mal ein Idiot bin, habe ich knapp drei Jahre vergeudet. Einfach verschwendet. Also bitte verzeih mir, wenn ich von nun an keine Sekunde verlieren möchte. Bitte geh mit mir aus, damit ich dich richtig kennenlernen kann.«

Emma sah ihn vollkommen hingerissen an und nickte nur.

»Heute Abend? Acht Uhr?«

Er sah, wie sie zögerte, dann jedoch ihre Abwehrhaltung aufgab.

»Okay, überzeugt.«

Liam grinste und wollte ihr einen weiteren Kuss geben, den sie aber abwehrte.

»Nichts da! Den musst du dir erst verdienen.«

Liam nickte und verschwand mit einem breiten Grinsen auf dem Gesicht genauso schnell, wie er gekommen war. Er konnte nur hoffen, dass er diesen Abend nicht gleich wieder versaute. Als Erstes musste er sich etwas einfallen lassen, um seine Gedanken frei von der Nervensäge zu machen, deren halb nackter Anblick in seinem Hemd ihm am heutigen Morgen einen riesigen Ständer beschert hatte.

Vielleicht würde ja Emma bald seine Gedanken ausfüllen und jedes noch so verrückte Gefühl für Lizzy im Keim ersticken? Für den Bruchteil einer Sekunde flammte ein schlechtes Gewissen auf, das er jedoch schnell verdrängte. Emma war keine Lückenfüllerin. Immerhin war sie ihm schon viel früher aufgefallen, lange bevor Lizzy bei ihm eingezogen war, und er würde diese Chance nun endlich nutzen.

* * *

Wäre Lizzy nicht so in ihre Gedanken vertieft gewesen, hätte sie James' wissendes Lächeln bemerkt, als er sie bat, Tisch fünf für ihn zu übernehmen. So eilte sie nur zu dem gewünschten Tisch und zückte ihren Block.

»Was darf es sein?«, fragte sie, ohne aufzusehen.

»Kaffee und, wenn möglich, diesmal nicht auf meinem Hemd. Heute habe ich keinen Ersatz im Büro.«

Ruckartig riss sie den Kopf hoch und starrte den Mann vor sich perplex an.

»Darf ich mich vorstellen? Mein Name ist Thomas Winterbottom, und ich bin hemmungslos in eine junge Frau verliebt, die nicht zu wissen scheint, wer sie ist.«

Lizzy lächelte gegen ihren Willen. »Ach ja? Was für ein Unglück! Zumindest wissen Sie, wer Sie sind.«

Tom hatte ein Bein über das andere geschlagen und die Hände gefaltet. »Nun, eigentlich weiß ich auch, wer sie ist!«

»Und wer?«, fragte sie erwartungsvoll.

»Eine bemerkenswerte, offene, lebensfrohe Frau, die ein Wahnsinnstalent hat.«

»Das ist alles?«

Tom stand von seinem Platz auf und umfing ihr Gesicht mit einer Hand, während die andere Lizzys Taille umschlang. »Das ist alles, was wichtig ist«, antwortete er leise und küsste sie.

Leise Zweifel erfüllten Lizzy, dennoch ließ sie sich von Tom auf seinen Schoß ziehen.

* * *

Lizzy konnte Mrs Grayson ihre mürrische Miene nicht verdenken. Obwohl die alte Lady mittlerweile auf eine normale Krankenstation verlegt worden war, wirkten der Anblick der weißen Wände und der allgegenwärtige muffige Geruch doch recht trostlos. Lizzy gab sich redlich Mühe, ihre Nachbarin jeden Tag zu besuchen. Sie sollte vor Einsamkeit nicht umkommen – gab es außer ihr, Mr Gates und Liam doch leider keinen anderen Besuch. Das tat Lizzy furchtbar leid, und sie gab es auch stets als Grund an, wenn sie Tom weiter vertröstete. Vor drei Tagen war er bei ihr im Bistro aufgetaucht und hatte sich mit ihr versöhnt. Und obwohl er sie beinahe schon dazu drängte, ihr Kochdate nachzuholen, sträubte sich etwas in ihr. Sie konnte nicht genau erklären, warum das so war oder was sie zögern ließ. Irgendetwas störte sie schlicht und ergreifend. Die Zweifel, die sie seit ihrem Disput im Büro erfüllten, nagten an ihr, und sein kaum vorhandenes Verständnis für die schwierige Situation von Mrs Grayson halfen keineswegs, diese zu schmälern.

Und dann war da auch noch Liam, der ganz widersprüchliche Gefühle in ihr wachrief. Sein Treffen mit Emma vor einigen Tagen kam wie aus dem Nichts und hatte sie unerwartet schwer getroffen.

Lizzy trat aus dem Aufzug, der sie in Mrs Graysons Station gebracht hatte, und schüttelte wütend auf sich selbst den Kopf. Eine Schwester, die an ihr vorbeiging, sah sie seltsam an, doch Lizzy ignorierte sie. Was dachte sie sich nur? Sie hatte Liam quasi dazu überredet, und jetzt schmerzte die Vorstellung von ihm und Emma sie auf eine Art, die sie nicht hatte kommen sehen.

Sie fühlte sich schrecklich niedergeschlagen und ertrug es kaum mehr, in Liams Wohnung zu sein. So oft wie möglich besuchte sie ihren Bruder, lief durch die herbstlichen Straßen Londons oder setzte sich in den Park, in dem sie zuletzt mit Liam und Josh gewesen war. Liam musste denken, sie sei verrückt geworden, jetzt, da sie ihm vorzugsweise aus dem Weg ging. Sie verstand sich ja selbst nicht. Da gab es einen Mann, der sich unbedingt mit ihr treffen wollte, und sie dachte nur an ihren Mitbewohner, der seine Abende jetzt lieber mit einer anderen verbrachte. Sie war schon ein klein bisschen irre! Beinahe wäre sie an Mrs Graysons Zimmer vorbeigelaufen, bemerkte es gerade noch rechtzeitig und trat nach einem lauten Klopfen ein.

»Ich habe Ihnen ein Stück von diesem Kuchen hier mitgebracht. Ich weiß doch, wie gern Sie am Nachmittag etwas Süßes mögen«, sagte Lizzy betont fröhlich und stellte das Gebäck auf Mrs Graysons Beistelltisch ab. Bei dem Versuch, einen Stuhl an das Bett heranzuziehen, fiel Lizzys gesammelter Tascheninhalt auf den Boden, und sie fluchte wie ein Rohrspatz über sich selbst.

»Na, na, meine Liebe! Das sind ja ganz ungewöhnliche Töne«, begrüßte Mrs Grayson sie.

Dieser harsche Ton war für Lizzy tatsächlich sehr ungewöhnlich. Schließlich war sie Chaos in ihrem Leben gewohnt. Meistens nahm sie es gelassen – heute fiel es ihr jedoch ungewöhnlich schwer. »Entschuldigung, irgendwie bin ich mit dem falschen Fuß aufgestanden.«

»Das muss dann aber schon vorgestern passiert sein, denn diese Trauermiene begleitet Sie seither.« Lizzy schwieg beharrlich und ließ sich auf den Stuhl neben Mrs Graysons Bett nieder, nachdem sie alles zurück in ihre Tasche gestopft hatte. »Erzählen Sie, wo drückt denn der Schuh?«, beharrte die alte Dame.

Gegen ihren Willen musste Lizzy bei dieser Redewendung schmunzeln. Sie deutete auf ihre bequemen Chucks. »Wie Sie sehen, sind sie bereits seit Langem eingelaufen. Weit und breit keine Druckstelle zu finden. Außerdem sind Sie hier diejenige, die mir Sorgen bereitet. Wie geht es Ihnen denn heute?«

»Papperlapapp! Ich bin nur eine alte Schachtel, die auf den nächsten Zug wartet. Sie hingegen haben Ihr ganzes Leben noch vor sich. Es wird also Zeit, dass wir uns all diesen Möglichkeiten widmen.«

Lizzy schüttelte lächelnd den Kopf und wich dem forschenden Blick ihrer alten Nachbarin aus. Sie begnügte sich damit, an ihrem Gebäckteilchen herumzunagen. »Charles geht es so weit ganz gut. Aber ich fürchte, er vermisst Sie sehr«, plapperte sie einfach weiter.

»Wie verträgt er sich mit Mr Kennedy?«

Ein diabolisches Grinsen huschte über Lizzys Gesicht. »Sie haben den Krieg noch nicht beigelegt«, berichtete sie. »Dafür hat er sich mit Pebbles fast abgefunden. Dafür schulde ich Ihnen was. Außerdem habe ich Charles vorgestern dabei ertappt, wie er auf Liams Schuhen geschlafen hat, während Liam neue Katzenleckereien gekauft hat. Irgendwie scheinen sie sich insgeheim anzufreunden. Natürlich würde keiner von beiden etwas Derartiges zugeben.«

Das Lachen der Älteren war so ansteckend, dass Lizzy nicht anders konnte und mit einstimmte. Dieses Funkeln in Mrs Graysons Augen machte ihr Hoffnung, dass ihre neue Freundin bald diese Schläuche loswurde, an die sie nach wie vor angeschlossen war.

Dann wandelte sich das Lachen in einen Hustenanfall, und Lizzy sprang erschrocken auf, als auch schon eine Schwester ins Zimmer eilte, Mrs Grayson stützte und ihr sanft die Sauerstoffmaske aufsetzte. Es dauerte eine Weile, ehe sie wieder zu Atem gekommen war und die Schwester mit dem Versprechen, so rasch wie möglich den Arzt vorbeizuschicken, verschwand.

Lizzy starrte Mrs Grayson immer noch geschockt an. »Was sagt der Arzt wirklich? Und bitte lenken Sie nicht wieder vom Thema ab.«

»Das Umschiffen unliebsamer Themen haben wir beide ziemlich perfektioniert, nicht wahr?« Die Ältere zwinkerte, sah jedoch furchtbar angestrengt aus. »Die Medikamente schlagen zwar an, er möchte mich aber dennoch ein paar Tage hierbehalten und mich beobachten. Es kann einige Komplikationen geben, wenn man so ein alter Drache ist. Und was macht Ihnen solch einen Kummer, Elizabeth?«

Lizzy seufzte. Nun war sie an der Reihe, die Wahrheit auszusprechen. »Eine ganze Menge … Ich fürchte, wie sonst auch, habe ich alles unnötig kompliziert gemacht …«

In diesem Moment ging die Tür auf, und Liam betrat den Raum.

»Wer macht alles kompliziert?«, fragte er grinsend und hielt einen Blumenstrauß in die Höhe. Lizzy verstummte und starrte ihn überrascht an. Verdammt, mit ihm hatte sie nun nicht gerechnet! Wie hätte sie auch? Schließlich hatten sie kaum miteinander geredet, seit er begonnen hatte, mit Emma auszugehen.

»Oh, Lizzy … äh … Ich wusste nicht, dass du hier sein würdest«, sagte er und blieb einen Moment etwas hilflos im Raum stehen. Dann füllte er wie selbstverständlich die Vase in dem kleinen angrenzenden Bad mit Wasser auf, steckte den Strauß hinein und stellte ihn auf das Fensterbrett neben die anderen Sträuße, die allesamt andere Blumen enthielten, jedoch ähnlich gebunden waren. Er war doch nicht etwa jeden Tag hier gewesen, oder?

»Vergessen Sie mal die Blumen, junger Mann. Na, was ist das denn für eine läppische Begrüßung Ihrer Herzdame?«, entfuhr es Mrs Grayson scheinbar empört.

Liam wechselte einen unsicheren Blick mit Lizzy und trat dann langsam auf sie zu. Behutsam legte er einen Arm um sie.

»Hallo, Liebling«, begrüßte er sie, und sie errötete.

»Hey, Liam«, brachte Lizzy mühsam hervor.

Was war denn nur mit ihnen los? Sie waren doch keine Fremden, und doch schien alles neu und anders zwischen ihnen zu sein.

»Also wenn das alles war, dann brauchen Sie sich nicht wundern, wenn sie Ihnen davonläuft«, stichelte Mrs Grayson und schien eine diebische Freude an der Situation zu haben.

Liam seufzte und beugte sich zu Lizzy vor. Er umfing ihr Kinn, hob es an, und seine braunen Augen sahen entschuldigend aus. Ihr Herzschlag verdoppelte sich, und der Schwarm Schmetterlinge stieß in die Höhe, ehe er zum Sturzflug ansetzte. Erwartungsvoll hielt sie den Atem an. Seine Lippen trafen auf ihre, und Lizzy schloss die Augen, als sie sich dem Gefühl hingab, das sie zu überwältigen drohte. Ein ungewohntes Kribbeln durchfuhr ihren Körper, der Schwarm Schmetterlinge tanzte durch ihren Bauch, während ihre zitternde Hand seinen tätowierten Arm umfing.

Wie um alles in der Welt konnte sie das erklären? Das war doch nicht normal! Liam brachte sie mit einem bloßen Kuss förmlich zum Vibrieren und … die Enttäuschung, als er sich von ihr löste und ihr rasch den Rücken zuwandte, war beinahe unerträglich.

»So ist es richtig«, lobte Mrs Grayson, und in ihren Augen blitzte es zufrieden.

Lizzy stieß den angehaltenen Atem aus und strich sich unsicher durch die pinken Haarspitzen.

»Welch ein Glück, dass Sie alleine ein Zimmer bekommen haben, Mrs Grayson«, lenkte Liam ungewöhnlich stark vom Thema ab. Vielleicht bildete sich Lizzy das auch nur ein, ebenso wie sein seltsames Verhalten. Doch unter seiner gesunden Bräune schien er rot zu leuchten, außerdem vermied er es, ihr auch nur einen Blick zu schenken. Er hatte seine Hände in den Hosentaschen seiner wie gewöhnlich ramponierten, eng sitzenden Jeans versenkt. Eine Jeans, die seine langen, muskulösen Beine nur allzu deutlich betonte und tief auf seinen schmalen Hüften lag. Die üblichen Bikerboots waren nicht geschnürt, und die Hose steckte lose in dem Stiefelschacht. Das ebenfalls eng anliegende, langärmlige Shirt hatte einen V-Ausschnitt, der einen Teil seines Tribal-Tattoos zeigte, was Lizzy besonders anziehend fand.

Liam Kennedy hatte sie schon oft wahnsinnig gemacht, aber noch nie derart aus der Fassung gebracht wie gerade eben. Er sah einfach nur heiß aus. Ihr Herz hämmerte noch immer in ihrer Brust.

»Ja, ja. Mein lieber Harrison hatte einen richtigen Dickschädel und wollte mich immer gut versorgt wissen, weswegen er unzählige Versicherungen abgeschlossen hat. Für die ich ihm jetzt unendlich dankbar bin.« Lizzy und Liam wechselten einen kurzen Blick. »Das kommt Ihnen beiden wohl bekannt vor, was? Wir waren sehr verschieden, mein wunderbarer Mann und ich, aber eins weiß ich: Das hat unsere Ehe auch so einzigartig gemacht. Wir haben uns hitzig gestritten und genauso leidenschaftlich versöhnt. Ich zähle die Tage, bis ich ihn wiedersehen werde.«

»Sagen Sie so etwas nicht, Mrs Grayson. Ich hoffe, Sie werden bald wieder gesund«, entgegnete Liam und lehnte sich an die Bettstange.

Ein trauriger Zug huschte über das Gesicht der alten Lady. »Ich kann nicht leugnen, dass ich ein klein wenig müde vom Leben bin, das ich allein fristen musste. Aber mein lieber Harrison war überzeugt davon, dass jeder Mensch aus einem besonderen Grund auf der Erde verweilt. Jeder hat eine Aufgabe zu erledigen, und erst, wenn diese erfüllt wurde, ist es uns erlaubt, weiterzuziehen.«

Als ein betretenes Schweigen den Raum erfüllte, fügte Mrs Grayson etwas fröhlicher hinzu: »Nun machen Sie nicht so ein bekümmertes Gesicht. Leider werde ich diese Aufgabe nicht gleich erfüllen können, sodass Sie beide ganz beruhigt sein können. Allerdings muss ich zugeben, dass ich sehr erschöpft bin.«

Lizzy und Liam verstanden diesen deutlichen Wink und verabschiedeten sich wenig später von ihrer Nachbarin.

* * *

Lizzy nahm Liams Angebot gerne an, mit ihm im Auto zurück zur Wohnung zu fahren. Doch nun saß sie neben ihm und schwieg. Da er auch nichts zu sagen wusste, herrschte eine seltsam angespannte Stimmung zwischen ihnen.

Beinahe drei Tage waren vergangen, seit sie sich das letzte Mal gesehen hatten. Lizzy schien ihre Versöhnung mit Tom reichlich gefeiert zu haben, denn sie hatte mehr Zeit unterwegs und wahrscheinlich mit ihm als zu Hause verbracht. Etwas, das Liam nach wie vor ein Loch in die Magenwand fraß, trotz des Dates mit Emma, das ein wahnsinniger Erfolg gewesen war.

Natürlich war Liam klar, was Lizzy in ihrer Abwesenheit tat, aber aus irgendwelchen Gründen war es für ihn die letzten Abende ein seltsames Gefühl gewesen, allein in die Wohnung zurückzukommen. Er war jeweils so lange wie möglich im Studio geblieben, um sich selbst davor zu schützen, auf Lizzys Heimkehr zu warten. Mit Emma hatte er mittags oder abends gegessen, war aber nie mit zu ihr nach Hause gegangen, denn sie wollten es langsam angehen.

Er war ohnehin unsicher, wie er dazu stand, ihr derart nahezukommen. Er war diese Form des Kennenlernens nicht gewohnt und kam sich wie ein Elefant im Porzellanladen vor. Emma war klug, witzig und ganz zauberhaft. Leider ertappte Liam sich immer wieder dabei, wie er hoffte, in blaue Augen zu blicken, wenn er sie ansah.

Emmas waren jedoch braun.

»Wie geht es Emma?«, fragte Lizzy in diesem Augenblick und setzte ein Lächeln auf, das ganz fremd an ihr wirkte und Liam einen Stich versetzte.

»Ganz gut, glaube ich. Sie trifft heute Abend ein paar Freunde«, erklärte er und zuckte mit den Achseln. »Und bei dir und Tom? Hat sich doch noch alles zum Guten gewendet?«

Lizzy nickte kaum merklich. »Ich denke, ja. Er ist einfach im Bistro aufgetaucht und hat sich entschuldigt. Ich weiß auch nicht, woher der Sinneswandel kam.«

Liam wusste es schon, sagte aber nichts. Lizzy brauchte das nicht zu erfahren.

»Wie klappt es mit dem Song?«, fragte er schnell. Er wollte nicht länger als nötig über Tom reden.

Sie seufzte. »Er ist so weit fertig, aber der Text ist noch schrecklich. Ich bin mit nichts zufrieden.«

»Soll ich ihn mir später mal ansehen? Oder triffst du dich heute noch mit Tom?«

Lizzy schüttelte erst den Kopf und nickte dann begeistert.

»Ich bin irritiert«, lachte Liam.

»Ich fände es super, wenn du ihn dir anschaust. Und ich mache uns Auflauf. Tom hat ein Geschäftsessen, und morgen ist da dieser Grillabend bei der Tochter von Vernon Dursleys Doppelgänger.«

Endlich war die angespannte Stimmung verflogen, und als sie aus dem Auto stiegen und die Treppen zur Wohnung hochstiegen, sprachen sie schon wieder zwanglos über Nic und Mia, die sich offenbar wieder vertragen und die vergangenen Tage in Bodwin verbracht hatten.

Etwas später, Liam sah sich gerade den Songtext an und Lizzy kochte, klingelte es. Er machte auf, weil in der Küche ein paar Töpfe schepperten und Lizzy offenbar wieder in ihrem Chaos versank. Vor ihm stand ein Mann von einer Versandfirma, der seinem Keuchen nach offenbar einen sehr schweren Karton in die dritte Etage geschleppt hatte.

»Kennedy?«, fragte er schnaufend.

Liam sah ihn verwundert an. »Ein Paket? Ich habe aber nichts bestellt.«

»Eine Eilsendung?«, fügte der Mann hinzu und hielt Liam ein Formular hin, das er unterzeichnen sollte.

»Ich habe wirklich nichts bestellt«, wiederholte Liam, und der Mann verschränkte die Arme vor der Brust.

»Mein Job ist es nur, die Pakete auszuliefern. Haben Sie eine Frau?« Liam sah zurück in die Wohnung und nickte.

»Sehen Sie!« Dann nahm er das unterzeichnete Blatt und verschwand erleichtert die Treppe hinunter.

Liam hievte das Paket hinein – es war wirklich schwer – und rief nach Lizzy, die ihn schon im Wohnzimmer erwartete. »Hast du etwas bestellt?«, fragte er.

»Nein.«

Liam sah sie zweifelnd an, weswegen Lizzy unschuldig die Arme hob.

»An Mr und Mrs Kennedy«, las er skeptisch die Anschrift vor. »Was soll das denn?«

Lizzy kam interessiert zu ihm herüber. »Wir werden es erfahren, wenn du es endlich aufmachst.«

Sie öffneten das Paket und betrachteten wenige Momente später einen Plattenspieler. Während Liam das Gerät zweifelnd musterte, schien bei Lizzy schon der Groschen gefallen zu sein.

»Mrs Grayson!«, sagte sie.

Liam hob eine Braue, während er den Plattenspieler von allen Seiten musterte. »Wieso?«

»Na, als Dankeschön oder so. Denk doch mal an die Platte, die sie dir vor einigen Wochen für mich gegeben hat.« Lizzy verschwand kurzzeitig in ihrem Zimmer.

Liam schüttelte den Kopf. Dann steckte er den Plattenspieler an die nächste Steckdose und begann ihn einzustellen. Als Lizzy ins Wohnzimmer zurückkehrte, streckte er ihr, den Blick weiter auf das alte Gerät gerichtet, die Hand entgegen.

»Hast du die Platte?«

Sie reichte sie ihm, und er legte sie auf. Erst rauschte es nur, dann setzten die leisen Töne von Pat Boone ein, der *I'll be home* zu singen begann. Liam sah Lizzy an, und beide prusteten los, bis ihnen die Tränen über die Wangen liefen.

»Einem geschenkten Gaul und so ...«, erinnerte Lizzy ihn irgendwann lachend.

»Ich werde mich artig bei ihr bedanken und uns einfach ein paar richtig gute Platten besorgen«, sagte er und schnupperte Richtung Küche, von wo aus ein leckerer Duft zu ihnen wehte.

Eine Stunde später saßen sie beim Essen und machten sich einen Spaß daraus, Pat Boone zu imitieren, während die Platte immer und immer wieder zu spielen begann.

»Irgendwie hatte diese Zeit sicher etwas für sich, oder?«, meinte Lizzy, als fast nichts mehr vom Auflauf übrig war.

Liam schaute sie verwundert an. »Du meinst, im Gegensatz zu den wilden Rockstars von heute?« Er zwinkerte ihr zu, als sie in die Küche gingen, um gemeinsam abzuspülen.

»Nein, ich meine, das Werben um eine Frau war damals anders. Es war alles viel höflicher, viel vorsichtiger. Man hatte mehr zu hüten als heute, und die Männer galten noch als Gentlemen.«

Liam verzog das Gesicht. »Ich bezweifle, dass alle wirkliche Gentlemen waren. Ich glaube, es war mehr Schein als Sein.« Lizzy zuckte nur mit den Achseln und räumte die abgetrockneten Teller zurück in den Hängeschrank. »Außerdem wolltet ihr Frauen doch die Emanzipation. Ihr müsst euch mal entscheiden. Entweder ihr wollt Gleichberechtigung oder umworben werden.«

Sie rollte mit den Augen und schüttelte den Kopf. »Keinen Sinn für Romantik, Mr Kennedy«, scherzte sie und erntete einen Klaps auf den Po und einen belehrenden Blick. »Außerdem, wer sagt, dass ich mich entscheiden muss? Ich will einfach beides!«

»Ich mag Teil einer Rockband sein, aber ich habe auch schon Liebeslieder geschrieben«, verteidigte Liam sich nun. Lizzy kicherte, was ihn ärgerte. »Hey, glaubst du mir etwa nicht?« Er ergriff ihre Hand und zog sie in seinen Arm. Dann nahm er ihre andere Hand und platzierte sie auf seiner Hüfte. Lizzy quietschte überrascht auf, als er sie im Takt des erneut einsetzenden Liedes durchs Wohnzimmer führte.

»Du kannst tatsächlich tanzen?«, staunte sie ungläubig, und Liam schmunzelte. »Wann hast du das denn gelernt?«

»Es gibt also tatsächlich noch Dinge, die du nicht über mich weißt.« Lizzy machte große Augen. »Und das soll gefälligst so bleiben«, fügte Liam grinsend hinzu und wirbelte sie einmal um sich selbst, bevor sie wieder sicher in seinen Armen lag.

»Warum hast du so nicht mit mir auf Mias und Nics Hochzeit getanzt?«

Liam verzog das Gesicht. »Na, es gibt tatsächlich auch noch Sachen, die Nic nicht über mich weiß.«

Lizzy lachte. »Glaubst du im Ernst, dass er dich damit aufziehen würde?«

»Ich bin davon überzeugt und selbst nicht ganz unschuldig daran.«

»Aha, weil du keine Gelegenheit auslässt, ihn mit irgendwas aufzuziehen.«

»Schuldig im Sinne der Anklage«, grinste Liam.

»Ich finde es toll. Du solltest stolz darauf sein. Die wenigsten Männer können das.«

»Und die wenigsten Frauen!« Lizzy wollte sich empört von ihm losmachen, doch er hielt sie fest. »Komm schon, Lizzy. Es war doch nicht so gemeint.«

Sie sah zu ihm hoch, und er blickte in ihre großen blauen Augen. Die Farbe erinnerte ihn an das Meer in Falmouth, wenn die Sonne hoch am Himmel stand und das Wasser zum Glitzern brachte. Ihr Ausdruck veränderte sich kaum merklich, aber für Liam so offensichtlich, dass er glaubte, sein Herz würde ihm in diesem Augenblick aus der Brust springen. Geschah das hier gerade wirklich? Als seien sie Magnete, bewegten sie sich aufeinander zu. Schlagartig war sich Liam der Stellen bewusst, an denen sein Körper ihren berührte. Ihre Brüste drückten sich gegen seine Brust, während seine Hand ihre Taille umfasst hatte. Den störenden Stoff, der seine Haut von ihr trennte, empfand er als ungemein lästig, und der Druck an seinem Reißverschluss nahm in immenser Schnelligkeit zu. Das Blut jagte durch seine Adern, und eine Hitze brach in ihm aus, die er so bislang noch nicht erlebt hatte.

Liam betrachtete Lizzy, als sähe er sie zum ersten Mal. Sie war so schön, und er zweifelte an seinem gesunden Menschenverstand, dass es ihm nicht vorher aufgefallen war. Er war kaum mehr darüber verwundert, was für eine starke Anziehungskraft ihre Lippen auf ihn hatten. Seit dem Kuss im Krankenhaus konnte er an nichts anderes denken.

Und diesmal waren sie allein, und niemand würde diesen Moment zwischen ihnen stören. Er musste sich entscheiden: Gab er dieser neu entfachten Leidenschaft nach? Oder hatte er die Kraft, sich ein weiteres Mal von ihr zurückzuziehen? Es kam Liam nicht so vor, als hätte er wirklich eine Wahl, denn sein Körper traf den Entschluss selbst. Sanft zog er Lizzy an sich, sodass kein Blatt Papier mehr zwischen sie gepasst hätte. Wie von selbst legten sich ihre Arme um seine Hüften, und er griff mit beiden Händen in ihre Haare. Sekunden später lagen ihre Lippen aufeinander, und es war, als hätte plötzlich jemand ein Feuer entfacht. Von dem züchtigen Kuss im Krankenhaus war nichts mehr zu spüren. Eine Leidenschaft hatte sich entfesselt, von der er nicht gewusst hatte, dass sie überhaupt existierte. Ihre Lippen öffneten sich, und ihre Zungen umkreisten einander gierig, als seien sie süchtig und der jeweils andere die Droge. Ein Glücksrausch drohte Liam zu überwältigen. So impulsiv Lizzy lebte, so liebte sie auch. Das wurde Liam in dem Moment klar, in dem ihre Finger unter sein Shirt glitten und seine glatte nackte Brust erforschten. Sein Schwanz schwoll noch weiter an, und Liam drängte die ausgeprägte Beule gegen Lizzys Mitte. Als sie ein leises Stöhnen von sich gab, ließ er seine Hände um ihren Po gleiten und hob sie sanft an, sodass sie ihre Beine um seine Hüften schlang.

Wie ausgehungert küssten sie sich weiter, während Liam sie auf den Esszimmertisch absetzte, an dem sie kurz zuvor noch gegessen hatten. Lizzy drängte sich ihm entgegen, und Liam stieß einen sehnsüchtigen Seufzer aus. Hastig schob sie sein Shirt hoch, das er sogleich über den Kopf zog. Mit zittrigen Fingern zeichnete sie die schwarzen Linien auf seiner Brust nach. Als Liam ihren Blick suchte, fiel ihm auf, dass ihre Augen dunkler als zuvor waren und sie begierig seine nackte Brust musterte. Sie wollte ihn ebenso sehr, wie er sie begehrte. Das ermutigte ihn, die letzten Bedenken über Bord zu werfen und weiterzugehen. So weit, wie in einem seiner Träume von Lizzy, die ihn in den letzten Nächten schweißnass und zitternd vor Verlangen hatten aufwachen lassen. In diesen Träumen hatte er sich immer und immer wieder in ihrer weichen, warmen Mitte versenkt und gleichermaßen verloren.

Die Realität war nicht weniger aufregend, sondern viel, viel besser! Als Lizzy sich auf die Tischplatte sinken ließ, beugte er sich vor und küsste sie erneut. Heiß, innig und voller Hingabe. Schließlich zog er eine Spur ihren Hals entlang bis zu ihrem Dekolleté hinunter, das er umgehend freilegte. Sanft liebkoste er zuerst die eine Brustwarze, ehe er sich der anderen zuwandte. Lizzy richtete sich auf und bettelte mit Küssen um weitere Zuwendung, während sie sich ihm lustvoll entgegendrängte. Ihr Geschmack betörte seine Sinne, und Liam war mehr als bereit, sich in diesem Gefühlsstrudel mit Lizzy zu verlieren. Seine Erregung wurde angefacht, als er sie leise seinen Namen wispern hörte und ihr ein weiteres Stöhnen entwich. Liams Hände strichen hinab zu ihrer Hose, mit den Fingern schob er den Stoff beiseite, um die weiche Haut zu streicheln, als ihn ein penetrantes Klingeln aus seinem tranceähnlichen Zustand riss.

Er hielt inne und sah auf Lizzy hinab, die das Klingeln noch nicht gehört zu haben schien, denn sie blickte ihn nach wie vor mit vor Lust verschleierten Augen an.

Ein weiteres Klingeln ließ nun auch sie zusammenzucken. Sie sah erst Liam, dann ihren zur Seite geschobenen BH an und errötete.

* * *

Wie hatte das geschehen können? Lizzy setzte sich auf, zog ihr Shirt zurecht und blickte zu Liam, der sich mit einem völlig verwirrten Ausdruck über das verwuschelte Haar strich. Seine Erregung war nur allzu deutlich unter seiner Jeans zu sehen. Sie hatte sich das also keineswegs nur eingebildet, als er sich an sie gedrängt hatte. Er war genauso scharf auf sie wie das Messer, mit dem sie das Gemüse für den Auflauf geschnitten hatte. Er zog sich eilig sein Shirt über und starrte sie dann verwundert an, und Lizzy konnte es ihm nicht verdenken. So durcheinander fühlte sie sich auch.

»Ich … geh und mach …«, begann er.

»… die Tür auf?«, half Lizzy nach und sprang vom Tisch.

Pat Boone lief immer noch, und sie legte beide Hände auf ihr erhitztes Gesicht. Entfernt hörte sie Liam überrascht und einen Hauch panisch sagen: »Oh, wie schön, dass du gekommen bist, Emma.«

Lizzy hätte sich ohrfeigen können. Was hatten sie nur getan? Und was hatte sie dem lieben Universum getan, dass ihr dauernd solch schräge Sachen passierten?

Lizzy richtete noch einmal hektisch ihre Kleidung und sah sich nach einem Fluchtweg um. Doch dieser lag genau in Liams Richtung. Also strich sie ihr Haar glatt und befahl Pebbles, die sie vom Boden aus zu beobachten schien: »Guck nicht so!«

Dann schnappte sie sich ihre Schildkröte; sie brauchte irgendwas, an dem sie sich festhalten konnte.

In diesem Augenblick betrat Liam mit einem Ausdruck von Fassungslosigkeit und Entsetzen den Wohnbereich, und Emmas dunkler Schopf tauchte unmittelbar hinter ihm auf. Lizzy spürte die Schmetterlinge in ihrem Bauch auf dem Boden aufschlagen, und ihr schlechtes Gewissen war so groß wie ein ausgewachsener Wal. Vor Kurzem hatte sie Emma noch mit Liam verkuppeln wollen, und jetzt? Jetzt trieb sie es beinahe mit ihm, wo er gerade anfing, sich auf Emma einzulassen.

Emmas Gesichtsausdruck war einen Hauch skeptisch, als sie Lizzy im Wohnzimmer stehen sah.

»Lizzy«, sagte sie knapp und lächelte gezwungen.

Lizzy hob eine Hand zum Gruß. »Hallo, Emma, wie geht's?«

»Ich komme gerade vom Essen mit meinen Freunden und wollte ... na ja, Liam einen Besuch abstatten. Was tust du hier?«, fragte sie wie immer ganz direkt.

»Ich wohne hier!«, platzte es aus Lizzy heraus, was Emma zu überraschen schien.

»Lizzy hatte ein paar Probleme mit ihrer letzten WG, und da hat sie übergangsweise bei mir gewohnt.«

Lizzy spürte einen Stich, als Liam in der Vergangenheit sprach.

»Genau, ich habe die offene Beziehung meiner Mitbewohnerin zu wörtlich genommen und mit ihrem Freund geknutscht. Das kam nicht so gut an.« Lizzy beobachtete Liam genau, während sie das sagte, und ärgerte sich im selben Moment über sich selbst. »Ich wollte mich gerade zurückziehen. Macht euch einen schönen Abend.«

Liam schwieg und strich sich durch seine Locken. Man sah ihm deutlich an, dass er heillos überfordert war.

Obwohl es ungerecht war, fühlte Lizzy sich von ihm hintergangen. Natürlich war es nicht seine Schuld, dass die Realität an die Tür geklopft hatte, und es ging auch nicht nur um Emma. In ihrem Leben gab es schließlich ebenfalls einen anderen Mann, an den sie bisher nicht einmal gedacht hatte.

Was das zu bedeuten hatte, darüber wollte sie im Augenblick lieber nicht genauer nachdenken. Ihr einziges Ziel war es, von den beiden hier fortzukommen.

Liams Worte rissen sie aus ihren Überlegungen. »Vielleicht gehen wir lieber zu dir, Emma.«

»Nein, bleibt doch. Ich gehe sowieso gleich zu Tom, sobald sein Geschäftsessen vorbei ist«, flunkerte Lizzy und vermied es, Liam anzusehen.

Als sie Sekunden später ihre Zimmertür hinter sich schloss, atmete sie tief ein und erst wieder aus, als sie die Wohnungstür zufallen hörte. Plötzlich fühlte sie sich sehr allein. Natürlich war es nur ein Vorwand gewesen, dass sie noch zu Tom wollte. In Wahrheit wäre sie überall hingegangen, nur nicht zu ihm. Denn alles, woran Lizzy im Augenblick denken konnte, waren Liams Lippen auf ihren und seine Hände auf ihrer Haut. Toms Zärtlichkeit war in dem Moment verblasst, als Lizzy und Liam diese Schwelle überschritten hatten.

Frustriert warf sie eins der knallbunten Zierkissen durch den Raum. Ein Teil von ihr konnte nicht fassen, was sie soeben mit Liam getan hatte. Der andere Teil hätte gern abgeklatscht und weitergemacht. Alles in ihr sehnte sich nach den Dingen, die Liams Lippen, Hände und sein ganzer Körper ihr versprochen hatten.

Lizzy ließ sich auf ihr Bett sinken und vergrub das Gesicht in den Kissen. Von weiter Ferne erklang eine Melodie, und ihr fiel ein, dass der Plattenspieler noch immer lief.

Da Liam nicht mehr da war, traute sie sich ins Wohnzimmer. Wütend stellte sie die Schallplatte aus und wusste plötzlich, dass sie an die frische Luft musste. Sie brauchte einen klaren Kopf, um das zu verdauen, was an diesem Abend geschehen war. Sie griff nach Liams Trainingsjacke und schlüpfte hinein. Unbewusst sog sie den Duft, der so vollkommen seiner war, in sich auf und schlüpfte in ihre Boots. Nur mit dem Schlüsselbund in der Hand verließ sie die Wohnung.

Es war dunkel, und natürlich regnete es. Lizzy fragte sich gerade, wer da vor ihrem Haus herumlungerte, als sie wie aus dem Nichts eine Erkenntnis traf. Sie hatte es wieder einmal versaut! So richtig. Diese Grenze mit Liam zu überschreiten würde einfach alles ändern. Sie hatte eine Freundin verletzt, eine junge Frau, die sie sehr mochte, und sie hatte einen richtig guten Freund verloren. Außerdem hatte sie einen netten Mann betrogen, der vielleicht nicht der Eine war, aber der ihr eine gute Chance geboten hatte. Sie hatte so viel zu verlieren und dennoch bereitwillig alles auf eine Karte gesetzt. Weswegen? Wegen einer unerwarteten Anziehung? Wegen einer Leidenschaft, die sie ohne Vorwarnung getroffen hatte? Ohne Zweifel, sie musste verrückt sein. Der andere Teil in ihr zuckte allerdings lässig mit den Schultern und dachte: Das war's wert.

Wie in Trance ging sie auf die Gestalt zu, deren Haltung und Gang ihr so vertraut waren. Sie blieb am Tor stehen und sah den einen Mann an, den sie hier als Allerletztes erwartet hätte.

14

»Dad?«, fragte Lizzy erstaunt.

»Hallo, Lizzy!«, sagte er mit unerwartet fester Stimme, und Lizzy starrte ihn an, als sei er eine Fata Morgana.

»Du bist es wirklich?«, wisperte sie erstickt und räusperte sich schließlich. »Was tust du hier?«

Die Art, wie ihr Vater den Blick abwandte, die Hände in die Jackentaschen schob und schwieg, machte Lizzy deutlich, dass etwas Schreckliches geschehen sein musste. Er hatte den langen Weg nach London doch nicht etwa auf sich genommen, um ihren lächerlichen Streit beizulegen, oder? Nein, ihr Vater war schrecklich stolz und würde niemals klein beigegeben, sosehr er sie vielleicht auch liebte. Warum war er also hier?

»Was ist passiert?«, fragte sie herausfordernd.

»Darf ich nicht einfach so meine Tochter besuchen?«

»Das ist unmöglich der einzige Grund, weswegen du hier bist. Ich möchte wissen, was los ist!«, drängte Lizzy unnachgiebig. Sie beobachtete, wie er niedergeschlagen die Schultern hängen ließ. Sie hatten im Moment mehr gemeinsam, als ihnen beiden lieb war.

»Können wir bitte hineingehen?«, bat Richard, doch Lizzy schüttelte den Kopf. So war sie eben: eigensinnig und stur.

»Nein. Ich muss es jetzt wissen. Jetzt sofort. Was ist passiert?«

»Es geht um Mum«, sagte er leise, und Lizzy schüttelte panisch den Kopf. »Nein, Lizzy. Es ist nicht, was du denkst«, beruhigte er sie eilig.

»Was ist es dann?«

»Bitte lass uns hineingehen, und ich erkläre dir alles in Ruhe.«

Endlich gab sie sich geschlagen, und sie öffnete mit einem Ruck das Tor, um ihn einzulassen. Sie schloss die Eingangstür auf, stieg vor ihm die Treppe zu Liams Wohnung hinauf und ließ ihren Vater schließlich eintreten.

Richard schaute sich in der Wohnung um, zog seine Jacke aus und legte diese über die Lehne des Sessels. Dann nahm er auf dem Sofa Platz, deutete auf den Sessel ihm gegenüber und brach das lange Schweigen: »Setz dich lieber.«

»Ich bleibe genau hier in der Mitte des Zimmers stehen«, erwiderte Lizzy trotzig und verschränkte die Arme vor der Brust, so, als könnte sie sich irgendwie davor wappnen, was ihr Dad ihr gleich eröffnen würde. »Sag es endlich!«, forderte sie dann barsch.

Resigniert stützte er seine Ellenbogen auf seine Knie ab und sah plötzlich um Jahre gealtert aus. »Deine Mum ist schwer krank.«

Lizzy sah ihn erst nur an, aber sie hielt sich nicht mehr so aufrecht. Sie wusste plötzlich, dass ihre Abwehrhaltung sie nicht vor dem Schmerz schützen konnte, der sie mit voller Wucht niederzudrücken begann. Sie ging zu dem Sessel, nahm langsam Platz und knetete ihre Hände, so wie sie es immer tat, wenn sie nervös war. »Was ist es?«, hauchte sie.

»Brustkrebs.«

»Wie bei Oma Maggi?« Ihr Vater nickte langsam. »Das heißt, Mum ...« Lizzy brach ab, und ihre Augen füllten sich mit Tränen, während die ganze Tragweite dessen, was ihr Vater gesagt hatte, in ihr Bewusstsein sickerte. »Mum ... wird sterben?«

Plötzlich war Lizzy nicht mehr die starke, toughe und selbstständige Frau, die darauf bestand, ernst genommen zu werden, sondern das kleine Mädchen, das nicht verstand, warum sein Hase Schnuffel nicht mehr wach werden wollte. »Nein, mein Engel, es gibt viel, was wir tun können. Sogar sehr viel.«

»Aber wenn du sagst, es ist wie bei Oma Maggi ... sie ist daran gestorben ... Ich erinnere mich noch genau an den Sarg, in dem sie lag, und daran, wie schlimm Mum geweint hat«, sprudelte es plötzlich aus Lizzy heraus, während eine Träne nach der anderen über ihre Wange rollte.

Ihr Dad machte Anstalten, sie zu umarmen, doch Lizzy wich, so weit es in ihrem Sessel ging, zurück. Nicht aus Boshaftigkeit oder wegen ihres Streits, sondern weil sie einen Moment brauchte, um zu begreifen. Er ging vor ihr auf die Knie und legte beide Hände auf ihre. »Seit der Krankheit deiner Oma sind viele Jahre vergangen. Man weiß mittlerweile sehr viel mehr darüber und hat viele Behandlungsmethoden gefunden. Deine Mum wird kämpfen, und weißt du auch, warum sie diesen Kampf gewinnen wird?« Lizzy schüttelte den Kopf. »Weil sie etwas hat, wofür es sich zu kämpfen lohnt. Dich, Nic und Josslin! Uns! Ihre Familie! Deswegen bin ich hier, um dich nach Hause zu bringen. Ich weiß, wir hatten einen schrecklichen Streit, und ich habe viele dumme Dinge gesagt. Aber das ist alles unwichtig. Ich bitte dich nur, mit nach Bodwin zu fahren. Nicht für immer, nur für jetzt.«

Lizzy nickte. »Ist schon gut, Dad. Egal, wie sehr du meinen Berufsweg auch ablehnst, nichts auf der Welt könnte mich davon abhalten, nach Hause zu kommen.«

»Ich weiß, du kannst London nicht von heute auf morgen verlassen, aber es wäre schön ...«

»Ich werde alles regeln, und dann nehme ich morgen den Zug.« Sie dachte an Mrs Grayson, an ihren Job und tatsächlich auch an Tom. Am meisten dachte sie jedoch an Liam. Sie blickte zu dem Tisch hinüber, auf dem sie sich eben beinahe geliebt hatten. Plötzlich wünschte sie sich nichts sehnlicher, als in Liams Arme zu sinken. Sie wollte ihn anrufen und ihn bitten, zu ihr zurückzukommen.

Doch dazu hatte sie kein Recht mehr. Dieser Abend hatte alles verändert. Er war ihr die größte Stütze gewesen, seit sie nach London gekommen war. Er hatte sie buchstäblich hierhergefahren!

Lizzy dachte an diese Fahrt zurück und lächelte. An jenem Tag hatten sie begonnen, sich gegenseitig wahnsinnig zu machen. Sie erinnerte sich genau daran, wie sie ihn mit seinem Musikgeschmack aufgezogen und er sie später beim Playstationspiel in Nics und Mias Loft fertiggemacht hatte. Ihren ersten Abend in London hatte sie mit ihm, Mia und Nic verbracht, und es war der schönste seit langer Zeit gewesen.

»Woran denkst du?«, fragte Richard und holte sie in die Realität zurück.

»An eine Zeit, in der noch alles in Ordnung war«, antwortete sie leise und fragte dann, um vom Thema abzulenken: »Wie lange weiß Mum es schon?«

Und dann erzählte Richard ihr alles. Lynn hatte die Krankheit lange auch vor ihm verheimlicht, vor allem, als es nur ein bloßer Verdacht gewesen war. Er hatte zwar gespürt, dass sie viel ruhiger geworden war, aber er hätte niemals an so etwas gedacht. Lynn hatte es Sophie kurz nach der Diagnose erzählt, und es war ihrem Drängen zu verdanken, dass sie sich schließlich Richard anvertraut hatte. Er hatte sie ins Krankenhaus begleitet, als eine Biopsie anstand, und dann hatten sie fast zehn Tage auf das Ergebnis warten müssen. Am heutigen Morgen hatte Lynns Onkologe ihnen die Testauswertungen mitgeteilt, und die bloße Ahnung war zur schrecklichen Gewissheit geworden.

»Weiß Nic schon Bescheid?«, fragte Lizzy, als ihr Vater mit seinen Ausführungen geendet hatte und sich müde über die Augen rieb.

»Nein, zuerst war er so fertig wegen Mia, und dann war er die letzten Tage so auf Wolke sieben mit seiner kleinen Familie, dass Lynn es mir ausgeredet hat. Wir haben ja selbst erst seit heute Morgen die offizielle Bestätigung, um welchen Krebs es sich handelt und welche Optionen wir haben. Deine Mum wollte all das genau wissen, bevor sie auch nur ein Wort darüber euch gegenüber verliert.«

»Sag mir, Dad, und sei bitte ehrlich, wie schlimm ist es?«

Richard seufzte und setzte sich wieder aufs Sofa. »Der Krebs hat in die Lymphe gestreut. Das Problem dabei ist, dass das Lymphsystem durch den gesamten Körper verläuft. Man weiß nicht, ob sich schon Metastasen gebildet haben. Deswegen muss am besten sofort eine aggressive Chemotherapie gemacht werden sowie eine Bestrahlung.«

Lizzy nickte. »Und eine Operation?«

»Wird erst durchgeführt, wenn die Chemotherapie vorbei ist.«

»Habt ihr schon eine zweite Meinung eingeholt?«

»Noch nicht. Ich denke, darüber sprechen wir, sobald ich zurück in Bodwin bin.«

»Du fährst wieder?«, fragte Lizzy geschockt.

»Ich kann deine Mum nicht allein lassen.«

Dem hatte Lizzy nichts entgegenzusetzen. »Dann bist du den ganzen Weg hierhergefahren, nur um es mir zu sagen?«

»Das und um dich zurückzuholen. Ich wäre noch viel weiter gefahren, mein Mädchen«, murmelte er.

»Und wenn du ein paar Stunden schläfst …«

»Nein, ich fahre gleich wieder.«

»Und was ist mit Josslin und Nic? Und Celine und Mia? Wann sagt ihr es denen?«

»Sobald ich zu Hause bin.«

Lizzy schwirrten so viele Dinge im Kopf herum, und diese musste sie erst ordnen. Sie füllte Richard heißen Kaffee in einen Thermobecher und brachte ihn zur Wohnungstür. Dort ließ sie sich endlich von ihm in den Arm nehmen. Weniger, um getröstet zu werden – das vermochte niemand –, als vielmehr, um ihm Trost zu spenden.

Aus dem Fenster ihres Zimmers beobachtete Lizzy, wie ihr Dad über die Straße zu seinem Auto lief. Plötzlich wünschte sie sich, er hätte noch die Macht aus ihren Kindheitstagen. Die Kraft, alles in Ordnung zu bringen. Damals, als sie noch ein kleines Mädchen gewesen war, und eigentlich noch lange danach, hatte er für sie diese Stärke besessen. Er war ihr Held gewesen. Mittlerweile musste sie jedoch einsehen, dass das bloß eine Illusion gewesen war. Er war ebenso in dieser schrecklichen Welt, in der es um Leben und Tod ging, gefangen wie sie. Sie hatte die Ringe unter seinen Augen gesehen. Er hatte Tränen in den Augen gehabt und das, obwohl er sonst nie die Fassung verlor. Sie blickte den Rücklichtern seines Autos hinterher und spürte, wie sie die Stille in der Wohnung erneut zu verschlingen drohte.

Lange starrte sie nur aus dem Fenster. Irgendwann regte sich die Verzweiflung in ihr, und Lizzy wusste, wenn sie jetzt nichts tat, würde sie in ein tiefes Loch der Angst fallen. Diesem Gefühl durfte sie sich nicht hingeben!

Sie setzte sich auf ihr Bett, nahm das Handy und rief bei James an. Sie schilderte ihm die Situation und erklärte, dass sie sofort nach Hause fahren musste. Er hatte großes Verständnis und sogar noch tröstende Worte für sie übrig. Um Mrs Grayson im Krankenhaus anzurufen, war es zu spät. Lizzy würde, bevor sie morgen losfuhr, bei ihr vorbeischauen.

Dann starrte sie auf einen anderen Kontaktnamen auf ihrem Handy. Sie wusste, sie musste auch Tom informieren, aber wenn sie ihm sagte, was los war, würde er womöglich zu ihr kommen wollen. Leider war er der letzte Mensch, dem sie jetzt in die Augen sehen konnte.

Sie konnte sich unmöglich von ihm trösten lassen, wenn sich ihre Gedanken nur um Liam drehten. Allerdings brachte sie es auch nicht fertig, ihm die Wahrheit zu sagen. Dafür fehlte ihr im Moment die Kraft. Also schrieb sie mit knappen Worten eine SMS, dass sie nach Hause fahren und sich so schnell wie möglich melden würde. Den Gedanken an den Termin mit Dursley verdrängte sie so weit wie möglich. Das war jetzt nicht wichtig.

Beim Scrollen durchs Telefonbuch verharrte ihr Daumen über Liams Namen. Sie holte tief Luft und schloss die Augen. Egal, wie gern sie ihn jetzt um sich gehabt hätte, das war nicht in Ordnung. Sie konnte Emma nicht auch noch um den Abend mit ihm bringen.

Stattdessen rief sie Mia an.

»Ich habe gerade an dich gedacht, Lizzy«, begrüßte diese sie fröhlich.

»Ist Nic bei dir?«, fragte Lizzy ohne Umschweife. Sie würde ihre Tränen nicht mehr lange zurückhalten können.

Offenbar hörte oder spürte Mia das, denn sie sagte nur: »Warte!«, und Lizzy hörte, wie ihre Freundin aufstand und den Raum verließ. Sie liebte Mia genau dafür: Sie stellte keine Fragen, sondern war einfach da.

»Jetzt bin ich allein«, wisperte Mia dann und brachte damit den Damm in Lizzy zum Einstürzen. Sie schluchzte und weinte drauflos. Mia blieb bei ihr und hörte schweigend zu.

Nach ein paar Minuten beruhigte sich Lizzy etwas. »Danke, Mia!« Ihre Stimme drohte, gleich wieder zu brechen.

»Ich setz mich in den nächsten Zug oder bitte Nic, mich zu dir zu bringen«, entschied Mia unumwunden.

Lizzy musste bei der Entschlossenheit ihrer Freundin lächeln.

»Du kannst dir den Weg hierher sparen. Ich komme morgen zu euch.«

»Ich will aber nicht, dass du bis morgen alleine bist.«

»Ich muss ein bisschen mit mir allein sein. Du kennst mich doch.«

»Ist Liam da?«

Der Stich in Lizzys Eingeweiden kam unvermittelt, und ihr Herz blutete. Lautlos rang sie um Fassung, schniefte dann trotzdem, bevor sie es schaffte zu antworten: »Nein.«

»Hat dein Weinen etwas mit ihm zu tun?«, fragte Mia so unvermittelt, dass Lizzy abrupt damit aufhörte.

»Wie kommst du darauf?«

»Nur so ein Gefühl. Wirst du mir sagen, was los ist?«, hakte Mia bekümmert nach, und Lizzy schüttelte den Kopf, bis sie sich daran erinnerte, dass Mia sie nicht sehen konnte.

»Morgen!« Lizzy wusste, dass es Mia schwerfiel, nicht sofort etwas zu unternehmen.

»Du weißt, ich liebe dich«, sagte sie nun, und Lizzy weinte beinahe wieder los.

»Ich weiß, ich dich auch! Und ich weiß, dass du nicht zögern würdest, sofort ins Auto zu steigen. Aber ich bitte dich, es nicht zu tun.«

»In Ordnung.«

Dann legten sie auf. Lizzy schaltete überall das Licht aus und setzte sich auf das Sofa, um die Stille auf sich wirken zu lassen. Aus ihr unverständlichen Gründen war diese nach dem Gespräch mit Mia deutlich besser zu ertragen und beinahe willkommen. Genau wie die Dunkelheit, die sie umfing und zu umarmen schien.

* * *

Es war kurz nach Mitternacht, als Liam die Stufen zu seiner Haustür hinaufstieg. Er sah auf den Schlüssel in seiner Hand und zögerte, ihn zu benutzen. Es wäre ein Leichtes gewesen, mit Emma nach Hause zu gehen und die Nacht bei ihr zu verbringen. Allerdings hätte er unmöglich einen Fuß über ihre Türschwelle setzen können. Es war ihm ja schon beinahe unmöglich gewesen, ihr nach dem Pubbesuch einen Abschiedskuss zu geben. Emma hatte ziemlich verletzt gewirkt, als sie in ihr Taxi gestiegen war.

Zum einen ärgerte Liam sich unendlich darüber, dass er sein Vorhaben, eine wirkliche Beziehung zu beginnen, innerhalb kürzester Zeit versaut hatte. Was ihn aber viel stärker beschäftigte, war, dass er nur an Lizzy denken konnte. Wie war das nur möglich?

Die meiste Zeit, die er mit ihr zusammen war, wollte er sie anbrüllen und sie kräftig schütteln. Aber sie war seit ihrem Einzug in seine Wohnung auch eine wichtige Freundin für ihn geworden. Sie hatten zwangsläufig viel Zeit miteinander verbracht, und sie war eine ganz bemerkenswerte Frau. Das musste er jetzt einsehen. Und dieser Kuss und was danach beinahe geschehen wäre …

Ein kalter Windstoß ließ ihn frösteln, und Liam schloss die Tür eilig auf. Kurz vor seiner Wohnung haderte er noch einmal mit sich. Er hatte jedoch nicht vor, die gesamte Nacht im Hausflur zu verbringen, und irgendwie war es ihm wichtig, dass Lizzy wusste, dass er nicht bei Emma war. Er trat durch die Tür – und stand im Dunkeln. Liam betete, dass Lizzy in ihrem Bett lag und nicht zu Tom gefahren war. Als er die Tür zu ihrem Zimmer leise öffnete, fand er ihr Bett leer vor. Liam schlug seine Stirn leicht gegen den Türrahmen und schimpfte sich selbst einen Idioten.

Er wandte sich ab und stolperte über den Kater, der sich von hinten angeschlichen hatte. Während er lautstark fluchte, streifte er sich die Lederjacke ab und ging in die dunkle Küche, um sich aus dem Kühlschrank ein Bier zu holen. Hoffentlich würde der Alkohol seine Wirkung rasch erledigen, damit er wenigstens in einen komatösen Schlaf fiel. Kurz bevor er den Kühlschrank wieder schließen konnte, sah er aus den Augenwinkeln eine Gestalt auf dem Sofa sitzen. Reflexartig warf er die Tür zu und fuhr erschrocken herum. Erst dann erkannte er Lizzys Silhouette.

Sie war da!

Grenzenlose Erleichterung durchflutete Liam, aber nur für einen Moment. Denn eine leise Stimme wisperte ihm zu, dass etwas ganz und gar nicht in Ordnung war. Er konnte nicht sagen, woran er das festmachte. Er wusste nur einfach, dass es so war.

»Lizzy?«, sagte er und trat auf sie zu.

Endlich bewegte sie den Kopf in seine Richtung und sah ihn an. »Kannst du mich bitte halten?«, krächzte sie mit tränenerstickter Stimme.

»O Gott, Lizzy, was ist passiert?«

»Bitte, Liam. Halt mich einfach ganz fest!«

Sie stand auf, und er schlang ohne zu zögern die Arme um sie. Wie eine Ertrinkende klammerte sie sich an ihn. Unaufhörlich streichelte er über ihren Rücken und hielt sie so fest er nur konnte.

Nach einer Weile flüsterte er in ihr Haar: »Du machst mir Angst, Lizzy.«

»Ich hab auch schreckliche Angst.« Sie löste sich von ihm und sah ihn aus großen, sorgenvollen Augen an. »Meine Mum hat Krebs«, wisperte sie. Dann atmete sie tief aus. »Ich habe es gesagt! O Gott sei Dank, ich habe es endlich ausgesprochen!«

Liam umfing Lizzys Gesicht mit beiden Händen. »Was sagst du da?« Er war völlig geschockt. Lynn war krank? Lizzys Mutter war beinahe so etwas wie eine zweite Mum für ihn. Das konnte … Nein, das durfte nicht sein!

»Mein Dad war hier. Er hat mir alles erzählt. Sie hat Brustkrebs, und so weit ich es verstanden habe, sieht es nicht gut aus. Zumindest hat er in die Lymphe gestreut, was gefährlich ist, wenn ich mich recht an den Biounterricht der Oberstufe erinnere.«

»O mein Gott, Lizzy …«

»Ich weiß«, schluchzte sie leise und ließ sich wieder von ihm in die Arme ziehen. Nach einer Weile schien sie ruhiger zu werden, und sie murmelte an seinem Hals: »Ich fahre morgen nach Hause.«

»Ich auch«, antwortete Liam ebenso leise.

Lizzy löste sich verwundert von ihm und sah zu ihm hoch. »Du?«

Er nickte ernst. »Selbstverständlich! Ich lass dich doch nicht allein nach Hause fahren. Ich komme mit zu unserer Familie.«

»Und die Swores?«

»Müssen ohne mich klarkommen«, erwiderte er und streichelte mit seinem Daumen über Lizzys Wange.

»Ich bin so froh, dass du zurückgekommen bist«, sagte sie leise und ließ Liam nicht aus den Augen, während sie ihre Hände über seine Brust gleiten ließ.

»Natürlich bin ich das. Wo sollte ich sonst sein?« Die Worte waren heraus, ehe er sie zurückhalten konnte. Sie betrachteten einander, und Lizzy stand bloß ein Name ins Gesicht geschrieben: Emma.

Überfordert strich Liam durch sein Haar. Das Letzte, was er wollte, war, Lizzy anzulügen, deswegen fügte er eindringlich hinzu: »Es gibt keinen Ort, an dem ich lieber wäre, Lizzy.«

Ein trauriges Lächeln erschien auf ihren Zügen.

»Und warum bist du noch hier?«, wollte er nun wissen »Wegen deinem Vater?«

Sie schüttelte den Kopf. »Es gab keinen anderen Ort, an dem ich sein wollte«, murmelte sie, trat näher und schloss den letzten Abstand zwischen ihnen. Dann trafen sich ihre Lippen, erst zart und sanft, doch die Leidenschaft erwachte rasch von Neuem.

Liam umfing Lizzys Körper mit seinen starken Armen, und sie fuhr mit ihren Händen unter sein Shirt und schob es hoch.

Er hielt inne und sah sie an. »Bist du sicher? Ich meine, gerade nach –«

Sie legte ihre Fingerspitzen auf seinen Mund. »Nicht nachdenken. Ich kann heute Nacht nicht allein sein.«

Liam schaltete alle Gedanken aus und tat das, wonach er sich seit Langem sehnte. Er zog sein Shirt über den Kopf und sah angespannt zu, wie Lizzys Hände seinen Körper erforschten. Wenig später zeichnete sie mit ihrer Zunge einen Weg über seinen muskulösen Oberkörper, neckte verspielt seine Brustwarzen, knabberte und saugte an seiner Haut.

All diese Berührungen sendeten erregende Signale durch seinen Körper. Als ihre Finger zu seinem Jeansbund glitten, sog Liam scharf die Luft ein. Dann legte Lizzy eine Hand auf die Ausbuchtung seiner Jeans, und er hob sie schwungvoll hoch.

»In mein Bett, Miss Donahue – sofort!«

* * *

In seinem Zimmer angekommen, eroberte Liams Zunge erneut ihren Mund und sorgte für die Zerstreuung, um die sie ihn gebeten hatte. Allerdings wusste Lizzy es besser: Dies war mehr. Keine bloße Ablenkung von ihrem Kummer. Kein unverfänglicher Sex mit irgendeinem Typen. Das hier war echte Leidenschaft, wenn sie auch vollkommen unerwartet kam. Plötzlich trat Liam einen Schritt zurück, und sofort fühlte Lizzy sich seltsam leer und einsam, als hätte man ihr einen wichtigen Körperteil amputiert. Verwundert öffnete sie die Augen. »Was …«, setzte sie an und begegnete Liams dunklem Blick. Der Raum lag bis auf den Mondschein, der in einem Streifen auf sie fiel, in tiefen Schatten.

»Bitte zieh dich aus …« Er räusperte sich. »Ich will nichts von dir verpassen.«

Lizzys Herz machte einen Hüpfer. Sie ergriff ihr Shirt und ihr Unterhemd und zog beides mit einer einzigen fließenden Bewegung über den Kopf, sodass sie in ihrem knallroten Spitzen-BH und mit ihrem Nabelpiercing vor ihm stand. Obwohl sie sich eigentlich nicht zu den schüchternen Frauen zählte, sah sie zu Boden, als sie mit Daumen und Zeigefinger ihren Jeansknopf und den Reißverschluss öffnete. Aufreizend langsam schob sie ihre Hose von den Hüften und stieg aus dem nun am Boden liegenden Stoff. Gott sei Dank hatte sie am Morgen nicht auf den passenden Spitzenstring verzichtet.

Endlich brachte sie genügend Mut auf, um Liam anzusehen. Gefiel sie ihm? Oder hatte er mit so vielen vollbusigen Models geschlafen, um ihren Anblick als unspektakulär einzustufen? Konnte sie wenigstens ansatzweise mit deren Schönheit mithalten? Sie begegnete seinem dunklen, hungrigen Blick und beobachtete, wie sein Adamsapfel nervös hüpfte. »Nun sag doch etwas, Liam«, flüsterte sie erstickt.

Er schwieg beharrlich, schüttelte bloß den Kopf und bedeutete ihr, weiterzumachen. Lizzy seufzte, fand dieses Spielchen jedoch zu aufregend, um es abzubrechen. Geübt ergriff sie den Verschluss ihres BHs, öffnete ihn und ließ ihn über ihre Schultern die Arme hinabgleiten.

Liam sog scharf die Luft ein. Von seiner Reaktion ermutigt sowie erregt davon, welche Wirkung sie auf ihn hatte, streichelte sie über ihre Brust bis zu ihrem Slip hinab. »Willst du sehen, was sich hier verbirgt?«

Ein seltsamer, animalischer Laut, der fast wie ein Knurren klang, ertönte. Noch nie zuvor hatte Lizzy sich derart begehrt gefühlt.

Die Stimmung im Raum hatte sich mit ungewöhnlich großer sexueller Spannung aufgeladen, und Lizzy konnte kaum mehr erwarten, dass er die Distanz zu ihr überbrückte und sich endlich nahm, was er unverkennbar begehrte. Ohne den Blick von ihm zu lösen, ging sie langsam auf sein Bett zu, blieb dicht davor stehen und zog endlich das letzte Kleidungsstück aus, das sie trug. Nur ein schmaler Strich zierte ihre intimste Stelle. Aufreizend langsam ließ sie sich auf seinem Bett nieder, rollte sich auf die Seite und stützte ihren Kopf in ihre Hand. Sofern das überhaupt möglich war, verdunkelte sich Liams Blick noch weiter.

Doch ehe er mehr als einen Schritt auf sie zumachen konnte, hielt sie ihn mit einer Handbewegung auf.

»Jetzt bist du dran, Liam.« Sie lächelte über seinen verdatterten Gesichtsausdruck und genoss, dass er tatsächlich innehielt. Viel schneller, als sie es getan hatte, entledigte er sich seiner Jeans. Zum Vorschein kam eine enge schwarze Boxershorts, die Mühe hatte, sein geschwollenes Glied im Zaum zu halten. Lizzy schluckte bei dem Anblick. Langsam ließ sie ihren Blick über seine langen, muskulösen Beine gleiten, die in einem festen wohlgeformten Männerhintern endeten. Liams Schultern waren immer schon breiter gewesen als Nics, aber das angedeutete Sixpack hatte er nur durch viel körperliche Disziplin erworben. Noch anziehender wirkten aber seine Tattoos auf sie.

Liam war heiß. Heißer als jeder Typ, mit dem sie je geschlafen hatte. Wie es wohl sein würde, ihn in sich zu spüren? Plötzlich erfasste Lizzy eine Aufregung, die sie nur von früher kannte, kurz bevor sie ihre Unschuld verloren hatte. Auch Liam wirkte ungeduldig. Er sprang aus seinen Shorts, und zum Vorschein kam ein riesiger Schwanz, der Lizzys Mund trocken werden ließ. Ohne weiter zu zögern, legte er sich zu ihr, drehte sie mit seinem Körpergewicht auf den Rücken und stützte sich rechts und links von ihrem Kopf ab. Einen Moment lang betrachtete er sie mit einem fast unzähmbar wilden Ausdruck in den Augen. »Ich will dich – sofort!«, knurrte er, und Lizzy schlang ihre Arme um seinen Hals und zog ihn noch dichter an sich.

»Dann nimm mich«, flehte sie förmlich.

Sofort senkten sich seine Lippen auf ihre, während seine Hände jeden Zentimeter ihrer Haut liebkosten. Nach einer Weile – es hätten Sekunden oder Stunden sein können – löste er sich von ihr, legte sich neben sie und spreizte sanft ihre Beine. Er ließ sie keine Sekunde aus den Augen, als sein Zeige- und Mittelfinger tief in sie glitt. Lizzy stöhnte lustvoll auf und hob ihm ihre Hüfte entgegen, denn nun massierte sein Daumen gleichzeitig ihren G-Punkt.

Ihr entfuhr ein »Oh, Liam«, und sie war kurz davor, ihn um Eile anzuflehen.

Obwohl er vorhin den Anschein erweckt hatte, ungeduldig zu sein, nahm er sich jetzt ausgiebig Zeit, Lizzy nach Strich und Faden zu verwöhnen und ihren Höhepunkt hinauszuzögern. Er zog seine Hand zurück, beugte sich vor und ließ seine Zunge immer und immer wieder über ihre Brustwarze schnellen, jagte damit ein Prickeln durch ihren Körper, das ein tiefes ziehendes Gefühl in ihrem Unterleib auslöste. Alles spannte sich in ihr an, Lizzy warf ihren Kopf wild hin und her, und ihr Atem ging schneller, bis Liam endlich seine Finger erneut in sie einführte und die erlösenden Wellen eines unglaublichen Orgasmus über sie hinwegrollten.

Lizzy schrie laut auf und genoss jede Sekunde davon, doch die quälende Sehnsucht, die sich seit dem Kuss auf dem Tisch in ihr breitgemacht hatte, war noch nicht erfüllt. Sie wollte ihn tief in sich spüren, jetzt! Lizzy richtete sich auf und drückte Liam, der sie verwundert ansah, in die Kissen zurück. Dann kniete sie sich zwischen seine Beine, umfing seinen noch immer erigierten steifen Penis mit ihrer Hand und strich sanft auf und ab.

Sie hatte kaum begonnen, ihm Vergnügen zu bereiten, da hielt er sie auf. »O Gott, Lizzy!« Sie sah in sein Gesicht, das angestrengt wirkte. »Ich schwöre dir, ich halte es keine Sekunde länger aus.«

Es dauerte ein, zwei Sekunden, ehe sie begriff, dann lächelte sie verzückt und nickte. Mit einem animalischen Laut rollte Liam sie auf den Rücken und begrub sie unter sich. Er tastete in seiner Nachttischschublade herum und hielt anschließend triumphierend ein Kondom vor ihre Nase. Kurz stützte er sich auf und rollte es über. Für einen Moment hielt er inne und sah ihr wieder tief in die Augen. »Bist du dir auch ganz sicher?«

Zärtlich streichelte sie über sein Gesicht und ließ ihre Finger in sein Haar gleiten. Es war tatsächlich so weich, wie sie vermutet hatte. »Ich war mir nie sicherer«, beteuerte sie. Ein trauriges Lächeln schlich sich auf seine Züge, als hätte er Zweifel an dieser Aussage. »Liam, ich bin genau da, wo ich seit einer Weile sein möchte!«

Dieser Satz schien ihn zu beruhigen. Er schloss die Augen, legte sich auf sie und glitt mit einer fließenden Bewegung in sie hinein. Lizzy stöhnte vor Lust auf. Liam dehnte und weitete sie auf eine wahnsinnig intensive Art.

Als seine Bewegungen schneller wurden, schloss auch sie die Augen. Und gab sich einer Nacht voller Leidenschaft hin. So lange, bis sie eng ineinander verschlungen einschliefen.

15

»Wer war das?«, fragte Nic, der auf Zehenspitzen aus ihrem gemeinsamen Zimmer schlich, in dem Josh endlich eingeschlafen war, und nun auf Mia zutrat.

Sie blickte nachdenklich auf ihr Telefon.

»Deine Schwester«, antwortete sie und hob den Kopf.

»Du siehst aus, als hättest du einen Geist gesehen.«

»Wohl eher gehört.« Irgendwas sagte Mia, dass Lizzy nicht wollte, dass Nic von ihrem Kummer erfuhr. Sie war jedoch selbst zu verunsichert, als dass sie es für sich hätte behalten können. »Ich habe sie noch nie so verzweifelt gehört«, gab sie zu und blickte ihn besorgt an. »Ich habe ihr zwar versprochen, nicht sofort zu ihr zu kommen, aber –«

»Du willst nach London fahren?«, unterbrach er sie alarmiert.

Mia nickte.

»Dann komm ich mit.«

Sie schüttelte den Kopf. »Was ist mit Josh?«

»Deine Mum kümmert sich um ihn«, entgegnete Nic und legte einen Arm um sie. »Ich lass dich doch nicht mitten in der Nacht allein diese weite Strecke fahren.«

Mia zögerte. Sie wusste, dass sie Lizzy eigentlich vertrauen musste. Dennoch ... »Ich will nicht, dass sie allein ist.«

»Hat sie gesagt, worum es geht?«

»Eben nicht.«

»Nun sieh mal, Honey. Lizzy ist doch nicht allein. Liam ist bei ihr. Ich bin sicher, was immer es ist, er ist für sie da.«

»Weißt du, Lizzy hat so viel für mich getan und geopfert. Damals, als du und ich ...« Mia brach ab.

Nic verzog das Gesicht schmerzhaft und beendete ihren Satz: »… als ich dich verlassen habe.«

Mia nickte und legte eine Hand auf seine. »Ich möchte nur eine ebenso gute Freundin für sie sein.«

Er umfing ihre Hand und hielt sie fest. »Das bist du doch.«

»Seit Josh auf der Welt ist, habe ich das Gefühl, dass sich alles nur um ihn dreht und ich Lizzy aus den Augen verliere.«

Nic sah Mia an und nickte.

»Das ist auch ein bisschen so.« Als sie bestürzt die Luft einzog, fuhr er eilig fort: »Aber Emilia, das ist auch richtig so. Du bist Mama, und es gibt nichts Wichtigeres als diesen kleinen Mann dort in diesem Zimmer. Das heißt aber nicht, dass du plötzlich eine schlechte Freundin bist. Das heißt nur, dass die Dinge sich verändern. Lizzy weiß das. Sie ist ziemlich klug … viel klüger, als ich es im Übrigen bin. Deswegen hat sie dich auch nie verlassen. Sie wird dir sagen, wenn du unabkömmlich bist. Lass ihr die Zeit bis morgen, wenn sie es so möchte.«

»Ich habe nur so ein seltsames Gefühl …«, sagte sie zögerlich, und Nic grinste.

»Früher wärst du für deine Weissagungen bestimmt als Hexe verbrannt worden.«

Mia knuffte ihn liebevoll in die Seite und ließ sich von ihm wieder in den Arm nehmen. »Hätte ich eine solche Gabe, hätte ich Anabelle sicher durchschaut«, sagte sie. Als sie sah, wie Nics Grinsen erstarb, löste sie sich von ihm und fuhr, sehr ernst nun, fort: »Du wirst dich damit auseinandersetzen müssen, Nic. Ich werde zu ihr fahren.«

Er seufzte. »Ich werde dich nicht davon abhalten, auch wenn ich es nicht gut finde, Mia. Bitte erklär mir noch einmal, warum.«

»Ich muss einfach mit eigenen Augen sehen, dass sie nur ein verrückter Mensch unter ganz vielen guten ist. Ich muss wissen, dass mir so etwas nie wieder passieren wird.«

»Dir reicht die Aussage eines anerkannten Psychologen nicht?«, hakte er nach.

»Du verstehst das nicht. Sie hat eine ganze Weile zu meinen Freundinnen gezählt. Ich habe Fragen an sie. Hat sie mich und Lizzy nur ausgewählt, um an dich heranzukommen? Oder war es Zufall? Hat sie alles von langer Hand geplant, oder hat sie aus einem Impuls heraus gehandelt? Du hast sie nur flüchtig gekannt, aber ich habe gedacht, sie sei meine Freundin. Ich muss wissen, dass sie mir, Josh und dir so etwas nie wieder antun kann.«

Nic seufzte erneut, dann nickte er langsam. »Ich akzeptiere, dass es für dich sehr wichtig ist, aber ich lass dich nicht allein hinfahren.«

»Du kannst nicht mitkommen«, sagte Mia kleinlaut.

Nic sah sie erbost an. »Was soll das heißen?«

»Ich muss das alleine tun. Zuerst einmal wäre Anabelle voll auf dich fixiert, wenn du mitkommst. Zum anderen möchte ich nicht, dass du handgreiflich wirst. Ich werde es alleine machen.«

»Vergiss es, Emilia! Ich lass dich nicht allein zu der Irren. Das kommt nicht infrage! Kannst du dir abschminken. Und wenn ich dich anketten muss –«

»Es ist für dich immer noch schlimm, mich nicht davor bewahrt zu haben, richtig?«, unterbrach sie ihn leise, und Nic sah sie betroffen an.

»Ich weiß nicht, was du meinst!«

An der Art, wie er das sagte, wusste Mia, dass er sich und ihr etwas vormachte. Ob nun bewusst oder unbewusst, das konnte sie nicht feststellen. Sie sah ihn fest an. »Mein Therapeut hat das gesagt. Für einen Mann ist es das Schlimmste, seine Frau nicht beschützen zu können.«

Nic schnaubte und lief im Flur auf und ab. »Natürlich ist es das! Sie wollte dich umbringen. Dich und Josh«, erinnerte er sie.

»Ich verstehe das, Nic. Aber du musst wissen, dass nicht du Anabelle in mein Leben gebracht hast. Es war nicht deine Schuld. Sie war kein irrer Fan oder so. Sie war meine Freundin. Ich habe sie sogar zu diesem verdammten Auftritt eingeladen. Du trägst nicht die Verantwortung für alles, was in unserem Leben schiefläuft.«

»In dem Fall aber schon! Ich habe gewusst, dass da draußen jemand rumläuft, der dir was antun will. Und trotzdem war ich bereit, das Risiko einzugehen. Ich wusste, dass es eine Provokation für diese Person sein könnte, wenn ich dich mit zu mir nehme. Deswegen hatte ich mich doch nur Wochen vorher von dir getrennt. Hast du das schon vergessen? Das war das Schwerste, was ich je getan habe. Aber dann …«

»… war ich schwanger«, beendete Mia seinen Satz.

»Ja! Ich wollte schon vor der Schwangerschaft nur dich, und es hat mich fast alles gekostet, mich von dir fernzuhalten. Doch als ich erfuhr, dass wir ein Baby bekommen, war es unmöglich. Nichts hätte mich davon abhalten können, bei euch zu sein.«

»Genau so sollte es schon immer sein, Nic«, sagte Mia und trat auf ihn zu. Sie zwang ihn, sie anzusehen, indem sie sein Gesicht in ihre Hände nahm. Seine versteinerte Miene wurde weicher. »Wir sind füreinander bestimmt. Schon immer. Ich weiß es ganz genau. Nur deshalb habe ich mich gegen Anabelle wehren können, und nur deshalb stehen wir jetzt hier. Egal, was auch immer geschehen wird, Nic, ich gehöre zu dir, und solange wir zusammen sind, wird alles gut.« Nic küsste sie stürmisch. »Ich werde trotzdem zu ihr fahren«, sagte sie lächelnd, als sie sich für einen Moment von ihm löste.

Nic brummte zustimmend, küsste sie erneut und begann, ihre Bluse aufzuknöpfen. Ohne die Lippen von seinen zu lösen, zog sie ihn in das Gästezimmer, in dem Nic und sie untergebracht waren.

»Und du wirst nicht mitkommen«, flüsterte sie, als sie gemeinsam auf das Bett fielen.

»Aber nur, wenn du mir endlich hilfst, dir diese Bluse auszuziehen.«

Mia kicherte über seine Ungeduld und fand sich plötzlich in einem Strudel aus purer Leidenschaft wieder.

* * *

Ein lauter Donnerhall riss Lizzy aus einem wirren Traum. Vor dem Fenster tobte ein Gewitter. Im Zimmer war es warm, und das Morgenlicht erhellte ein Zimmer, das nicht ihres war. Ein Arm lag über ihrer Taille.

Sie betrachtete die große Hand mit den ausgesprochen feingliedrigen und doch kräftigen Fingern. Ein breiter Metallring zierte den Mittelfinger, und Lizzy berührte ihn sanft. Die Bilder der vergangenen Nacht durchfluteten sie. Mit der Erinnerung kamen widerstreitende Gefühle: Als Allererstes fühlte sie sich sehr verwirrt. Als Nächstes schuldbewusst, weil sie Tom hintergangen hatte. Doch dann spürte sie das sanfte Flattern in ihrem Magen und wusste, dass die Schmetterlinge den Sturz von gestern Abend überstanden hatten. Liam atmete leise in ihr Haar, was Lizzy kitzelte. Sie wandte sich ihm zu und studierte sein Gesicht lange und ausgiebig.

Als es draußen erneut donnerte, zuckte sie zusammen. Liam sah sie schlaftrunken an. Seinem Gesichtsausdruck nach zu urteilen brauchte er ebenfalls einen Moment, um die gestrige Nacht zu rekonstruieren.

»Sag doch was«, bat Lizzy leise, und Liam holte tief Luft.

»Wie spät ist es?«, fragte er, zog seinen Arm zurück und richtete sich auf.

»Das ist alles?«

»Ich dachte, du wolltest früh los?«

Lizzy konnte ihre Enttäuschung nur schwer verbergen. »Ich meine wegen letzter Nacht …«

Liam hielt inne. »Hör zu, Lizzy, ich bin mindestens ebenso baff wie du. Lassen wir das Erörtern dieser Nacht vielleicht erst mal. Es gibt Wichtigeres, oder?«

Da hatte er nicht ganz unrecht, und die harte Realität über den Krebs ihrer Mum traf Lizzy mit voller Wucht.

»Was hältst du von Kaffee?«, fragte er etwas sanfter.

Lizzy nickte bedrückt und setzte sich ebenfalls auf. Dabei zog sie die Bettdecke über ihre nackte Brust. Doch Liam sah gar nicht zu ihr hin, er stand bereits neben dem Bett und schlüpfte in seine Hosen. Ohne sich noch einmal zu ihr umzudrehen, floh er aus dem Zimmer. Kurz darauf war in der Küche ein Krachen und ein Fluchen zu hören.

Lizzy sprang auf und schlüpfte in ihren Slip und dann in eins von Liams herumliegenden T-Shirts.

»Was ist denn jetzt wieder passiert?«, fragte sie, als sie ins Wohnzimmer trat und Liam auf dem Boden sitzend fand.

»Was denkst du? Ich bin über Pebbles gestolpert und habe beim Versuch, mich festzuhalten, diesen vermaledeiten Blumenkübel umgestoßen und den Dreck auf dem Boden verteilt.« Er stand auf und brummte »Was für ein Start in den Morgen …« vor sich hin, während er sich nach der Erde bückte.

Lizzy konnte ein Grinsen nicht unterdrücken. »Mach du den Kaffee. Ich kümmere mich um deine Schweinerei.«

An Liams Mundwinkeln zupfte ebenfalls ein Lächeln, dann sah er sie ganz seltsam an. »Irgendwie kann ich dem Urzeittier kaum noch böse sein … Du färbst auf mich ab.«

War das nun gut oder nicht, fragte sich Lizzy.

Sechs Stunden später befanden sie sich nach einem Besuch im Krankenhaus und ein paar Kaffeepausen nur ein paar Meilen vor Bodwin, und Lizzy wusste nicht, ob sie bedrückt war oder sich freute. Es war eine wilde Mischung aus sämtlichen Gefühlen, und sie ahnte, dass diese Gefühlsachterbahn noch lange nicht vorüber war.

Tom hatte vor einer Stunde angerufen, und Lizzy hatte ihn weggedrückt. Zum einen kamen bei dem bloßen Gedanken an ihn Gewissensbisse in ihr hoch, zum anderen wusste sie nicht, was sie ihm sagen sollte, während Liam neben ihr saß. Sie hatten beide den gesamten Morgen peinlich darauf geachtet, keinen Körperkontakt zu haben, und größtenteils Small Talk betrieben.

Mrs Grayson hatte bei ihrem Besuch im Krankenhaus großes Verständnis für ihre kurzfristige Abreise gezeigt, und sie war auch damit einverstanden, dass Charles in dieser Zeit in ihrer Wohnung von Mr Gates gefüttert wurde. Lizzy wollte dem alten Kater nicht noch eine Veränderung zumuten, und Mr Gates hatte auf Lizzys Nachfrage hin seine Hilfe gerne angeboten.

Der Abschied von Mrs Grayson war Lizzy überraschend schwergefallen. Die alte Lady war ihr inzwischen ans Herz gewachsen, und Lizzy hatte ein seltsames Gefühl, als sie beim Hinausgehen aus dem Krankenzimmer ein letztes Mal zurückgeblickt hatte.

Sie hatte auch jetzt noch das blasse Gesicht ihrer neuen Freundin vor Augen und nahm sich fest vor, sie jeden Tag anzurufen.

* * *

Lizzy war so tief in ihren Gedanken versunken, dass sie nicht bemerkte, dass Liam sie immer wieder von der Seite ansah. Er war nervös, zugleich musste er sie einfach ansehen und ihre natürliche Schönheit bewundern. Das war ihm nie vorher so aufgefallen. Am Morgen hatte Lizzy ihre frisch gewaschenen Haare zu einem Zopf geflochten und ihn über die Schulter geworfen. Die pinken Strähnen waren mittlerweile so verblasst, dass sie eher rosa wirkten.

Lizzy war wie er selbst immer etwas rebellisch gewesen. In dieser Hinsicht hatten sie etwas gemeinsam. Liam lebte diese Rebellion in der Regel mit verschiedenen Tätowierungen aus, während Lizzy ihre Haare immer anders getragen hatte. In ihrer Teenagerzeit hatte sie ihre Eltern auf die Palme gebracht, weil ihre Haare einmal viele Wochen lang blau gewesen waren, daran erinnerte er sich noch genau. Ihr Nasenpiercing und ihr kleines Tattoo, das er seit dieser Nacht ziemlich genau kannte, waren weitere Anzeichen dafür, dass sie in keine Schublade passen wollte.

Das gefiel ihm. Doch die Erinnerung an ihre gemeinsame Nacht brachte ihn dazu, sich abrupt von Lizzy abzuwenden und starr nach vorne auf die Straße zu sehen. Er wusste nicht, wie ihm eigentlich geschah. War das – diese Leidenschaft zwischen ihnen, die Verbundenheit – etwas, was zwei Menschen automatisch passierte, wenn sie so eng zusammenlebten? Konnte es nicht eine Freundschaft zwischen Mann und Frau geben ohne irgendwelche sexuellen Verstrickungen?

Bei Mia und Nic war das etwas anderes gewesen. Sie hatten offensichtlich zusammengehört, sodass Liam sich bis heute fragte, warum sie dafür so lange gebraucht hatten. Doch Lizzy und er – das war schlicht und ergreifend verrückt! Sie waren wie Hund und Katz, wie der Mond und die Sonne, wie der Regen und das Meer ... Und doch hatte ihn gestern nichts davon abgehalten, in seine Wohnung zurückzukehren und bewusst diesen Schritt zu gehen. Er hatte gewusst, was passieren würde, oder es zumindest gehofft. Jetzt saß er neben ihr, und sie fuhren an den Ort, in dem sie gemeinsam aufgewachsen waren.

Natürlich freute er sich darauf, seine Familie zu sehen. Lynns Krankheit hatte Lizzys Gefühlslage total durcheinandergebracht, und auch er war deswegen traurig.

Nicht zum ersten Mal während der langen Fahrt fragte sich Liam, ob das der einzige Grund für ihre gemeinsame Nacht gewesen war? Wäre es auch geschehen, wenn Richard gestern Abend nicht da gewesen wäre? Bei dem Gedanken an die weiche Haut an der Innenseite ihrer Schenkel, die er ausgiebig liebkost hatte, schlug sein Herz schneller, und immer wieder blickte er auf Lizzys Beine im Fußraum neben ihm. Ohne Schwierigkeiten hätte er sie berühren können. Er war jedoch so durcheinander, dass er es nicht wagte.

Sie fuhren am Ortseingangsschild von Bodwin vorbei, und Liam spürte den Moment genau, als Lizzy erkannte, wie nah sie ihrem Elternhaus waren. Er lenkte den Wagen nach links und hielt auf dem Gras am Randstreifen. Es war so feucht in Bodwin, dass der Nebel immer noch über den Feldern und benachbarten Tälern hing, über die sie von diesem erhöhten Punkt aus einen guten Blick hatten.

Lizzy sah ihn überrascht an. »Warum hältst du an? Wir sind fast da.«

»Ich dachte, du brauchst vielleicht noch einen Augenblick«, sagte er, ließ das Fenster herunter und stützte seinen Ellenbogen darauf ab. Die kühle Luft drang ins Wageninnere, und Lizzys Augen huschten zu ihm, dann sah sie auf ihre Füße.

Nur wenige Sekunden später beugte sie den Kopf zwischen ihre Knie. »Ich weiß nicht, ob ich das schaffe. Was ist, wenn ich heule? Ich heule bestimmt direkt los, und dann? Meine Mum wird niemanden um sich wollen, der ständig weinen muss. Sie braucht Unterstützung und Kraft. Was ist, wenn ihre Angst, dass sie vielleicht stirbt, mich überwältigt? Was ist, wenn sie mich nicht dahaben will? Wie werden Nic und Josslin damit umgehen? Wie soll ich damit umgeh…?«

»Schhhht«, unterbrach Liam ihren immer schneller gewordenen Redeschwall und nahm ihre nervös knetenden Hände und verschränkte sie mit seinen. Sie richtete sich wieder auf und sah schrecklich hilflos aus. Er spürte, wie sie am ganzen Körper bebte, und hätte ihr gern einen großen Teil ihrer Angst abgenommen.

»Du bist die absolut stärkste Person, die ich kenne, Lizzy. Du wirst wissen, was zu tun ist, wenn du deine Mum siehst. Du bist impulsiv – eine Eigenschaft, mit der ich dich regelmäßig aufgezogen habe –, aber du weißt instinktiv immer, was zu tun ist. Du entscheidest aus dem Bauch heraus. Das ist gut. Deine Mum braucht ihre Familie um sich. Sie braucht Liebe. Das ist erst mal alles, und glaub mir: Du schaffst das!«

Lizzy wurde etwas ruhiger und nickte zögerlich.

»Und ich verspreche, wenn du wie ein Baby weinen musst, bin ich da«, fügte Liam hinzu.

»Bist du sicher?«, fragte Lizzy, und ein zaghaftes Lächeln huschte über ihr Gesicht. »Du weißt, welche Körperflüssigkeiten da entstehen? Ich meine, denk nur an Josh …«

»Ich bin da, Lizzy. Versprochen!« Er drückte ihre Hände und legte seine dann wieder aufs Lenkrad. »Bereit?«

Er startete den Wagen und fuhr die letzten hundert Meter.

* * *

Lizzy blickte auf ihr Zuhause. Es sah alles noch genauso aus wie vor wenigen Monaten, als sie zuletzt zu Besuch war. Sie stieg zögernd aus und schaute zwischen dem Kennedy-Haus und ihrem hin und her. Sie hatte sich vor diesem Moment gefürchtet und sich zugleich darauf gefreut.

Es war ein Freitagmittag, und das Auto ihres Vaters stand nicht in der Einfahrt, was für gewöhnlich bedeutete, dass er nicht da war. Lizzy wusste nicht, ob das gut oder schlecht war.

Sie sah zu Liam, der gerade den Kofferraum öffnete und ihre beiden Taschen herausholte.

»Soll ich mitkommen?«, fragte er fürsorglich, und Lizzy war geneigt anzunehmen.

Aber ihr Gefühl riet ihr davon ab. »Danke, aber ich muss das allein machen«, sagte sie entschlossen. Sie trat nah zu ihm und berührte seine Hand, nur einen winzigen Moment. Doch dieser Moment war so innig, viel inniger als jeder andere davor. Die Umgebung und jedes Geräusch verschwand, während sie in seine warmen Augen blickte, die eine so beruhigende Wirkung auf sie hatten. Sie nahm seinen Duft wahr und fühlte sich so wohl und so sicher wie schon lange nicht mehr. Dieser Augenblick hatte nichts mit der Leidenschaft und dem Prickeln zu tun, die sie gestern gespürt hatte. Hier ging es um Geborgenheit, ein Gefühl, das ihr bislang niemand in dieser Intensität vermitteln konnte. Sie wünschte, dieser Moment würde ewig währen.

Doch das war unmöglich. Ihr stand einiges bevor, vor dem selbst Liam sie nicht schützen konnte. Sie sah ihm in die Augen und lächelte dankbar. Dann trat sie zurück, nahm ihre Tasche und stieg die Stufen zur Haustür hinauf. Oben blieb sie stehen und überlegte verunsichert, ob sie klingeln oder einfach aufschließen sollte, als ihre Mutter auch schon öffnete.

»Hallo, Liebling«, begrüßte sie Lizzy lächelnd.

Lizzy sah Lynn an und stellte keine Veränderung fest. Was hatte sie erwartet? Dass der Krebs sofort einen Stempel auf ihrer Stirn hinterlassen hatte?

»Mum!«, sagte sie, ließ die Tasche fallen und stürzte in ihre Arme.

Dann tat sie das, was sie befürchtet hatte: Sie weinte hemmungslos, und es war ihre Mutter, die sie auffing und an sich drückte, als spürte sie genau dasselbe.

Es dauerte eine ganze Weile, bis Lizzy jede Träne verbraucht hatte, einen zusammenhängenden Satz bilden und ihre Tasche wieder aufheben konnte. Erst dann gingen sie zusammen in die Küche, und Lynn kochte Kakao mit ein paar Marshmallows.

»Warum hast du nicht eher was gesagt, Mum?«, fragte Lizzy.

Die beiden Frauen lümmelten mit ihren Tassen auf dem Sofa im Wohnzimmer, Lizzy lehnte an ihrer Mutter, und Lynn streichelte ihr liebevoll übers Haar.

»Mein Schatz, das ist eine schwierige Frage ...« Sie trank einen Schluck von ihrem Kakao und setzte dann zu einer Erklärung an. »Ich glaube, ich musste erst einmal selbst verstehen, was das bedeuten könnte. Aber ich wollte auch niemanden beunruhigen, bevor es nicht sicher bestätigt war.«

Lizzy nickte. »Ich hätte dir nur gern beigestanden.«

»Glaub mir, in Zukunft werde ich mich nicht gegen deinen Beistand wehren. Mein Onkologe sagt, ich brauche Hilfe. Jede Menge Hilfe.«

Lizzy sah sie geschockt an.

»Was ist?«, fragte Lynn irritiert.

»Es ist nur ... dieses Wort. Onkologe«, sagte Lizzy. »Ich kenne es nur aus *Grey's Anatomy* oder so ... Es hat mir bisher nie solche Angst gemacht wie jetzt.«

Lynn nickte, und Lizzy sah ihr an, dass sie sich ebenso fürchtete wie sie.

»Hast du Angst, Mum?«

»Ja, habe ich. Ich habe Angst vor der Chemo, davor, wie schlecht es mir gehen wird, und vor dem Sterben. Aber am meisten Angst hatte ich davor, wie meine Kinder damit umgehen.« Lizzy schüttelte ungläubig den Kopf und wollte etwas einwenden, aber Lynn redete schon weiter: »Eines Tages wirst du das verstehen, Lizzy. Wenn du selbst Mutter bist, dann gibt es mindestens einen Menschen auf der Welt, den du mehr liebst als dein eigenes Leben.«

Ihre Mutter schaute sie voller Liebe und mit Tränen in den Augen an.

»Ich habe Angst, dass du stirbst«, wisperte Lizzy.

»Ich weiß, Liebling, ich weiß. Und ich habe solche Angst, dass ich es muss ... Ich wünschte nur, dein Vater wäre so umsichtig gewesen und hätte es mir überlassen, dir alles zu sagen. Du warst bestimmt verzweifelt.«

Lizzy nickte. »Schon, aber Liam war da.« Bilder von ihr und Liam tauchten vor ihrem inneren Auge auf, und sie spürte, wie sie errötete. »Er war für mich da«, fügte sie leise hinzu.

Lynn betrachtete sie eingehend. »Da bin ich sehr froh. Ich habe heute Morgen einen ganzen Schwung Schokoladencroissants gemacht, da werde ich ihm gleich mal ein paar rüberbringen. Ich weiß doch, wie sehr er die mag.«

Lizzy nahm einen weiteren Schluck. »Warte, Mum. Wo ist Dad?«

Lynn winkte genervt ab. »Ich weiß nicht, vielleicht im Büro.«

»Ich hätte nicht gedacht, dass er heute arbeitet. Gestern wirkte er so, als würde er die ganze Zeit bei dir bleiben wollen.«

»Nun, er hat sich wohl umentschieden.« Lynns Miene verhärtete sich, was Lizzy misstrauisch stimmte.

»Ist bei euch alles in Ordnung?«, fragte sie und wusste, wie falsch sich die Frage anhörte.

»Ach, du kennst doch deinen Vater. Er glaubt, ständig alle Antworten zu kennen und jede Entscheidung allein treffen zu können.« Sie zog Lizzy vom Sofa hoch und lud in der Küche ein paar Croissants für die Kennedys auf einen Teller. Dann erklärte sie: »Komm, wir sagen es nun den anderen.«

* * *

Liam wartete, bis sich die Tür hinter Lizzy geschlossen hatte. Irgendetwas verursachte ein komisches Gefühl in seiner Magengegend. Noch ganz in Gedanken versunken wandte er sich seiner eigenen Haustür zu, die in diesem Moment mit Schwung aufging.

Im nächsten Augenblick stürmte Mia auf ihn zu, und ihr Gesichtsausdruck bewies, dass sie bereits Lunte gerochen hatte. Sogleich bestürmte sie ihn mit Fragen, was denn los sei und wo Lizzy stecke. Er zuckte mit den Achseln, schulterte seine Tasche und ging ihr entgegen. »Begrüßt du so deinen geliebten Bruder?«, neckte er sie, und Mia fiel ihm um den Hals, was Liam kurz aus dem Gleichgewicht brachte. »Hoppla!«, sagte er und grinste. »Mit dieser Wucht habe ich jetzt nicht gerechnet.«

Mia ließ ihn los, stemmte die Hände in die Hüften und sah ihn herausfordernd an. »Soll das etwa eine Anspielung auf meinen Babyspeck sein?«

»Würde mir nicht im Traum einfallen«, entgegnete er und hob unschuldig die Hände.

Mia schüttelte den Kopf und zog ihn mit ins Haus, wo schon seine Mutter und Großmutter warteten. Celine drückte ihren Sohn so fest an sich, als hätte sie ihn seit Monaten nicht gesehen. Als sie ihn auch nach einer Minute nicht loslassen wollte, schob Sophie ihre Schwiegertochter, die mit den Augen rollte, beiseite und zog ihn mit sich.

»Hallo, Bursche!«

»Granny!«, lachte er, als sie ihm die Reisetasche abnahm und ihn ins Wohnzimmer führte.

»Du kannst sicher einen Kaffee vertragen.«

»Aber ohne Schuss«, warnte er Sophie, die mit blitzenden Augen antwortete: »Was? Etwa zimperlich geworden, Mr Superstar?«

Liam schüttelte den Kopf.

»Will sie dir auch das Klischee eines Rockstars überstülpen?«, hörte er hinter sich die Stimme seines besten Kumpels.

Er drehte sich zu Nic um, der grinste und Baby Josh in seine Arme fliegen ließ.

»Hier, dein Kaffee ohne Schuss, du Waschlappen! Aus dir ist ja ein richtiger Softie geworden«, murrte Sophie und stellte, da Liam Josh im Arm hielt, den Becher auf dem Couchtisch ab.

Die beiden Freunde lachten, und Liam erklärte: »O nein, Sophie. Es ist noch gar nicht so lange her, da hat Nic meine Kloschüssel etwas näher kennengelernt, als ihm lieb war.«

Nic verzog angewidert das Gesicht. »Sprich nicht davon!«

Mia trat mit Celine ins Wohnzimmer, und Josh gluckste, als er seine Mutter sah.

»Ich will ja nur sagen, dass ihr ganz schön verweichlicht seid«, neckte Sophie die beiden jungen Männer weiter.

»Nun bring sie nicht wieder auf dumme Gedanken. Ich erinnere mich nur zu gut an einen Vorfall vor ein paar Jahren … Da hat ein Joint eine ausgesprochene Wirkung hinterlassen«, erinnerte Celine ihre Schwiegermutter, und Mia kicherte.

»Das war doch diese Geschichte, wo Liam ungeniert in den Pool der Nachbarn gestrullert hat.«

»In dem wir danach nie wieder geschwommen sind«, warf Nic ein.

»Und du hast dich eine geschlagene Stunde mit dem Busch neben der Terrasse unterhalten. Es war fließend Spanisch, wenn ich mich nicht täusche«, lachte Liam.

Mia wisperte Josh ein »Hör ihnen gar nicht zu, mein Süßer« zu und hielt ihm dann demonstrativ die Ohren zu.

»Ich erinnere mich vor allem an den Ärger in der Schule, weil ihr den Joint irgendeinem Mitschüler gestohlen hattet!«, erinnerte Celine.

Liam und Nic riefen einstimmig: »Arnold Johnson!«

»Hatte Lizzy nicht später was mit ihm?«, überlegte Mia laut.

»Was?« Liam sah seine Schwester fassungslos an. »Nicht im Ernst!«, fügte er hinzu.

»Lizzy ist für ihren seltsamen Männergeschmack durchaus bekannt.«

Liam wechselte schlagartig das Thema. »Wo steckt eigentlich Haley? Ist sie noch in der Schule?«

»Haley hat morgen schulfrei und ist übers Wochenende bei ihrem Vater. Bea ist in Urlaub gefahren«, erklärte Celine und zwinkerte ihrem Sohn zu.

»Tante Bea hat also einen neuen Freund.« Liam grinste und hob Josh, den Mia wieder losgelassen hatte, vor sein Gesicht. »Sag, mein kleiner Rocker, füttern sie dich auch anständig? Oder bekommst du nur so eine besonders gesunde Kost? Was hältst du davon, wenn ich dich gleich auf eine Pulle Milch einlade?«

Mia kicherte.

»Jetzt sag aber mal, Liam. Was führt dich hierher?«, fragte Celine.

»Na, danke«, empörte er sich. »Da komm ich endlich zu Besuch und bin fast unerwünscht!«

»Ach, du weißt, wie ich das meine. Erst lässt du dich wochenlang nicht sehen, und plötzlich tauchst du ohne Ankündigung an einem Freitag hier auf.«

Liam seufzte und tauschte einen Blick mit einer auffällig still gewordenen Sophie. Sie war also schon eingeweiht. Warum überraschte ihn das nicht?

»Celine, lass unseren Jungen doch erst mal ankommen. Er braucht nun wirklich keinen Grund, um seine Familie zu besuchen«, tadelte Sophie ihre Schwiegertochter, die ihre Lippen aufeinanderpresste.

»Ich muss Josh wickeln. Trägst du ihn mir ins Bad, Liam?«, fragte Mia unschuldig. Doch Liam durchschaute sie. Sie wollte allein mit ihm sein, um ihn wegen Lizzy auszuquetschen.

»Das kann ich doch machen«, kam ihm sein Freund ungewollt zu Hilfe. »Dann wollen wir mal, mein Kleiner!« Er nahm Josh an sich und verschwand.

Es klopfte an der weit offen stehenden Terrassentür. Als Liam und die anderen die Köpfe wandten, sahen sie Lynn und Lizzy mit einem Teller voller Leckereien davorstehen. Lizzys Miene erschien

Liam nach wie vor unendlich traurig, während Lynn überraschend frisch und gut aussah.

»Hallo zusammen! Da kommen wir ja gerade richtig«, grüßte Lynn alle und trat schwungvoll ein.

Lizzy folgte ihr betont ruhig. Mia eilte auf ihre Freundin zu und umarmte sie fest. Lizzy ließ sich in den Arm nehmen und nickte allen zu, allerdings fehlten ihre üblichen Bemerkungen und Witze.

Liam sah, dass sie geweint hatte, und sofort wallte ein starkes Bedürfnis in ihm auf, sie an sich zu ziehen. Er schob seine Hände in die Taschen seiner Jeans, um sich davon abzuhalten. Lynn reichte die Croissants herum, doch Liam verspürte überhaupt keinen Hunger. Er nahm seinen inzwischen lauwarm gewordenen Kaffee, ließ sich ins Sofa sinken und war überrascht, als Lizzy sich neben ihm niederließ.

»Hey«, sagte sie nur, und kurz schien sie sich an ihn lehnen zu wollen, überlegte es sich jedoch anders und verflocht ihre Finger in ihrem Schoß.

»Na«, sagte er und sah ihr mitfühlend in die Augen. Lizzy brachte bloß ein unglückliches Lächeln zustande.

Ein paar Minuten später hatten Celine und Mia an alle Kaffee verteilt, und sie hatten sich auf den Sofas und Stühlen niedergelassen. Die Stimmung war jedoch ungewöhnlich gedrückt. Ein Teil der Anwesenden wusste über Lynns Krankheit Bescheid, und der andere Teil schien mittlerweile zu ahnen, dass etwas im Busch war.

»So, was habt ihr Kinder denn heute vor? Wollt ihr nicht etwas zusammen unternehmen? Ich würde auch babysitten«, brach Lynn das Schweigen. Sie tat unbekümmert und schien nicht zu wissen, wie sie es sagen sollte.

Lizzy versteifte sich neben Liam kaum merklich.

»Lynn, Liebes, es wird Zeit«, sagte Sophie, die neben ihr saß und eine Hand auf ihre Schulter legte.

Sofort sanken Lynns Schultern herab, und ihr betont heiteres Gesicht wurde traurig.

»Ich weiß ...«

»Was ist denn los?«, fragte Nic. Er war unbemerkt ins Zimmer zurückgekehrt und drückte plötzlich sehr wachsam Josh an seine Brust.

»Ich weiß nicht, wie ...«, sagte Lynn ratlos.

»Egal, was es ist, Lynn, sag es einfach!« Celine erhob sich von ihrem Stuhl, trat zu ihrer Freundin und ergriff ihre Hand.

»Ich habe Krebs.«

16

Stille. Keiner sagte einen Ton, alle starrten Lynn fassungslos an, und sie senkte den Blick.

»Das ist doch nicht möglich«, rief Celine aufgebracht, als könnte das reine Leugnen Lynns Krebszellen eliminieren. Sophies Hand lag noch immer auf der Schulter Lizzys Mutter. Nic war kreidebleich.

Bis zu diesem Moment hatte Lizzy seltsam teilnahmslos auf die Szene gestarrt, die sich vor ihr abspielte, als wäre es ein Film. Sie war Teil davon, und irgendwie auch nicht. Doch als Mia neben ihr ihre Hand suchte und Liam zugleich seinen Arm um ihre Schultern legte, gab ihr das die Kraft, ihrer Mutter ermutigend zuzulächeln.

»Ich weiß, das ist schwer zu begreifen. Bei mir hat es auch lange gedauert«, erklärte Lynn und blickte den Anwesenden nacheinander ins Gesicht. »Nun sagt doch etwas«, bat Lynn leise.

»Lass ihnen etwas Zeit, diese Nachricht zu verdauen, Liebes«, sagte Sophie mitfühlend.

Celine sprang von ihrem Stuhl auf und machte zwei Schritte auf Lynn zu. Kurz bevor sie sie in die Arme nahm, besann sie sich anders. Sie ging vor ihre Freundin in die Hocke und nahm ihre Hand. »Warum hast du mir nicht früher davon erzählt?«

Lynn zuckte mit den Achseln. »Ich musste es erst selbst begreifen und wollte die Ergebnisse der Biopsie abwarten.« Celine schlug betroffen die Augen nieder.

»Nic?«, fragte Lynn vorsichtig.

Lizzy drehte den Kopf zur Seite und betrachtete ihren Bruder, der sich an seinen kleinen Sohn klammerte, als sei er sein Anker.

Sein Kopf ruckte zu seiner Mutter hoch, als hätte sie ihn aus einer Trance gerissen.

»Du wusstest es schon länger?«, fragte er tonlos, und Lizzy erkannte, wie wütend er auf sie war. Lynn nickte nur vage, und er stand auf. Er reichte Josh an Mia weiter, die ihn besorgt musterte. »Mum, du wusstest es und hast nichts gesagt?«

»Nic, bitte versteh mich doch. Ich wollte die Ergebnisse erst abwarten und ganz sicher sein.«

»Ich bin geschlagene vier Tage hier, und du und Dad habt so getan, als wäre alles in bester Ordnung. Wenn ich euch so was antun würde, dann wäre die Hölle los. Aber sobald du etwas für dich behältst, geschieht das nur zu unserem Besten, richtig? Ist das okay?« Er schüttelte aufgebracht den Kopf.

»Ich wollte euch nur beschützen«, rechtfertigte Lynn sich schwach. Lizzy kannte ihren Bruder gut genug, um zu wissen, dass dies seine Art war, seine Trauer auszudrücken.

»Mum, ich bin keine fünf Jahre alt. Ich bin ein erwachsener Mann und habe selbst eine Familie. Glaubst du im Ernst, ich käme damit nicht zurecht?«

»Warum brüllst du denn dann hier so herum?«, fragte eine Stimme von der Terrassentür, und alle Augen richteten sich auf Richard. Er sah ziemlich mitgenommen aus. Er hatte sich nicht rasiert, trug noch die Kleidung vom Vortag und wirkte nicht so, als hätte er in der Nacht auch nur ein Auge zugemacht.

Nic betrachtete seinen Vater aus schmalen Augen, und die Spannung war für jeden im Raum spürbar. »Ich habe jedes Recht, meine Meinung zu sagen. Ich finde es nicht okay, dass ihr das vor uns verheimlicht habt.«

»Deine Mutter hatte ihre Gründe für diese Entscheidung, und wenn es dir nicht passt, dann ist das dein Problem. Ich denke nicht, dass sie diese Art der Unterstützung brauchen kann. Wie wäre es, wenn du dich besser benimmst?«

Nic klappte der Mund auf, doch bevor er sich wieder fangen und seinem Vater antworten konnte, ergriff Lynn das Wort: »Wie wäre es, wenn du nicht immer jedem vorschreibst, wie er sich verhalten soll?« Ihre Bemerkung war spitz, und Richards Blick glitt überrascht zu ihr.

»Was soll das, Lynn? Warum bist du so wütend auf mich?«

Lynn verschränkte die Arme vor der Brust. »Weil du immer alles in unserer Familie kontrollieren musst. Anstatt es mir zu überlassen, meiner Tochter von meiner Krankheit zu erzählen, hast du diese Aufgabe an dich gerissen. Und jetzt sagst du unserem Sohn, wie er sich fühlen und verhalten soll ...«

Nic schaute sprachlos zwischen seinen Eltern hin und her. So offen hatte Lynn noch nie für ihn Partei ergriffen. Die Schultern ihres Vaters sanken tiefer, und Lizzy hatte beinahe Mitleid mit ihm.

»Wenn Nic wütend auf mich ist, dann ist das okay. Nur weil ich Krebs habe, will ich keinesfalls in Watte gepackt werden.«

Richard schüttelte den Kopf und versenkte die Hände in den Hosentaschen. »Und was willst du dann genau von mir, Lynn?«

»Meine Ruhe! Ich will meine Ruhe vor dir! Das habe ich dir gestern schon gesagt!«, rief sie unter Tränen und stürmte in Richtung Flur.

Alle schauten betroffen zu Richard, der geschockt mitten im Zimmer stand.

Sophie reagierte als Erste. »Lass ihr etwas Zeit.«

»Sie kann bleiben, so lange sie will«, unterstützte sie ihre Schwiegertochter in seltener Einigkeit.

Richard schien kurz zu überlegen. Dann nahm er seine Hände aus den Taschen und strich sich über das Gesicht. »Danke, bitte kümmert euch gut um sie.«

Kaum war er durch die offene Terrassentür verschwunden, als Celine und Sophie hinter Lynn hereilten. Die jungen Leute und Josh ließen sie im Raum zurück.

»Normalerweise sind wir doch für die dramatischen Szenen zuständig«, sagte Nic verblüfft und brachte alle zum Schmunzeln.

»Wir sind da schon rausgewachsen«, meinte Liam.

Bis auf Joshs fröhliches Gebrabbel wurde es wieder still im Zimmer. Nic ließ sich neben Liam aufs Sofa fallen.

»Dad hat es dir gesagt?«, fragte er Lizzy sichtlich betroffen.

Sie nickte. Und dann erzählte sie ihm und den anderen, was sie von ihren Eltern bisher in Erfahrung gebracht hatte. Während der ganzen Zeit ließ Mia Lizzys Hand keine Sekunde lang los.

»Wie schlimm ist es?« Nic wirkte, als müsste er seine gesamte Kraft aufbringen, um Lizzy diese Frage zu stellen.

Sie sah ihrem Bruder in die Augen. »Ich weiß es nicht genau. Mum bekommt das volle Programm: Chemo, Bestrahlung, danach vielleicht eine OP. Das hängt vom behandelnden Arzt ab.«

»Das meinte ich nicht«, sagte ihr Bruder und verzog schmerzerfüllt das Gesicht.

»Fragst du mich gerade, ob Mum daran sterben könnte?« Lizzy machte eine Pause und ergänzte dann: »Ja, das könnte sie.«

Nic stützte das Gesicht in die Hände. Mia setzte sich auf die Sofalehne neben ihm und legte eine Hand auf seine Schulter.

»Hey, Kumpel, Lynn ist stark. Kennst du eine andere Frau, die besser mit einer Horde schlammüberzogener Kinder fertiggeworden wäre, während sie noch ein Drei-Gänge-Menü vorbereitete?«, sagte nun auch Liam und brachte alle erneut zum Schmunzeln.

»Erinnert ihr euch noch an Mrs Bartsch, unsere Sportlehrerin in der Highschool?«, fragte Mia nach einer Weile, und alle nickten. »Sie war die am meisten gehasste Lehrerin, jeder hatte Angst vor ihr, selbst die anderen Lehrer. Doch Lynn kam augenblicklich bei ihr eingeflogen, als herauskam, dass sie Lizzy und mich gezwungen hatte, trotz unserer Periode in die Gemeinschaftsdusche zu gehen.«

Lizzy lächelte, als sie daran dachte.

»Mum hat sie fertiggemacht?«, fragte Nic, und Mia nickte grinsend.

»O ja, sie hat sie mitten in der Turnhalle angebrüllt.«

»Du hast recht, Mia. Wenn Mum mit Mrs Bartsch zurechtgekommen ist, dann wird sie auch gegen diese Krebszellen ankommen«, erklärte Lizzy.

»Sie wird dennoch Hilfe brauchen«, gab Nic zu bedenken.

»Wir werden uns mit Josslin abstimmen und abwechselnd zu Hause sein«, entschied Lizzy.

Mia nickte zustimmend. »Ich bin ja auch noch da.«

»He, und was ist mit mir? Ich kann sie zum Arzt fahren und ihr holen, was immer sie gerade braucht«, warf Liam ein.

»Würdest du?«, hauchte Lizzy und sah in seine Augen, die ihr so vertraut waren und doch etliche Geheimnisse vor ihr verbargen.

»Weißt du das denn nicht?«, fragte er leise zurück.

»Wir halten einfach zusammen, wie immer«, ordnete Mia an und sah entschlossen in die Runde, bevor sie Josh einen Kuss gab.

In diesem Moment kehrten Sophie, Lynn und Celine ins Wohnzimmer zurück. Als Lynn sah, wie ihre und Celines Kinder beisammensaßen und sich gegenseitig festhielten, traten ihr Tränen in die Augen. Aber es waren eindeutig Freudentränen. Celine und Sophie legten beide je eine Hand auf ihren Rücken.

»Die nächste Generation Donahues und Kennedys«, sagte Sophie und lächelte.

* * *

Der Freitag zog in trüber und bedrückter Stimmung an ihnen vorüber. Es war die erste Nacht nach vielen Ehejahren gewesen, an die Nic sich erinnern konnte, dass Lynn nicht zu Hause und damit neben seinem Vater im Bett geschlafen hatte. Sie war am frühen Abend nach Hause gekommen, jedoch nur, um ein paar Dinge einzupacken und danach wieder zu gehen. Richard hatte sich daraufhin mit einer Flasche Whisky in sein Büro zurückgezogen, und obwohl er und sein Vater ein kompliziertes Verhältnis hatten, brachte Nic es nicht fertig, ihn auch noch allein zu lassen.

Egal, was zwischen seinen Eltern vorgefallen war, wenn Nic sich in die Lage seines Vaters versetzte und es wäre seine Frau, die schwer erkrankt war, dann würde er auch nicht allein in dem großen Haus sein wollen. Vor allem, da Lizzy drüben bei Mia geblieben war.

Seit einer ganzen Weile stand er nun schon am Fenster seines alten Kinderzimmers und blickte über die Straße, in der er aufgewachsen war. Die Sonne war vor Stunden von den sich hoch auftürmenden, dunklen Wolken am Himmel verschluckt worden, die Regen ankündigten. Die kleine Straße lag grau und düster vor ihm, dennoch war dies sein Zuhause, seine Heimat, und Nic konnte sich nicht vorstellen, dass er jemals ein ähnliches Gefühl an einem anderen Ort spüren könnte. Er war seinen Eltern unendlich dankbar für seine traumhafte Kindheit und die Menschen, die dadurch Teil seines Lebens waren. Die Vorstellung, dass seine Mum eines Tages einfach nicht mehr da sein würde, war grausam. Noch nie zuvor war ihm die Vergänglichkeit von Leben so klar gewesen. Noch nie zuvor hatte er sich so hilflos gefühlt.

Das Klingeln an der Tür riss ihn aus seiner Grübelei. Er lauschte Liams tiefer Stimme und ahnte, dass die bestellte Pizza gekommen war. Entschlossen wandte er sich vom Fenster ab, durchquerte sein Zimmer und dann den Flur, bevor er vor dem Büro seines Vaters stehen blieb. Die Tür stand auf, und Nic zögerte, ehe er hineintrat.

Da saß sein Vater, wie ein Häufchen Elend zusammengesunken vor dem Computer und die Flasche Whisky in Griffnähe.

»Liam und ich haben Pizza bestellt«, sagte er leise.

Richard zögerte. »Habt ihr gedacht, ich kann nicht allein für mich sorgen?«

Nic zuckte mit den Schultern. »Kannst du?«

Richard leerte sein Glas in einem Zug. »Höchstwahrscheinlich nicht.«

Nic lehnte sich gegen den Türrahmen und strich durch sein ohnehin schon unordentliches Haar. »Na, dann ist es ja gut, dass du uns hast.«

Sein Vater sah ihn nachdenklich an. Dann fragte er: »Kannst du dich an den Moment erinnern, als Mia blutend im Hotel lag? Die kurze Zeit, bevor die Sanitäter kamen und du sie an dich gedrückt hast?«

Nic spürte, wie sein Herz sich zusammenkrampfte, und er schloss einen Augenblick gequält die Augen. Die Erinnerung an diesen Tag drohte seine Brust aufzureißen. »Ich fürchte, ich werde diesen Moment nie vergessen ...«, murmelte er.

»Ich habe in dieser kurzen Zeit nicht an Mia oder das Baby gedacht, sondern nur an dich. Ich habe gesehen, wie du sie ansahst, und ich wusste plötzlich genau, was es für dich bedeuten würde, wenn du sie verlierst. Du wärst daran zerbrochen.«

»So fühlst du dich jetzt?«

Richard nickte. »Ja, nur dass deine Mutter und ich schon ein erfülltes Leben geführt haben, im Gegensatz zu dir und Mia.«

Nic wusste, was sein Vater meinte. »Dad, ich glaube, Mum braucht nur etwas Abstand. Sie ist selbst überfordert mit der Situation.«

»Du meinst damit, dass sie todkrank ist?« Nic zuckte kaum merklich zusammen. »Was ist, wenn sie stirbt? Ich möchte jede Sekunde der Zeit, die wir noch haben, mit ihr verbringen. Wie würdest du dich fühlen, wenn Mia das nicht zulassen würde? Was würdest du an meiner Stelle tun?«

Nic seufzte. »Du fragst mich, was du tun sollst?«

»Ja. Du bist der Einzige, dem ich diese Frage stellen kann. Der Einzige, der versteht, was in mir vorgeht.«

Nic dachte kurz nach. »Weißt du, Dad, Mia brauchte vor Kurzem Zeit für sich. Ich habe sie enttäuscht, und sie wollte weg von

London – und ja, ich fürchte, auch von mir. Es war schrecklich, in die Wohnung zu kommen und sie und Josh nicht in die Arme schließen zu können. Eigentlich hatte ich in dieser Zeit ständig eine Reisetasche im Kofferraum und saß etwa einmal pro Stunde im Auto, um nach Bodwin zu fahren.«

»Und? Hast du es gemacht?«

»Nein, das habe ich nicht getan! Liam hat mich jedes Mal wieder aus dem Auto gezerrt. Er hat mich gezwungen, ihr Zeit zu lassen. Ein paar Tage später hat sie mich dann plötzlich angerufen und mir gesagt, wie sehr sie mich vermisst. Da bin ich losgefahren und bin seitdem wieder mit meinem Mädchen zusammen. Manchmal ist es wichtig, auf das zu hören, was die Frauen uns sagen.«

Richard schnaufte unzufrieden. »Du willst mir damit sagen, dass ich abwarten soll?«

Nic nickte und fügte hinzu: »Vielleicht nicht zu lange, aber ein wenig Zeit solltest du Mum geben. Sieh es doch mal so: Sie ist nebenan und wird von den Kennedy-Mädels verwöhnt.«

»Hast du Sophie gerade ein Mädel genannt?«, fragte Richard skeptisch, und Nic verzog das Gesicht.

»Oje … das ist die Unterzuckerung.« Er zeigte zur Treppe. »Lass uns runtergehen und essen, sonst wird die Pizza kalt.«

»Ist wenigstens ordentlich Knoblauch drauf? So wie es aussieht, werde ich in nächster Zeit niemanden küssen«, murrte Richard und folgte Nic hinunter ins Wohnzimmer, wo Liam bereits mit Pizza und Bier vor dem Fernseher wartete.

* * *

Lizzy starrte in das Weinglas, das Mia ihr gereicht hatte. Die blutrote Flüssigkeit brachte auch nach dem zweiten Glas nicht den gewünschten Effekt. Zahllose Gedanken wirbelten in ihrem Kopf herum wie während eines starken Sturms. Der einzige, der für Lizzy immer wieder greifbar wurde, war der, dass ihre Mutter Krebs hatte und sterben konnte.

Zum ersten Mal in ihrem Leben spürte sie, dass ihre Eltern keineswegs unverwundbar waren. So lange sie denken konnte, waren die beiden immer ihre Stütze und ihr Halt gewesen, und Lizzy erkannte erst jetzt, dass dies nicht immer so bleiben würde. Eigentlich war Alans plötzlicher Tod schon eine Art Warnschuss für sie gewesen. Eine Warnung, die allerdings nicht lange angehalten hatte. In den vergangenen Jahren hatte sie sich um alles Mögliche Sorgen gemacht, aber nie darüber, dass sie ihre Mutter verlieren könnte.

Lizzy leerte in einem Zug das Weinglas und hörte, wie Mia nach Luft schnappte. Dann stand ihre Freundin kommentarlos auf, ging ins Haus zurück und holte die Flasche Wein erneut heraus.

Lizzy nahm sie dankend entgegen. »Lass sie lieber hier«, murmelte sie.

Während sie sich einschenkte, legte Mia eine Decke über ihre Schultern. Sie selbst hatte eine kuschlige Strickjacke an. Es war kalt und regnerisch, und trotzdem saßen sie auf der Veranda. Lizzy hielt es im Moment in keinem geschlossenen Raum aus, und Mia verstand das.

Es gab selten rationale Gründe dafür, wie man sich zu verhalten hatte, wenn einem der Boden unter den Füßen weggezogen wurde. Auch das verstand keiner besser als Mia. Dankbar sah Lizzy ihre Freundin an. »Du kannst ruhig reingehen, Mia, bevor du dir noch einen Schnupfen holst.«

»Den bekomme ich ohnehin von Josh, seine Nase läuft schon die ganze Zeit. Mach dir keine Gedanken um mich.«

Lizzy hatte die Beine gekreuzt und saß auf der Liege der Kennedy-Terrasse. Ein Windzug wehte durch ihr Haar, und sie schloss die Augen, als könne er ihre wirren Gedanken fortwehen. Ihr Handy klingelte zum gefühlt hundertsten Mal, und sie wusste, ohne darauf zu sehen, wer es war.

»Ist es wieder Tom?«, fragte Mia seufzend.

Lizzy nickte.

»Wäre es nicht besser, wenn du ihm sagst, was los ist, und ihn um einige Tage Ruhe bittest?« Als Lizzy schwieg, sprach Mia leise weiter: »Oder vielleicht würde es dir helfen, ihn um dich zu haben?«

Lizzy zögerte. Wie sollte sie ihrer besten Freundin erklären, dass sie Tom mit ihrem Bruder betrogen hatte und im Moment unmöglich einen klaren Gedanken fassen konnte? Es war nicht so, dass sie fürchtete, dass Mia sie verurteilen würde, erfuhr sie von der Nacht zwischen ihr und Liam. Vielmehr hatten es ihre beiden Familien im Moment schon schwer genug. Lizzy wollte die Situation nicht zusätzlich verkomplizieren. Denn was geschähe, wenn sie sich mit Liam verkrachen würde? Und sie es dann kaum noch im selben Raum aushalten könnten? Nein. Es ging nun einzig und allein um ihre Mutter.

Tom war in diesem Augenblick, ehrlich gesagt, ihre geringste Sorge. Mit klarem Kopf hätte sie ihm das alles sogar selbst gesagt, aber so verwirrt und verletzlich, wie sie sich im Moment fühlte, ertrug sie es nicht, mit ihm zu reden oder ihm etwas vorzumachen.

Wem sie aber nichts vormachen wollte, war ihre beste Freundin. Lizzy sammelte ihre letzte Kraft, um Mia zu beichten, was mit Liam geschehen war und wieso sie Tom deshalb nicht sprechen konnte, als aus dem Babyphone ein lautes Weinen erklang.

Mia sprang augenblicklich auf, rief: »Bin sofort wieder da!«, und rannte los, wobei sie ihr Weinglas umstieß.

Lizzy warf die Decke zur Seite und eilte ebenfalls ins Haus, um in der Küche ein Tuch zu holen. Als sie damit wenig später den vergossenen Wein aufwischte, musste sie lächeln. In einer Hinsicht hätten Mia und sie wirklich Schwestern sein können: Sie waren beide furchtbar chaotisch und schusselig. Doch das hatte die beiden Freundinnen nie groß gestört. Weder in ihrer gemeinsamen

Wohnung noch anderswo – überall hatten sie sich gegenseitig geholfen, das Chaos so klein wie eben möglich zu halten. Seit Mias Hochzeit fühlte sich Lizzy manchmal ganz hilflos und allein in ihrer chaotischen Welt. Ob es Mia ähnlich ging?

Lizzy wollte gerade das mit Wein vollgesogene Geschirrtuch reinbringen, als sie ihre Mutter ins hell erleuchtete Wohnzimmer treten sah. Sie hatte ihren geblümten Frotteeschlafanzug angezogen, den sie nur trug, wenn sie sich elend fühlte. Da sie draußen in der Dunkelheit stand, hatte Lynn ihre Tochter noch nicht gesehen.

Lizzy wollte sich gerade bemerkbar machen, als Celine ins Wohnzimmer kam und auf Lynn zuging. Noch bevor sie ihre Freundin in den Arm nehmen konnte, weinte Lynn herzzerreißend. Lizzy hatte das Gefühl, als ballten sich ihre inneren Organe zu einem riesigen Klumpen Lehm zusammen. Es war schrecklich, ihre Mutter so zu sehen. Aber noch viel schrecklicher war es, sie in einem so intimen Moment zu erleben, in dem sie sich unbeobachtet fühlte. Sie hätte ganz sicher nicht gewollt, dass Lizzy sie so erlebte. Es war ein Augenblick, den sie nur bereit war, mit ihrer Freundin zu teilen.

Plötzlich war es, als sähe Lizzy Mia und sich selbst, ein paar Jahrzehnte älter und mit so einer furchtbaren Diagnose konfrontiert. Lizzy spürte, wie ihr Herz zu rasen begann, wie ihr Atem sich beschleunigte und der Klumpen Lehm in ihrem Bauch sich ausdehnte. Ihre Hände schwitzten, und sie wusste endgültig, dass alles vergänglich war.

Sie ließ das Tuch fallen und flüchtete überfordert durch den Garten auf die leere Straße hinaus. Es regnete immer stärker, doch das spielte keine Rolle. Vielleicht würde sie eine Grippe bekommen, durfte sich ins Bett zurückziehen und musste niemals wieder aufstehen.

Ohne ein festes Ziel vor Augen zu haben, rannte Lizzy los.

17

Die Pizza war längst verdrückt, und Richard war dank des vielen Whiskys in einen komatösen Schlaf gefallen. Liam konnte ein Grinsen nicht unterdrücken, als er Nic half, ihn mit vereinten Kräften ins Bett zu befördern.

Richards Kopf stieß an den Nachttisch. Liam entwich ein »Ups! Einen Brummschädel bekommt er ohnehin«, was Nic zum Lachen brachte. Gemeinsam schlichen sie die Treppe hinunter und rannten in Mia hinein, die wie ein aufgescheuchtes Huhn durchs Erdgeschoss lief.

»Habt ihr Lizzy gesehen?«, rief sie beinahe hysterisch.

»Nein, wieso?«, fragte Nic.

»Sie ist verschwunden!«

»Was heißt verschwunden?«, fragte Liam wachsam.

»Verschwunden heißt: Weg. Nicht aufzufinden.«

»Vielleicht ist sie aufs Klo gegangen ... Wenn sie auch die Salamipizza mit Knoblauch hatte, dann kann ich nur sagen ...«

Liam unterbrach Nics Gerede unwirsch. »Halt die Klappe, Nic!«

Nic sah verwundert zwischen ihm und Mia hin und her. Ohne ihn zu beachten, fragte Liam: »Was ist genau passiert?« Der Anblick seiner aufgewühlten Schwester versetzte ihn sofort in höchster Alarmbereitschaft.

Mia schilderte die letzten Minuten mit Lizzy, zuletzt hielt sie deren Mobiltelefon hoch.

»Sie ist ohne Handy gegangen? Das tut sie doch nie.«

Liam nahm es an sich, zögerte aber, es genauer unter die Lupe zu nehmen.

»Mum und Lynn waren im Wohnzimmer, und Lynn hat ziemlich geweint. Ich fürchte, Lizzy hat das mitbekommen. Lynn war vollkommen außer sich, als sie gemerkt hat, dass Lizzy auf der Tersasse war«, erklärte Mia.

»Hat Lizzy vielleicht jemanden angerufen?«

Bei Nics Frage schnellte Liams Kopf zu Mia.

»Tom hat heute ein paarmal angerufen, aber sie wollte nicht mit ihm reden …«, antwortete Mia.

Trotz der Sorge um Lizzy breitete sich ein wohliges Gefühl in Liam aus. Sie hatte nicht mit ihm sprechen wollen. Das war gut, oder?

»Vielleicht hat sie ihre Meinung geändert und sich mit ihm verabredet, als du nach Josh gesehen hast? Womöglich kommt er her?«, wandte Nic wenig hilfreich ein.

»Ich kann mir nicht vorstellen, dass sie zu ihm wollte«, sagte Mia bestimmt. »Sie wollte nicht mal mit ihm sprechen. Und warum hätte sie keinem etwas davon sagen sollen?«

Liam starrte erneut Lizzys Telefon an. Er wusste nicht, ob er diese Grenze übertreten sollte oder wollte. Doch ein starkes Gefühl der Unruhe hatte ihn erfasst. Lizzy war verschwunden, und sie sollte nicht alleine draußen unterwegs sein. Er eilte zur Haustür und sah, dass alle Autos draußen standen.

»Sie ist zu Fuß unterwegs«, stellte er fest und betrachtete den Regen, der mittlerweile in Bindfäden vom Himmel fiel.

»Ich schau im Garten nach ihr«, sagte Nic, als Mia ihm das Babyphone in die Hand drückte.

»Ich suche jetzt die Gegend mit dem Auto ab!«, entschied sie und hielt dann inne. »Mist! Ich hab Wein getrunken.«

»Ich fahre«, sagte Liam und rannte, ohne zu zögern, in den Regen hinaus. Er hörte, wie Mia ihm folgte.

»Wenn ihr sie habt, ruft mich an!«, rief Nic ihnen hinterher.

Eine Stunde später fuhren Liam und Mia noch immer im Schritttempo Bodwins Straßen ab. Nic hatte vor einer Weile übers Handy Bescheid gegeben, dass Lizzy weder im Garten noch in einem der Häuser zu finden war.

Der Regen war immer schlimmer geworden, und Mia war inzwischen ein wahres Nervenbündel. Zum Glück blieb ihr damit Liams eigene Anspannung verborgen.

»Wo steckst du nur, Lizzy?«, murmelte sie wie ein Mantra vor sich hin und drückte Toms dritten Anruf, seit sie im Auto saßen, weg. »Er ist ganz schön hartnäckig.«

Liam brummte nur zustimmend und umfasste das Lederlenkrad so fest, dass seine Handknöchel weiß hervortraten. »Er scheint so ein Typ zu sein.«

»Du kennst ihn?«, fragte sie interessiert.

Liam nickte. »Ganz flüchtig.«

»Und wie ist er so?«

Er zuckte nur mit den Achseln.

»Ist es was Ernstes?«, fragte Mia hartnäckig weiter.

»Woher soll ich das wissen?«, erwiderte Liam schnippisch.

»Hast du ihn nun kennengelernt oder nicht?«

»Meine Fresse, Mia! Ist das alles, woran du im Moment denken kannst? Ob Lizzy ihren Mr Right getroffen hat?«, schnauzte er sie an, und Mia wich überrascht zurück.

Liam sah wütend auf die Straße vor ihnen.

»Hoppla … was ist denn mit dir los? Ich wollte uns nur etwas ablenken«, sagte Mia nach einer Weile.

»Lenk dich mit der Suche nach Lizzy ab!«, maulte Liam.

»Ich soll mich von der Suche nach Lizzy mit der Suche nach Lizzy ablenken?«, echote Mia und blickte verwirrt auf die nasse Straße vor ihnen.

»Hör auf mit dem Klugscheißen. Ich will einfach nur Lizzy finden«, herrschte Liam sie erneut an.

»Ich will auch nur meine beste Freundin finden, du Vollidiot!« Mia verschränkte die Arme vor der Brust und stöhnte genervt auf, als Lizzys Handy wieder zu klingeln begann.

Liam fuhr links ran und schnappte sich aufgebracht das Telefon aus ihrer Hand.

»Wann raffst du es endlich, dass sie im Augenblick nicht mit dir reden will, Tom?«, brüllte er ins Telefon und legte sofort wieder auf.

Mia starrte ihren wütenden Bruder an. »War das nicht ein klein wenig hart?«

»Noch ein Wort, Emilia Sophie Kennedy, und ich schwöre, du musst nach Hause laufen!« Sauer knallte er das Handy aufs Armaturenbrett und fuhr weiter. Mia war so verblüfft über seine heftige Reaktion, dass sie sich tatsächlich nicht traute, etwas zu erwidern.

Eine Weile herrschte angespannte Stille, selbst das Radio regte Liam auf, und er drehte es leise. Als wieder ein Klingeln ertönte, verlor Liam beinahe die Nerven, bis sich herausstellte, dass es sich um Mias Mobiltelefon handelte.

Sie hielt ihm das Display entgegen. Es war die Nummer von Jeff, Mias ehemaligem Chef, als sie noch in Bodwin gewohnt und in dessen Bar gearbeitet hatte.

Mia sah Liam an und stellte den Lausprecher an. »Jeff?«, fragte sie.

»Hi, Mia! Keine Sorge, ich rufe nicht an, um dir einen Job anzubieten, weil ich im Chaos versinke. Aber ich glaube, deine Freundin Lizzy versinkt im Alkohol.«

»Was? Sie ist bei dir? Lizzy ist in der Bar? Wir suchen sie schon über eine Stunde ...«, sagte Mia, während Liam schon hart auf die Bremse stieg.

»Ja, ich dachte mir schon, dass was nicht stimmt, so wie sie sich benimmt.«

Mia stieß einen erleichterten Seufzer aus und wandte sich an Liam. »Oh, Gott sei Dank. Endlich wissen wir, wo sie ist. Wir kommen, Jeff! Danke, dass du Bescheid gegeben hast.«

Liam riss das Lenkrad herum und fuhr in die andere Richtung zur Strandpromenade.

Als Mia und Liam bis auf die Haut durchnässt die Tür zur Bar aufstießen, erwartete sie ein Anblick, mit dem sie nicht gerechnet hatten. Der Song *Love runs out* von OneRepublic hallte ihnen laut entgegen. Die Besucher waren wie immer zahlreich. Auch das war an einem Freitagabend in einem so kleinen Ort wie Bodwin nicht verwunderlich. Doch die junge Frau, die bauchfrei in ihrem knappen Jeansrock und nackten Füßen ausgelassen auf dem Tresen tanzte, war ungewöhnlich. Mias Mund stand offen, und auch Liam wusste nicht, ob ihm dieser Anblick gefallen oder ihn erschrecken sollte.

Jeff schob sich durch die Menge auf sie zu. Er sah verlegen aus. »Ich bekomm sie nicht da runter. Versteht mich nicht falsch, sie heizt der Kundschaft ordentlich ein, aber das ist nichts, was sie normalerweise tun würde, oder?«

Mia und Liam schüttelte den Kopf und sahen geschockt dabei zu, wie Lizzy nun heftig mit einem Typen an der Bar flirtete und sich so in Position brachte, dass er irgendeinen Schnaps aus ihrem Bauchnabel schlürfen konnte.

Das war mehr, als Liam aushalten konnte, und so bahnte er sich rücksichtslos einen Weg durch die Menge, bis er zu Lizzy vorgedrungen war. Bevor der fremde Typ mit dem lüsternen Blick ein zweites Mal auch nur in die Nähe ihres Bauchnabels kommen konnte, riss er ihn an der Schulter herum und stieß ihn fort.

Lizzy starrte Liam einen Augenblick an, dann hellte sich ihr Gesicht auf. »Liam!«, quietschte sie vergnügt.

Sie schlang die Arme um seinen Hals, zog ihn zu sich und knabberte an der empfindsamen Stelle hinter seinem Ohr. Die Stelle hatte sie in der Nacht zuvor besonders intensiv erkundet, und Bilder von Lizzy und sich nackt im Bett schossen Liam durch den Kopf.

Lizzy murmelte: »Ich freue mich schon auf eine zweite ... ach nein ... vierte Runde.«

Liam schüttelte den Kopf, um wieder klar denken zu können, und sagte: »Lizzy, sei vernünftig. Bitte, komm da runter.«

»Wieso? Es ist grade so spaßig!«, rief sie und rekelte sich demonstrativ auf der Theke. Dann setzte sie sich auf, und ihr nackter Fuß fuhr neckisch an Liams Hosenbein hoch, drängte sich an seine empfindsamste Stelle.

In diesem Moment meldete Mia sich hinter Liam zu Wort. »Lizzy! Es wird Zeit zu gehen«, sagte sie bestimmt.

»Mia!« rief Lizzy, griff nach einem vollen Glas Schnaps neben sich und trank es in einem Zug aus. »Was tust du hier? Ich meine, um diese Zeit unterwegs und noch dazu in einer Bar warst du doch schon Monate nicht mehr.«

Liam sah Mia an, dass sie versuchte, sich nicht angegriffen zu fühlen, als sie sagte: »Wir sind hier, um dich abzuholen, Elizabeth.«

»Emilia, die Spaßpolizei!«, erwiderte Lizzy gespielt ernst, brach jedoch innerhalb kürzester Zeit in Gelächter aus. »Sei doch kein Spielverderber!«

»Lizzy, wir haben uns Sorgen gemacht. Komm, es wird Zeit nach Hause zu gehen«, versuchte Mia es erneut.

»Nur weil du auf Hausmütterchen machst und um zehn schlafen gehst, heißt das nicht, dass ich ...« Der Satz blieb unvollendet in der Luft hängen, und Lizzy schien vergessen zu haben, was sie sagen wollte. Nun sah Mia eindeutig verletzt aus, doch bevor Liam eingreifen konnte, fügte Lizzy hinzu: »Du hast doch eh keine Zeit mehr für mich.«

Liam bekam Mitleid mit ihr. Er kannte das von Nic nur zu genau. Lizzy war hilflos und schlug um sich. Er wünschte, sie hätte ihn verbal verletzt, denn Mia traf es härter, als es ihn getroffen hätte.

Völlig verunsichert machte Mia ein paar Schritte rückwärts.

»Lass mich das machen«, meinte Liam und berührte Mia an der Schulter. »Das haben Nic und Lizzy gemeinsam. Sie schlagen um sich, wenn sie unglücklich und betrunken sind. Ich kenn mich da aus.« Mia nickte, und er wandte sich an Lizzy. »Komm, du kleine Nervensäge! Es wird Zeit fürs Bettchen!«, sagte er laut und hielt zugleich den Lustmolch davon ab, sich Lizzy erneut zu nähern.

»Ist das dein Freund?«, murrte der Typ, während Lizzy die Daumen nach oben reckte.

»Noch ein Versuch, und ich bin dein schlimmster Albtraum!«, sagte Liam grimmig, packte Lizzy und warf sie sich schwungvoll über seine Schulter. Sie kicherte wie wild, und Liam murmelte: »Ich könnte schwören, dass du bei der Autofahrt eine Leggins anhattest.«

Jeff reichte Mia Lizzys durchweichte Klamotten, dann machten sie sich bedrückt auf den Weg zum Auto. Dort stellte Liam Lizzy auf die Beine und hielt sie fest in seinen Armen.

»Wehe, du haust noch mal einfach so ab.« Lizzy sah in sein Gesicht, und er erkannte den Schmerz in ihren Augen.

Mit einem Mal schluchzte sie los und murmelte unzusammenhängende Dinge. »Ich weiß auch nicht … alles so viel … Mum … Emma … Tom … du … Und überall bist du.«

Liam nahm Lizzy fest in den Arm und gab ihr einen Kuss auf den Haaransatz. »Schhht, alles wird gut. Das verspreche ich.«

In ihren riesengroßen blauen Augen las er, dass sie ihn so dringend brauchte wie er sie in diesem Augenblick. Er brachte sie dazu, sich auf den Beifahrersitz zu setzen, schnallte sie an, schloss die Tür – und sah sich plötzlich Mia gegenüber. Seine Schwester hatte diesen Blick aufgesetzt, der besagte, dass er ihr nichts vormachen konnte. Doch er ließ sich davon nicht beeindrucken und marschierte zur Fahrertür. Mia setzte sich stillschweigend auf die Rückbank.

»Ich bring dich nach Hause«, sagte Liam zu Lizzy.

»Fahren wir nach London?«, fragte sie nuschelnd, und Liam wurde ganz warm ums Herz.

»Nein, ich meine zu deinen Eltern.«

»Ich will sie heute nicht sehen … Und ich … ich will nicht, dass sie mich so sehen.«

»Dein Vater befindet sich in einer Art Koma. Der Whisky ist schuld. Ich glaube kaum, dass er irgendwas mitbekommt, was um ihn herum vorgeht«, besänftigte Liam sie.

»Aber deine Mum ist in großer Sorge«, gab Mia zu bedenken, und keiner sagte etwas darauf. »Ich sage ihr, dass alles in Ordnung ist«, fügte sie leise hinzu und sah Liam eindringlich über den Rückspiegel an.

Als sie in ihre Straße einbogen und Liam vor den beiden Häusern parkte, stieg Mia als Erste aus und fing ihn ab, als er um das Auto herumgehen wollte. »Achte auf sie. Du scheinst im Moment der Einzige zu sein, der zu ihr vordringt.«

Sie sagte es ohne Vorwurf, jedoch mit einem Hauch von Bedauern in der Stimme. Liam wusste nichts darauf zu erwidern, sodass er zur Beifahrertür weiterging und die eingeschlafene Lizzy aus dem Wagen hob. Natürlich kamen ihnen Celine, Lynn und Sophie besorgt entgegen. Doch Mia hielt Wort und brachte sie dazu, Liam nicht mit Fragen zu bestürmen.

Er marschierte mit Lizzy, die sich an ihn geschmiegt hatte, zu ihrem Elternhaus, wo Nic ihnen die Tür aufhielt.

»Ein Donahue-Exzess?«, fragte er seufzend und sah seine kleine Schwester mitleidig an.

Liam nickte. »Ich kenne mich da ja aus«, antwortete er nur und grinste.

Nic lachte, folgte ihm die Treppe hoch bis zu Lizzys Zimmer und blieb im Türrahmen stehen. Liam war sich bewusst, dass Nic ihn genau betrachtete, wie er Lizzy bis auf die Unterwäsche auszog und ihr in ein T-Shirt half.

»Bleib, bitte«, sagte sie leise, jedoch laut genug, dass ihr Bruder es verstehen konnte.

Ein Blick über die Schulter zeigte Liam, dass Nic sich nichts von seiner Verwunderung anmerken ließ, falls er denn verwundert war. Nun räusperte er sich und sagte: »Ich geh mal rüber zu Mia und Josh. Siehst du zwischendurch nach meinem Dad?«

»Aye, aye, Kapitän Donahue!«

Die beiden Freunde grinsten sich kurz an. Eine Kindheitserinnerung.

Mit einem knappen »Danke, Liam!« verschwand Nic.

Liam blieb unschlüssig im Raum stehen und blickte auf Lizzy. Es dauerte keine zehn Minuten, bis sie aus dem Bett sprang und es gerade noch bis ins Bad schaffte. Zuerst wehrte sie seine Hilfe ab, doch nachdem sie sich eine Weile übergeben hatte, ließ sie sich erschöpft gegen ihn sinken. Liam füllte einen Becher mit Wasser, reichte ihn ihr und strich ihr übers Haar.

»Wie schrecklich, dass du das sehen musstest«, sagte sie beschämt, und Liam grinste.

»Falls es dich beruhigt, ich habe schon ganz andere Sachen gesehen und selbst zustande gebracht.«

»Davon musst du mir bei Gelegenheit erzählen, aber bitte nicht jetzt«, sagte Lizzy, bevor sie sich wieder über die Toilettenschüssel beugte.

Es war fast zwei Uhr nachts, als Lizzy sich die Zähne putzte und erschöpft ins Bett kroch. Liam ließ sich auf ihre Bettkante sinken und zog die Bettdecke hoch.

»Es ist immer noch wahr, oder?«, fragte sie traurig.

Er wusste genau, was sie meinte. Schließlich war dieser Exzess ein Versuch gewesen, die Wirklichkeit zu vergessen.

Er sah ihr fest in die Augen. »Ja, Lizzy, Lynn ist immer noch krank.«

Tränen traten in ihre Augen. »Ich will nicht, dass sie so etwas hat.«

»Ich weiß, ich auch nicht.«

»Ich will nicht, dass sie stirbt«, fügte sie dann leise hinzu.

»Das tut sie doch auch nicht, Lizzy«, beruhigte Liam sie.

»Das weißt du nicht!«

»Das stimmt, aber Lizzy, sie ist da! Lynn ist nebenan in unserem Haus und wälzt sich in ihrem Bett vor Sorge um dich hin und her. Natürlich kann es sein, dass sie an dieser Krankheit stirbt. Das ist möglich. Es ist jedoch genauso möglich, dass sie den Krebs besiegt und dein Vater ganz plötzlich einen Herzinfarkt bekommt.« Lizzy sah Liam an, als wüsste sie genau, worauf er hinauswollte. »Ich will damit sagen, dass es viele Wege gibt, auf denen man sterben kann. Krebs muss es nicht mehr sein. Du hast gehört, was die Ärzte gesagt haben: Es gibt einiges, was sie tun können, um deine Mum gesund zu machen.«

»Dein Dad hatte diese Chance nicht«, stellte Lizzy leise fest, und Liam sah auf die Bettdecke. Er sprach nie über seinen Vater. Nicht mit Mia und schon gar nicht mit seiner eigenen Mum.

»Nein«, hauchte er. »Aber ich will darauf hinaus, dass deine Mum jetzt da ist. Ich will nicht sagen, dass sie es leichter als mein Dad hat. Aber du hast, nein, ihr habt Zeit. Vergeudet sie nicht«, sagte er.

Plötzlich hielt Lizzy seine Hand. »Es tut mir so leid.«

»Was?«, fragte Liam erstaunt.

»Alles!« Lizzy lächelte. »Aber vor allem, dass dein Dad tot ist. Er wäre sicher sehr stolz auf dich und würde dir schrecklich auf die Nerven fallen, weil er ständig und ohne Voranmeldung in London in deiner Wohnung auftauchen würde.«

Liam blickte Lizzy an – er war dankbar und gerührt von ihren Worten. Sie führten ihm ein Was-wäre-wenn-Szenario vor Augen, das ihm nicht wehtat. Das anders war als all seine Gedanken darüber, welche Zukunft er und sein Vater gehabt hätten, wäre Alan nicht gestorben.

»Du hast wahrscheinlich recht, er wäre mir schrecklich auf die Nerven gefallen, weil er mich ständig angerufen und mich besucht hätte«, sagte er lächelnd.

Lizzy kicherte. »Ich weiß noch, wie er uns dauernd was bringen wollte, als wir im Garten gezeltet haben. Er war immer so besorgt. Und einmal, als Mia ihre erste Party im Keller gemacht hat, da waren wir zwölf, da hat er uns verboten, Flaschendrehen zu spielen. Er hat uns von schrecklichen Krankheiten erzählt, die vom Küssen kommen.«

»Das Pfeiffersche Drüsenfieber«, sagten sie gleichzeitig und brachen in Gelächter aus. Sie verstummten und sahen sich an.

»Er hat euch über alles geliebt«, wisperte Lizzy und streichelte Liams Hand.

Er musste hart schlucken, um nicht zu weinen. Dann sah er Lizzy tief in die Augen und beugte sich zu ihr hinab.

»Ich glaube, er hätte nichts dagegen, wenn ich dich jetzt küsse«, raunte er ihr mit seltsam kratziger Stimme zu und verschloss ihren Mund mit seinem.

Lizzy empfing ihn widerstandslos und ließ ihre Hände in seinen Nacken gleiten, wo sie seine kurzen Locken streichelte. Liam strich mit seiner Zunge zärtlich über Lizzys Unterlippe. Als sie ihren Mund öffnete und ihre Zungen sich berührten, wurde das Feuer erneut entfacht. Leidenschaftlich klammerten sie sich aneinander, und plötzlich lag Liam nackt unter Lizzys Bettdecke. Er bedeckte ihren ebenfalls entkleideten Körper mit Tausenden Küssen und erkundete tiefer liegende Gebiete, was Lizzy vor Entzücken stöhnen ließ. Mit seiner Zunge glitt er über die weiche Haut ihrer Schenkel bis hin zu ihrem warmen, weichen Fleisch.

Als sie ihn drängend um mehr bat, steckte er einen Finger in sie und massierte ihre Klitoris zugleich mit seiner Zunge.

Sie schmeckte fabelhaft, ganz anders als jede andere Frau vor ihr. Lustvoll bog Lizzy ihm ihre Hüften entgegen. Immer wieder glitt er über die empfindsame Stelle und lauschte ihrem Stöhnen, während ihre Hände in sein Haar griffen und sanft daran zogen. Sein Schwanz pulsierte vor Verlangen und sehnte Erlösung herbei, die Lizzy in dieser Sekunde erhielt. Ihr Körper bäumte sich ein letztes Mal auf, ehe ihre Gliedmaßen zuckten und sie sich schließlich entspannte.

Liam beobachtete ihre weichen Züge, das selige Lächeln auf ihren Lippen und die flatternden Augenlider. Ihre Brustwarzen hatten sich vor Erregung zu harten Knospen geformt, und Liam beugte sich vor, um sie mit der Zungenspitze zu necken. Dann hob er den Blick und sah ihr tief in die nun weit offenen Augen.

Plötzlich kam Leben in Lizzy. Sie schob ihn von sich, sodass er auf dem Rücken lag, und kletterte dann mit einem aufreizenden Blick über ihn. Liam bewunderte ihre nackte Silhouette, während sie in ihrer Nachttischschublade kramte. Als sie sich nun neben ihn kniete, hielt sie ein Kondompäckchen in der Hand. Ihre Hand umfing seinen Schaft und bewegte sich erst sanft, dann immer schneller auf und ab. Dann – Liams Augen weiteten sich – beugte sie sich mit leicht geöffnetem Mund zu seinem Schwanz hinab und nahm ihn tief in sich auf. Er stöhnte und krallte seine Finger in die Bettwäsche. Hingebungsvoll verwöhnte Lizzy ihn mit ihren Lippen. Allein ihr dabei zuzusehen brachte ihn fast dazu zu kommen. Sie leckte und saugte ein letztes Mal an ihm, dann öffnete sie das Päckchen und zog ihm das Gummi fachmännisch über. Bei dem Gedanken, wie oft sie das wohl schon bei anderen getan hatte, verdüsterte sich sein Blick.

Sobald sie sich rittlings auf ihn setzte und er tief in sie eindrang, war jeder finstere Gedanke verschwunden. Sie fanden in einen gemeinsamen Rhythmus, und Liam wünschte sich nichts mehr, als dass diese Nacht für immer währte.

* * *

Nic betrat leise das Zimmer, in dem Josh schlief. Er wusste, dass er dort Mia finden würde. Es dauerte einen Moment, bis sich seine Augen an das dämmrige Licht, das von einem Nachtlicht stammte, gewöhnt hatten und er sie sah. Sie stand neben dem Babybett und blickte auf das größte Glück in ihrer beider Leben.

Sie sah sehr nachdenklich aus, und Nic wusste, dass es etwas mit Lizzy zu tun hatte. Natürlich war Mia nicht minder geschockt und traurig über die Diagnose seiner Mutter, dennoch war da noch etwas anderes. Leise trat er hinter sie und umschlang sie mit beiden Armen. Als er sie zärtlich auf den Hals küsste, entspannte sie sich sofort.

»Was für eine Aufregung«, murmelte er, und Mia stimmte ihm brummend zu.

»Er ist schon ziemlich perfekt, oder?«, sagte sie mit Blick auf Josh, und Nic lächelte.

»Ist ja klar, er kommt ganz nach seinem Vater!« Mia grinste, wurde aber sofort wieder traurig. »Willst du mir nicht sagen, was dich so bedrückt?«, fragte er und drehte sie zu sich um.

»Mich? Ich denke, viel wichtiger ist die Frage, wie es dir geht.«

»Lenk nicht ab! Irgendwas ist doch passiert? Ist es wegen Lizzy?«

Mia schüttelte erst den Kopf und nickte dann. »Sie hat ein paar Sachen gesagt, die mich verletzt haben. Aber das ist nicht der Grund … Vor gar nicht so langer Zeit war ich die einzige Person, der sie absolut blind vertraut hat. Doch heute Abend ist es nicht mir zu verdanken gewesen, dass wir sie nach Hause bringen konnten, sondern …«

»Liam«, beendete Nic ihren Satz.

Sie nickte. »Ich weiß, dass das albern ist, aber das macht mich so traurig. Ich habe es dir ja schon einmal gesagt, aber es fühlt sich an, als würden Lizzy und ich uns voneinander entfernen.«

Nic sah seine Frau nachdenklich an. »Das ist möglich, aber ich glaube es nicht. Ich habe viel eher einen anderen Verdacht. Was ist, wenn Liam einen Platz in Lizzys Leben einnimmt, so wie ich in deinem?«

Mia sah Nic aus großen Augen an. »Du meinst, dass die beiden ...?«

Er hob die Schultern. »Keine Ahnung, aber wenn ich mit dir in einer Wohnung gelebt hätte, dann hätte ich bestimmt nicht so lange gebraucht, um ...« Er zog Mia an sich und küsste sie zärtlich. »... das hier zu tun.«

Mia lächelte, und diesmal erreichte es auch ihre Augen.

18

Der nächste Tag begann für so manches Donahue-Familienmitglied mit Kopfschmerzen. Lizzys Kopf drohte zu platzen, sobald sie die Augen öffnete, aber das war nicht alles. Ihr Hals brannte, ihre Glieder schmerzten bei der kleinsten Bewegung, und sie bekam kaum Luft durch die Nase. Liams Arm hielt sie fest umschlungen, und er wurde ebenfalls gerade erst wach. Er stöhnte leise und rollte sich auf den Rücken.

»O Gott …«, murmelte Lizzy, und Liam sah sie aus zusammengekniffenen Augen an.

»Du meinst mich?«

Lizzy legte eine Hand an ihre Stirn. »Ich glaube, dein Dad hatte doch recht«, krächzte sie.

Liam antwortete ebenfalls mit brüchiger Stimme: »Vom Küssen wird man krank?«

Lizzy nickte und betrachtete ihn genauer. Er sah furchtbar aus. Er war ganz blass und sprach durch die Nase.

»O Mann, jetzt hat es uns erwischt.«

Die Doppeldeutigkeit hing schwer in der Luft, und beide sahen betont gleichmütig aneinander vorbei. Liam setzte sich mühsam auf und nieste ins nächste Taschentuch.

»Ich fürchte, das verdanken wir eher dem gestrigen feuchtfröhlichen Abend.«

»Ich glaube, irgendwo liegen noch Aspirin …«, sagte sie und machte eine vage Handbewegung in den Raum.

»Mit dir hat man immer Ärger«, erwiderte Liam und grinste spitzbübisch.

Lizzy war zu kraftlos, um ihm einen Denkzettel zu verpassen. »Wenn ich mich jemals wieder bewegen kann, werde ich dir für deine freche Bemerkung in den Hintern treten, Mr Kennedy.« Liam kletterte stöhnend aus dem Bett und bot Lizzy einen absolut uneingeschränkten Blick auf seinen nackten, perfekten Körper. Sofort erinnerte sich ihr Körper daran, was dieser andere mit ihr gemacht hatte. Doch jetzt traf die Lust auf ihr schlechtes Gewissen.

Ein Mal konnte man als Ausrutscher gelten lassen, aber zwei Mal? Lizzy fühlte sich augenblicklich noch elender. Sie musste es Tom sagen. Sie durfte nicht solche Dinge mit einem anderen Mann tun und Tom außen vor lassen. Außerdem gab es für Liam auch noch Emma.

Sie selbst hatte Emma doch noch motiviert, sich auf Liam einzulassen, und ihr vorgeschwärmt, was er für ein toller Fang er war. Und dann schnappte sie ihr diesen Fang vor der Nase weg.

Lizzy stöhnte innerlich. So etwas tat sie nicht. Sie war nicht »die andere Frau«, zumindest nicht im vollen Bewusstsein. Für diese beiden Nächte gab es viele gute Gründe, aber deswegen war es noch lange nicht richtig. Sie fragte sich, ob sie mit Liam ernsthaft darüber reden sollte.

Aber sie kniff. Sie war nicht bereit und er auch nicht. Das erkannte sie daran, wie er auf sein Handy blickte und offenbar einige Nachrichten las, die ihm ebenfalls ein schlechtes Gewissen zu machen schienen. Sofort schoss ein Stich durch ihre Eingeweide, und sie fragte sich, ob es Nachwehen des Alkohols waren. Allerdings musste sie sich eingestehen, dass es Eifersucht war. Sie vergrub das Gesicht in ihrem Kissen und bekämpfte den Anfall stillschweigend. Als sie bereit war, wieder aus der Versenkung aufzutauchen, war Liam fast vollständig angezogen.

»Du gehst?«, fragte sie und hasste es, wie sie sich dabei anhörte.

Liam sah sie nur kurz an, und Lizzy glaubte, so etwas wie Bedauern in seinen Augen zu lesen. »Ja, ich denke, es dauert nicht lange, bis deine Mum hier auftaucht, und ich weiß nicht, ob sie uns so sehen sollte ...«

»Mmh, mmh«, brummelte sie.

Liam zögerte und wirkte nervös. Wahrscheinlich wog auch er gerade ab, ob er das Thema ansprechen sollte oder nicht. Er entschied sich ebenfalls für später und warf ihr ein Aspirin aufs Bett.

»Es gibt da etwas, das du vielleicht noch wissen musst ...«, begann er seltsam angespannt und zähneknirschend. Lizzy sah ihn erwartungsvoll an. »Tom hat gestern etwa ein Dutzend Mal auf deinem Handy angerufen, während wir dich gesucht haben. Und beim letzten Mal sind mir die Nerven durchgegangen und ich bin drangegangen ...«

»Was hast du ihm gesagt?«, fragte Lizzy matt.

»Nur, warum er nicht versteht, dass du gerade nicht mit ihm reden willst. Es tut mir leid ... Du warst verschwunden und ...« Liam hatte wenigstens den Anstand, zerknirscht auszusehen.

»Ist schon okay«, winkte sie ab und fühlte sich mit einem Mal sehr erschöpft. »Und Mia?«, fragte sie nach einer kleinen Weile. Sie erinnerte sich vage daran, dass sie ein paar Dinge gesagt hatte, die sie verletzt haben mussten.

Liam sah Lizzy seufzend an. »Du bist eben eine wahre Donahue.«

»Soll heißen?«

»Du hast dich benommen wie Nic zu seinen besten Zeiten.« Lizzy versteckte sich wieder in den Kissen.

»O nein ... ist sie sehr sauer?«

»Nun, ich würde ihr so ein bis zwei Jahre aus dem Weg gehen«, hörte sie Liam dumpf durch das Kissen scherzen.

»So schlimm?«, stöhnte sie und setzte sich auf.

Er zuckte mit den Achseln. »Keine Ahnung, wie das so unter euch Mädels abläuft ...«

»Wir schlagen uns nicht, wenn es das ist, worauf du hinauswillst«, sagte Lizzy streng.

»Wir Männer mögen uns die Köpfe einhauen, aber zur späteren Stunde sitzen wir zusammen und trinken ein Bier«, erklärte er, und Lizzy lachte bei der Erinnerung an Liams und Nics Faustkämpfe in der Vergangenheit. »Nimm es nicht so schwer. Denk dran, du bist eine Donahue, und Mia hat Nic schon viel schlimmere Dinge verziehen. Sie liebt dich«, munterte er sie auf und verschwand mit einem »Bis später« eilig aus ihrem Zimmer.

Lizzy ließ er mit ihren eigenen quälenden Gedanken zurück.

Doch es dauerte keine zehn Minuten, bis es an der Zimmertür klopfte und Lynn hereinkam. Sie ließ sich auf dem Bettrand nieder und sah ihre Tochter besorgt an. Aber alles andere an ihrer Mutter wirkte wie immer.

Lizzy fühlte sich in eine frühere Zeit zurückversetzt und ergriff Lynns Hand.

»Ich hab drauf gewartet, dass die Luft rein ist«, sagte Lynn augenzwinkernd, und Lizzy blickte verdutzt drein.

»Ist Dad schon weg?«

»Quatsch! Ich meinte natürlich Liam. Er ist gerade erst rübergekommen.« Lizzy tat ahnungslos, doch ihre Mum wollte sie so schnell nicht vom Haken lassen. »Ich wollte eine prekäre Situation für uns alle vermeiden.«

»Keine Ahnung, was du meinst«, wich Lizzy weiter aus und blickte betont gleichmütig auf ihre Bettdecke.

Lynn lachte glockenhell und sah liebevoll auf ihre Tochter hinunter. »Weißt du noch, wie ich dir immer erzählt habe, ich hätte auch hinten Augen?« Lizzy nickte. »Nun, so ist es immer noch. Eine Mutter weiß fast alles.«

Lizzy bemühte sich, ein Grinsen zu unterdrücken. »So ist das nicht, Mum. Er ist ... er ist nur ...«

»Ein Freund?«, führte Lynn ihren unvollendeten Satz zu Ende. »Aber sicher doch. Was glaubst du, wie oft ich diese Aussage in der Vergangenheit schon gehört habe, mein Schätzchen?« Lizzy stimmte in Lynns Lachen mit ein. Als es verklungen war, sahen sie sich an, und Lynn meinte augenzwinkernd: »Na, da hat sich dein Ausflug gestern aber ganz schön gerächt, oder?«

Lizzy schniefte demonstrativ und legte sich den Arm über die Augen. »In mehr als nur einer Hinsicht. Ich fürchte, ich sterbe.« Lynn lachte wieder fröhlich, und Lizzy lugte unter dem Arm hervor. »Das war makaber, oder?«

Lynn hielt inne und sagte: »Ich sterbe nicht, Lizzy. Ich bin gerade dabei, meine Truppen zu mobilisieren und den Angriff abzuwehren.« Lizzy kicherte bei der Metapher, und ihre Mutter strich ihr übers Haar. »Hab ein bisschen Vertrauen in mich.«

Lizzy nickte. »Versprochen.«

Damit klatschte Lynn in die Hände. »Gut, dann ist das geregelt. Und weil ich bald wohl nur noch im Bett liege und ihr euch dann um mich kümmern müsst, werde ich mich jetzt noch mal ausgiebig um dich sorgen.«

Das tat sie dann auch. Sie ließ Lizzy ein Erkältungsbad ein, versorgte sie abwechselnd mit Tee und heißer Milch mit Honig sowie einem gesunden Frühstück. Lizzy wärmte sich gerne im heißen Wasser auf, die restliche Zeit blieb sie aber im Bett. Sie hatte genug Dinge im Kopf, die sie mit sich klären musste, und ehrlich gesagt wollte sie sich für eine Weile vor der Welt verstecken. Es konnte nicht schaden, die Decke dabei über den Kopf zu ziehen.

Erst gegen Nachmittag setzte sie sich in ihren Kissen auf und rief im Krankenhaus bei Mrs Grayson an.

»Hallo, Lizzy«, begrüßte die alte Dame sie erfreut.

»Wie geht es Ihnen, Mrs Grayson? Ich hoffe, schon viel besser!«

»Nun, ich würde sagen, besser als Ihnen.«

»Ach, das ist nur ein Schnupfen«, beschwichtigte Lizzy ihre alte Freundin.

»In meinem Alter ist nichts mehr einfach nur ein Schnupfen.«

Lizzy horchte auf. »Geht es Ihnen denn wirklich besser? Hat der Arzt noch weitere Untersuchungen veranlasst?«, fragte sie besorgt.

»Es kümmern sich alle sehr gut um mich. Machen Sie sich keine Gedanken um mich. Wie geht es denn Ihrer Mutter? Gibt es Neuigkeiten?«

»Nein, leider nicht. Alle waren sehr geschockt. Ich denke, morgen werden wir besprechen, wie es weitergeht«, erklärte Lizzy.

»Kümmern Sie sich gut um Ihre Mutter, meine Liebe! Denken Sie immer daran, es ist Ihre einzige«, sagte Mrs Grayson, und noch während Lizzy zustimmend brummte, fügte sie hinzu: »Wie geht es Mr Kennedy?«

»Ihm geht es gut. Er war sehr lieb und hat sich gut um mich gekümmert.«

»Das war nicht anders zu erwarten, oder?«

»Wie meinen Sie das?«

»Haben Sie keine Augen im Kopf? Er ist doch sehr verliebt in Sie.«

Lizzy wusste darauf nichts zu erwidern und beendete das Gespräch bald. Nachdenklich legte sie sich auf ihr Bett zurück und betrachtete die Zimmerdecke. Natürlich glaubte die alte Dame das, denn schließlich gaben sie und Liam vor, ein Paar zu sein. Doch ein winziger Teil in ihr wagte zu hoffen.

Plötzlich war Lizzy es leid, sich in ihrem Zimmer zu verstecken. Sie fühlte sich allein und einsam. Und sie fragte sich, was Liam wohl gerade tat und wann er wieder nach London aufbrechen würde. Sie stand auf, zog sich warm an und krönte ihr Outfit zuletzt mit einer dicken Strickjacke. Als sie vor den Spiegel trat, fühlte sie sich fett und gekleidet wie Sophie. Also zog sie sich wieder um und legte sogar etwas Make-up auf, um die dunklen Ränder unter ihren Augen zu kaschieren. Dann griff sie zu ihrem Mobiltelefon und trat auf den Flur. Sie hörte den Fernseher im Wohnzimmer.

Ob sich ihre Eltern wieder vertragen hatten? Sie lugte um die Ecke und sah ihren Vater, allein, auf dem Sofa sitzen. Er sah ebenfalls sehr in Mitleidenschaft gezogen aus. Er trug einen Schal und hatte eine Wolldecke über sich ausgebreitet. Ihre Mutter werkelte in der Küche und tat, als bemerkte sie die Blicke ihres Ehemannes nicht. Als sie Richard wenig später eine Tasse heißen Tee brachte, musste Lizzy kichern.

Ihre Mutter war der beste Mensch, den sie kannte. Sie war selten wirklich sauer auf jemanden, und die vergangene Nacht, die sie nicht in ihrem Ehebett verbracht hatte, war wahrscheinlich die erste und letzte ihres gemeinsamen Lebens.

Lizzy räusperte sich und zog augenblicklich die Aufmerksamkeit auf sich.

»Gehst du noch weg, Schatz?«, fragte ihre Mutter missbilligend.

»Ja, ich muss rüber zu Mia. Ich hab mich gestern wohl etwas danebenbenommen.«

»Vielleicht hat das noch Zeit bis morgen? Denk daran, dass du dir eine ordentliche Erkältung eingefangen hast.«

»Ja, danke, Mum. Aber ich muss mal an die frische Luft.«

Lynn lächelte. »Soll ich was Leckeres kochen?«

Richard machte hektische Kopfbewegungen, die eine Motivation für Lizzy sein sollten, doch Ja zu sagen.

»Also für mich nicht, Mum. Aber ich glaube, Dad sieht so aus, als könnte er eine warme Mahlzeit vertragen.«

Ihr Vater warf ihr einen finsteren Blick zu, und Lizzy kicherte erneut. »Bis nachher!«

Vielleicht schafften die beiden es ja, ihre Differenzen beizulegen, wenn ihre Kinder aus dem Haus waren.

Als Lizzy über die Terrassentür ins Kennedy-Haus trat, stand Celine in der Küche und kochte Milchsuppe.

»Hallo, Chérie, geht es dir etwas besser?«

Lizzy schnäuzte sich in ein Taschentuch und lächelte. »Es geht so. Du kochst Milchsuppe? Geht es Liam so schlecht?«

»Liam? Oder meinst du den besonders hartgesottenen Rockstar, der sich bei dem geringsten Anflug eines Schnupfens besser sofort in eine Klinik einliefern lassen sollte?« Lizzy lachte, und Celine fuhr fort: »Dort wäre er allemal besser aufgehoben, und es würde meine Nerven schonen. Männer!«

»Nun, mein Dad guckt auch aus dicken roten Augen in die Welt. Das kommt dem Bemutterungsbedürfnis meiner Mum allerdings ganz gelegen.«

Celine lächelte nachdenklich. »Vielleicht bringt sie das wieder näher zusammen.«

»Ich hoffe es. Ist Mia irgendwo?«

»Ja, sie versucht, Josh ins Bettchen zu bringen. Der Kleine hat sich wohl auch angesteckt oder bekommt Zähne. Er hat letzte Nacht ganz schön gefiebert.«

Sofort wuchs auch Lizzys schlechtes Gewissen. »Oje, da scheint ja ein richtiger Virus im Umlauf zu sein.«

Celine nickte und stellte eine Portion Milchsuppe auf ein Tablett. »Ich gehe und bringe das schnell unserem schwer kranken Patienten.«

Lizzy war langsamer als Celine und schleppte sich schnaufend in die erste Etage hoch. Durch Liams nur angelehnte Zimmertür hörte sie Celine sagen: »Herrgott, Junge, 37,5 ist kein Fieber, und du hast nur eine Erkältung.«

Lizzy konnte nur schwer an sich halten, um nicht laut loszulachen.

Im Flur begegnete sie Nic, der eine Reisetasche unter dem Arm trug.

»Hallo, verlorene Schwester. Wie geht's so?«

Lizzy ignorierte seinen gönnerhaften Blick. »Etwas verschnupft, aber besser als letzte Nacht. Und was machst du?«

»Josh ist ziemlich krank, und Mia besteht darauf, dass ich zu unseren Eltern ziehe, damit ich mich nicht anstecke.«

»Ja, natürlich. Ein Sänger ohne Stimme kommt nicht so gut.«

Nic schüttelte bedauernd den Kopf. »Gerade jetzt, wo die vielen Live-Auftritte anstehen ... Aber es ist schon ziemlich heftig, dazustehen und nichts tun zu können. Mia hat letzte Nacht kaum geschlafen, und diese Nacht scheint nicht besser zu werden.«

Lizzy biss sich auf die Unterlippe. »Wo steckt sie?«

Nic deutete auf Joshs Zimmer und lief die Treppe runter. »Sei brav, Schwesterchen.«

Lizzy streckte ihm die Zunge raus, was er nicht mehr sah, weil er schon verschwunden war, und betrat vorsichtig das umfunktionierte Kinderzimmer. Der typische Babygeruch, der Josh immer umgab, schlug ihr entgegen. Mia saß auf dem Schaukelstuhl vor dem Bettchen und sah zu Lizzy auf, als sie hereinkam. Sie bedeutete ihr, draußen zu warten, und schlich dann auf leisen Sohlen mit dem Babyphone in der Hand zu ihr hinaus.

Ihre Freundin hatte wahrlich schon mal besser ausgesehen.

»Josh ist gerade eingeschlafen. Ich wollte nicht riskieren, dass er wieder wach wird.«

Lizzy nickte und sagte, dass Nic ihr schon alles erzählt hatte. Sie kletterten gemeinsam zu Mias Schlafzimmer im Dachgeschoss hinauf und ließen sich wie gewohnt in die Leseecke sinken. Mia streckte alle Glieder müde von sich.

»Ich bin wirklich eine miese Freundin gewesen«, leitete Lizzy ihre Entschuldigung ein.

»Du hast schon bessere Tage gehabt, das stimmt«, antwortete Mia.

»Es tut mir leid. Was immer es war ...«

»Du hast gesagt, ich sei ein Hausmütterchen und hätte ohnehin keine Zeit für dich.«

O Gott, dachte Lizzy beschämt, dann sagte sie: »Ich hätte das nicht sagen sollen. Es ist auch nicht so, dass ich es ernst gemeint habe ...«

»Doch, hast du«, sagte Mia ernst. Als Lizzy protestieren wollte, hob sie die Hand und sprach weiter: »Ich meine, ein Fünkchen Wahrheit ist schon dran. Seit meiner Schwangerschaft und der Hochzeit mit Nic hat sich einfach alles verändert. Auch wir haben uns verändert – aber eben nicht so symbiotisch wie früher. Früher habe ich die Stützräder meines Fahrrads abgenommen bekommen, wenn du auch ohne fahren konntest. Jetzt ist es das erste Mal in unserem Leben, dass wir zwei völlig verschiedene Leben führen.« Lizzy schaute Mia betroffen an. »Im Vergleich zu dir bin ich abends in der Regel um zehn Uhr im Bett, aber mein Tag fängt auch um halb sieben an. Ich bin glücklich damit. Es gibt für mich nichts Wichtigeres, als Josh jeden Morgen in meine Arme zu kuscheln und Nic an meiner Seite zu haben.«

»Du brauchst dich vor mir nicht zu rechtfertigen ... wirklich nicht, Mia!«

»Nein, vielleicht nicht vor dir, aber vor mir musste ich es tun. Ich habe angefangen, an meinem neuen Leben zu zweifeln. Auch weil ich Angst hatte, nicht die Freundin für dich zu sein, die du brauchst. Du warst so lange der einzige Halt für mich, dass ich Angst davor habe, ohne diesen Halt auskommen zu müssen.«

»Aber das musst du doch nicht«, beteuerte Lizzy und ergriff Mias Hand. »Was ich gestern gesagt habe, gehörte zu meinem bösen Zwilling. Ich war sauer auf die ganze Welt. Darauf, dass meine Mum so krank ist. In einem schwachen Moment habe ich diese Wut an dir ausgelassen und versucht, dir die Schuld daran zu geben, dass ich mich schlecht fühle.«

»Das weiß ich doch alles längst.«

»Ach ja?«, fragte Lizzy überrascht. »Jetzt versteh ich gar nichts mehr.«

Mia kicherte. »Ich war natürlich verletzt über das, was du gesagt hast, aber viel schlimmer war etwas anderes.« Sie hielt inne und sah Lizzy gespannt an.

»Und … was?«, fragte Lizzy irritiert.

»Es gab eine Zeit, da hätte nur ich dich in diesem Zustand zu irgendetwas bringen können …«

»Ja?«

»Und gestern konnte ich gar nichts tun. Sondern nur Liam.« Lizzy senkte verlegen den Blick. »Ich war eifersüchtig auf ihn, weil er eine besondere Bindung zu dir hat und ich nicht. Und dann hat Nic etwas Schlaues gesagt.«

»Mein Bruder hat was Schlaues gesagt?«, frotzelte sie und beeilte sich, vom Sofa aufzustehen.

»Er hat mich darauf aufmerksam gemacht, dass Liam vielleicht so etwas für dich ist wie er für mich.«

»Niemals!«, empörte sich Lizzy, doch Mia redete einfach weiter: »Das würde aber heißen, dass du dich, seit Nic und ich zusammen sind, bei mir so zurückgesetzt gefühlt haben musst wie ich mich gestern Abend, und das tut mir leid.«

Lizzy sah durch das große Fenster auf den Wald hinaus und schwieg.

»Lizzy?«, hakte Mia nach einer Weile nach. »Elizabeth Donahue! Ich schwöre, wenn du nicht mit mir sprichst, bin ich in dreißig Sekunden eingeschlafen.«

Lizzy wog ihre Chancen ab. Machte es Sinn, ihrer besten Freundin etwas vorzumachen?

»Also wie lange treibst du es schon mit meinem Bruder?«, fragte Mia unverblümt und gähnte herzhaft.

Lizzy wirbelte herum und rief entsetzt: »Mia!«

»Was denn? Ich sagte doch, ich schlafe jeden Moment ein. Mir fehlt also definitiv Zeit.«

»Ja, wir haben miteinander geschlafen«, sagte Lizzy schnell, und nun war es Mia, die sie erst sprachlos anstarrte und dann ein »Verrückt!« ausstieß.

Lizzy lächelte. Dann setzte sie sich wieder und legte ihren Kopf in beide Hände. »Es ist alles so kompliziert.«

Mia schien sich wieder gefangen zu haben, denn sie zog Lizzy näher zu sich. »Ist es das nicht immer, Süße? Erzähl es mir einfach.«

Und so begann Lizzy da, wo alles angefangen hatte: an dem Abend, an dem sie mit Pebbles vor Liams Haustüre aufgetaucht war. Mia unterbrach sie nicht und schlief auch nicht ein. Als sie bei ihrer gestrigen Nacht geendet hatte, schaute Mia Lizzy lange nachdenklich an.

»Ihr seid wie Feuer und Wasser. Alles müsste gegen euch sprechen. Aber für jemanden wie meinen Bruder, der noch nie längere Zeit mit einer Frau zusammengelebt hat, und für dich, die bindungsresistenteste Frau der ganzen Welt, scheint genau das zu funktionieren.« Sie hielt inne. »Liebst du ihn?«

»Woher soll ich das wissen? So richtig geliebt habe ich noch nie. Ich meine, nicht so wie du.«

»Vermisst du ihn, wenn er nicht da ist? Fühlst du dich nur dann richtig vollständig, sobald er bei dir ist? Hast du weiche Knie, wenn du daran denkst, wie er ... na, du weißt schon?«

Lizzy zuckte mit den Achseln. »Er ist mein ganzer Halt, seit ich bei ihm wohne. Er ist immer für mich da, obwohl ich ihn manchmal erwürgen möchte. Ich mein es ernst, er treibt mich in den Wahnsinn ... Und doch bringt mich kaum jemand so oft zum Lachen wie er.«

Mia lächelte versonnen. »Das hört sich für mich sehr nach Liebe an.«

»Es ist alles so unglaublich kompliziert«, wiederholte Lizzy und seufzte. »Ich bin nicht fähig, einen klaren Gedanken zu fassen, was Liam betrifft, weil so vieles an meinen Nerven zerrt.«

»Lynns Krankheit hat dich ganz schön aus dem Takt gebracht, hm?«

»Ja, aber es ist nicht nur das. Zum einen ist da noch Tom. Er ist eigentlich großartig. Er ist lieb und witzig. Und der Sex ist super gewesen.«

»Und trotzdem hast du in den letzten Tagen das Bedürfnis verspürt, mit meinem Bruder zu schlafen?«

»Sag das nicht so! Das hört sich an, als wäre ich eines dieser leichten Mädchen«, wehrte sich Lizzy.

»Ach was, Lizzy. Das zeigt nur, dass du noch nicht bereit warst, dir etwas einzugestehen.«

»Dass ich Liam will?«, hauchte Lizzy, und Mia nickte. »Dann ist da noch Emma«, fügte sie hinzu und lehnte sich zurück.

»Emma? Jetzt verstehe ich gar nichts mehr«, sagte Mia.

»Ich habe Liam und Emma motiviert, sich zu treffen.«

»Du hast was? Sie verkuppelt? O Mann, Lizzy. Dich kann man echt keine Sekunde aus den Augen lassen, ohne dass du dich in Schwierigkeiten bringst.« Mia schüttelte wild den Kopf, ihre Müdigkeit schien sich in Luft aufgelöst zu haben. »Um das mal zusammenzufassen: Du bist mit Tom zusammen und Liam mit Emma … und du und Liam treibt es miteinander? Das ist ja wie in einem dieser Schundromane vom Kiosk.«

Lizzy versteckte sich hinter ihren Händen und lugte zu ihrer Freundin. »Da gibt es noch was …«

»Was denn bitte noch?«, rief Mia entsetzt.

»Dieser Talentsucher, von dem ich dir erzählt habe … der, der mich bei M. A. Records eingeführt hat …«

»Die mit dem Song – ja?«

»Dieser Talentsucher ist Tom.«

Nun konnte Mia Lizzy nur noch fassungslos anstarren. »Im Ernst jetzt?«, fragte sie beinahe hysterisch.

»Ich sagte doch, dass es wirklich kompliziert ist.«

»Ja, aber über dich könnte man echt Romane schreiben«, stöhnte Mia. Nach einer kurzen Pause sagte sie: »Okay, hör zu, Süße!« Dabei erinnerte sie Lizzy derart an Celine, dass sie kurz lachen musste. »Das sind alles wirklich gute Gründe, die letzten zwei Mal Sex zu vergessen und sich auf den eigentlichen Mann zu konzentrieren.«

Lizzy fühlte sich plötzlich seltsam niedergeschlagen, bis Mia ihre Rede fortführte: »Aber darum geht es in der Liebe nicht. Ganz und gar nicht. Ich weiß, dass es nicht immer einfach ist. Aber es lohnt sich, für das zu kämpfen, was man wirklich will. All diese Sachen – Tom, Emma, die Plattenfirma – sind Aneinanderreihungen unglücklicher Umstände, aber mehr auch nicht. Wenn Liam dein Nic ist, dann darfst du dich von solchen Dingen nicht abhalten lassen.«

Lizzy lächelte über Mias unerschütterliche Romantik. »Wenn ich denn weiß, was ich will.«

Mia sah Lizzy nachdenklich an. »Erinnerst du dich noch, wie lange ich mir selbst etwas vorgemacht habe, was meine Gefühle für Nic angeht?«

»Das ist was anderes. Du und Nic, ihr seid füreinander bestimmt – schon immer gewesen.«

Mia zuckte mit den Achseln. »Ich möchte nur, dass du dich nicht voreilig aus dem Rennen nimmst. Das habe ich so lange gemacht, und es hat uns nur Probleme gebracht.«

Lizzy schnaufte. »Ich versuch's. Aber bei all deinen Überlegungen hast du eins vergessen.«

»Und was?«

»Dass zu der großen Liebe immer zwei gehören.«

Mia und Lizzy verfielen in gemeinschaftliches Schweigen, was für die beiden so natürlich war wie atmen. Das war das Besondere an ihrer Freundschaft. Manchmal war es genug, dass sie zusammen waren, und Worte waren überflüssig.

Als Mia wieder müde wurde und immer wieder einnickte, nahm Lizzy ihr das Babyphone aus der Hand.

»Schlaf etwas«, flüsterte sie und deckte sie zu. Mia protestierte schwach, doch Lizzy beruhigte sie. »Ich bewache Josh, und wenn irgendetwas ist, wecke ich dich.«

»Danke, Lizzy«, murmelte Mia und war schon im Reich der Träume versunken.

»Wofür hat der kleine Prinz schließlich die beste Patentante des Universums?«

Lizzy kletterte leise aus Mias ausgebauter Dachkammer, lugte in Joshs Zimmer, wo alles still war, und blieb schließlich unschlüssig im Flur stehen. Alles zog sie zu Liam, der nur eine Tür entfernt war. Sie konnte sich nicht dazu durchringen, bei ihm anzuklopfen.

Was wollte sie hier nur? Wollte sie zu Liam, weil sie es mittlerweile gewohnt war, mit ihm zusammen zu sein? Oder weil sie sich in ihn verliebt hatte? Dieser zweite Gedanke machte Lizzy gleichermaßen unruhig wie auch glücklich. Im Gespräch mit Mia hatte sie ihre Gefühle zumindest schon mal ausgesprochen. Aber das änderte nichts an ihrem Zwiespalt.

Sie lehnte sich an die Wand neben Liams Tür. Mia hatte ihr Anzeichen genannt, wonach man wusste, ob man verliebt war. Aber gab es auch Anzeichen dafür, dass jemand anderes in einen verliebt war? Und wenn beides zutraf und sie und Liam wirklich verliebt waren und sie es miteinander versuchen würden, was würde passieren, wenn es nicht klappte? Was würde aus ihnen werden? Sie hatten vor London nie eine besonders enge Beziehung gehabt, und dann waren sie Freunde und Feinde zugleich geworden.

In dieser Hinsicht hatte Mia vollkommen recht. Sie waren sehr gegensätzlich. Konnte so eine Beziehung überhaupt langfristig funktionieren? Konnten sie das ihren Familien antun?

Lizzy war bisher noch nie lange genug von einem Mann fasziniert gewesen, dass daraus eine wirkliche Beziehung hätte entstehen können. Und sie hätte nie auch nur in Erwägung gezogen, dass Liam dieser Mann sein könnte.

Das hatte sie mit ihm höchstwahrscheinlich gemeinsam.

»Was drückst du dich denn hier vor meiner Tür rum?«, ertönte eine Stimme neben ihr. Lizzy wirbelte erschrocken herum und blickte in schokoladenbraune Augen, die sie bis in ihre Träume verfolgten.

»O mein Gott«, sagte sie und griff sich ans Herz.

»Grundsätzlich höre ich auch auf Liam, aber wenn du darauf bestehst«, sagte er grinsend.

Lizzy schlug ihm leicht auf den Arm.

»Wolltest du zu mir?«, fragte er, und erst da sah sie ihn sich genauer an.

Er hatte nur ein Handtuch um seine Hüften geschlungen. Seine dunklen, kurzen Haare lockten sich durch die Nässe noch mehr, und Lizzy konnte ihre Hand gerade noch davon abhalten hindurchzufahren. Liam kam offensichtlich gerade aus der Dusche.

Lizzys Handflächen wurden feucht, und ihr Blick glitt über seine trainierte Brust. Er hätte es sicher mit so manchem Unterwäschemodel aufnehmen können. Wahrscheinlich war Lizzy auch nicht ganz objektiv.

»Lizzy?«, fragte er erneut, und sein Grinsen wurde noch breiter.

»Äh … ja … ähm … Nein, meine ich. Ich … ich … Josh! Ich meine, ich gucke nach Josh. Mia ist völlig fertig, und ich fürchte, sie verfällt dem Wahnsinn, wenn sie nicht ein paar Stunden durchschlafen kann.«

»Oh, deswegen hatte sie vorher so einen irren Blick drauf …«, sagte Liam und kratzte sich am Hinterkopf. »Möchtest du denn den ganzen Abend hier vor Joshs Tür stehen? Oder kommst du mit rein?« Er deutete in sein Zimmer und klang so verführerisch, dass Lizzy rot wurde.

»Hältst du das für eine gute Idee?« Sie trat unsicher von einem Bein auf das andere.

Liam trug ein breites Lächeln zur Schau. »Ich halte es für eine ausgesprochen brillante Idee.«

Lizzy wand sich zwischen ihrer Moral und der wahnsinnigen Anziehung, die zwischen ihnen herrschte und derer sie sich kaum erwehren konnte. Bevor sie jedoch antworten konnte, stand Liam ganz dicht vor ihr und raunte ihr ins Ohr:

»Ehrlich gesagt weiß ich nicht, ob ich wirklich zu einer guten Entscheidung fähig bin …«

Lizzy sog scharf die Luft ein, als er seinen Körper gegen sie drängte, und sah dann hektisch über seine Schulter. Seine Erregung war nur durch das dünne Handtuch von ihrer eigenen pulsierenden Mitte getrennt. O Gott! »Liam … deine Mutter. Oder Sophie«, warf sie schwach ein.

»Wie gesagt … nicht fähig, gute Entscheidungen zu treffen. Bin auf Erkältungssaft …« Lizzy stöhnte, als seine Hand unter ihren Pullover fuhr und ihren nackten Bauch streichelte. »Wenn ich dich sehe, denke ich nur an diese wahnsinnig tollen Lippen …« Er fuhr mit seinem Daumen über ihren Mund. »… die mich um den Verstand bringen und Dinge mit mir anstellen, die ich nicht für möglich gehalten hätte.« Sie spürte seinen Atem an ihrem Hals entlangstreichen und das eindeutige Verlangen ihres Körpers. »Und ich sehe nur deine weiche Haut, die ich immer noch nicht überall erkundet habe …«

Ergeben drehte sie den Kopf zu ihm und berührte seine Lippen mit ihren. Er schmeckte so gut! Lizzy schloss die Augen und ließ ihre Hände über seinen nackten Rücken gleiten, bis sie auf das Handtuch stieß. Sie zögerte keinen Moment, riss es herab und presste sich an ihn.

Liam lachte leise und sagte neckend: »Lizzy, meine Mutter!«

Sie sah ihn an. »Na, du hast schließlich wie eine geöffnete Pralinenschachtel vor mir gestanden … Wer kann da erwarten, dass ich nicht rangehe?«, fragte sie frech grinsend.

Liam lachte erneut, bückte sich nach seinem Handtuch und zog Lizzy diabolisch grinsend mit in sein Zimmer.

Sobald die Tür ins Schloss fiel, hob er Lizzys Arme und drängte sie erst sanft, dann immer fordernder gegen die Wand. Auf quälend süße und verheißungsvolle Art biss und leckte er ihre Haut am Hals bis zu ihrem Ausschnitt. Zugleich öffnete er ihren Hosenknopf, schob die Jeans über ihre Beine hinunter und zog zuletzt den Pullover hastig über ihren Kopf. Für einige Sekunden betrachtete er sie im dämmrigen Schein seiner Nachttischlampe. Seine Augen waren dunkel und wirkten beinahe schwarz wie die endlose Nacht. Das ließ ihn gefährlich wirken, und das war er auch. Sie war immerhin im Begriff, ihr Herz an ihn zu verlieren!

Lizzys Atem ging stoßweise, und ihr Blick fiel auf seinen Penis. Er wollte sie – das stand außer Frage, aber liebte er sie auch? Sie verdrängte den Gedanken und zwang sich, das Hier und Jetzt zu genießen. »Nimm mich«, bat sie, und Liam folgte dieser Bitte. Er packte sie und hob sie auf seinen alten Schreibtisch, der neben dem Fenster stand. Er presste seine große Härte gegen ihr warmes, feuchtes Fleisch, und Lizzy stöhnte auf. Sie wollte ihn in sich spüren.

»Kondom«, krächzte sie, kurz bevor er im Begriff war, sich in ihr zu versenken.

Er schimpfte sich einen Trottel und hastete zu seiner Reisetasche, die unangetastet auf einem Stuhl neben dem Bett stand. »Sieh nur, was du mit mir machst – ich vergesse mich und meine Prinzipien völlig!«

Meinte er damit womöglich mehr als nur den Schutz eines Kondoms? Womöglich den festen Entschluss, keine Beziehung zu führen? Es blieb Lizzy nicht viel Zeit, darüber nachzudenken, denn beinahe sofort war er zurück und erfüllte sie völlig. Dieses Mal liebten sie sich nicht so ausgiebig und sanft wie zuvor. Sie fielen wild übereinander her, löschten das Feuer auf harte, animalische Weise.

Kurze Zeit später lag Lizzy vollkommen erschöpft und entblößt auf dem Bauch auf Liams Bett. Er lehnte über ihr und küsste sanft ihre Schulter. Plötzlich stieß sie einen Schreckensschrei aus, schob Liam weg, sprang auf und begann hektisch im Raum herumzulaufen.

Liam sah ihr belustigt zu. »Suchst du etwas? Doch nicht deine Tugend, oder?«, neckte er sie grinsend und hielt das Babyphone hoch.

Lizzy stürzte auf ihn zu, entriss es ihm und lauschte. »Was bin ich nur für eine schreckliche, schreckliche Patentante ...«

Liam lachte schallend. »Ja, welcher Babysitter hat sich in der Schlafenszeit der Kinder noch nicht anderweitig vergnügt?«

»Du bist ebenfalls Patenonkel«, erinnerte Lizzy ihn.

Liam rollte sich auf den Rücken und sah sie an. »Und ich habe ein reines Gewissen!«, sagte er und deutete auf das Babyphone, das sie fest umklammert hielt.

Lizzy lief rot an, als ihr bewusst wurde, dass sie im Evakostüm vor Liam stand.

»Ein schöner Anblick«, sagte er, als habe er ihre Gedanken gelesen, und grinste wie ein Lausbub.

Lizzy stellte das Babyphone ab, schlüpfte zu Liam ins Bett zurück und rollte sich in die Decke ein. »Vielleicht sollte ich mich lieber wieder anziehen. Was, wenn deine Mum reinkommt?«

Liam sah sie stirnrunzelnd an und legte einen Finger ans Kinn. »Glaub mir, ich habe sie schon vergrault. Du kennst doch den Spruch: ›Ich habe einen Schnupfen, oder wie ein Mann sagen würde: Es geht zu Ende mit mir.‹«

Lizzy kicherte, als Liam sich neckend auf sie warf. Er kitzelte sie an einigen empfindlichen Stellen, bis sie die Arme um seinen Hals legte und er innehielt.

Sie sahen sich tief in die Augen, und der Ausdruck in Liams Gesicht wurde ernster. Er hatte sich rechts und links von ihrem Kopf abgestützt und strich ihr das Haar aus dem Gesicht. Dann küssten sie sich zärtlicher als jemals zuvor.

Lizzys Schmetterlinge machten einen Sturzflug durch ihren Bauch, und plötzlich wusste sie, dass dies Liebe war. Sie war nicht mit Pauken und Trompeten erschienen, so wie Lizzy es sich immer vorgestellt hatte, sondern hatte sich heimlich angeschlichen. Irgendwann in den letzten Wochen hatte sie sich in Liam Kennedy verliebt, und das, obwohl er niemals auch nur eine Option für sie gewesen war. Nie war er im Vorfeld auf ihrem Radar aufgetaucht, und Lizzy war so überrascht über diese Entwicklung, dass sie sich von dem Kuss löste.

Liam sah sie verwundert an, ließ sich aber nichts weiter anmerken und rollte sich wieder neben Lizzy auf den Rücken.

»Werden wir je darüber reden?«, fragte Lizzy nach endlosen Sekunden der Stille.

»Worüber genau?«, erwiderte er scherzhaft.

»Du weißt genau, was ich …« Lizzys Worte gingen im Surren seines Handys unter. Sie griff danach, sah auf das Display und zeigte es ihm. »Darüber!«

Es war Emma. Von ihrem schlechten Gewissen und einem heftigen Anfall von Eifersucht gepackt sprang Lizzy aus dem Bett, um sich anzuziehen. Liam ließ den Anruf auf seiner Mailbox landen und richtete sich dann zögernd auf. Sein nackter Körper machte es Lizzy nicht gerade leichter zu sagen, was nun zu sagen war.

»Wo willst du hin?«, fragte er unsicher, und sie rollte mit den Augen.

»Weißt du, Liam, ich bin eigentlich keins von diesen Mädchen, die einer anderen den Typen ausspannen.«

Liam sog hörbar die Luft ein. Entfernt nahm Lizzy wahr, wie es an der Haustür klingelte. Doch ihre ganze Aufmerksamkeit galt Liam.

»Was soll ich dir sagen, Lizzy? Ich schlafe eigentlich auch nicht mit Frauen, die vergeben sind?«, entgegnete er und sah sie abwartend an.

Lizzys Wut verrauchte, weil er ihr vor Augen führte, dass sie ebenfalls eine Beziehung hatte. Sie zog sich fertig an und nahm das Babyphone in die Hand.

»Vielleicht sollten wir es dann einfach lassen«, schlug sie halbherzig vor.

»Ganz wie du meinst«, sagte Liam nur, und Lizzy schnappte nach Luft. Sie hatte nicht erwartet, dass er ihr zustimmen würde.

In diesem Moment hallte Celines Stimme durchs Haus. »Liam, du hast Besuch!«

Liam und Lizzy reagierten in Sekundenschnelle. Lizzy rannte zur Tür, während Liam das nächstbeste T-Shirt überzog und in seine Jogginghose stieg. Dann öffnete Celine schon die Tür und lugte vorsichtig hinein. Sie schien nicht im Mindesten überrascht zu sein, Lizzy bei Liam vorzufinden, sondern atmete vielmehr erleichtert aus.

»Sie wartet unten«, raunte Celine doppeldeutig, und Liam echote: »Sie?«

»Emma?«, antwortete seine Mutter, und ihr Blick glitt zu Lizzy, die direkt vor ihr stand. »Sie wartet unten.«

Lizzy fühlte sich wie vor den Kopf geschlagen und vermied es, Celine länger anzusehen. Es war, als wüsste diese ganz genau, was eben zwischen Liam und ihr vorgefallen war. Und es war auch kein Zufall, dass sie Emma unten hatte warten lassen, da war Lizzy sich absolut sicher.

Sie tauschte einen Blick mit Liam, der so perplex von diesem Überraschungsbesuch schien, dass er sich nicht rührte.

»Nun lass diese junge Frau nicht unnötig warten und zieh dein T-Shirt richtig herum an«, rügte Celine ihren Sohn und brachte Liam dazu, sich endlich in Bewegung zu setzen.

19

Im Nachhinein konnte Lizzy nicht mehr genau sagen, wie sie es schaffte, eine Begegnung mit Emma zu vermeiden. Nur, dass sie es tat und dass es Celine und Sophie zu verdanken war. Die Gefühle von Schuld, Eifersucht und Trauer waren inzwischen so übermächtig, dass sie ihr die Kehle zuschnürten. Doch erst als sie in ihren eigenen, sicheren vier Wänden war und die Tür vor der Nase ihrer besorgt aussehenden Mutter zumachte, war sie imstande, sich diesen Gefühlen auch zu stellen.

Lizzy pfefferte vor Wut ein paar Dinge durch ihr Zimmer und sank dann wie ein unbrauchbares Soufflé in sich zusammen. Es war so unglaublich dumm, in welche Situation sie sich selbst gebracht hatte! Sie war die andere Frau. Sie war aus einem Haus geschlichen, das ihr zweites Zuhause war, und warum? Nur um nicht gesehen zu werden.

Lizzy war sauer auf Liam, der nicht den Schneid gehabt hatte, etwas dagegen zu tun oder auch nur irgendwas zu ihr zu sagen. Aber am allermeisten war sie böse auf sich selbst. Sie hasste sich dafür, sich in diese Lage gebracht zu haben. Sie hatte doch Tom. Was war an ihm nur auszusetzen? Er wollte ihr den Zutritt zu einem neuen Leben ermöglichen, das sie sich immer gewünscht hatte. Er war lieb und verrückt nach ihr – vielleicht jetzt nicht mehr, das wusste sie nicht. Sie hatte ihn doch auch sehr anziehend gefunden. Oder etwa nicht?

Wenn sie ehrlich war, hatte sie schon eine ganze Weile nicht mehr an ihn gedacht. Zumindest nicht auf diese Art. Sie hatte an ihn gedacht, weil sie die Option, einen Song zu präsentieren, noch nicht aufgeben wollte. Und weil sie sich gefragt hatte, wie sie ihm schonend das Aus ihrer erst beginnenden Beziehung erklären sollte.

Alle anderen Gedanken hatten neben der Sorge um ihre Mum Liam gegolten. Es war verrückt, das wusste niemand besser als Lizzy. Sie war verliebt in einen Mann, der ihr gesamtes Leben im Haus nebenan gewohnt hatte. Der sie in all den Jahren nicht die Bohne interessiert und der sie den Rest dieser gemeinsamen Zeit in den Wahnsinn getrieben hatte. Und doch war es geschehen. Er war es, der ihr schon eine ganze Weile zur Seite gestanden hatte. Und er war es auch, der nichts von ihren Gefühlen wusste.

War es besser, ihm die Wahrheit zu sagen? Oder sollte sie darauf warten, dass er es tat? Was sollte sie nur tun? Ihr Blick fiel auf ihr Keyboard am Fenster, und plötzlich wusste sie, wie sie einen klaren Kopf bekommen konnte.

Als Lizzy am Morgen die Augen aufschlug, dämmerte es gerade erst. Dafür, dass sie so spät ins Bett gekommen war, war sie nun unglaublich früh aufgewacht.

Lizzy wusste, dass es ihr unmöglich war, noch einmal die Augen zu schließen. In ihr tobten widerstreitende Gefühle: Sie war glücklich und betrübt zugleich, wenn das überhaupt möglich war. Sie war glücklich, weil sie endlich den Text zu ihrem Song geschrieben hatte. Es hatte so lange gedauert, die richtigen Worte zu finden, doch dann waren sie nur so aus ihr herausgesprudelt. Der Song war bewegend und melancholisch und erzählte von ganz persönlichen Gefühlen. Lizzy war sich absolut sicher, dass M. A. Records ihn nicht gut genug finden würde. Für sie war er jedoch perfekt.

Betrübt war sie, weil sie Emmas Auto noch spät in der Nacht vor dem Kennedy-Haus stehen gesehen hatte. Es schmerzte sie, dass Liam offenbar imstande war, erst mit einer Frau und dann mit der anderen in ein und demselben Bett zu schlafen.

Seufzend schwang sie die Beine über die Bettkante und blieb sitzen. Eine ganze Weile starrte sie nur auf die Wand vor ihr. Schließlich stand sie auf, hüllte sich in warme Kleidung und machte sich in der Küche einen heißen Kaffee. Mit einer bunten Mütze und passendem Schal trat sie wenig später auf die Terrasse und sog die kalte Luft in ihre Lungen. Jeder Atemstoß brachte kleine Dampfwolken in der eisigen Luft zustande, und Lizzy starrte gebannt darauf. Der Rasen war bereits leicht gefroren, was eine willkommene Abwechslung zu dem ständigen Regen war.

Langsam schlenderte sie durch den Garten und lauschte dem leichten Knirschen unter ihren Füßen. Sie war so in ihre Gedanken vertieft, dass sie die Schritte hinter sich erst spät wahrnahm. Als sie sich umwandte, stand sie Liam gegenüber. Mit ihm hatte sie weiß Gott nicht gerechnet. Sie sah ihn an, sagte aber nichts.

Liam hatte die Hände in die Hosentaschen seiner zerrissenen Jeans gesteckt und blieb in einem Meter Abstand zu ihr stehen.

»Morgen«, begann er vorsichtig.

»Hi«, grüßte sie kurz angebunden.

»Schon wach?«, fragte er, doch Lizzy schüttelte nur den Kopf.

»Kein Small Talk! Vergiss es!«

»Warum bist du so sauer auf mich?«

Entgeistert starrte Lizzy ihn an. Er sah wie immer unverschämt gut aus. Lizzy hätte ihn allein dafür erwürgen können. Sie hingegen gab ein alles andere als hinreißendes Bild ab, das wusste sie. Ihre Nase leuchtete wie die des berühmten Rentiers, und sie hatte ihre Haare ungekämmt unter die Mütze gestopft. Liam hatte seine sicherlich auch nicht gekämmt, der Unterschied war aber, dass er trotzdem jede Frau mit seinem Aussehen wahnsinnig machen konnte.

»Hast du mich das jetzt gerade wirklich gefragt?« Mehr brachte sie nicht heraus. Sie war so wütend und enttäuscht, dass sie sich abwenden musste.

»Warum bin ich der Arsch?«, hörte sie ihn fragen, als sie bereits mehrere Schritte von ihm fortgegangen war.

Sie wirbelte herum und brüllte ihn an: »Willst du das wirklich wissen, Liam? Ich meine wirklich? Denn in den vergangenen Tagen bist du nicht so wild drauf gewesen, mit mir über irgendetwas zu sprechen!«

Liam wurde sauer, so wie es Lizzy erwartet hatte.

»Ach so, jetzt bin nur ich schuld an allem? Oder vielleicht lag es auch daran, dass deine Mum Krebs hat und du dich hemmungslos betrunken hast. Wir hatten nicht unbedingt das beste Timing, Elizabeth.«

In Lizzys Augen traten Tränen, und Liam schien seine harten, wenn auch wahren Worte zu bereuen, denn er kam mit einem entschuldigenden Ausdruck in den Augen auf sie zu.

»Tu das nicht. Stell nicht die Krankheit meiner Mum als deine Schützenhilfe auf. Ich warne dich!«

Liam wirkte frustriert. »Ich will damit nur sagen, dass ich nicht der Einzige bin, der Ballast mit sich herumträgt.«

»Und doch bist du es, der nach Sex mit mir mit seiner Freundin ins selbe Bett hüpft. Oder siehst du meinen Ballast hier irgendwo herumlaufen? Ich hätte Tom jederzeit anrufen können, aber die Wahrheit ist, dass ich ihn nicht hierhaben wollte.«

»Es war auch nicht unbedingt so, dass ich Emma hierher eingeladen hätte. Sie ist einfach aufgetaucht. Was hätte ich denn tun sollen?«

Lizzy schüttelte fassungslos den Kopf. »Keine Ahnung, aber das ist sicher nichts, was man tut, wenn man vergeben ist.«

»Wenn du dich daran erinnerst, habe ich nie eine Beziehung gewollt. Du hast mich erst dazu gebracht«, sagte er nun anklagend, als sei all das bloß ihre Schuld – was es irgendwie auch war.

»Als ob ich das nicht wüsste. Als wenn ich diese Ironie nicht längst bemerkt hätte«, erwiderte sie verbittert.

»Und was genau willst du jetzt von mir?«, fragte Liam. Er stand nun ganz dicht vor ihr und sah sie flehend an.

Lizzy wusste, dass er ihr in diesem Moment einen Blick auf sein Innerstes erlaubte – auf seine wahnsinnige Angst, jemanden so sehr zu lieben, dass er seinen Verlust nicht ertragen würde. Er war völlig überfordert. Doch sie war zu verletzt, um wirklich objektiv an die Sache heranzugehen. In ihrer Vorstellung war dieses Gespräch völlig anders abgelaufen.

»Nichts!«, sagte sie deshalb und ließ die Schultern hängen. »Ich will nichts von dir. Tu das, was du eben immer tust. Wähle den einfachen Weg.«

Liams braune Augen wurden so dunkel wie die Nacht, die bereits an ihnen vorübergezogen war. Doch diesmal nicht aus Lust. Er war wütend und wirkte mit einem Mal sehr gefährlich. Lizzy wich instinktiv zwei Schritte zurück, als er zischte: »Damit scheint die Sache doch ganz klar zu sein. Ich bin ein Arsch und erfülle jedes meiner Rockstar-Klischees. Solltest du mich nicht mittlerweile besser kennen?«

Lizzy richtete sich auf. »Keine Ahnung, du redest ja nicht mit mir. Woher soll ich wissen, dass ich nicht eine dieser Affären bin, die du sonst so hast.«

»Und was bin ich für dich?«, fragte Liam, wieder etwas ruhiger, aber ohne mit der Wimper zu zucken.

Sie zögerte. Sollte sie ihm ihr Herz zu Füßen legen? Sie atmete tief durch, und dann antwortete sie leise: »Was auch immer du bereit bist, für mich zu sein.«

Liam starrte sie lange an. Für den Bruchteil einer Sekunde schien es, als hätte er den Mut, sein Herz zu öffnen. Dann sagte er: »Ich kann das nicht, Lizzy. Ich bin nicht der Richtige für dich.« Wie um seine harten Worte abzumildern, fügte er leise, versöhnlich hinzu: »Und wenn wir ehrlich zueinander sind, willst du mich vielleicht nur, weil ich in dieser schwierigen Zeit für dich da war. In

London wartet ein Kerl auf dich, der dir ein tolles Leben bieten kann. Der kein Rockstar ist, der jede Woche eine andere hat und unfähig ist, eine Beziehung zu führen.«

Lizzy ließ ihren Blick über den einsamen Garten ihrer Eltern schweifen und sah erst dann wieder zu Liam. Sie wusste, dass dies eine Zurückweisung war. Sie war sich so sicher gewesen, dass es am gestrigen Abend einen innigen Moment zwischen ihnen gegeben hatte. Offenbar hatte sie sich geirrt.

»Tom bietet dir das, was du dir wünschst, Lizzy!«, wiederholte Liam noch eindringlicher. Dann veränderte sich sein Gesichtsausdruck, und Lizzy erkannte genau den Augenblick, in dem er sich vor ihr und der Welt verschloss. Es gab nichts, was sie ihm noch hätte sagen können. Sie spürte die Tränen, die schon in ihren Augen brannten, und wandte sich von ihm ab, damit er nicht sah, wie sehr er sie verletzt hatte.

»Emma ist eben schon nach London aufgebrochen. Nic und ich fahren in der nächsten Stunde los. Pablo und die Jungs erwarten uns mittags im Studio. Dann bin ich sicher für zwei Wochen kaum zu Hause. Ich denke, etwas Abstand tut uns beiden gut.«

Lizzy hätte am liebsten erwidert, dass es niemals genug Abstand zwischen ihnen geben konnte, doch sie wollte nicht riskieren, ihre Traurigkeit preiszugeben.

Sie lauschte Liams Abschiedsworten, »Bis bald, Lizzy«, dann hörte sie seine Schritte, die sich immer weiter von ihr entfernten.

Sie wusste, nun war alles verloren. Er hatte keine oder zumindest nicht dieselben Gefühle wie sie für ihn. Plötzlich fühlte sie sich so elend, wie es ihr mit einer Erkältung eben zustand. Sie schlich zurück ins Haus und legte sich ins Bett. In der Abgeschiedenheit ihrer vier Wände brach sie in Tränen aus.

* * *

»Du hast also noch Krankenbesuch von unserer Emma bekommen?« Zu ihrer Linken tauchten gerade die Steine von Stonehenge auf einer ansonsten langweiligen Wiese auf, was zahlreiche Autos auf der Gegenfahrbahn dazu veranlasste, langsamer zu fahren. Nic interessierte etwas anderes allerdings mehr. »Sie ist den ganzen Weg von London nach Bodwin gefahren für einen simplen Krankenbesuch?«, hakte er nach, als Liam keine Antwort gab und nur ein grimmiges Gesicht zog.

Nic ließ sich davon jedoch nicht im Geringsten beeindrucken.

»Oder hat sie sich mehr von diesem Besuch versprochen? Ich hab sie erst heute Morgen wegfahren sehen«, zog er ihn weiter auf.

Liam schaute hoch konzentriert auf die Straße.

»Lass dir doch nicht alles aus der Nase ziehen. Seit wir losgefahren sind, musste ich dir jede Information mühsam abringen. Was stimmt denn nicht mit dir?«

»Ich bin erkältet und schone meine Stimme«, antwortete Liam ausweichend.

»Es hat nicht eventuell etwas damit zu tun, dass meine Schwester auch krank ist?«

Jetzt hatte er Liams Aufmerksamkeit. »Was hat das mit Lizzy zu tun?«

»Na, du weißt doch, wie man sich im Allgemeinen mit so was ansteckt. Ich habe schließlich nicht ohne Grund die letzte Nacht nicht neben meiner heißen, leidenschaftlichen Frau –«

»Schon gut«, unterbrach ihn Liam. »Ich brauche keine detaillierteren Ausführungen über das Sexualleben meiner kleinen Schwester. Auch wenn ihr mittlerweile ein Kind habt und verheiratet seid ... was zu viel ist, ist zu viel«, sagte er entrüstet und setzte den Blinker, um einen langsamen Kleinbus zu überholen.

»Und wie würdest du das Sexualleben meiner Schwester beschreiben?«

Liam kniff die Augen zusammen und stöhnte. »Ihr Donahues habt ein Nervensägen-Gen.«

»Nun sag schon, was zwischen euch vorgefallen ist. Ich meine, ich bin doch nicht blind. Zuerst seid ihr kaum voneinander fernzuhalten, und dann sagt sie weder dir noch mir Auf Wiedersehen.«

»Lizzy ist krank und liegt im Bett«, antwortete Liam schnippisch. Er hasste es, so in die Enge getrieben zu werden.

»Ja klar, das hat Lizzy bisher auch immer davon abgehalten, Dinge zu tun ... Ich erinnere mich da an ein Weihnachten vor knapp zwanzig Jahren. Sie hatte Scharlach, oder waren es die Windpocken? Egal, sie hat trotz hohen Fiebers auf den Weihnachtsmann gewartet. Und einige Jahre später, da ist sie auf unserem ersten Livekonzert mit einer leichten Gehirnerschütterung aufgetaucht.«

Liam erinnerte sich nur zu gut an die Geschichte, die der Gehirnerschütterung vorausging. Lizzy war schon immer eine Chaotin gewesen. Damals hatte sie wegen einer Schulter-OP das Kochen für Lynn übernommen, und beim Versuch, den richtigen Stecker der Küchenmaschine zu identifizieren, war ihr der Toaster auf den Kopf gefallen. Ein Lächeln stahl sich in sein Gesicht, und Bilder aus der Zeit, in der Lizzy gerade bei ihm eingezogen war, durchfluteten ihn. Er hätte sie in dieser Zeit erwürgen wollen und das bestimmt einhundert Mal. Doch in den letzten Wochen hatte er sich irgendwie an dieses chaotische Weib gewöhnt.

Er fragte sich, wie es mit ihnen weitergehen würde, wenn Lizzy in ihre Wohngemeinschaft zurückkehrte. Ob sich die Gemüter bis dahin beruhigt hatten? Die viel wichtigere Frage war allerdings: Würde er die Finger von ihr lassen können? Jetzt, wo er wusste, wie süß und saftig die verbotene Frucht war. Würde er es schaffen, genug Distanz zwischen sich und Lizzy zu bringen, damit er nicht alles noch schlimmer machte? Und was sollte er Emma sagen?

Verdammt, Elizabeth Donahue, du hast mir das alles eingebrockt! Ich wollte doch gar keine Freundin!, dachte er erbost. Jetzt hatte er nicht nur das, sondern gleich auch noch eine Geliebte – das war unfassbar! Unfassbar dämlich!

20

Der Blick aus dem sechsten Stock des Krankenhauses war trotz des miesen Wetters atemberaubend. Die Häuser, die sich an die Hügel schmiegten, waren ebenso gut zu erkennen wie der weitläufige Hafen, die in kleine Buchten unterteilte Küste von Falmouth, und am Ende des Horizontes blickte man über den endlosen Ozean. Obwohl die Wolken tief hingen und es immer wieder heftig regnete, wäre Lizzy jetzt um einiges lieber an ihrem Lieblingsstrand Maenporth Beach gewesen und hätte dort im Regenmantel den Wellen zugeschaut. Doch heute war der erste Tag, an dem Lynn im Krankenhaus ihre Chemo erhalten hatte, und Lizzy wollte sie unter keinen Umständen allein lassen.

Sie sah kurz zu ihrer Mum, die sich nach der ersten Dosis erschöpft in das Krankenbett gelegt hatte. Als Lizzy sah, dass sie endlich tief und fest schlief, begann sie im Zimmer auf und ab zu laufen. Sie konnte nicht still sitzen, denn dann kamen ihr immer wieder die Tränen, die sie mit Macht versuchte einzudämmen. Zudem zerrten Angst und Ungeduld an ihren Nerven, da der behandelnde Arzt noch einmal zu ihnen kommen wollte.

Und dann war da noch so viel mehr, worüber sie sich den Kopf zerbrach. Eineinhalb Wochen waren vergangen, seit Liam sich im Garten von ihr verabschiedet hatte. Anfangs hatte Lizzy ein paar Tage mit einer heftigen Erkältung im Bett gelegen und sich selbst leidgetan. Und selbst, nachdem sie wieder gesund war und das Bett verlassen konnte, hatte sie endlose Stunden des Grübelns benötigt, um sich zu fangen. Schließlich schüttelte sie ihren Kummer jedoch ab – es gab nämlich Menschen, die sie brauchten!

An vorderster Stelle stand ihre Mutter. Josslin war zwar am Montag nach dem verhängnisvollen Wochenende gekommen und hatte die ersten Arztbesuche mit ihrer Mum gemacht und ihr beigestanden, doch ihre Schwester hatte selbst eine Familie, um die sie sich kümmern musste. Gestern war sie zurück nach Irland geflogen.

Als Lynn sich unruhig im Bett drehte, ließ Lizzy sich auf den Stuhl neben ihr nieder und schloss für einen Moment die Augen. Sie war müde und unruhig zugleich. Doch an Schlaf war im Augenblick nicht zu denken. Ihr war in den letzten Tagen klar geworden, dass sie in den fast eineinhalb Jahren in London nichts oder nicht viel erreicht hatte. Sie war, dank ihrer chaotischen Ader, aus mehreren WGs rausgeflogen und hatte ihre Zeit mit Jobben vergeudet. Ihr Traum von einer Karriere, für die sie sich mit ihrem Vater verkracht hatte, war nicht wahr geworden. Und sie hatte einen Freund, der sehr, sehr wütend auf sie sein musste, denn sie hatte ihn immer noch nicht angerufen.

Seit Liam ans Telefon gegangen war und Tom mitgeteilt hatte, dass sie ihn einfach nicht sehen wollte, hatte dieser kein einziges Mal mehr angerufen. Lizzy war froh darüber, so konnte sie dieses unangenehme Gespräch noch ein bisschen weiter vor sich herschieben. Natürlich war ihr klar, wie schäbig sie sich benahm, dennoch fehlte ihr die Kraft, sich der Situation mit Tom zu stellen. Außerdem war da immer noch Liam, den sie liebte, der sie jedoch nicht liebte.

Es wurde Zeit, sich einzugestehen, dass sie nichts mehr nach London zog. Natürlich waren Mia, Nic und Josh dort und nicht zu vergessen Mrs Grayson.

Mrs Grayson.

Sie war der einzige Grund für Lizzy, noch einmal zurückzukehren. Sie und ihre Pebbles, um die sich Liam hoffentlich gekümmert hatte. Sie hatte nicht genauer nachgefragt, glaubte jedoch nicht, dass er das Urzeittier, wie er die kleine Landschildkröte nannte, vernachlässigen würde.

Lizzy schlug die Augen auf und sah auf die Uhr. Wann kam der Arzt denn endlich? Sie stand auf und trat unruhig wieder ans Fenster. Die Entscheidung, London den Rücken zu kehren, war quasi über Nacht gekommen. Heute Morgen hatte Lizzy sich endgültig mit dem Gedanken abgefunden, ihren Traum als Songwriterin aufzugeben – ihre chaotischen Verhältnisse in London waren sicherlich ein Grund. Der beste und unwiderlegbarste Grund war aber ihre Mum.

Ihr Vater hatte Lynn zwar das Googeln über die Nebenwirkungen einer Krebstherapie verbieten können, Lizzy war es immer noch erlaubt. Und so hatte sie einige informative Seiten gefunden, ebenso ein spezielles Forum für Angehörige. Dort hatte man ihr einfühlsam, aber auch ehrlich gesagt, auf was sie sich einstellen mussten.

Lizzy wusste, ihre Mutter hoffte, dass sie kein Häufchen Elend sein würde, und sie wollte ihr diese Hoffnung nicht nehmen, denn es war wichtig, mit einer positiven Einstellung an die Behandlung heranzugehen. Dennoch war Lizzy eine Realistin, und da ihr Vater weiterhin arbeiten gehen musste, wollte sie für ihre Mutter da sein.

Natürlich würden es sich Celine und Sophie nicht nehmen lassen, Lynn ebenfalls zu unterstützen. Doch Lynn war eine stolze Frau. Niemand wusste das besser als Lizzy, die ihr in dieser Hinsicht ganz ähnlich war. Sie beide hassten es, auf fremde Hilfe angewiesen zu sein. Lynn war vielleicht nie so schick gekleidet und herausgeputzt wie Celine, aber sie war dickköpfig und wollte keine Schwäche zeigen. Diese Krankheit, nein, die Therapie, würde sie jedoch all ihres Stolzes berauben, und Lizzy wollte, dass ihre Mum sich dabei nicht noch elender fühlen musste. Sie würde nach Hause, nach Cornwall, zurückkehren.

Tief in ihrem Herzen wusste Lizzy, dass sie es nicht nur für ihre Mutter tat. Sie würde es auch für sich selbst tun. Egal, wie sehr Liam sie verletzt hatte. Seine Worte über ihre Mum gingen ihr nicht mehr aus dem Kopf: Sie hatte Zeit, die sie mit Lynn verbringen konnte. Diese Zeit wollte sie nutzen. Egal, ob der Krebs Lynn das Leben kosten oder ob sie eine zweite Chance bekommen würde. Diese Zeit gehörte ihnen.

»Lizzy, Liebes? Was machst du nur für ein ernstes Gesicht?«

Lizzy sah sich überrascht zu ihrer Mutter um. Sie war wach. Lächelnd trat sie auf das Bett zu. »Mum, wie fühlst du dich?«

»Mir ist ein klein wenig flau – ehrlich gesagt«, entgegnete sie und umklammerte Lizzys ausgestreckte Hand. »Ich bin nur froh, dass dein Dad heute diesen wichtigen Termin hatte. Ich schwöre, er hätte mich wahnsinnig gemacht. Und nicht nur mich – Dr. Milton auch.« Lynn rollte mit den Augen, lächelte aber zugleich.

»Das macht er nur, weil er dich so wahnsinnig liebt.«

»Wahnsinn und Liebe liegen nah beieinander, nicht wahr?«, kicherte Lynn, und Lizzy holte tief Luft.

»Ja, absolut wahr. Manchmal ist es leider mehr Wahnsinn als Liebe.«

Ihre Mum richtete sich auf und strich sich durch das zerzauste Haar. »Manchmal kann man nicht aus seiner Haut. Dein Vater zum Beispiel lebt damit, alles und jeden zu kontrollieren. Nicht weil er furchtbar ist, sondern weil er sich um uns sorgt. Und obwohl es in unserer Ehe deswegen hin und wieder Streit gab – vor allem, wenn es um Josslin, dich und Nic ging –, habe ich ihm genau das zum Vorwurf gemacht, als ich von meinem Krebs erfuhr. Ich hatte mich bis dahin immer darauf verlassen, dass er alles für mich regeln und bereinigen würde. Und dann kam plötzlich diese Diagnose! Krebs, einfach so, und es gab nichts, was dein Vater dagegen tun konnte. Ich war so wütend auf ihn, nicht, weil er mal wieder eine Entscheidung über meinen Kopf getroffen und dich informiert hatte, sondern weil er dieses Gefühl der Sicherheit, was er mir immer vermittelt hatte, nicht aufrecht halten konnte.«

Lizzy starrte ihre Mutter verdattert an.

»Hör zu, mein Schatz! Ich weiß, dass dich etwas bedrückt und dass es vor allem etwas mit Liam und London zu tun hat. Ich möchte nicht, dass du alles dort aufgibst, um mir beizustehen. Ich bin nicht allein, und ich schaffe das, weil ich weiß, dass du und deine Geschwister da seid. Ich verspreche, so schnell wirst du mich nicht los. Bitte halte an London fest – für mich.«

Tränen traten in Lizzys Augen. »Woher weißt du eigentlich immer, was ich denke, Mum? Ich danke dir für deine Worte, aber es ist so, dass London für mich nichts weiter hergibt, verstehst du? Ich komme nicht bloß hierher zurück, weil du mich brauchst, sondern …« Lizzys Stimme zitterte, und sie holte tief Luft, ehe sie weitersprach. »Vor allem, weil ich dich auch brauche. Ich muss zu meinen Wurzeln zurückkehren, um den richtigen Weg für mich zu finden. Außerdem …«

»Außerdem?« Lynn streckte den Arm nach Lizzys Haar aus und streichelte sie zärtlich.

»Außerdem hat mich jemand daran erinnert, dass unsere Zeit auf dieser Welt begrenzt ist und ich deshalb jeden Tag mit den Menschen verbringen sollte, die ich liebe.«

Lynn wollte gerade etwas darauf erwidern, als die Tür aufging und ein Mann im weißen Kittel eintrat. Der Onkologe, Dr. Milton, war ungefähr im Alter ihrer Mutter. Er hatte grau meliertes Haar und eine sportliche, schlanke Figur. Er lächelte freundlich und begrüßte Lynn und Lizzy herzlich, was Lizzys Anspannung etwas milderte. Der Arzt ließ sich zwanglos auf dem Bettrand ihrer Mutter nieder und erkundigte sich zunächst nach Lynns Befinden. Danach erklärte er Lizzy und ihrer Mutter den genauen Ablauf der weiteren Behandlung.

Beide hatten anschließend viele Fragen, auf die er alle geduldig antwortete.

»Ich möchte ehrlich zu Ihnen beiden sein. Es wird gute und wirklich schlimme Tage geben. Die guten sind zum Krafttanken, um dann die schlechten zu überstehen. Ich weiß nach so vielen Jahren, dass man niemanden wirklich auf das vorbereiten kann, was kommen wird. Der eine Patient verkraftet die Therapie gut, der andere weniger. Wir wissen nicht genau, woran das liegt. Jedoch spielen die innere Einstellung und die äußere Umgebung sowie die Angehörigen eine nicht unerhebliche Rolle.«

»Ich werde bei ihr sein, die ganze Zeit über«, versprach Lizzy.

Der Arzt sah sie zwar etwas überrascht, aber auch bewundernd an. »Das ist wirklich toll. Wie ich von Ihrer Mutter weiß, besteht unter den Mitgliedern Ihrer Familie ein guter Zusammenhalt. Das ist wichtig. Trotzdem gibt es Familien, die daran zerbrechen. Ich möchte Ihnen jedoch keine Angst, sondern Mut machen, Miss Donahue. Sie wirken auf mich so, als wüssten Sie ganz genau, worauf Sie sich eingelassen haben. Ich bin jederzeit für Sie zu erreichen.« Er zückte eine Visitenkarte und schrieb auf die Rückseite ein paar Nummern auf. »Zögern Sie nie, mich anzurufen, wenn Sie den Wunsch verspüren.«

Lizzy lächelte dankbar und ergriff die Karte.

»Ich darf also nach Hause und komme jeden Morgen hierher?«, fragte Lynn. Sie wirkte ängstlich.

»Ja, die erste Chemotherapie haben Sie heute überstanden. Diese Studie, in der Sie aufgenommen wurden, hat den enormen Vorteil, dass alle Ärzte, Laboranten und Radiologen sehr eng zusammenarbeiten …« Er zählte nochmals die Vor- und Nachteile auf, ebenso wie die bevorstehenden Nebenwirkungen.

Lizzy klinkte sich innerlich aus, bis der Arzt sich am Ende des Gesprächs wieder direkt an sie wandte: »Ich weiß, wir haben schon einmal kurz darüber gesprochen. Aber Sie sollten diesen Gentest zum Brustkrebsrisiko ernsthaft in Erwägung ziehen, Miss Donahue. Es gibt mittlerweile viel, was man im Vorfeld tun kann, um das Risiko so klein wie möglich zu halten. Zudem sind die feindiagnostischen Untersuchungen heutzutage so gut, dass es beinahe unmöglich ist, einen Tumor zu übersehen.«

Lizzy hörte ihm aufmerksam zu, dann schüttelte sie den Kopf. »Ich weiß, Sie meinen es nur gut, und zu gegebener Zeit komme ich darauf zurück. Aber im Augenblick kann ich mich unmöglich damit befassen.«

Dr. Milton nickte verständnisvoll, während ihre Mutter Lizzy am Arm berührte. »Lizzy, bist du dir wirklich sicher? Josslin hat in Irland schon einen Termin für diese Untersuchungen vereinbart.«

Lizzy schüttelte entschlossen den Kopf.

Eine halbe Stunde später standen sie und ihre Mutter unter einem großen bunten Regenschirm vor Lynns Auto und warteten darauf, dass Richard vorfuhr.

»Willst du nicht doch erst morgen nach London aufbrechen?«, fragte Lynn, den Blick besorgt zum Himmel gerichtet.

»Nein, Mum. Ich möchte den Umzug hinter mich bringen und ab morgen für dich da sein. Ich bin pünktlich um elf bei dir und setze mich neben dich, wenn du die nächste Infusion bekommst. Genieß den Tag einfach mit Dad. Er ist schon ganz wild darauf, mit dir in dieses neue indonesische Restaurant zu gehen.«

Lynn schnaubte ironisch. »Na klar, er ist ganz wild darauf. Du weißt doch, dass dein Vater nicht wirklich experimentierfreudig ist. Schon gar nicht, wenn es ums Essen geht.«

»Das ist egal. Er tut es für dich, Mum.« Lynns ironischer Blick wich einem leuchtenden, und Lizzy musste fortsehen. Es erinnerte sie daran, wie schön es sein musste, wenn es da jemanden gab, der die eigenen Wünsche für einen zurückstellte. Plötzlich hielt das Auto ihres Vaters neben ihnen.

»Ich bin bald zurück. Mach dir keine Sorgen. Ich hab dich lieb, Mum!« Lizzy gab Lynn einen Kuss auf die Wange, winkte ihrem Vater, der eben ausstieg, zu und setzte sich ins Auto. Sie lenkte den Wagen aus der Parklücke. Im Rückspiegel sah sie die Frau mit dem lächerlich bunten Regenschirm, die ihr immer noch hinterherblickte. Es war ein schreckliches Gefühl zu fahren, aber sie wusste, sie musste endlich einen Schlussstrich unter London ziehen.

21

Ihr erster Weg führte sie ins Krankenhaus zu Mrs Grayson. Die alte Dame saß ordentlich frisiert und gekleidet in einem Sessel in ihrem Krankenzimmer und lächelte Lizzy erfreut an. Sie hätte beinahe eine Träne verdrückt, als sie die alte Lady sah.

»Elizabeth, wie schön Sie wiederzusehen.« Sie ergriff ihre Hände und drückte sie herzlich.

Lizzy nickte und bekämpfte den Kloß in ihrem Hals. »Ja, das finde ich auch.«

Wie gewöhnlich ließ Mrs Grayson sich nicht hinters Licht führen und blickte ihr prüfend in die Augen. »Was ist nur los, meine Liebe?«

»Es ist alles ein Riesenschwindel gewesen, Mrs Grayson«, brach es plötzlich aus ihr heraus, während Tränen ihre Wangen hinunterliefen.

Die alte Dame sah sie gütig lächelnd an, während sie Lizzys Hand fest in ihrer hielt. »Was genau meinen Sie?«, fragte sie.

»Liam und ich sind gar kein Paar … Wir haben nur so getan. Er wollte diese Wohnung kaufen, und ich brauchte dringend eine Bleibe … somit hatten wir eine Art Deal.«

»Aber das weiß ich doch längst.«

Lizzys Weinen stoppte abrupt, und sie starrte die alte Frau an, die sie so schnell in ihr Herz geschlossen hatte. »Sie … Sie wussten es?«

»Aber sicher, aber sicher! Ich bin schon so viele Jahre auf dieser Welt. Es wäre schlicht ein Graus, wenn ich darauf reingefallen wäre.« Sie wirkte keineswegs verstimmt deswegen.

»Warum haben Sie dann nie etwas gesagt?«

Mrs Grayson zierte sich nur einen Moment. »Ist das nicht offensichtlich?«, sagte sie dann. Sie sah Lizzy an, als ob sie darauf wartete, dass sie selbst daraufkam. »Ihre Hilfsbereitschaft kam mir natürlich oft gelegen, aber die Wahrheit ist, dass ich Sie beinahe in der ersten Sekunde in mein Herz geschlossen hatte!« Lizzy traten erneut Tränen in die Augen, und ihre Unterlippe begann zu zittern. »Ich weiß nicht, was zwischen Ihnen und Mr Kennedy vorgefallen ist, aber es war nicht alles gelogen.«

»Was meinen Sie damit?«

»Die Liebe!«

»Liebe?«

»Ich durfte aus nächster Nähe dabei zusehen, wie Sie sich ineinander verliebt haben. Das war wundervoll!« Mrs Grayson lächelte.

»Nein, da irren Sie sich.«

»Wollen Sie mir sagen, dass der einzige Grund, dass Sie so in Tränen aufgelöst sind, der ist, dass Sie London verlassen und mich nicht mehr regelmäßig besuchen können?«

Woher wusste die alte Dame das nun wieder?

»Das habe ich Ihnen doch noch gar nicht gesagt«, entrüstete Lizzy sich.

»Das ist auch gar nicht nötig. Ich habe längst gespürt, dass etwas nicht in Ordnung war. Ich meine, immerhin sind unsere Telefonate äußerst kurz geworden, und Liam hat immer eine Trauermiene aufgesetzt, wenn er hier war.«

»Er war hier?«

»Jeden Tag in den letzten anderthalb Wochen!« Mrs Grayson lächelte verschmitzt und nickte bestätigend.

»Ich fasse es nicht.«

»Meine Liebe, er ist einfach nicht bereit, sich seinen Gefühlen für Sie zu stellen. Sie sollten etwas Geduld mit ihm haben.« Lizzy sah sie aufgewühlt an. »Ich bin mir sicher, dass er in Sie verliebt ist – so wie er auch dieses Urzeittier und meinen Charles in sein Herz geschlossen hat«, fügte Mrs Grayson eindringlich hinzu.

»Woher wollen Sie das so genau wissen?«

Die alte Dame lehnte sich in ihrem Sessel zurück und sah Lizzy abschätzend an. »Ich habe in seine Augen gesehen, wenn Sie es nicht taten. Ich habe seine Traurigkeit gespürt, als er allein in diesem Zimmer saß. Immer wenn jemand die Tür zu meinem Zimmer aufmachte, hatte er diesen hoffnungsvollen Ausdruck in den Augen, der jedes Mal verschwand, wenn Sie es nicht waren, die eintrat. Männer sind manchmal ein klein wenig … nennen wir es stumpfsinnig. Sie wollen bloß den einfachen Weg gehen, bloß keine Komplikationen auslösen, die ihren Trott durcheinanderbringen.«

»Das heißt … wollen Sie damit sagen, dass er in Wahrheit …«

»Auf Sie gewartet hat? Aber natürlich! So war es schon das erste Mal, als er mir Blumen brachte und eigentlich auf Sie gewartet hat. Das war Ihr erster Streit, oder? Und so war es die letzten eineinhalb Wochen. Oder glauben Sie, ich wäre so dumm zu glauben, dass ein junger Mann nur wegen einer alten Schachtel wie mir hier sitzen würde? Sehen Sie sich nur diese Blumen an. Wieder hat er jeden Tag einen Strauß mitgebracht. In Wahrheit sind sie jedoch alle für Sie.«

Lizzy sah sich verwundert im Zimmer um, das eher einem Blumenladen als einem Krankenzimmer glich. Vor lauter Anspannung und Kummer, sich von Mrs Grayson vorerst zu verabschieden, hatte sie sie gar nicht bemerkt. »Dabei mache ich mir nicht das Geringste aus Blumen.«

»Das sind Männer. Sie wissen sich nicht anders zu helfen, wenn sie derart überfordert sind.«

Lizzy betrachtete jeden einzelnen Blumenstrauß, bis ihr plötzlich ein Licht aufging und sie rief: »Jetzt wird mir alles klar! Sie alte Kupplerin!«

Mrs Grayson hatte den Anstand, verlegen zu lächeln. »Ich gebe es zu. Ich habe es versucht.«

»Die Platte, der Plattenspieler ... Doch nicht etwa die Lungenentzündung?«

Mrs Grayson lachte. »So ausgefuchst bin selbst ich nicht, Elizabeth!«

»Aber warum?«

Sie zuckte mit den Achseln. »Ich habe schon so viel gesehen in meinem Leben. Leid und Glück gleichermaßen. Ich glaube, Sie beide haben mich einfach sehr an mich und meinen Mann erinnert. Außerdem habe ich noch eine Aufgabe zu erfüllen, wenn Sie sich erinnern.«

Jetzt lachte Lizzy herzlich. »Wir sind Ihre Aufgabe?«

»Man kann nie wissen«, sagte sie geheimnisvoll.

Lizzy ließ sich auf den Stuhl gegenüber von Mrs Grayson sinken. »Ich fasse es nicht. In Wahrheit bin ich auf Sie reingefallen.«

»Aber ich wollte ganz gewiss nur Gutes für Sie beide«, betonte Mrs Grayson, dann schwieg sie einen Augenblick. »Nun sagen Sie mir, wie geht es Ihrer Mutter?«

Also begann Lizzy zu erzählen, wie es weitergehen würde und was ihre Mutter bald alles durchzustehen hatte.

»Es geht also gar nicht um eine Flucht vor Liam?«, fragte Mrs Grayson.

Lizzy zuckte mit den Achseln. »Ich würde lügen, wenn ich Nein sage, aber in erster Linie möchte ich für meine Mum da sein. Ich will jede Minute mit ihr verbringen, die mir bleibt. Egal, ob es dreißig Jahre oder nur drei Monate sind.«

Mrs Grayson sah zufrieden aus. »Ich bin sehr stolz auf Sie. Das ist die richtige Entscheidung.«

»Ich gehöre nach Bodwin«, sagte Lizzy entschieden.

»Ich glaube nicht, dass ein Ort darüber entscheidet, wo man zu Hause ist. Es sind immer die Menschen dort, die es zu einem wahren Zuhause machen.«

Lizzy war ihrer Meinung, sagte es aber nicht, sondern fragte: »Sie waren wohl noch nie in Bodwin? Ich würde mich freuen, wenn Sie mich bald besuchen könnten. Es ist so friedlich dort, und Sie würden sich sicher prächtig mit meiner Familie und vor allem mit Sophie verstehen.«

Mrs Grayson sah verhalten aus, und Lizzy dachte schon, sie würde ablehnen. Doch zu ihrer Überraschung sagte sie: »Das würde ich sehr gerne.«

Lizzy lächelte, dann fiel ihr Blick auf die gepackten Taschen. »Sie werden entlassen? Ist alles wieder in Ordnung?«

»So in Ordnung, wie es bei einem so alten Körper nur sein kann«, wich sie ihr aus.

»Soll ich Sie mitnehmen?«, fragte Lizzy. Als sie in das verlegene Gesicht von Mrs Grayson sah, dämmerte ihr etwas. »Ach, um Himmels willen!«, schimpfte sie. »Er kommt Sie holen. Hab ich nicht recht?« Die alte Dame lächelte unschuldig. »Das hätten Sie ruhig bei unserem Telefongespräch vor einer Stunde erwähnen können. Sie sind ja eine gemeingefährliche Kupplerin«, sagte Lizzy vorwurfsvoll.

»Ich musste es einfach versuchen und habe ihn kurz darauf angerufen. Er müsste jeden Moment kommen«, erwiderte Mrs Grayson entschuldigend.

Lizzy kniff sich in die Nasenwurzel, um eine Entscheidung zu fällen.

»Sie werden nicht hier auf Liam warten«, stellte Mrs Grayson fest, als sie sich ihr wieder zuwandte.

»Nein, ich kann nicht«, gab Lizzy traurig zu. Als sie den enttäuschten Gesichtsausdruck ihrer alten Freundin sah, wusste sie, dass sie ihr eine Erklärung schuldete: »Verstehen Sie doch. Ich habe gerade erst herausgefunden, dass ich ihn liebe. Außerdem habe ich eine Entscheidung getroffen, die für mich und meine Familie die richtige ist. Ich muss das jetzt durchziehen. Ich bin hergekommen, um London hinter mir zu lassen. Ich muss erst einiges ins Reine bringen, bevor ich bereit bin, Liam anzuhören. Abgesehen davon hatte er seine Chance, und er hat sie mit Füßen getreten. Er hat mir gesagt, dass er nicht der Richtige für mich ist. Er muss selbst daran glauben, dass er der richtige Mann für mich sein kann. Wenn er es nicht tut, wie kann ich es dann?«

Mrs Grayson nickte. »Ich weiß, Sie haben recht, und dennoch … Wenn es etwas gibt, das ich gelernt habe, dann, dass wir nicht unendlich viele Chancen bekommen.«

»Das Risiko muss ich wohl eingehen«, entschied Lizzy und schaute Mrs Grayson nachdenklich an. »Ich werde Sie schrecklich vermissen. Aber wir werden telefonieren, und Sie kommen mich besuchen, ja? Versprechen Sie es mir.«

Mrs Grayson nickte langsam und ließ zu, dass Lizzy ihr einen Kuss auf die Wange gab. »Auf Wiedersehen, meine Liebe«, sagte die Alte, und ihre Worte wirkten wie ein endgültiger Abschied.

An der Tür sah Lizzy noch einmal zurück. »Und denken Sie nicht, Liam käme ausschließlich wegen mir. Er mag Sie wirklich.«

Damit trat sie in den Krankenhausflur hinaus und eilte Richtung Ausgang. Eine seltsame Unruhe ergriff von ihr Besitz. Sie musste schnellstens in Liams Wohnung, um ihre Sachen herauszuholen. Sie wollte ihm auf keinen Fall in die Arme laufen.

Die Wohnung war in einem unerwartet unaufgeräumten Zustand, und Lizzy fühlte sich seltsam wohl. Liam war wohl öfter zu Hause gewesen, als er angekündigt hatte. Einen Augenblick gewährte Lizzy sich und ließ sich aufs Sofa fallen. Sie schloss die Augen und seufzte tief. Es würde ihr fehlen, hier zu leben. Sie würde es vermissen, in dieser Wohnung aufzuwachen und sich mit Liam darüber zu streiten, wie die Kaffeemaschine richtig gereinigt wurde.

Ein Lächeln schlich sich auf ihr Gesicht, und Bilder von Liam tauchten in ihrem Kopf auf. Liam, wie er ihr ein nicht richtig abgetrocknetes Glas unter die Nase hielt, sich unglaublich über die schlecht zusammengefaltete Zeitung aufregte und neben ihr stand und ihr naserümpfend beim Kochen zusah. Sie hatte ihm angesehen, wie schwer es ihm gefallen war, sie nicht auf etliche Arten zurechtzuweisen. Irgendwann hatte er es nicht mehr getan.

All das waren ganz banale Situationen, in denen sie einfach nur unglaublich glücklich gewesen war. Wieso hatte sie das damals nicht gesehen?

Sie öffnete die Augen, und ihr Blick fiel auf den Esszimmertisch. Augenblicklich wurde ihr heiß und kalt zugleich. Als ein feuchtes Näschen ihr Ohrläppchen berührte, fuhr Lizzy erschrocken herum. Es war Charles! Er maunzte erfreut, und Lizzy musste lächeln. Liam hatte ihn wieder zu sich genommen. Wenn die unaufgeräumte Wohnung sie noch nicht berührt hatte, dann spätestens der Kater. Sie streichelte ihn ausgiebig und beugte sich dann zu Pebbles hinunter.

»Na, altes Mädchen. Du hast mir schrecklich gefehlt«, sagte sie und erblickte ihre Futterstelle, die nicht mehr in Lizzys Zimmer aufgestellt war, sondern im Wohnzimmer. Liam schien das Urzeittier nicht nur gefüttert zu haben, sondern inzwischen wohl auch in der restlichen Wohnung zu dulden. Sie spürte Tränen in ihre Augen steigen. Was tat sie nur hier? Warum hatte sie noch mal zurückkommen müssen? Es würde ihr nur umso schwerer fallen zu gehen.

Niedergeschlagen ging sie in ihr Zimmer und begann lustlos, ihre Kleidung einzusammeln. Sie packte ihre Bücher ein, die Gitarre verstaute sie in der entsprechenden Tasche, und im Bad warf sie ihre Kosmetikartikel in ihren Kulturbeutel. Sie wollte gerade in ihr Zimmer zurückkehren, als sie einen Schlüssel im Schloss hörte.

Das war unmöglich! Liam konnte unmöglich in dieser kurzen Zeit vom Krankenhaus hierhergefahren sein, oder doch? Panisch lief sie ins Zimmer und lehnte die Tür an. Ihr Herz wummerte heftig und viel zu schnell in ihrer Brust. Sie wusste, wenn sie Liam begegnete, würde das womöglich alles ändern.

Die Wohnungstür öffnete sich, aber es war nicht Liams Stimme, die Lizzy hörte. Ihr Herz brach, als Emma, wohl am Handy, sagte: »… und wo genau soll ich diese Stiefel finden, Liam?«

Lizzy griff sich unwillkürlich an den Hals. Sie wollte um keinen Preis von Emma gesehen werden. Panisch schaute sie sich in ihrem alten Zimmer um.

Verdammt, ich hab meine Tasche im Wohnzimmer liegen lassen, dachte sie. Jetzt konnte sie nur noch beten, dass sie Emma nicht auffallen würde. In dem unordentlichen Zustand, in dem die Wohnung momentan war, hatte Lizzy Hoffnung.

Sie hörte Emma weiter am Telefon mit Liam sprechen und lachen. Allein das reichte, um Lizzy in ein bösartiges, eifersüchtiges Monster zu verwandeln. Sollte sie rausgehen und Emma die Wahrheit über sich und Liam sagen? Zum Glück überwog der gute Teil, noch. Und sie blieb, wo sie war. Schließlich hatte Liam ihr nie etwas versprochen, und sie war selbst in einer Art Beziehung gewesen, als sie mit ihm geschlafen hatte. Also war es weder in Ordnung, seine Freundin zu hassen, noch ihm Vorwürfe zu machen, nur weil er sie eben nicht auf die Art mochte wie sie ihn. Trotzdem tat es schrecklich weh zu hören, dass die beiden sich so gut verstanden.

Lizzy hörte anhand von Emmas Stimme, dass sie sich ihrem Zimmer näherte, und hielt die Luft an. Sie lugte durchs Schlüsselloch und sah die andere Frau im Flur stehen. Emma betrachtete den Spiegel, auf den Lizzy vor einer gefühlten Ewigkeit eine Botschaft mit Lippenstift gemalt hatte, um Liam wahnsinnig zu machen. Verwundert stellte sie fest, dass er diese nie weggewischt hatte.

In Gedanken feuerte Lizzy Emma an, endlich zu gehen. Als hätte die junge Frau sie gehört, verabschiedete sie sich am Telefon von Liam. Doch dann blickte sie zu Lizzys Zimmertür.

Panisch schüttelte Lizzy den Kopf. Sie wusste plötzlich, dass Emma etwas ahnte. Offenbar hatte ihr Liams und Lizzys enges Verhältnis Angst gemacht.

Endlich wandte sich Emma von Lizzys Zimmer ab und verließ die Wohnung mit Liams Schuhen in der Hand. Lizzy atmete hörbar aus und sank an der Rückseite ihrer Tür, die sich mit einem leisen Klick schloss, auf den Boden. Dann schluchzte sie aus tiefstem Herzen und ließ ihre ganze Verzweiflung heraus. Sie weinte um ihre Mutter, der das Schicksal so ein Schnippchen geschlagen hatte, um ihre Karriere, die sie in den Wind schoss, bevor sie überhaupt so richtig begonnen hatte, und um jede verpasste Chance mit Liam. Sie weinte darum, nicht früher festgestellt zu haben, was für ein guter Typ er war.

Eine ganze Weile saß sie in ihrem Zimmer und starrte den fusseligen Fußboden an. Irgendwann packte sie wieder ihre wilde Entschlossenheit. Sie wollte endlich hier raus. Ein weiteres Zusammentreffen, diesmal womöglich mit Liam, wollte sie vermeiden.

Kurze Zeit später hatte sie all ihre Sachen in einem Karton und mehreren blauen Säcken verstaut. Nachdem sie wie ein Wirbelwind den Raum geputzt hatte, trug sie all ihre Sachen nach und nach in Lynns Auto. Ein letztes Mal betrat sie Liams Wohnung und blieb im Wohnzimmer stehen. Sie betrachtete den Plattenspieler und überlegte, was damit zu tun war. Nach kurzer Überlegung legte sie die Platte, die Mrs Grayson ihr geschenkt hatte, auf, verabschiedete sich schweren Herzens von Charles und marschierte mit Pebbles unter dem Arm zur Wohnungstür. Den Schlüssel, den Liam ihr vor vielen Wochen gegeben hatte, legte sie auf die Kommode. Zuletzt zog sie die Tür hinter sich zu.

Es fühlte sich so endgültig an, dass Lizzy sofort wieder Tränen in die Augen stiegen.

Mittlerweile hatte es wieder angefangen zu regnen, und Lizzy fühlte sich an den Tag erinnert, an dem sie bei Liam eingezogen war. Damals hatte sie im Terminator gesessen und nicht gewusst, wo sie eigentlich hingehörte. Nun saß sie wieder in einem Auto und starrte durch die verschleierte Windschutzscheibe auf das Gebäude vor ihr. Es war schon dunkel, und Lizzy war sich nicht sicher, ob er überhaupt da war. Trotzdem wollte sie es versuchen. Auf wackligen Beinen betrat sie das Foyer des Gebäudes. Sie drückte die entsprechende Aufzugtaste, fuhr hoch, stieg aus und lief den langen Flur entlang. Vor der Wohnungstür hielt sie inne und brauchte einen Moment, bis sie genügend Mut aufbrachte, den Klingelknopf zu drücken. Sie hörte zuerst gar nichts, doch dann vernahm sie leise Stimmen, und die Tür wurde geöffnet.

Sie blickte in diese intensiv blauen Augen, die sie vom ersten Moment an derart fasziniert hatten. Tom konnte seine Verblüffung nicht verbergen, und Lizzy sah ihn bittend an.

»Ich weiß, dass ich höchstwahrscheinlich die letzte Person bin, die du erwartet hast. Wahrscheinlich hast du auch gar kein Interesse an meinen Worten, aber ich bitte dich, mir fünf Minuten deiner Zeit zu schenken, um dir alles zu erklären.«

Tom sah sie abschätzig an und wog offenbar seine Möglichkeiten ab.

»Tom, Darling? Wer ist das denn?«, hörte Lizzy eine ihr nicht gänzlich unbekannte Stimme.

Plötzlich fühlte sie sich so viel besser, und sie musste grinsen. Toms Gesichtsausdruck war aber auch mit keinem Geld der Welt zu bezahlen. Offenbar hatte er sich längst neu orientiert, und zwar in Isabelle Hawkins' Richtung – welch Überraschung. Dass sie das so mitbekommen hatte, schien ihm ziemlich unangenehm zu sein.

»Es ist nur der Nachbar!«, rief Tom nun. »Ich helfe ihm kurz und bin sofort wieder da.« Er nahm sich einen Schlüssel von einem eleganten Sideboard und zog die Tür hinter sich zu. Lizzy hatte die Hände in die Taschen ihrer Jacke gesteckt und ging langsam neben ihm Richtung Aufzug.

»Du hast zwei Minuten«, sagte er kurz angebunden.

Lizzy nickte.

»Ich bin nur hier, weil ich finde, dass du eine Erklärung verdient hast. Nicht, weil ich mir irgendetwas erhoffe. Ich denke, uns beiden ist klar, dass es niemals gepasst hätte. Das ist es jedoch nicht, was ich dir erklären wollte. Ich bin vor eineinhalb Jahren so überstürzt nach London gezogen, wie ich vor knapp zwei Wochen auch wieder von hier verschwunden bin. Damals hatte ich keinen Plan, keinen Job, nicht einmal eine Wohnung. Ich wollte zu meiner besten Freundin … Für die Menschen, die man liebt, tut man solche Dinge, nicht wahr?«

Lizzy hielt inne, doch Tom schwieg, und sie fuhr fort: »In all den Monaten in London habe ich nur Rückschläge eingesteckt, bis ich gezwungenermaßen bei Liam eingezogen bin. Plötzlich hatte ich einen festen Job in einem Bistro, das ich mochte, und dank dir eine Chance, in der Musikbranche Fuß zu fassen. Ganz ohne die Hilfe meines Bruders. Aber noch viel wichtiger war, dass ich ein Zuhause hatte. Einen Ort, wo ich sein wollte und hingehörte. Leider habe ich das zu spät bemerkt. Denn ich war zu abgelenkt von dir und deinen Wahnsinnsaugen.«

Tom lächelte leicht. »Du meinst Liam. Um ihn geht es eigentlich, oder?«

Lizzy nickte und musste ein paar Tränen hinunterschlucken.

»Hab ich es doch geahnt!«, entfuhr es Tom, und er verzog sein Gesicht zu einer Grimasse.

»Ich kenne ihn schon mein Leben lang, aber niemals habe ich ihn auf diese Weise betrachtet. Wir haben uns gegenseitig in den Wahnsinn getrieben. Trotzdem war er es, der zuletzt meine größte Stütze war. Ich hätte es sehen müssen, aber es ist alles so schnell passiert, dass ich mich wie in einer Art Schockstarre befand.« Lizzy blieb stehen und sah Tom ernst an. »Der Grund, warum ich einfach abgehauen bin, ist aber ein anderer: Meine Mum ist schwer krank. Ich habe es einen Tag, bevor ich abgereist bin, erfahren. Und es hat mir den Boden unter den Füßen weggezogen. Ich weiß, das hört sich blöd an. Aber deswegen bin ich hier. Ich möchte mich dafür bei dir entschuldigen, dass ich ohne jegliche Erklärung abgehauen bin. Das hast du nicht verdient. Auch wenn ich sehe, dass mein schlechtes Gewissen wohl unbegründet war und du dich längst anderweitig orientiert hast, möchte ich mich dafür entschuldigen.«

Tom nickte langsam, und Lizzy wusste, dass er ihr vergab.

Sie zog die CD aus ihrer Jackentasche und hielt sie hoch. »Ich bitte dich nur noch um eins: Es geht nicht darum, dass ich unter Vertrag genommen werden möchte. Genau genommen habe ich diese Pläne auf Eis gelegt. Ich fahre noch heute zurück nach Bodwin und werde mich um meine Mum kümmern. Aber ich bitte dich, deinem Boss zu zeigen, dass ich es draufhabe. Nur der Ehre wegen.«

Tom nahm die CD entgegen. »Er hat diese Wirkung auf Menschen«, sagte er grinsend. Beinahe war es, als wäre zwischen ihnen nichts vorgefallen.

Lizzy lächelte ebenfalls. »Und wie ich sehe, ist alles so gekommen, wie er es beabsichtigt hatte, oder?«

Tom errötete leicht und stotterte ungewohnt unbeholfen: »Es war diese Grillfeier ... ihr Vater ...«

Lizzy winkte ab. »Ist alles so, wie es sein sollte. Ich wünsche dir alles Gute.«

Sie hob die Hand zum Gruß und ging die letzten Meter zum Aufzug, als Tom ihr nachrief: »Lizzy? Ich wusste in dem Moment, dass Liam dich liebt, als er vor ein paar Wochen in meinem Büro aufgetaucht ist. Er hat mich so dringend davon überzeugen wollen, dass du es absolut wert seist, um dich zu kämpfen, dass klar war, wer dich wirklich liebt.«

Lizzy drehte sich um und hob erstaunt die Augenbrauen. »Er war bei dir?«

»Ja, nur ihm ist es zu verdanken, dass ich zu dir ins Bistro gekommen bin und uns noch eine Chance gegeben habe. Aber ehrlich gesagt war nur mein Konkurrenzdenken angestachelt worden.«

Ohne ein weiteres Wort wandte er sich um und ging zu seiner Wohnung zurück. Lizzy starrte ihm fassungslos hinterher, und selbst, als er verschwunden war, blieb sie noch lange im Flur stehen.

22

Wie immer spielte Liam bei dem Song *To me* das Solo mit seiner E-Gitarre, und wie immer schrien sich die Fans die Seele aus dem Leib. Doch diesmal blieb der übliche Rausch aus. Er fühlte sich seltsam leer und beinahe taub, was rein gar nichts mit den Ohrstöpseln zu tun hatte, die er stets auf Konzerten trug. Diesmal fehlte ihm eine gehörige Portion Leidenschaft. Es mangelte ihm nahezu an jedem Gefühl, wie er sich eingestehen musste. Er fühlte sich unangenehm steril und abgeschottet, als wäre er in einer Art Blase gefangen, die ihm jede Empfindung raubte. Die Fans schrien seinen Namen, hielten Plakate hoch, auf denen »Liam« stand, und ein paar Frauen warfen sogar ihre Unterwäsche auf die Bühne.

Er beachtete nichts davon. Und der einzige Name, der in ihm widerhallte, war Lizzys.

Nach den gestrigen Fotoaufnahmen für eins dieser Käseblätter hatte Mrs Grayson ihn angerufen und gebeten, sie aus dem Krankenhaus abzuholen. Als er die alte Lady begrüßt hatte, hatte er schon geahnt, dass etwas vorgefallen sein musste.

Seine Nachbarin war seltsam ruhig gewesen und hatte nicht das Geringste zu beanstanden gehabt. Sie beschwerte sich weder über die Ledersitze seines Sportwagens noch fiel ein herablassender Kommentar über seine abgenutzte Kleidung. Dabei hatte er extra auf die Lederstiefel verzichtet, die Emma auf Pablos Wunsch hin für das heutige Konzert aus seiner Wohnung geholt hatte. Liam hatte am Morgen vergessen, sie mitzunehmen. Kein Wunder, so unorganisiert, wie er derzeit war. Dass ausgerechnet

Emma in seine Wohnung geschickt worden war, bedauerte Liam zutief.

Seit seiner Rückkehr vermied er es, Zeit mit ihr zu verbringen. Er antwortete nicht auf ihre Nachrichten und benahm sich generell wie ein Arsch. Dabei waren ihre Absichten so klar wie Kloßbrühe. Wer fuhr schon für einen Typen, für den man sich nicht die Bohne interessierte, fast fünf Stunden von London nach Cornwall, um einen Krankenbesuch zu machen?

Liam hatte Mrs Grayson fürsorglich in ihre Wohnung geführt, Charles zu ihr rübergebracht und hatte sich gerade verabschieden wollen, als sie ihn zurückhielt.

»Liam, Sie sollten wissen, dass sie heute hier war.«

Es war nicht nötig, ihren Namen zu nennen. Er wusste genau, wen sie meinte. Liam spürte einen Stich in der Brust, und sein Herz war erfüllt von seltsamer Hoffnung.

Mrs Grayson zerstörte diese jedoch mit ihrem nächsten Satz: »Sie bleibt nicht!«

Liam nickte mechanisch und sagte mit belegter Stimme: »Bitte rufen Sie mich an, wenn etwas ist, Mrs Grayson!«

Er nahm entfernt ihr »Dankeschön« wahr und floh aus der Wohnung. Als er kurze Zeit später in seiner eigenen stand, brachen die Konsequenzen dieses Satzes in aller Klarheit über ihn herein. Es sah nach wie vor unaufgeräumt aus, und doch wusste Liam, dass etwas Entscheidendes fehlte.

Einige der Dinge, die in seiner Wohnung für Unordnung sorgten, waren Lizzys Sachen gewesen. Es war das Erdnussbutterglas, das sie nie richtig zugedreht hatte und das Liam deswegen ständig entgegengefallen war. Oder ihre Schuhe, die immer von dem Katzenvieh herumgetragen worden waren. Oder ihre Kosmetiksachen, die im Bad nie am richtigen Platz gestanden hatten.

Wie mechanisch ging Liam auf Lizzys Zimmertür zu. Er wusste schon, was er vorfinden würde. Er drückte die Türklinke hinunter, hielt kurz inne und öffnete sie. Weg. Alles war weg. Die Möbel standen ausgeräumt und ordentlich dort, wo sie stehen sollten. Sie hatte das Bett abgezogen, ebenso schien sie noch sauber gemacht zu haben. Es war alles in absoluter Ordnung. So wie er es gern hatte. Ordentlich. Sauber. Steril. Und trotzdem bereitete ihm dieser Anblick mehr Kummer als jedes Chaos davor.

Plötzlich entluden sich die Gefühle, die er unter der Oberfläche gehalten hatte, in einem Wutausbruch. Er stieß die Stehlampe um, sodass sie zerbrach, schleuderte den Stuhl durchs Zimmer und schlug so heftig gegen den Schrank, dass ein Loch entstand und seine Knöchel schmerzten. Kraftlos sackte er auf das Bett und stützte den Kopf in die Hände.

Er konnte nicht sagen, was ihn mehr kränkte. Dass sie gegangen war oder dass sie sang- und klanglos aus seinem Leben verschwunden war.

Sie hatten Sex gehabt, und Liam hatte sich gefragt, wie sie es schaffen sollten, in derselben Wohnung zu leben, ohne ständig übereinander herzufallen. Nie hatte er in Erwägung gezogen, dass so etwas geschehen würde. Insgeheim hatte er sogar gehofft, dass sie dort weitermachen würden, wo sie aufgehört hatten. Das wurde ihm in dieser Sekunde nur allzu deutlich klar. Er musste sich eingestehen, dass er nur aus einem Grund so oft zu Hause gewesen war: Er hatte gehofft, dass Lizzy zurückkam, und hatte sie nicht verpassen wollen. Nur deshalb war er auch beinahe täglich im Krankenhaus bei Mrs Grayson gewesen. Er hatte gewusst, dass Lizzy dort als Erstes auftauchen würde.

Was war nur mit ihm los? Er dachte an ihre letzte Begegnung im Garten ihrer Eltern. Lizzy hatte ihm gesagt, dass sie den Mann haben wollte, der er für sie sein könnte. Sie hatte gewusst, dass er zu keiner Beziehung bereit gewesen war. Sie hatte wahrscheinlich sogar Verständnis dafür. Doch er hatte nur gesagt, dass er nicht der Richtige für sie sei und dass Tom der bessere Mann wäre.

In diesem Moment, in der leeren Wohnung, hatte er sich gefragt, wie er ihr das nur hatte sagen können und dann darauf gehofft hatte, dass sie einfach wieder zu ihm zurückkehrte. Es war völlig unlogisch gewesen. Und dennoch, woher hätte er das wissen sollen? Nie zuvor war eine Frau so wichtig für ihn gewesen.

Nie hatte er sich um eine Frau ernsthaft bemüht, zumindest nicht mehr seit seiner Highschool-Zeit. Damals war er so verliebt in ein Mädchen namens Lindsey gewesen, dass er sich schon vorgestellt hatte, wie er ihr irgendwann einen Antrag machen wollte. Dann war das mit den Swores so gut gelaufen, und Liam und Lindsey hatten sich in so verschiedene Richtungen entwickelt, dass sie sich getrennt hatten. Drei Wochen war es ihm richtig mies gegangen. Er hatte seinen Kummer im Alkohol ertränkt, zu bestimmten Drogen nicht Nein gesagt und schreckliche Liebeslieder geschrieben.

Irgendwann hatten ihn immer mehr Groupies angegraben, und er hatte die Vorzüge seines Single-Daseins schätzen gelernt. Und ein paar Monate später hatte er den schlimmsten Anruf seines Lebens bekommen. Sein Vater war ganz plötzlich an einem Herzinfarkt gestorben, und Liam konnte vor Trauer und weil er sah, wie sehr seine Mum unter dem Alleinsein litt, keine Liebe mehr ertragen.

Er entschied sich bewusst gegen die Liebe. Und bis vor wenigen Monaten hatte ihm sein Leben, so wie es war, gereicht. Er hatte eine tolle Wohnung im schönsten Teil von London, konnte sich so gut wie jeden Wunsch erfüllen, und wenn er einsam war, hatte er sich ein Mädchen genommen, das diese Sehnsucht für ein paar Stunden stillte. Er hatte seine Ordnung geliebt, ebenso wie die Kontrolle über sein Leben. Dadurch hatte er die Möglichkeit, dass etwas Schreckliches geschah, eingegrenzt, und die Angst, die ihm die Luft zum Atmen nahm, minimiert.

Und dann war Lizzy laut und wild in sein Leben gestolpert, hatte es kompliziert und unordentlich gemacht. Sie hatte nicht nur alles völlig durcheinandergebracht, Nein, sie hatte ihm auch die Angst davor genommen, dass dies jemals enden könnte. Sie hatte ihn dazu gebracht, mehr auf seine Umgebung und seine Mitmenschen zu achten, sodass er Mrs Grayson plötzlich nicht mehr als Drachen betrachtete, sondern ihre Hilflosigkeit bemerkte. Er hatte erfahren, dass dies zwar manchmal seinen Alltag durcheinanderbringen konnte, aber er dafür in der Regel mit Zuneigung und Dankbarkeit belohnt wurde. Und jetzt war es vorbei.

Wütend darüber, dass sie ihn zurückgelassen hatte, war er aufgestanden und hatte seine Wohnung aufgeräumt. Er hatte alles an seinen Platz zurückgebracht und wie ein Verrückter begonnen, den Boden zu wischen. Nach einer Stunde war es in etwa so aufgeräumt und sauber gewesen, wie er es vor Lizzy gewohnt gewesen war. Völlig erschöpft und niedergeschlagen hatte er sich ein Bier genommen und sich vor dem Fernseher niedergelassen. Er hatte ihn angeschaltet, jedoch den Ton abgestellt. Die Stille war erholsam gewesen, und Liam hatte etwas gespürt, was ihm in seinem wohlgeordneten und kontrollierten Leben vorher nicht aufgefallen war.

Einsamkeit.

Nic stimmte eins ihrer beliebtesten Lieder an, und die Menge vor der Bühne tobte vor Begeisterung. Liam schob jeden Gedanken an Lizzy aus seinem Kopf und konzentrierte sich auf die Musik. Doch er wusste, es konnten ihm heute Abend noch so viele Fans zujubeln, er würde nach dem Konzert in seine Wohnung zurückkehren, und die Einsamkeit würde ihn wieder erdrücken.

* * *

Seit drei Wochen bekam Lynn bereits die Chemotherapie. Die erste Woche war ohne weitere Nebenwirkungen verlaufen und hatte Lizzy und sie in trügerischer Sicherheit gewiegt. Seit Beginn der zweiten Woche war es ihr deutlich schlechter gegangen, und nach einer weiteren Woche lag sie nun vollkommen geschwächt in ihrem Bett. Lizzy war darauf vorbereitet gewesen und doch wieder so gar nicht. Es war furchtbar, die eigene sonst so starke Mum in einem derart schlechten Zustand vorzufinden.

Heute schien es ihr zwar besser zu gehen, aber am gestrigen Tag hatte Lynn es nicht einmal geschafft aufzustehen, und ihr war so elend zumute gewesen, wie Lizzy es noch nie miterlebt hatte. Es musste schwer für ihre Mum sein, dass sich nun jeder um sie kümmerte, wo es doch sonst an ihr war, sie alle zu umsorgen. Mit jedem Tag mehr hatte sie akzeptieren müssen, wie krank sie tatsächlich war. Ein Unterfangen, was sich zunehmend als schwierig herausstellte und Lizzy vor ganz unerwartete Hürden stellte. Jetzt war es an ihr, bespuckte Bettwäsche abzuziehen und ihrer Mum beim Anziehen zu helfen. Sie war es nun, die Lynn auf die Minute genau Medikamente brachte und ihr immer wieder neue Gerichte kochte, in der Hoffnung, sie würde irgendetwas bei sich behalten. Ohne Frage war Lynn dankbar dafür – das wusste Lizzy ganz genau. Dennoch fiel es ihr schwer, und immer häufiger versuchte sie, Lizzy davon zu überzeugen, dass sie zurück nach London gehen sollte.

Lizzy war auf diesem Ohr jedoch vollkommen taub. Sie blockte jedes Gespräch, das auch nur in die Richtung »Musik« und »London« ging, kategorisch ab. Aus gutem Grund, denn sie wollte unbedingt vermeiden, dass die Familie Wind von Liams und ihrer Affäre bekam. Die Konsequenz war, dass sie nicht mehr über ihn sprach und es allgemein vermied, zum Kennedy-Haus zu gehen. Stattdessen stürzte sie sich mit verbissenem Ausdruck im Gesicht auf jede noch so unangenehme Arbeit, um sich abzulenken.

»Mum, wir müssen gleich los zum nächsten Termin«, erinnerte Lizzy ihre Mutter zum wiederholten Mal.

»Sag nur Chemo … du darfst das Wort ruhig aussprechen.«

Lizzy spürte, wie sich ihr Körper kaum merklich versteifte. »Wenn du darauf bestehst. Wir müssen zur nächsten Chemo. Zufrieden? Ich helfe dir beim Anziehen.«

Lynn klopfte auf die Bettdecke neben sich und wartete, bis sie sich zu ihr gesetzt hatte. »Ich fühle mich heute so viel besser. Möchtest du dir nicht ein paar Tage freinehmen? Dich einfach mal um dich selbst kümmern? Freunde treffen?«

Lizzy rollte mit den Augen. Dieses Gespräch hatten sie bereits einige Male geführt. »Mum, wie oft soll ich es dir noch sagen. Ich bin hier, um mich um dich zu kümmern.«

»Aber du weißt, was Dr Milton gesagt hat: Wir brauchen alle mal eine Pause. Und du hast ein paar Tage ohne Krebs ganz dringend nötig, Liebes. Du siehst bald so schlecht aus wie ich, und das will was heißen.«

Lizzy schüttelte vehement den Kopf. »Nein, ich weiß genau, wann du welche Tabletten nehmen musst ... Bis das jemand anderes verstanden hat –«

Lynn unterbrach Lizzy, indem sie ihre Hand nahm. »Wofür gibt es den Tablettenplan?«

»Und wer fährt dich ins Krankenhaus?«

»Celine.«

»Was ist, wenn es dir wieder schlecht geht?«

»Dad ist doch auch noch da.«

»Und was ist mit den Keimen? Dad hat doch erzählt, dass in der Arbeit eine Erkältung umgeht. Und Celine hatte Josh bei sich«, versuchte Lizzy sich erneut herauszureden.

»Um Himmels willen, Lizzy! Mia und Josh waren erst vor einigen Tagen hier. Da hätte ich mich ebenso gut anstecken können. Bitte such nicht weiter nach Ausflüchten, dich mal auszuruhen.«

»Aber was soll ich schon tun? Mia ist gestern nach London aufgebrochen.«

Lynn rappelte sich im Bett hoch und sagte leise: »Vielleicht ist es ganz gut, wenn du dich um niemanden außer dich selbst kümmerst. Vielleicht sollte es mal nur um dich gehen. Womöglich brauchst du Zeit, um dir über ein paar Dinge klar zu werden.«

Lizzy runzelte die Stirn, dann schüttelte sie den Kopf. »Mum, lass uns das nicht wieder durchkauen. Mir geht es gut!«

»Geht es dir nicht. Du bist so unendlich traurig, dabei ist niemand gestorben. All deine Energie, deine Lebensfreude ist quasi verpufft. Das macht deinem Dad und mir Sorgen. Und nicht nur das, Lizzy. Es ist unheimlich. Ich weiß es wirklich zu schätzen, was du alles für mich tust, aber es kommt mir beinahe so vor, als befändest du dich vor etwas auf der Flucht.«

»Ich sage dir, es ist alles in Ordnung! Bitte sorg dich nicht. Das Letzte, was du jetzt brauchen kannst, ist so was.«

Lynn betrachtete sie zärtlich und streichelte ihr über das lange Haar. Das schien sie auf eine Idee zu bringen, denn sie rief plötzlich: »Ich hab's! Das Pink in deinen Spitzen ist vollkommen ausgebleicht. Du gehst zum Friseur. So lange hattest du noch nie ein und dieselbe Haarfarbe.« Bevor Lizzy den Mund aufmachen konnte, um zu protestieren, fuhr Lynn fort: »Und wage es nicht, dich weiter hinauszureden. Sonst sehe ich mich gezwungen, mit härteren Bandagen zu kämpfen. Der Besuch geht auf mich. Sieh es als eine Art Lohn an.«

* * *

Das penetrante Klingeln an seiner Tür weckte ihn nur langsam. Als Liam endlich die Augen öffnete, starrte er auf die Rückenlehne seines Sofas. Er war wohl im Wohnzimmer eingeschlafen. Angewidert betrachtet er den Sabberfleck auf dem weißen Stoff. Er rappelte sich mühsam hoch und hielt sich den Kopf.

So viel habe ich doch gar nicht getrunken, dachte er. Dann sah er die zahllosen leeren Bierflaschen vor sich auf dem Boden und staunte nicht schlecht.

Das Klingeln riss nicht ab, und Liam wägte den Wunsch nach Ruhe und die Anstrengung weiterer Bewegungen gegeneinander ab. Das Läuten war allerdings so schmerzhaft für seinen Kopf, dass er sich zur Wohnungstür schleppte. Er betätigte die Gegensprechanlage und war selbst über seine kratzige Stimme überrascht.

»Wer da?«

»Mach die Türe auf, Liam!«, rief eine weibliche Stimme.

Ehe er sich zurückhalten konnte, fragte er: »Lizzy?«

Er hasste sich für den hoffnungsvollen Klang in seiner Stimme.

Es dauerte einen Augenblick, ehe die Frau antwortete: »Ganz und gar nicht.« Jetzt erkannte er seine Schwester, drückte den Türöffner und ließ die Wohnungstür angelehnt stehen. Er schlurfte träge zum Sofa zurück, ließ sich darauffallen und wartete, bis Mia bei ihm oben war. Einen Moment war er enttäuscht, dass Josh nicht dabei war, dann aber dankbar. Er hätte Babygeschrei jetzt nicht ertragen.

»Im Ernst jetzt?«, fragte Mia und sah ihn mit einer hochgezogenen Augenbraue und in die Hüfte gestemmten Händen herausfordernd an.

Liam fühlte sich zu jämmerlich, um etwas darauf zu erwidern.

»Nun sieh dich nur mal an. Dass ich das noch erleben darf«, sagte Mia und schüttelte teils amüsiert, teils genervt ihre hübschen Locken.

»Was genau?«, fragte er teilnahmslos.

»Nun, wo soll ich anfangen? Vielleicht, dass mein äußerst organisierter und perfektionistischer Bruder einen Interviewtermin sausen lässt, bei dem mein Mann nun eingesprungen ist. Oder dass er seiner Freundin nach langem Hinhalten weiter aus dem Weg geht, um was genau zu tun? Sich zu besaufen? Den Werbekanal zu sehen?«

Liams Augen wurden bei ihrer Auflistung immer größer. Allerdings war er nur fähig, seinen Arm über seine Augen fallen zu lassen. »Fuck«, murmelte er.

»Wo soll ich weitermachen? Vielleicht, dass er mit meiner wunderbaren besten Freundin eine Affäre hatte und diese so vor den Kopf gestoßen hat, dass sie mit gepackten Taschen zurück nach Bodwin geflohen ist und dort nun als Schatten ihrer selbst umherschwebt?«

»Bodwin?« Plötzlich war Liam hellwach. »Sie ist nach Bodwin?«

»Was hast du denn gedacht?«

»Keine Ahnung, vielleicht, dass sie zu diesem Typen gezogen ist? Plötzlich waren all ihre Sachen und sie einfach fort. Kein Zettel, keine Nachricht, kein Anruf, nichts.«

»Das liegt wohl daran, dass du ihr gesagt hast, dass du nicht der Richtige für sie bist. Ist aber nur so eine Idee.« Liam schnaubte. »Liam, was ist denn eigentlich los mit dir? Sicher, du bist kein Kind von Traurigkeit, aber ich kann nicht glauben, dass du Lizzy und Emma, zwei wunderbaren Frauen, so etwas antun würdest.«

Mias Stimme war ganz mitfühlend geworden, und Liam wusste, dass es eine Taktik war. Sie würde ihn ohne zu zögern ausliefern, um Lizzy zu beschützen. So viel zum Thema »Blut ist dicker als Wasser«. Das zählte vermutlich nicht, wenn man gemeinsam aufwuchs.

»Hey, ich bin nicht der Einzige, der Ballast mitgebracht hat.«

»Hör zu, Lizzy und du, das ist auch für mich eine Überraschung …« Mia holte tief Luft, setzte sich zu ihm aufs Sofa und fuhr dann fort: »Ich weiß genau, wie schwierig es für euch beide ist, sich auf eine Beziehung einzulassen. Aber warum seht ihr nicht ein, dass es sich verdammt noch mal lohnt?« Liam schwieg. »Es ist wegen Dad, oder?«, hakte sie nach und fand die Antwort vermutlich in seinen Augen. »Das Leben ist so wunderschön, wenn man es nicht allein verbringen muss. Du denkst schon an den Schmerz, bevor du überhaupt die schönste Zeit in deinem Leben genossen hast. Du bist einfach nur einsam.«

»Ich war ziemlich zufrieden so«, sagte er trotzig.

Mia sah kurz so aus, als würde sie loslachen, wäre es nicht so traurig gewesen. »Bruderherz, du bist sehr, sehr engstirnig. Möchtest du wirklich auf all das verzichten, was unser Leben so sehr bereichert hat? Ich meine, wir hatten die glücklichste Kindheit, die man haben kann, und das nur dank der Liebe unserer Eltern. Möchtest du irgendwann auf dein Leben zurückschauen und feststellen, dass du all das versäumt hast? Ich finde, du bist ein großartiger Onkel, und du wärst sicher irgendwann ein super Dad. So einer wie unser Dad. Überfürsorglich und liebevoll.«

Liam zog es vor, darauf nicht zu antworten. Allerdings richtete er sich auf. »Ich hab wirklich den Termin vergessen?« Mia nickte zustimmend. »Und gestern habe ich Emma versetzt, oder? Wir wollten endlich über alles reden«, sagte er und stöhnte.

»Pablo hat dich ungefähr ein Dutzend Mal angerufen, bis er Nic gebeten hat einzuspringen. Daraufhin sind wir sofort losgefahren, und da habe ich Emma getroffen. Sie war gleichermaßen sauer wie auch besorgt. Also habe ich vorgeschlagen, hier vorbeizusehen.«

Liam lächelte Mia dankbar an. »Ich werde mich wohl mit Emma unterhalten müssen.«

»Sie ist wirklich ein nettes Mädchen.«

Liams schlechtes Gewissen wog etwa eine Tonne. »Ich weiß, aber ...«

»... sie ist nicht die Richtige«, vollendete Mia entschieden seinen Satz.

Plötzlich schaute Liam sie verwirrt an. »Was machst du eigentlich hier? Wolltest du nicht in Bodwin bleiben, wegen Lynn?«

Mia verstummte und suchte offenbar nach den richtigen Worten. »Nun, ich bin gestern hergekommen ... Ich habe einen Termin ... und werde morgen zu Anabelle in die Psychiatrie fahren.

Lizzy kümmert sich um Lynn. Und Josh ist bei Mum geblieben. Ich versuche, mir Sophies Ratschlag zu Herzen zu nehmen und Josh auch mal abzugeben, damit Nic und ich etwas Zeit für uns haben.«

Liam kniff die Lippen zusammen. »Du weißt, was ich über Anabelle denke.«

»Ich weiß, trotzdem ist es für mich die einzig richtige Entscheidung. Ich werde nicht weiter in dieser Angst leben. Ich werde mich von Anabelles Wirkung auf mich befreien.«

Dann sprang sie unvermittelt auf, öffnete die Fenster und Balkontür und machte sich in der Küche an der Kaffeemaschine zu schaffen. »Jetzt werden wir dich wieder in einen ansehnlichen Zustand versetzen. Oder es zumindest versuchen.«

»Kleine Schwestern sind so nervig«, murmelte er, was Mia geflissentlich ignorierte.

23

»Mrs Donahue, bitte.«

Mia hob den Kopf und blickte der Sprechstundenhilfe entgegen. Dann legte sie die Zeitung aus der Hand und folgte ihr durch die Praxis in den nächsten freien Behandlungsraum.

»Sie dürfen gern erst einmal Platz nehmen. Frau Doktor kommt gleich.«

Mia nickte und schenkte der Arzthelferin ein Lächeln. Dann knetete sie nervös ihre schwitzenden Hände und sah sich in dem Zimmer um. Kurz darauf kam ihre Ärztin herein und begrüßte sie freundlich. Dr Jones war selbst eine junge, toughe Frau, und Mia fühlte sich bei ihr äußerst wohl. Außerdem genoss sie das Gefühl, keine Extrawurst zu bekommen.

Die Ärztin trug ihr langes blondes Haar zu einem Pferdeschwanz zurückgebunden und keinen weißen Kittel, sondern ein rosafarbenes Poloshirt und eine weiße Hose.

Nun lächelte sie und sah sich direkt nach Josh um. »Wo haben Sie denn Ihren kleinen Mann gelassen?«

Mia lachte, als sie den schmollenden Gesichtsausdruck ihrer Ärztin bemerkte. »Er wird von seiner Oma in Cornwall verwöhnt, wo auch ich gerade lebe. Ich habe ein paar Termine in London.«

Dr Jones blickte in Mias Akte und nickte. »Es wird völlig unterschätzt, was für eine Erholung man als junge Mutter in einem Wartezimmer bekommen kann, oder?« Mia stimmte in das Lachen der Ärztin ein. »Mrs Donahue, was kann ich für Sie tun? Haben Sie Beschwerden?«

Mia schaute auf ihre Hände. »Ich bin müde und völlig abgeschlagen. Außerdem fühle ich mich ständig krank, was natürlich daran liegen könnte, dass ich mich bei Josh anstecke, der immer wieder Schnupfen und Husten hat. Aber …«

»Wann war Ihre letzte Periode?«, fragte die Ärztin ohne Umschweife.

Mia rutschte unruhig auf ihrem Stuhl herum. »Nun … ich weiß es ehrlich gesagt nicht genau. In den letzten Wochen war sehr viel los und … Ich bin mir nicht sicher. Ich stille Josh nur noch nachts. Es ist nur eine Vermutung. Es kann natürlich am Stress liegen, aber ich wäre gern sicher. Einen Test habe ich selbst noch nicht gemacht.«

Die Ärztin nickte verständnisvoll. »Gut, dann lassen Sie uns nachsehen. Bitte entkleiden Sie sich, und in wenigen Augenblicken wissen wir mehr.«

Eine kleine Weile später lag Mia auf dem Behandlungsstuhl. Sie war so angespannt, dass sie kaum atmete. Vielleicht war das albern, aber zuletzt war sie nie allein bei Frauenärzten gewesen. In Bodwin hatte Lizzy sie begleitet, und hier in London war Nic stets an ihrer Seite gewesen. Doch bis jetzt hatte Mia niemandem von ihrer Vermutung erzählt. Es war ihr kleines Geheimnis. Ihre eigene und Lizzys Familie hatten im Augenblick genug zu verkraften, und Mia wollte um keinen Preis der Welt grundlos mehr Aufregung verursachen. Außerdem wusste sie, dass, wenn die Vermutung bestätigt wurde, Nic sie niemals zu Anabelle fahren lassen würde.

Und das würde Mia nicht zulassen! Liam hatte ihr versprochen, sie später abzuholen und hinzufahren.

Sie schüttelte die Gedanken an Anabelle ab und konzentrierte sich wieder auf ihre Ärztin.

Diese stellte gerade das Ultraschallgerät an und suchte die richtige Position. »Nun, dann wollen wir mal sehen. Hier ist Ihre Blase, die Eierstöcke ... das sieht alles gut aus, und hier haben wir die Gebärmutter und ... da! Tatsächlich! Mrs Donahue, ich darf Ihnen gratulieren, Sie sind wieder schwanger.«

Mia ließ diese Nachricht auf sich wirken und wartete, dass sie ausflippen würde. Doch nichts geschah. Es breitete sich nur ein warmes Gefühl in ihr aus und ließ sie lächeln. Es war ein vollkommen anderes Gefühl als beim letzten Mal. Sie verspürte keinen Funken von Verzweiflung oder Angst. Sie war geradezu erleichtert, endlich Gewissheit zu haben. Sie war schwanger, und das würde bedeuten, dass sie ihre Karrierepläne weiter zurückstellen musste. Doch dieses Gefühl brachte ihr nur noch mehr Erleichterung. Es hatte sie gestresst, dass sie einen Job brauchte und irgendwas machen musste.

In Wahrheit war sie glücklich damit, Joshs Mutter zu sein. Und jetzt würde sie noch mal Mama werden von einem zweiten kleinen Jungen oder einem Mädchen! Was würde Nic dazu sagen? Wäre er erschrocken?

Nein, Mia war sich sicher, er würde sich freuen. Natürlich mussten sie einiges bedenken und auch endlich in eine besser für Kinder geeignete Wohnung umziehen. Es gab viel zu planen, aber im Augenblick war Mia vollständig ruhig und gelassen, bis ihre Ärztin etwas hinzufügte: »Und da ist noch eins. Unglaublich!«

»Was?«, rief Mia.

»Sie bekommen Zwillinge, Mrs Donahue.«

Und fort war das gelassene Gefühl, weggespült von einem einzigen Wort.

»Zwillinge?«, echote Mia und starrte perplex auf den Monitor.

»Das nenn ich einen Jackpot!«, rief die Ärztin erfreut.

Mia brachte nur mühsam ein Lächeln zustande. »Jackpot?«

* * *

Lizzys Telefon vibrierte in ihrer Tasche, und sie kramte hektisch darin herum, sodass die Friseurin mit ihrer Arbeit innehielt. Sie fand das Handy im hintersten Fach und nahm gerade noch rechtzeitig ab.

»Mum?«, rief sie ins Telefon und spürte, wie ihr Puls in die Höhe schoss.

»Ich bin's«, sagte eine niedergeschlagene Stimme.

»Mia?«, fragte Lizzy irritiert. »Ach, du bist es nur.«

»Ja, nur ich«, bestätigte ihre beste Freundin monoton.

»Alles okay?«, fragte Lizzy besorgt.

»Wo steckst du?«

»Beim Friseur. Mum meinte, dass mir etwas freie Zeit guttun würde«, sagte sie mit einem bitteren Tonfall.

»Das finde ich allerdings auch.«

Lizzy schnaubte. »Warum wissen immer alle anderen ganz genau, was gut für mich ist?«, beschwerte sie sich und ließ ihre Friseurin mit der stacheligen Kurzhaarfrisur ihre Arbeit wieder aufnehmen.

»Ich sag es mal so: Weil wir deine Familie sind und dich lieben. Außerdem wissen Mütter irgendwie immer alles.«

Lizzy fiel erneut der niedergeschlagene Tonfall ihrer Freundin auf, und sie fragte: »Mia, was ist los? Wo steckst du denn? Du rufst doch nicht nur an, um über unsere Mütter zu philosophieren?«

Mia seufzte. »Nein, ich rufe an, weil ich bis heute Abend ein Geheimnis bewahren muss, von dem ich niemandem erzählen darf.«

Lizzy schmunzelte. »So ist das meistens mit Geheimnissen, sonst wären es ja keine, oder?« Am anderen Ende der Leitung herrschte Stille. »Mia?«, horchte Lizzy nach.

»Ja?«

»Möchtest du mir vielleicht von dem Geheimnis erzählen?«, fragte sie und betonte jedes Wort einzeln, um Mias Aufmerksamkeit nicht zu verlieren. Lizzy betrachtete sich im Spiegel. Sie sah aus, als würde sie ernsthaft in Erwägung ziehen, mit Außerirdischen in Kontakt zu treten. Ihre Haare waren über und über mit Alufolie bedeckt.

»Ich möchte, aber ich weiß nicht, ob ich sollte …«

»Ich bin gut darin, Geheimnisse zu bewahren.«

»Das stimmt«, gab Mia zu. Dann herrschte erneut Stille.

»Nun sag schon. Oder willst du, dass ich vor Neugierde platze?«

»Ich weiß nicht, vielleicht sollte ich einfach warten …«

»Wage es nicht, jetzt einen Rückzieher zu machen! Außerdem hättest du mich nicht angerufen, wenn du es mir nicht erzählen wolltest.«

Mia seufzte, holte tief Luft und platzte mit »Ich bin schwanger!« heraus.

Lizzy machte große Augen und sprang aufgeregt von ihrem Stuhl auf, was die benachbarte Friseurin dermaßen erschreckte, dass sie ihrer Kundin mit dem Kamm ins Ohr pikste. »Ich fass es nicht!«, rief sie und hüpfte wie ein Flummi auf und ab. »Mia? Bist du noch dran?«

»Ja!«

»Ich werde Tante, schon wieder!«, rief Lizzy laut, und Mia sagte völlig monoton: »Juhu!«

»Was ist denn? Freust du dich gar nicht?«

»Ach, das Beste hab ich dir noch gar nicht erzählt …« Sie hielt inne und ließ die Bombe platzen: »Es werden Zwillinge!«

Nun ließ Lizzy sich langsam auf den Stuhl sinken.

»Nicht im Ernst?«, sagte sie und quietschte noch einmal laut auf. »Wahnsinn!«

»Ja, das wäre eine passende Beschreibung für meinen zukünftigen Gesundheitszustand. Wahnsinnig …«, erwiderte Mia lahm.

Lizzy musste lächeln. »Ich verstehe«, sagte sie nur, und Mia seufzte. »Aber trotzdem, Mia, das sind tolle Nachrichten. Du fühlst dich wahrscheinlich gerade nicht so, aber das wird ganz bestimmt alles klappen.«

»Wenigstens haben wir jetzt einen Grund, uns einen Mini-Van zuzulegen und umzuziehen.«

Lizzy kicherte. »Ja, das wird interessant werden. Ich bin gespannt, wie Nic darauf reagiert.«

»Abgesehen davon, dass ich ihm die Hölle heißmachen werde, weil er mich doppelt geschwängert hat …«

»Soweit ich weiß, gehören da immer zwei zu.«

»He, auf wessen Seite bist du eigentlich?«, entgegnete Mia mürrisch.

»Und warum musst du ein Geheimnis daraus machen?«

»Weil Liam mich jeden Moment abholen kommt und zu Anabelle in die Psychiatrie fährt.«

Da war er, der Name, der Lizzy jedes Mal einen heftigen Stich bescherte, sobald er irgendwo fiel.

»Oh, okay! Und du glaubst, die beiden würden dich nicht fahren lassen, wenn sie es wüssten.«

»Klug kombiniert, Watson! Du kennst sie doch«, bestätigte Mia.

Lizzy grinste und sagte anerkennend: »Du Luder!«

»Eine Frau muss tun, was eine Frau eben tun muss.«

»Bitte pass auf dich und deine zwei Beifahrer auf, und melde dich, wenn du bei der Hexe raus bist!«

Mia versprach es und verabschiedete sich.

* * *

Die letzten Töne der Instrumente verklangen, und Nic klatschte in die Hände.

»Das war's!«, sagte er und wirkte sehr zufrieden.

Pablo nickte und reckte einen Daumen hoch. Der Aufnahmeleiter grinste ebenfalls, und Liam nahm den Gitarrengurt von seiner Schulter.

»Das war richtig geil!«, rief Stan und grinste von einem Ohr zum anderen.

»Wenn wir das so am nächsten Wochenende abliefern, sind wir die Helden des Festivals«, bestätigte John.

Nur Liam blieb ruhig und sagte nichts weiter dazu. Er genehmigte sich einen tiefen Schluck aus seiner Wasserflasche und begegnete den vielen fragenden Blicken seiner Bandkollegen.

»Was?«, fragte er irritiert.

»Was ist nur mit dir los? Du freust dich gar nicht.«

»Ich freue mich«, entgegnete Liam.

»Jaaa, jippieeee!«, sagte Nic und wedelte albern mit den Händen herum, was alle zum Lachen brachte und endlich auch Liam. »Man sieht dir deine Begeisterung förmlich an«, fügte Nic dann kopfschüttelnd hinzu.

Pablo klopfte an die Scheibe und deutete auf Liam, der daraufhin den Proberaum verließ und zu ihm in den Vorraum ging.

»Da ist ein Typ, der dich sprechen will. Irgendein Produzent?«, sagte Pablo stirnrunzelnd.

»Und der will mich sehen?«

Pablo nickte und schob ihn aus der Tür. Liam ging den Flur hinunter. Kurz bevor er den Empfang erreichte, blieb er wie angewurzelt stehen. Ein Mann kam auf ihn zu, den er nur zu gut kannte. Sein Grinsen wirkte wie beim letzten Mal eine Spur herablassend. Sein Anzug saß perfekt, und er musterte Liam von Kopf bis Fuß. Dann rümpfte er die Nase.

»So ein Aufzug gehört wohl zum Image eines Rockstars«, sagte Tom Winterbottom und verschränkte die Arme hinter dem Rücken, als wolle er eine förmliche Begrüßung vermeiden.

»Und wen verkörpern Sie mit dieser Verkleidung? Einen Arschkriecher?«, gab Liam schlagfertig zurück.

Toms Grinsen verblasste, und er schüttelte den Kopf. »Was finden die Frauen nur an Typen wie euch?«

»Das frage ich mich auch ständig ...«, gab Liam zurück und verschränkte die tätowierten Arme vor der Brust.

Tom sah ihn abwartend an. Er schien seine Chancen bei einem Wortgefecht mit Liam abzuwiegen. Und entschied sich offenbar, es bleiben zu lassen.

»Was wollen Sie, Tom?«, fragte Liam.

»Ich frage mich, ob Sie Lizzy in letzter Zeit gesehen haben.«

»Sollten Sie nicht besser wissen, wo Ihr Mädchen sich so rumtreibt?«

Tom kniff die Augen zusammen. »Mein Mädchen? Oh, ich weiß genau, wo mein Mädchen sich rumtreibt. Genau genommen sitzt sie draußen in meinem Porsche. Aber dank Ihrer Antwort weiß ich, dass Sie Lizzy offenbar länger nicht gesehen haben. Lizzy ist nicht mein Mädchen, und wenn wir ehrlich sind, war sie das auch nie, oder, Liam?« Liam konnte seine Verblüffung nicht ganz verbergen. »Darum bin ich allerdings auch nicht hier – sondern deswegen!«

Endlich nahm er die Hände nach vorne, und hielt Liam eine CD unter die Nase.

»Diese Demo-CD hat sie mir bei unserem Abschied, als sie aus London fortgegangen ist, gegeben, und ich will sie unter Vertrag nehmen.«

Liam sah Tom verblüfft an. »Und warum sind Sie dann bei mir? Warum rufen Sie Lizzy nicht einfach an?«

»Tja, das habe ich getan – so an die hundert Mal –, aber sie geht nicht ran. Deswegen bin ich hier. Ich hatte gehofft, dass Sie mir helfen könnten.«

Liams Gedanken kreisten wie wild durcheinander. »Wie sollte ich Ihnen helfen? Und vor allem warum?«

»Nun, zu der ersten Frage: Ich glaube, der einzige Grund, warum Lizzy aus London geflohen ist, sind Sie. Und zum anderen: Vor einigen Wochen sind Sie in mein Büro gestürmt und haben mich angebrüllt, dass ich dieser tollen Frau eine weitere Chance geben müsste. Jetzt werde ich dasselbe tun. Egal, was zwischen ihr und mir und Ihnen beiden gewesen ist, Lizzy hat wahnsinniges Talent. Sie ist richtig gut. Sie hat hier mindestens fünf Songs drauf, die Welthits werden könnten. Sie ist so gut, dass ich sogar meinen Stolz vergesse und den Typen um Hilfe bitte, der sie mir ausgespannt hat. Also, tun Sie das Richtige für sie. Wenn Sie sie nur ansatzweise so lieben, wie ich vermute, dann bringen Sie Lizzy zurück und sorgen dafür, dass ich sie unter Vertrag nehmen kann. Sie ist besonders.«

Tom drückte Liam die CD gegen die Brust, sodass er sie annehmen musste, und ging davon. Sprachlos sah Liam ihm hinterher.

Bevor er aus der Tür verschwand, rief Tom ihm zu: »Wie war das noch? Das Zeitfenster schließt sich bereits?«

Dann war er weg. Liam blickte auf die CD in seiner Hand und fuhr sich durch die Locken.

»Also ist es wahr?«, fragte jemand hinter ihm.

Liam wandte sich um. Vor ihm stand Emma, und sie sah so verloren und traurig aus, dass er sich am liebsten vor lauter schlechtem Gewissen vom nächsten Hochhaus gestürzt hätte.

Als er schwieg, verschränkte sie die Arme vor der Brust, wich ein paar Schritte zurück und schüttelte den Kopf.

»Seit dem Wochenende, als ich dich zu Hause besucht habe, weichst du mir aus. Ich habe gedacht, es läge daran, dass ich dich vielleicht zu sehr bedrängt habe, als ich einfach so in dein Familienleben geplatzt bin.«

»Emma …«, begann Liam, doch sie fuhr ihm über den Mund.

»Meine Freunde haben mich alle vor dir gewarnt, Liam. Und weißt du warum? Nicht weil du offenbar beziehungsgestört bist oder mir nicht treu sein könntest … sondern weil du mit einer Frau zusammenwohnst. Welcher Mann lebt so eng mit einer Frau wie Lizzy Donahue zusammen und will nicht mit ihr schlafen?«

Liam fuhr sich zum wiederholten Mal durchs Haar und wusste nicht, was er sagen sollte. »Ich ... Emma ... lass mich doch erklären ...«

»Hast du mit ihr geschlafen, ja oder nein?«, fragte sie und sah ihn flehend an. Er brauchte nicht zu antworten. Tränen traten in Emmas Augen. »War es, während wir zusammen waren?« Natürlich hätte er sie darauf hinweisen können, dass sie nie offiziell eine Beziehung begonnen hatten, sondern lediglich ein paar Dates hatten. Doch das kam ihm kleinkariert vor.

Er nickte nur, denn er wusste, auch wenn er mit Emma nie bis zum Äußersten gegangen war, hatte er sie dennoch hintergangen.

»Und deswegen wolltest du nicht mehr mit mir zusammen sein? Weil du nicht mit mir schlafen wolltest?« Liam hob die Schultern. »Du liebst sie!«, erkannte sie plötzlich. Sie sah fassungslos aus. »Und sie verkuppelt uns und schläft dann selbst mit dir ... Was zum Teufel!« Emma war völlig bestürzt. »Was wolltest du denn dann überhaupt von mir?«

»Emma, ich mag dich wirklich ... ich war gern mit dir zusammen, und du hast mich überhaupt erst an eine wirkliche Beziehung denken lassen.«

»Und trotzdem hast du dich in sie verliebt, nicht in mich«, stellte sie gefährlich ruhig fest.

»Es tut mir alles so leid. Ich konnte ja nicht ahnen, dass das passieren würde.«

Emma sah ihm in die Augen. »Nein, das vielleicht nicht. Aber du konntest dich entscheiden, ob du dich wie ein Arsch benimmst oder nicht. Du hättest mir die Wahrheit sagen können.«

»Ja, ich war ein Arsch, und es tut mir schrecklich leid.«

Sie starrte auf den Boden. »Das kannst du dir sparen. Du hättest es mir sagen müssen, aber du bist den einfachen Weg gegangen. Dir war es völlig egal, wie ich mich dabei fühle. Du hast nur an dich gedacht. Also tu jetzt nicht so, als täte es dir leid.« Sie wandte sich auf dem Absatz um und ging ein paar Schritte von ihm weg. »Ich werde übrigens kündigen. Ich hoffe, du bist zufrieden mit dir.«

Dann rauschte sie davon, und Liam konnte es ihr nicht verübeln.

Ihm war elend zumute, und er ließ sich auf einem der zwei Ledersofas im Empfangsbereich nieder. Er starrte aus dem Fenster auf das graue London. Was hatte er sich nur dabei gedacht? Warum hatte er nicht eher die Notbremse gezogen? Er war wirklich ein selbstsüchtiger, egoistischer, arroganter …

Weiter kam er nicht, denn Nics Stimme hallte über den Flur.

»Liam, wo steckst du denn?«

Liam stand auf und ging ihm entgegen. »Ich bin hier. Was ist los?«

»Was los ist? Du hast meine Frau vergessen! Wolltest du sie nicht längst abgeholt haben?«

Liam schloss die Augen und drückte mit Daumen und Zeigefinger gegen seine Nasenwurzel. »Ich bin ein Idiot!«

Nic warf Liam seine Autoschlüssel zu. »Ich widerspreche dir da nicht. Also, was ist? Hau schon ab. Und pass ja auf mein Mädchen auf.«

24

Die Sonne schien ihr ins Gesicht, während Mia gegen die Motorhaube von Liams Auto gelehnt das Gebäude vor ihr betrachtete. Sie kuschelte sich in ihre warme Jacke und zog den Schal übers Kinn. Es war ein so schöner Tag, auch wenn es ziemlich kalt war. Ihre Hände steckten in den Jackentaschen, und sie legte sie auf ihren Bauch.

Seit dem Besuch bei ihrer Frauenärztin wirbelten ihre Gedanken wild durcheinander. Sie bekam zwar Panikattacken, wenn sie nur an die zwei Babys in ihrem Bauch dachte, doch da war auch etwas anderes. Sie war zuversichtlich. Sie hatte keine Ahnung, wie sie mit drei kleinen Kindern zurechtkommen sollte, aber sie wusste, dass Nic und sie einen Weg finden würden. Jetzt, wo sie kurz davorstand, ihrem schlimmsten Albtraum wiederzubegegnen, ängstigte sie der Gedanke an zwei weitere Kinder nicht mehr. Josh hatte sie mit einer so intensiven Liebe erfüllt, dass sie ihr Glück kaum fassen konnte. Es schien, als hätte sie kurz vor der Konfrontation mit Anabelle plötzlich eine Superkraft, die sie vor allem Bösen auf der Welt beschützen konnte.

»Wir können jederzeit in dieses Auto steigen und wieder zurückfahren«, hörte sie Liam sagen.

Mia lächelte ihn an, zog eine Hand aus ihrer Jacke und legte sie auf seinen Arm. »Du erinnerst mich jeden Tag mehr an Dad«, sagte sie leise und sah ihm seine Bestürzung an. »Nein, nicht der Teil mit den Depressionen oder dem Herzinfarkt! Aber alles andere … Ich fühle mich so sicher neben dir, während ich Angst haben sollte. Aber ich bin nur wild entschlossen.«

Liam entspannte sich sichtlich. »Ich weiß nicht, ob ich über diese Entwicklung froh bin. Am liebsten würde ich dich unter den Arm klemmen und von hier fortbringen.«

Mia nickte ernst. »Ich weiß, aber das wird nicht passieren, Liam.« Sie richtete sich auf und streckte auch die andere Hand nach ihrem Bruder aus, der sie sofort fest umfing.

»Du bist die mutigste Frau, die ich kenne«, sagte er mit Stolz in der Stimme. Dann ließ er sie los, und gemeinsam betraten sie die psychiatrische Klinik.

Eine Schwester führte sie in die Räumlichkeiten des behandelnden Arztes. Er war jung – Mia schätzte ihn auf knapp über dreißig – und wirkte recht ernst.

»Ich war sehr überrascht über Ihren Anruf, Mrs Donahue«, sagte er. »Wir begrüßen es unter bestimmten Umständen, wenn ein Aufeinandertreffen der Betroffenen erfolgt. Miss Greenfields Gesundheitszustand hat sich in den letzten eineinhalb Jahren dank der medikamentösen Behandlung verbessert, aber ich fürchte, dass es zu einem Rückfall kommen könnte, wenn sie auf Sie trifft.«

Mia nickte verständnisvoll, während Liam sich überhaupt nicht wohl in seiner Haut zu fühlen schien. Er rutschte unruhig auf seinem Stuhl hin und her.

»Heißt das, wir können wieder fahren?«, fragte er hoffnungsvoll, und Mia sah ihn von der Seite an.

Der Arzt blieb ernst. »Nein, ich bin durchaus geneigt, es auf einen Versuch ankommen zu lassen. Ihre seelische Verfassung ist mir durchaus wichtig, Mrs Donahue, und ein Treffen könnte Ihnen die Möglichkeit geben, mit diesem Trauma abzuschließen. Allerdings werden ein Pfleger und ich mit im Raum bleiben.«

Mia stimmte seiner Bedingung zu, woraufhin sie das Büro verließen. Auf dem Weg zur geschlossenen Abteilung wichen sie einigen Patienten aus, die ihnen entgegenkamen, und Mia bemerkte Liams verstörten Gesichtsausdruck. Sie ergriff seine Hand und drückte sie fest. Sie hoffte, er wusste, wie dankbar sie ihm dafür war. Sein Blick huschte kurz zu ihr, und er drückte ihre Hand ebenfalls, als Zeichen, dass er schon klarkam.

Nachdem der Arzt mit einer Schlüsselkarte die Tür zur geschlossenen Abteilung geöffnet hatte, wurden sie in dem weiten weißen Flur sofort von einem jungen Mann bestürmt, der wie ein Mantra und in rasender Geschwindigkeit willkürliche Zahlen aufzählte. Der Arzt redete beruhigend auf den Mann ein und rief eine Schwester herbei, die ihn mitnahm.

»Es tut mir leid, aber für viele meiner Patienten wirke ich wie ein Magnet.«

Mia winkte ab und folgte ihm in einen kleinen Raum, der nur ein Fenster hatte und in dessen Mitte ein Tisch mit vier Stühlen stand.

»Bitte warten Sie hier, ich bringe Miss Greenfield zu Ihnen.«

Mia nickte und begann nervös, ihre Finger zu kneten. »Wenn du möchtest, kannst du draußen warten«, sagte sie zu Liam.

»Bist du verrückt?«, entfuhr es ihm.

Sie lachten beide kurz über diese Frage, dann sagte Liam ruhig: »Ich habe Nic versprochen, dich nicht aus den Augen zu lassen. Also denk nicht mal dran, dich mehr als zwei Meter von mir zu entfernen.«

Mia lächelte und lehnte sich gegen ihren Bruder. »Danke, dass du hier bist.«

Liam drückte sie kurz an seine Brust.

Es klopfte, und die Tür öffnete sich. Zuerst kam Anabelles Arzt herein, dann betrat Anabelle selbst den Raum. Ein hochgewachsener Pfleger begleitete sie.

Mia hielt den Atem an. Ihre ehemalige Freundin war in einem seltsamen, unerwartet desolaten Zustand. Früher hatte sie vor Perfektion nur so gestrotzt. Mia erinnerte sich genau an die akkurat gezupften Augenbrauen, an die perfekt frisierten Haare und die feinporige Haut. Anabelle hatte immer Wert auf dezentes Make-up gelegt. Nur ihren Mund hatte sie mit kräftigen Farben betont. Jetzt war sie ungeschminkt, sie trug ihre Haare viel länger und hatte sie zu einem unförmigen, fast verfilzten Zopf zusammengebunden. Einige Haarsträhnen waren herausgerutscht. Anabelle trug eine Art Jogginganzug und sah alles andere als gefährlich aus. Einzig ihr Blick wirkte wach und unnahbar, was in Mia die Erinnerungen an die schlimmste Stunde ihres Lebens wachrief. Als Liam sich unweigerlich anspannte, erinnerte sich Mia daran, wieder zu atmen.

Anabelle ließ sich zu einem der Stühle führen und nahm Platz. Mia brauchte einen Augenblick, um sich zu fassen, und machte dann ein paar Schritte auf sie zu.

»Vielleicht nehmen Sie Platz, Mrs Donahue«, schlug der Arzt freundlich vor. Anabelles Blick veränderte sich plötzlich, als sie Nics Nachnamen hörte. Begierig heftete sie ihren Blick zuerst auf den Arzt, dann wanderte er zurück zu ihr. Zögernd zog Mia den Stuhl auf der gegenüberliegenden Seite so weit wie möglich vom Tisch zurück und ließ sich dann langsam darauf nieder. Der Arzt und Liam setzten sich, während der Pfleger hinter der Patientin stehen blieb.

Mia suchte Anabelles Blick. Sie hielt ihn ein paar Sekunden, und Erleichterung durchflutete sie.

Nichts! Ihr geschah nichts! Ihr Herz schlug zwar heftig gegen ihre Rippen, und Anabelle und sie hielten sich im selben Raum auf. Doch ging von ihr keine Gefahr aus, zumindest keine unmittelbare.

Anabelles Mund verzog sich zu einem seltsamen Lächeln. »Du hast ihn also endlich geheiratet, ja?«

Mia setzte sich aufrecht. »Ich möchte mit dir nicht über Nic reden«, sagte sie mit fester Stimme.

Anabelle nickte. »Worüber möchtest du dann reden?«

»Ich möchte wissen, warum du das getan hast. Ich möchte wissen, ob alles eine Farce war und ob du je die Absicht hattest, meine Freundin zu sein?«

Anabelle legte den Kopf seltsam schief, und in ihren Augen lag keine Form von Zuneigung. »Wenn du wissen willst, ob ich mich an euch herangemacht habe, weil deine dumme Freundin Lizzy den Namen Donahue trägt, dann ist die Antwort Ja.«

Das überraschte Mia nicht, doch sie spürte, wie sie wütend wurde. »Lizzy mag vieles sein, loyal, liebevoll und einen Hauch chaotisch, aber sie ist nicht dumm. Sie war die Einzige, die uns immer vor dir gewarnt hat. Sie hat von Anfang an geahnt, dass mit dir etwas nicht stimmt.«

»Und doch hat sie es nicht geschafft, mich von dir fernzuhalten. Dann neige ich dazu, dich als dumm zu bezeichnen.«

Liam hatte bisher geschwiegen, jetzt fauchte er: »Wage es nicht, meine Schwester …«

Mia hob eine Hand und hielt ihn sanft zurück.

Anabelle lächelte berechnend. »Der große, hitzköpfige Bruder … Du warst doch auch so lange gegen eine Beziehung von Nic und Mia. Was hat dich deine Meinung ändern lassen?«

»Lass dich von ihr nicht provozieren, Liam!«, warnte Mia, und er schnaubte nur wie ein verschnupftes Nashorn. Als Anabelle laut lachte, sah Mia sie enttäuscht an.

»Du bereust gar nichts, oder?«

»Ich bereue nur, dass ich dich nicht eher aus dem Weg geräumt habe, als es noch einfacher gewesen wäre.«

»Und warum hast du es nicht getan?«, fragte Mia. Sie nahm wahr, dass sich der Pfleger auf einen Wink des Arztes Anabelle genähert hatte, bereit, jederzeit einzugreifen. »Du magst mich vielleicht als dumm bezeichnen, und ich war sicherlich naiv. Aber ich bezeichne es auch als Liebe. Denn ich habe in all dieser Zeit an dich und deine Freundschaft geglaubt, Anabelle. Ich habe dich

wirklich in meinem Leben gewollt. Du musst sehr einsam sein ...«
Sie brach ab und schüttelte den Kopf.

»Ich habe deine Freundschaft nie gewollt. Hast du das immer noch nicht begriffen? Ich wollte nur eins: Nic. Und ich hätte ihn auch bekommen, wenn du nicht gewesen wärst. Du hast ihn verhext!« Anabelles Gesicht verzerrte sich zu einer hässlichen Fratze. »Ich wäre um so vieles besser gewesen, als du es je für ihn sein kannst ... Du bist schlecht für Nic. Du solltest nicht die Mutter seiner Kinder sein ...« Sie sprang vom Stuhl auf, warf sich über den Tisch und machte Anstalten, sich auf Mia zu stürzen. Blitzschnell zog sie der Pfleger zurück, hielt sie fest und brachte sie aus dem Raum. Mia sah der wild um sich schlagenden und schreienden Frau wie versteinert hinterher.

Der Arzt stand auf, ging um den Tisch zu Mia und reichte ihr die Hand. »Es tut mir sehr leid, Mrs Donahue. Mit dieser Reaktion habe ich nach dieser langen Zeit nicht gerechnet. Schwester Susan wird gleich bei Ihnen und Ihrem Bruder sein und Sie hinausbringen. Ich muss mich leider sofort um meine Patientin kümmern.«

Dann war er weg, und eine freundliche Schwester um die fünfzig kam in den Raum. Nachdem sie sich versichert hatte, dass es Mia gut ging, führte sie sie und Liam zum Ausgang der Klinik. Die ganze Zeit über hatte Mia nur genickt oder den Kopf geschüttelt, erst als sie wieder neben Liams Auto standen, brach sie in Tränen aus.

Liam zog sie an seine Brust. Sanft strich er über ihre offenen Haare, und Mia krallte sich in sein T-Shirt. Nach einer Weile versiegten die Tränen, und sie schnäuzte in ein Taschentuch, während Liam sich erschöpft gegen sein Auto lehnte.

»Es tut mir so leid, Mia«, sagte er leise, aber sie schüttelte entschlossen den Kopf.

»Nein, das muss es nicht, denn ich habe genau das gebraucht.« Als Liam sie verdutzt anschaute, erklärte sie: »All die Zeit unserer Freundschaft bin ich von ihr geblendet worden. Es war nötig, dass ich ihr wahres Ich sehe. Heute hatte ich einen unverstellten Blick darauf, und das war gut. Sie konnte mich nicht hinters Licht führen. Sie ist verrückt und ist weggesperrt. Aber das Wichtigste ist: Sie allein ist verrückt. Nicht die ganze Welt und vor allem nicht ich bin verrückt. Darum ging es mir.«

»Dann wolltest du gar keine Reue oder eine Entschuldigung?« Mia zuckte mit den Achseln.

»Na ja, ein Teil, und damit meine ich den naiven Teil von mir, hat sich eine reuige Anabelle gewünscht. Heute habe ich endlich erkannt, dass sie mich bewusst getäuscht hat.«

»Also ist alles gut?«, fragte Liam überrascht, und Mia nickte.

»Ja, es ist gut. Ich lasse es jetzt hinter mir. Komm, wir fahren, ich hab schrecklichen Hunger«, sagte sie mit einem Mal lachend, und Liam stieg eilig ins Auto. So eilig, als könnte er es gar nicht abwarten, von diesem Ort fortzukommen.

* * *

Liam stand in Lizzys Zimmer und betrachtete den Plattenspieler und die darauf liegende Scheibe von Pat Boone, zu der sie vor so langer Zeit durchs Wohnzimmer getanzt waren.

An dem Abend, als er entdeckt hatte, dass sie ihn verlassen hatte, hatte er dieses Ding in seinem Aufräumwahn hier reingeschoben und die Tür hinter sich geschlossen. Das tat er immer mit unliebsamen Dingen. Er packte sie in eine Schublade und schob einen Riegel davor. Es war seine Art, sich mit Dingen auseinanderzusetzen, auf die er keine Antwort hatte. In Wahrheit verdrängte er sie natürlich nur. Das wusste Liam auch. Denn jedes Mal, wenn er seither die Tür zu Lizzys Zimmer geöffnet hatte, fühlte er sich genauso elend wie am Tag ihres Auszugs.

In seinen Träumen verfolgten ihn blaue Augen und bunte Haare. Und war er auf Londons Straßen unterwegs, stockte ihm jedes

Mal der Atem, wenn er eine Frau mit extravaganten Haarfärbungen sah. Aus einem Impuls heraus hatte er mehrere dieser Frauen sogar angesprochen, nur um sich danach wie ein Trottel vorzukommen.

Es wäre leicht gewesen, in Bodwin anzurufen und zumindest seine Mutter über Lizzy auszufragen. Er wollte jedoch keine schlafenden Hunde wecken, was er zweifellos damit tun würde. Er kannte doch seine Familie. Sobald sie Lunte gerochen hätten, wären sie wie Jagdhunde und würden sich von ihrer Fährte, nach dem Etwas zwischen Liam und Lizzy zu suchen, nicht mehr abbringen lassen. Lizzy selbst zu kontaktieren war keine Option. Immerhin war sie ohne ein Wort gegangen und wollte ihn ganz offensichtlich nicht mehr sehen. Er konnte es ihr keineswegs verübeln.

Seit ihrem Auszug, nein, eigentlich schon seit ihrem Gespräch im Garten ihrer Eltern fühlte er sich schrecklich. Wäre Nic nicht gewesen, er wäre in ein tiefes Loch gefallen. Er war kaum von seiner Seite gewichen, hatte sogar immer wieder bei ihm übernachtet. Natürlich hatte Nic es so getarnt, als wollte er die Zeit ohne Familie in der Stadt mit seinem Kumpel verbringen, doch Liam durchschaute ihn. Er war eben sein bester Freund und wusste offenbar genau, wie es um ihn stand. Ein Teil von Liam fühlte sich bei diesem Gedanken schrecklich. Immerhin hatte er es Nic und Mia nicht besonders leicht gemacht. Genau genommen hatte er lange Zeit dafür gesorgt, dass Nic sich bei ihr zurückgehalten hatte. Und jetzt war er mit Nics Schwester im Bett gelandet und konnte an keine andere Frau mehr denken. Wie nannte man so was? Mieses Karma?

Gott sei Dank war Nic in keiner Weise nachtragend, und sie waren alle älter geworden. Nach dem heutigen Tag war Liam noch glücklicher, dass die beiden sich hatten. Der Besuch bei Anabelle war auf verstörende Weise gut für das Seelenheil seiner kleinen

Schwester gewesen. Nur deshalb hatte er Mia nicht stärker davon abbringen wollen.

Sie war auf der Rückfahrt von der Klinik sehr ruhig gewesen, und als Liam sie zu Hause abgesetzt hatte, war sie sofort in Nics Arme gesunken. Nic hatte sie in der Zeit, bis er sich verabschiedete, nicht ein Mal losgelassen, und Liam war seltsam gerührt gewesen. Diesen Beschützerinstinkt hatte er selbst bisher nur bei einer anderen Frau neben seiner Mum und Schwester verspürt – bei Lizzy.

Auch jetzt wollte er sie in Sicherheit wissen. Er wollte, dass sie glücklich war. Liam blickte auf die Demo-CD in seinen Händen und fragte sich, was er damit tun sollte. Er wusste, wie sehr sie sich einen Durchbruch als Songwriterin gewünscht hatte. Es lag sprichwörtlich in seinen Händen, was mit ihrer Karriere geschah. Natürlich konnte er die CD Mia geben und so dafür sorgen, dass Lizzy davon erfuhr. Dennoch war die Versuchung, auf diesem Wege mit ihr in Kontakt zu treten, übermächtig.

Liams Gedanken wurden durch ein Klopfen an seiner Wohnungstür unterbrochen. Er verließ Lizzys Zimmer und öffnete die Wohnungstür.

Vor ihm stand seine Nachbarin, die unerwartet schlecht aussah.

»Mrs Grayson, geht es Ihnen nicht gut?«, fragte er erschrocken.

Die alte Dame war aschfahl um die Nase herum und schien ziemlich außer Atem zu sein. »Ach was, ich bin einfach nur alt«, erwiderte sie erbost und winkte ab.

Liam bezweifelte ihrer Aussage, kam jedoch nicht dazu, etwas zu entgegnen, weil sie ihn mit erstaunlicher Kraft zur Seite schob und in die Wohnung trat.

»Ähm, aber sicher, kommen Sie doch rein, Mrs Grayson«, sagte er und konnte einen brummigen Ton nicht ganz unterdrücken. Sie schleppte sich in sein Wohnzimmer und ließ sich auf das größere Sofa sinken. »Ich war noch nie hier«, stellte sie fest und verzog das

Gesicht, als hätte sie etwas Ekliges gerochen. »Was für eine komische Art, seine Wohnung einzurichten«, kommentierte sie dann, und Liam schnaubte.

»Was kann ich für Sie tun, Mrs Grayson?«

Ein spitzbübisches Grinsen tauchte in ihrem Gesicht auf. Sie hielt einen Umschlag hoch. »Ich habe die Unterschriften der Miteigentümer, die sich bereit erklären, Sie endlich diese Wohnung kaufen zu lassen.«

»Oh, danke.« Liam nahm den Umschlag entgegen. Er war zwar erstaunt, spürte aber zu seiner eigenen Verwunderung, dass sich keine Freunde bei dieser Nachricht einstellen wollte.

Das Lächeln der alten Dame erstarb. »Wieso freuen Sie sich nicht? Ich dachte, das wäre der Grund für diesen ganzen Zirkus mit Lizzy gewesen? Sie wollten doch diese Wohnung?«

Liam starrte auf den braunen Umschlag in seiner Hand und ließ sich auf das Sofa gegenüber von Mrs Grayson fallen. »Ja, das dachte ich auch«, gab er nach einer Weile zu.

»Es ist nicht mehr dasselbe ohne sie, oder?«

Liam sah die Alte griesgrämig an. »Ich weiß nicht, was Sie meinen.«

»O natürlich wissen Sie das ...« Ein heftiger Hustenanfall ließ sie abbrechen, und Liam sprang von seinem Platz auf, um sie zu stützen.

»Was ist mit Ihnen? Mrs Grayson! Soll ich einen Krankenwagen rufen?«

Nach einer Weile ebbte der Hustenanfall wieder ab. »Ich bitte Sie, doch nicht wegen eines lächerlichen Hustenanfalls.«

Liam sah skeptisch aus. »Ich wäre wirklich beruhigt, wenn sich ein Arzt das anschaut. Sie klingen gar nicht gut. Meinetwegen fahre ich Sie auch gerne.«

»Sie sind wohl um keinen Ablenkungsversuch verlegen, nicht wahr, Mr Kennedy? Ich lass dennoch nicht locker.« Mrs Grayson pikte mit ihrem von Arthrose gezeichneten Finger gegen seine Brust. »Sie sind der größte Hornochse, den ich je gesehen habe.«

Liam riss die Augen auf. Solche Worte hätte er von Sophie erwartet, aber nicht von der biederen, peniblen Mrs Grayson.

»Diese junge Frau ist etwas ganz Besonderes, und Sie haben nicht genug Eier in der Hose, um sich dieser Liebe zu stellen. Was sind Sie nur für ein Waschlappen?«, wetterte sie weiter.

Liam war fassungslos. Dieselbe Frau, die sich über seinen Lebensstil echauffiert hatte, hatte gerade das Wort »Eier« in Bezug auf seine Männlichkeit benutzt. »Das verstehen Sie nicht!« Er schüttelte den Kopf und trat ein paar Schritte zurück.

»Ich mag alt sein, aber ich bin nicht blind. Ich habe die Funken zwischen Ihnen genau gesehen.«

Liam sah seine Nachbarin niedergeschlagen an. »Ich bin nicht der beste Mann für Lizzy. Was ist, wenn ich es versaue?«, sagte er leise.

»Tja, das werden Sie sogar mit großer Wahrscheinlichkeit. Mein Harrison hat es selbst einige Male geschafft. Aber wenn man zusammengehört, überwindet man solche Sachen immer wieder. Wieso glaubt ihr Männer eigentlich, genau zu wissen, was für uns Frauen das Richtige ist?« Sie schüttelte den Kopf.

»Ich habe mit eigenen Augen gesehen, wie die Liebe einen Menschen zerstören kann. Als mein Vater starb, ist meine Mutter beinahe daran zerbrochen«, rechtfertigte Liam sich.

Mrs Grayson nickte verständnisvoll. »Ich habe auch meinen Mann verloren, mit dem ich beinahe fünfzig Jahre verheiratet gewesen bin. Es gibt nur eine Tragödie, die schmerzvoller für einen ist: ein Kind zu verlieren.« Ihr Blick wurde sehr traurig, und sie sah aus, als wäre sie in einer anderen Welt. Bevor Liam sie danach fragen konnte, fuhr sie fort: »Und dennoch ist es all das wert gewesen, junger Mann. Jeden einzelnen Tag wäre es wert gewesen, solchen Kummer zu ertragen. Es ist das größte Glück im Leben, die eine

Liebe zu finden, und man bekommt nicht unendlich viele Chancen. Wenn Sie mir nicht glauben, dann fragen Sie Ihre Mutter. Sie wird es bestätigen. Da bin ich sicher. Nun seien Sie kein Narr und holen Sie endlich unsere Kleine zurück.«

Liam sah sie betroffen an. Er spürte, wie alles in ihm danach schrie, ihr zuzustimmen, doch seine Angst, sich darauf einzulassen, war übermächtig. »Woher soll ich wissen, dass sie mich will?«

»Na, weil sie es Ihnen längst gesagt hat, Liam.« Mrs Grayson ließ ihre Worte wirken und erklärte dann: »Sie will den Mann, der Sie für sie sein können. Das hat sie mir bei ihrem Besuch im Krankenhaus gesagt.«

Nachdem Mrs Grayson gegangen war – nach ihrem intensiven Gespräch schien sie erschöpft, und sie erklärte, dass sie sich hinlegen wollte –, pfefferte Liam den Umschlag für den Wohnungskauf auf den Esstisch und lief eine Weile auf und ab. Dann nahm er erneut Lizzys Demo-CD an sich. Bisher hatte er sich nicht getraut, sie anzuhören. Nun legte er sie in seine Anlage und lauschte den sanften Gitarrenklängen. Als Lizzys Stimme ertönte, breitete sich ein wohliges Gefühl in seinem Bauch aus, und sein Herz begann zu rasen. Er fühlte sich zu den Abenden zurückversetzt, an denen sie gemeinsam Musik gemacht hatten.

Er schloss die Augen, und Bilder von Lizzy tauchten auf. Sie hatte ihn so oft zur Weißglut getrieben und trotzdem derart mit Glück erfüllt. Sie hatte seinen Alltag mit Lachen und Sinn gefüllt und ihn gezwungen, sein Leben von einer anderen Seite zu betrachten. Er musste Tom recht geben: Die Lieder waren richtig gut. Dann begann das letzte Lied. Er lauschte den ersten Tönen des Keyboards und erkannte die Melodie, die sie gemeinsam komponiert hatten. Als Lizzys Stimme einsetzte, hielt Liam den Atem an und lauschte jedem Wort.

Was habe ich mir nur gedacht,
mich in dein Leben zu stürzen,
frei und unbedacht,
als hätten wir nichts zu verlieren.
Bin ohne dich aufgewacht,
das Leben nimmt seinen Lauf,
als hätte es dich nie gegeben, als hätte es uns nie gegeben.
Meine Welt steht kopf
Alles, woran ich denken kann, bist du.
Ich wünschte nur, du könntest sehen, was ich in dir sehe.
Den einen Mann, der mich bis ans Ende der Welt führen
  könnte.
Bin ohne dich aufgewacht,
das Leben nimmt seinen Lauf,
als hätte es dich nie gegeben, als hätte es uns nie gegeben.
Kann immer noch nicht fassen, dass du es bist.
Hatte nie daran gedacht, dich zu lieben.
Und nun bitte ich dich, mich zurückzulieben.
Bin ohne dich aufgewacht,
das Leben nimmt seinen Lauf,
als hätte es dich nie gegeben, als hätte es uns nie gegeben.

Erst als die letzten leisen Töne verklangen und Stille herrschte, erinnerte Liam sich wieder daran, zu atmen. Er hatte sich noch nie so gefühlt. Noch nie derart … geliebt. Dieser wundervolle Moment verpuffte, als die Realität über ihn hereinbrach: Er war allein in seiner Wohnung, und die Wucht dessen, was ihm wirklich fehlte, traf ihn mit voller Kraft. Es war Lizzy.

25

Lizzy saß mit ihrer Freundin Lisa Haningan in Jeffs Bar, und Lisa berichtete seit einer gefühlten Ewigkeit von dem wahnsinnig süßen Feuerwehrmann, den sie seit einer Weile datete. Lisa gehörte seit ihrer Collegezeit zu Mias und Lizzys engsten Freunden, auch wenn sie sich, seit Lizzy und Mia in London wohnten, viel zu selten sahen. Vielleicht hatte auch Anabelles Entlarvung als irre Stalkerin dazu beigetragen, dass die drei Freundinnen sich aus den Augen verloren hatten. Jede hatte diesen Schock erst einmal überwinden müssen.

Umso glücklicher war Lizzy jetzt, dass ihre Rückkehr nach Cornwall ein Aufleben ihrer Freundschaft zur Folge hatte. Sie hatten sich die letzten Male in Falmouth getroffen, heute war Lisa zu ihr nach Bodwin gekommen.

Das sich anbahnende Glück mit dem neuen Kerl an der Seite ihrer Freundin stimmte Lizzy fröhlich, denn Lisa hatte nie Glück mit Männern gehabt. Lizzy verstand selbst nicht warum, denn Lisa war witzig, schlau und wunderschön. Sie selbst hasste ihre Kurven, für die Lizzy sie insgeheim beneidete. Als Lisa nun mit leuchtenden Augen von ihrem ersten Kuss erzählte, verspürte Lizzy zu ihrer eigenen Bestürzung einen winzigen Stich im Herzen, erinnerte es sie doch daran, was – und wen – sie so sehr vermisste. Sie lenkte sich ab, indem sie ihre Cola austrank und dann in ihr Sandwich biss.

In diesem Augenblick vibrierte ihr Mobiltelefon. Sie erstarrte, als sie den Namen auf dem Display erkannte. Langsam legte sie das Sandwich zur Seite.

»Wer ist es?«, fragte Lisa alarmiert.

»Liam«, sagte Lizzy tonlos und sah auf ihr Telefon.

»Willst du nicht drangehen?«

Lizzy war unfähig, eine Entscheidung zu treffen. »Ich … Nein …!« Als der Anruf auf ihre Mailbox umgeleitet wurde, starrte sie weiterhin auf ihr Handy.

»Um Himmels willen, Lizzy! So wie du aussiehst, könnte man meinen, du hättest einen Geist gesehen. Ist alles okay mit dir?«, fragte Lisa, und Lizzy brachte ein leichtes Nicken zustande.

»Meinst du, es ist was passiert?«, fragte sie und dachte sofort an Mia. Mia hatte sich nach dem Besuch bei Anabelle nur per SMS gemeldet und geschrieben, dass es ihr gut ginge. Ob das Gespräch sie doch stärker aufgewühlt hatte, als sie zunächst eingestehen wollte?

»Hör seine Nachricht doch einfach ab oder ruf ihn zurück. Was ist so schlimm daran …« Plötzlich wurden Lisas Augen riesengroß und sie beugte sich über den kleinen Holztisch, an dem sie unter einem der großen Fenster zur Strandpromenade hinaus saßen. »Es sei denn … Lizzy? Dieser Kerl in London, von dem du mir vorhin erzählt hast, da hast du doch nicht etwa von Liam Kennedy gesprochen, oder? Von deinem Mitbewohner?«

Lizzy errötete bis in ihre frisch gefärbten roten Haarspitzen, und Lisa war vollkommen fassungslos.

»Nein! Sag. Das. Dass. Nicht. Wahr. Ist.« Sie schlug mit der flachen Hand so heftig auf den Tisch, dass ihre bisher kaum angerührte Diät-Cola über den Rand ihres Glases schwappte. »Da sitz ich hier, erzähle dir jedes Detail von meinem neuen Freund, und du sagst mir nicht, um welches Sahneschnittchen es sich bei dir in London tatsächlich handelt!«

»Ich wusste nicht, wie ich es sagen sollte … Außerdem bin ich selbst davon überrascht, dass …«

»Dass du so fassungslos bist wie ich?« Lisa schüttelte ihre echte rote Mähne. »Da verlasst ihr beide mich einfach so, gerade nach dieser Geschichte mit Anabelle, und ich verpass einfach alles.«

Lizzy lächelte beschämt. »Wusstest du, dass Mia heute bei ihr war?«

»Was? Bei Anabelle?«, kreischte Lisa beinahe, und Lizzy kicherte, als sich ein paar der anderen Gäste kopfschüttelnd nach ihnen umdrehten. »Warum hat sie sich das angetan?«, fragte Lisa etwas ruhiger weiter. Sie schien plötzlich sehr bedrückt zu sein.

Die Freundinnen hatten sich damals, noch im Krankenhaus und unmittelbar nach Anabelles Angriff auf Mia, darauf geeinigt, dass sie Anabelle nie wieder erwähnen wollten. Das hatte vor allem auch deshalb geklappt, weil sie sich in den vergangenen Monaten kaum gesehen hatten.

Lizzy zuckte mit den Achseln. »Quälende Fragen … du weißt doch, wie das so ist.«

»Ich kann es nach wie vor nicht fassen, dass Anabelle das getan hat. Die ganze Zeit über, die wir befreundet waren, hatte sie diesen irren Plan. Eigentlich ging es ihr immer nur um deinen Bruder, oder?«

»Ich glaube, das sind genau die Fragen, die Mia ihr stellen wollte.«

Lisa zeigte plötzlich mit dem Finger auf Lizzy. »Du kleines Biest! Da hast du mich fast so weit gehabt … Aber so leicht lass ich dich nicht vom Haken!«

Lizzy grinste. »Ich dachte, ich versuch's mal.«

»Erzähl schon! Liam Kennedy!« Sie schüttelte den Kopf und wackelte anzüglich grinsend mit den Augenbrauen.

»Nun, ich habe es dir ja schon erzählt, ich hab eine ganze Weile bei ihm gewohnt. Er hat mich wahnsinnig gemacht mit seinem Ordnungsfimmel und so … Aber irgendwann …«

»Ja, Ja, ich sag nur: Wenn zwei sich streiten, liegt Feuer in der Luft«, unterbrach Lisa sie.

»Wahrscheinlich. Aber es war so anders mit ihm«, fuhr Lizzy fort.

»Na, selbstverständlich. Es muss so viel besser gewesen sein als mit Typen wie Arnold oder …«

»Ja, ist schon gut! Ich meinte eher, dass …«

»Dass du nie mehr mit einem anderen ins Bett willst?«

Lizzy nickte schwach, und Lisa packte ihre Hand, die auf dem Tisch lag.

»O Süße! Dich hat es ja richtig erwischt«, stellte sie überrascht fest und sah ihre Freundin liebevoll an. »Dabei warst du doch noch nie so richtig verliebt.«

Lizzy zuckte erneut mit den Achseln, und dann begann sie zu erzählen, wie verworren diese Beziehung mit Liam geworden war. Als ihr Telefon wieder vibrierte und diesmal Celines Nummer auf dem Display auftauchte, packte Lizzy ein schreckliches Gefühl förmlich im Genick.

Hektisch nahm sie das Gespräch an. »Was ist passiert, Celine?«

Schon nach den ersten Worten von Liams Mutter sprang Lizzy von ihrem Platz auf, warf ihre Sachen in die Handtasche und drückte Jeff im Hinausgehen zwanzig Pfund in die Hand. »Meine Mum ist im Krankenhaus! Ich muss sofort dahin!«, rief sie Lisa zu, die ihr kaum folgen konnte, so schnell lief sie nach draußen.

»Ich fahr dich, Lizzy«, sagte Lisa, als sie sie kurz vor ihrem Auto eingeholt hatte. »Du bist zu aufgeregt. Nicht, dass du noch einen Unfall baust.«

* * *

Liam hastete durch die Krankenhausflure in Richtung Notaufnahme. Sein Herz schlug ihm bis zum Hals, und er wusste nicht, ob es Angst vor dem war, was er im Krankenhaus erfahren würde, oder davor, wie Lizzy auf sein Auftauchen reagieren würde.

Es dauerte eine gefühlte Ewigkeit, bis er bekannten Gesichtern begegnete. Celine saß neben Richard auf den Plastiksitzen im Wartezimmer der Notaufnahme des Budock Hospital in Falmouth. Sie sprachen kein Wort miteinander. Seine Mutter wirkte erstarrt, und Liams Herz quoll vor Mitgefühl über. Wie Mia hasste sie Krankenhäuser, weil es sie an den schlimmsten Tag in ihrem Leben, an Alans Tod, erinnerte. Sie, Mia und Sophie hatten eine Ewigkeit an diesem Ort festgesessen, ehe man ihnen die traurige Nachricht überbracht hatte, während Liam meilenweit entfernt gewesen war.

»Liam? Was tust du denn hier?«, fragte sie und stand überrascht von ihrem Platz auf.

»Ich bin gerade eben zu Hause angekommen, doch Lizzy war nicht da, und da sagte Sophie mir, dass ihr im Krankenhaus seid. Was ist los? Was ist passiert?« Er schloss seine Mutter in die Arme und berührte Richards Schulter. Der ergriff dankbar Liams Hand und drückte sie fest.

»Lynn ist die Treppe hinuntergestürzt – der Arzt meinte, es wäre womöglich ein Schwächeanfall gewesen. Sie machen gerade einige Tests«, erklärte Richard, und seine Mutter fügte hinzu: »Lynn wird es bald wieder besser gehen, aber wer hat dich denn angerufen? Du kannst unmöglich so schnell gefahren sein, selbst mit einem Sportwagen ...«

Liam schüttelte den Kopf. »Ich wusste nichts davon ... ich bin eigentlich aus einem anderen Grund hier«, sagte er und sah sich im Wartezimmer um. »Wo ist Lizzy?«

Celine lächelte ihn an. »Ich denke, dann hast du heute ausnahmsweise mal das richtige Timing, mein Großer. Sie wird jeden Moment hier sein.«

Wie aufs Stichwort rannte Lizzy ins Wartezimmer und auf ihren Vater zu. Liam stockte der Atem bei ihrem Anblick. Ihr Gesicht mochte vor Kummer getrübt sein, und doch war sie wunderschön.

»Dad!« Richard löste sich aus seiner Erstarrung und schloss seine aufgelöste Tochter in die Arme. »Was ist mit ihr? Was ist passiert?«

Die Angst in ihren blauen Augen war so offensichtlich, dass Liam sich nicht rühren konnte. Zu gern hätte er sie an sich gedrückt, aber es war unwichtig, was er sich wünschte. Alles, was für ihn zählte, war, dass es Lizzy gut ging.

Es war Celine, die Lizzy schließlich grob aufklärte. »Deine Mum ist auf der Treppe gestürzt und hat eine Kopfverletzung erlitten. Es könnte eine Art Schwächeanfall gewesen sein …«

Eine Träne rollte über Lizzys Wange. »Ich hätte bei ihr bleiben sollen. Ich hätte mich niemals von ihr überreden lassen sollen …«

Celine schüttelte vehement den Kopf und ergriff ihre Hände. »Nein, Chérie, mach das nicht! Es war ein Unfall!«

»Liebes, dich trifft überhaupt keine Schuld! Ich war schließlich da und war vollkommen machtlos«, sagte nun auch ihr Vater.

Lizzy beruhigte sich etwas, und ihr Blick fiel schließlich auf Liam. Geschockt riss sie die Augen auf und betrachtete ihn mit einem Ausdruck in den Augen, den er noch nie an ihr gesehen hatte. Liam war unfähig, ihn zu deuten. War er zu spät gekommen? Hatte sich sein Zeitfenster bereits geschlossen?

»Was machst du denn hier?«, fragte sie schließlich.

Liam kratzte sich verlegen am Hinterkopf. Sie hatte ihre Haare frisch gefärbt, was toll aussah, und sie war auch geschminkt. Doch selbst das Make-up konnte ihre Augenringe nicht kaschieren. Sie wirkte erschöpft, und Liam wollte sich ohrfeigen, dass er ihr in der letzten Zeit nicht beigestanden hatte. Was war er nur für ein Freund, der sie in diesen schrecklichen Wochen allein ließ?

»Ich hab dich angerufen …«, sagte er lahm.

Lizzy hob nur die Schultern und wandte den Blick ab. Unschlüssig blieb er neben ihr stehen.

In diesem Moment betrat Lisa, Mias und Lizzys Freundin, das Wartezimmer. Sie grüßte alle der Reihe nach, bei ihm zögerte sie, was ihn wunderte, denn sie kannten sich zumindest oberflächlich von früher. Nun zog sie Lizzy zur Seite.

»Was tut er denn auf einmal hier?«, flüsterte sie so laut, dass Liam sie locker verstehen konnte.

Lizzy hob die Schultern. »Ich weiß nicht.« Auch sie gab sich keine Mühe, leise zu sprechen.

»Na, dann finde das mal besser heraus. Das kann kein Zufall sein, Lizzy!«

»Das Einzige, was ich will, ist, dass meine Mum gesund wird. Alles andere ...« Sie warf einen Blick auf Liam. »... ist mir völlig egal.«

Wenig später verabschiedete sich Lisa, und Lizzy und er standen wieder stumm nebeneinander. Liam steckte die Hände in seine Taschen und hob die Schultern an. Seine Chancen standen denkwürdig schlecht – so viel stand fest.

* * *

Obwohl es nur zehn Minuten waren, kam es Lizzy wie eine Ewigkeit vor, bis Dr. Milton im Wartezimmer erschien. Er trug OP-Bekleidung und eilte auf ihren Vater zu.

»Was ist mit ihr? Wie geht es meiner Frau?«, bestürmte Richard ihn sofort mit Fragen.

»Es geht Ihrer Frau den Umständen entsprechend gut. Sie hat eine leichte Gehirnerschütterung und eine Platzwunde am Kopf, die gerade genäht wird. Sie wird ein paar Tage zur Beobachtung hier im Krankenhaus bleiben müssen.«

»Wie konnte es überhaupt zu dem Sturz kommen?«, fragte Lizzy aufgebracht.

»Sie war völlig dehydriert, und da sie heute nicht zu ihrem Termin gekommen ist und keine Infusion bekommen hat, ist sie offenbar kollabiert.«

»Sie hat was? Ihren Termin nicht wahrgenommen?«, echote Lizzy.

Richard schlug die Hände vors Gesicht. »Sie hat mir am Abend, als ich von der Arbeit nach Hause kam, gebeichtet, dass sie den Tag genießen und deswegen auf die Chemotherapie verzichten wollte. Sie meinte, es würde ihr ein wenig besser gehen und sie hätte vielleicht nicht mehr viel Zeit, um unvernünftig zu sein, und wolle jeden Tag auskosten.«

Dr. Milton nickte. »Das ist nicht ungewöhnlich. Diese Phase der Zweifel machen alle Patienten einmal durch. Viele überlegen sogar, die Behandlung abzubrechen. Wichtig ist nun, dass Sie sie davon überzeugen, jetzt nicht aufzugeben. Sie hat noch einen langen Weg vor sich, aber wenn alles gut geht und der Tumor geschrumpft ist, wird sie in wenigen Wochen operiert, und der Tumor kann entfernt werden.« Als Richard zaghaft nickte, packte Dr. Milton ihn fest an den Schultern. »Die Chancen stehen gut, dass Ihre Frau gesund wird. Sie darf nur ihr Ziel nicht aus den Augen verlieren!«

»Dürfen wir zu ihr?«, fragte Lizzy.

»Sobald die Wunde versorgt ist. Ich gebe Ihnen dann Bescheid.« Dr. Milton lächelte Celine freundlich an, ehe er sich abwandte und wieder verschwand.

Es war Liam, der plötzlich neben ihr stand und ihren Arm nahm, um sie zu stützen. Dankbar lehnte Lizzy sich an ihn und sog seinen Duft ein. Ein Hauch von Aftershave und etwas, was nur Liam ausmachte. Wie hatte sie es vermisst, diesen Duft um sich zu haben. Als sie sich der allzu vertrauten Geste bewusst wurde, entzog sie sich ihm wieder und führte ihren Dad zu einem der Sitze.

»Ich gehe für alle einen Kaffee holen«, verkündete Liam unwirsch und verschwand mit festen Schritten.

Lizzy sah ihm nachdenklich nach und traf auf Celines wachen Blick.

Als Lizzy und ihr Dad wenig später das Krankenzimmer betraten, bot Lynn einen erschreckenden Anblick. Sie hatte einen Verband um den Kopf und wirkte, als schliefe sie. Elektroden überwachten ihr Herz. Zudem hatte man ihr einen Zugang gelegt und eine Infusion angeschlossen, die schon zur Hälfte durchgelaufen war.

Lizzy hielt den Atem an. Ihre Mutter, die immer für sie und die ganze Familie da gewesen war, lag plötzlich derart hilflos vor ihr. Als Lizzy zu ihr ging und vorsichtig ihre Hand ergriff, schlug Lynn die Augen auf.

»Mum«, flüsterte Lizzy. Tränen traten in ihre Augen.

Lynn machte leise »Schhh«-Laute und versuchte, den Kopf zu schütteln. Doch das schmerzte offenbar zu sehr.

»Ich bin so dumm«, murmelte sie mit krächzender Stimme und streckte ihren anderen Arm nach Richard aus. »Ich bin selber schuld. Und es tut mir so leid, dass ich euch das angetan habe. Bitte entschuldigt.«

Lizzy nickte und gab ihrer Mutter einen Kuss auf die Wange. Dasselbe tat ihr Vater auf Lynns Stirn.

Dr. Milton betrat den Raum und lächelte. »Es ist alles noch mal gut gegangen, Mrs Donahue!« Sie nickte erleichtert. »Wir behalten Sie ein paar Tage hier, um Sie aufzupäppeln und um Ihre Gehirnerschütterung zu beobachten. Also alles kein Grund zur Besorgnis.«

»Ich danke Ihnen, Doktor. Ich hatte großes Glück, dass Sie aus Sorge um mich zufällig vorbeikamen, als mein Mann den Krankenwagen erwartete.«

Er winkte bescheiden ab. »Ich hatte mich gefragt, warum Sie Ihren Termin versäumt hatten und sich keiner zurückgemeldet hat. Deswegen wollte ich nach dem Rechten sehen. Es hat sich als Glück erwiesen – so konnte ich im Krankenwagen mitfahren und mich auch hier gleich um alles kümmern. Machen Sie sich also bitte keine Gedanken darum!«

»Sehr fürsorglicher Service«, sagte Richard dankbar.

Dr. Milton verneigte sich leicht und lächelte weiter freundlich. »Wir müssen jetzt allerdings besprechen, wie es weitergeht. Ich habe mir gedacht, wenn ich Sie schon mal hier liegen habe, machen wir ein paar zusätzliche Tests und führen die Chemotherapie fort.«

Lynn nickte, und Lizzy seufzte erleichtert.

Sie besprachen noch eine Reihe von Tests, die sie durchführen wollten, dann musste der Arzt zu einem anderen Patienten. Lizzy und Richard blieben noch ein paar Minuten bei Lynn.

Kurz bevor sie sich verabschieden mussten, die Besuchszeit war zu Ende, ging die Tür auf und Nic eilte herein.

Er war völlig außer Atem. »Gott sei Dank … Wie geht's dir, Mum?«

Richard machte seinem Sohn Platz am Bettrand, und Lynns Gesicht strahlte bei seinem Anblick.

»Um Himmels willen, Nic, bist du etwa den ganzen Weg von London hierhergefahren?«, fragte sie dann bestürzt.

Nic lächelte und gab seiner Mutter einen Kuss auf die Stirn, ganz ähnlich wie Richard zuvor.

»Natürlich, was glaubst du denn?«

»Aber deine Auftritte und Mia?«

»Es gibt nichts, was mich und Mia von hier fernhalten könnte. Wir waren schon längst auf dem Weg hierher, als Celine anrief. Nun sag schon, was ist mit dir?«

Da Lynn sehr schwach war, brachte Richard ihn auf den neuesten Stand. Danach schien Nic überaus erleichtert zu sein. »Und ich dachte, ich hätte den Hang, unvernünftige Entscheidungen zu treffen, von Dad geerbt«, grinste er, und Lynn lächelte ebenfalls.

»Jetzt wirst du eines Besseren belehrt.« Richard zwinkerte seiner Frau zu

Nic beobachtete seine Eltern einen Moment, dann räusperte er sich und erklärte erst stotternd, dann sicherer: »Vielleicht …

Nein … ach, wartet … Ich möchte noch eine Ankündigung machen, bevor wieder jemand die Treppe runterstürzt oder anderweitig Unfug macht.« Er machte eine kurze Pause und sah dann speziell seine Mutter an. »Mum, Mia ist wieder schwanger!«

Lynn riss begeistert die Augen auf, und sie und Richard bestürmten Nic mit Glückwünschen.

Nur Lizzy sagte: »Na wartet nur ab.«

»Was? Wieso? Was gibt es denn noch?«, fragte Richard.

Nic grinste von einem Ohr zum anderen, und Lizzy musste feststellen, dass er überaus glücklich wirkte. Bei ihm war anders als bei Mia keine Spur von Unsicherheit oder trüben Gedanken zu spüren. »Es werden Zwillinge!«

Richard und Lynn sahen ihn ungläubig an, dann nahm Richard seinen Sohn fest in den Arm. »Das gibt's ja gar nicht. Das sind ja mal gute Neuigkeiten!«

Lynn strahlte trotz ihrer Erschöpfung übers ganze Gesicht.

»Das heißt aber, Mum, dass du gesund werden und jetzt besonders auf dich achtgeben musst, damit du uns keinen Kummer mehr machst, ja?« Nic streichelte ihr über den Arm und hielt dann ihre Hand ganz fest.

Lynn sah ihn gerührt an. »Fest versprochen!«

Als eine Schwester hereinkam, um für Ruhe zu sorgen, bat Richard, ob er noch kurz bleiben könnte. Die Schwester willigte ein, scheuchte Lizzy und Nic aber genervt hinaus.

Bevor sie die Tür schloss, sah Lizzy, wie Richard sich über seine Frau beugte und vorsichtig ihr Gesicht mit beiden Händen umfing. Einen Moment sahen sie sich nur an.

Dann hörte Lizzy ihren Vater sagen: »Du hast unseren Sohn gehört. Du musst wieder ganz gesund werden. Du kannst mich unmöglich mit all diesen Enkelkindern allein lassen. Außerdem, Lynn, möchte ich dich noch sehr viele Jahre an meiner Seite haben. Ich bitte dich, keine unsinnigen Einfälle mehr, ja? Du kannst wieder für mich kochen und deine Familie umsorgen, aber erst, wenn es dir wieder richtig gut geht.«

Lizzy sah, wie Lynn die Augen schloss und eine Träne aus ihrem Augenwinkel kullerte. Sie nickte und gab ihm ein stummes Versprechen. Dann küsste Richard sie ganz innig und zart.

Mit diesem Bild vor Augen zog Lizzy leise die Tür zu.

26

Liam trabte wie ein unruhiger Tiger vor Celine und Mia auf und ab. Die beiden tauschten eindeutige Blicke, wagten es aber nicht, ihn noch mehr zu reizen.

Seine Nerven waren zum Äußersten gereizt, und jeder, der Liam nur ein wenig kannte, wusste, dass er in dieser Stimmung bei der kleinsten Sache hochgehen konnte wie ein HB-Männchen. Er war schon immer ein Hitzkopf gewesen. Doch diese Anspannung hatte nichts mit unterdrückter Wut zu tun. Rein gar nichts. Nachdem er noch ein paar Stunden einsam und allein in seiner Wohnung gesessen und sich wieder und wieder Lizzys Lied angehört hatte, war er ohne Gepäck und Plan ins Auto gestiegen und nach Bodwin aufgebrochen. Erst unterwegs hatte er überlegt, was er Lizzy sagen wollte. Er hatte sich Sätze zurechtgelegt, die ihn einen Volldepp schimpften und in denen er sich endlos entschuldigte, und doch war alles ganz anders gekommen.

Wie hätte er auch damit rechnen können, dass Lynn einen Unfall gehabt hatte und sich plötzlich die ganze Familie im Krankenhaus einfinden würde? Er hatte sich Lizzys und sein Wiedersehen ganz anders vorgestellt. Aber so war das Leben eben. Völlig unvorhersehbar.

Nun stand, na ja, lief er hier im Warteraum des Falmouther Krankenhauses herum und wartete darauf, dass sich die Situation zu seinen Gunsten entwickeln würde. Doch das tat sie nicht. Denn als Lizzy und Nic ohne Richard ins Wartezimmer zurückkamen, flüsterte Nic Mia etwas ins Ohr, und sie erzählten die große Neuigkeit.

Zwillinge! Liam konnte es nicht fassen, freute sich aber sehr für die beiden. Nachdem er gratuliert und auch Celine überschwängliche Glückwünsche ausgesprochen hatte, stieß Richard zu ihnen, und ihr Zusammentreffen löste sich nach und nach auf.

Mia und Nic verabschiedeten sich als Erstes. Celine fuhr bei ihnen mit. Richard bot Dr. Milton an, der gerade über den Flur lief, ihn nach Hause zu fahren. Offenbar hatte er sein Auto bei den Donahues vor der Tür stehen lassen und war mit Lynn im Krankenwagen mitgefahren. Bevor Lizzy mit den beiden ebenfalls verschwinden konnte, ergriff Liam die Chance beim Schopfe, mit ihr allein zu sein.

»Warte, Lizzy, ich fahr dich«, sagte er und winkte Richard und dem Arzt zum Abschied zu.

Sie sah ihn aus zusammengekniffenen Augen an, und Liam wurde ganz schlecht bei dem Gedanken, dass sie ihn zurückweisen könnte.

»Mums Auto steht an der Strandpromenade, bei Jeff. Könntest du mich hinfahren?«, antwortete sie schließlich, und Liam grinste erleichtert.

»Ich hoffe, du hast nicht wieder eine Tanzeinlage für die Kerle dort hingelegt.«

»Und was, wenn doch?«, erwiderte sie kühl.

Damit marschierte sie ihm voraus, und Liam knurrte vor sich hin: »Dann muss ich jeden von ihnen umbringen.«

Als sie gemeinsam durch den Haupteingang nach draußen gingen, hatte ein heftiger Regen eingesetzt.

»Na toll!«, schimpfte Liam.

Lizzy sah ihn von der Seite an. »Angst vor dem bisschen Wasser?«

Ohne zu antworten eilte Liam über den Parkplatz zu der Parkbucht, wo er sein Auto geparkt hatte. Lizzy folgte ihm, und als sie schließlich nebeneinander im Auto saßen, waren ihre Haare klatschnass.

»Und das nach meinem sauteuren Friseurbesuch … wunderbar«, maulte Lizzy. »Das ist so typisch für mich.«

»Sieht übrigens super aus mit dem Rot.«

Lizzy errötete und biss sich auf die Unterlippe. Liam liebte es, wenn sie das tat.

»Danke!«

Liam startete den Motor und fuhr los. Während der Fahrt herrschte eine seltsame Stille, die Lizzy nach einer Weile unruhig auf ihrem Platz hin und her rutschen ließ. Liam durchforstete sein Hirn nach all den Sätzen, die er sich vorher so schön zurechtgelegt hatte. Sie alle waren fort. Frustriert schüttelte er den Kopf.

»Wie geht es Mrs Grayson?«, fragte sie irgendwann.

Er zog eine Grimasse und war erleichtert, dass sie den Anfang machte. Vielleicht wäre er ja fähig, irgendwo anzuknüpfen. »Ich glaube, nicht sehr gut. Sie ist nur zu stolz, es einzugestehen.«

Lizzy sah ihn sofort besorgt an. »Ist es schlimm? Ich rufe sie morgen gleich an, vielleicht sagt sie mir, was los ist.« Dann herrschte wieder Stille, bis Lizzy sich vorbeugte, um das Radio anzustellen.

Liam rief noch: »Warte!«, doch da ertönte schon Lizzys Stimme durch die Boxen. Erstaunt starrte sie Liam an.

»Es ist nicht so, wie du denkst«, sagte er rasch.

»Wo hast du das her?« Lizzys entsetzte Miene ging ihm durchs Mark und Bein.

»Tom hat mich gebeten, es dir zu geben, weil er dich unbedingt unter Vertrag nehmen will.«

»Deshalb bist du also zurückgekommen!«, sagte sie scharf.

Liam war entsetzt, dass sie ihn so missverstehen konnte. Schließlich war er allein wegen ihr da. Alles, was er wollte, war sie. Er wollte der Mann sein, den sie verdiente.

Bevor er ihren Irrtum aufklären konnte, schimpfte sie wütend los: »Tom will mich also unter Vertrag nehmen. Und da sucht er dich auf? Ausgerechnet dich?«

»Du bist nicht an dein Handy gegangen. Und da kam er zu mir ins Studio. Ich schwöre, er hat mir die CD gegeben und mich eindringlich darum gebeten, dafür zu sorgen, dass du deinen Traum verwirklichen kannst. Ruf ihn an, wenn du mir nicht glaubst! Ich weiß doch, dass du dir nichts sehnlicher wünschst.«

»Das stimmt nicht so ganz.«

Liam schaute sie kurz von der Seite an. »Das ist nicht dein Ernst«, sagte er perplex.

»Es gibt zwei Dinge, die ich mir viel mehr wünsche. Zum einen wäre da meine Mum …«

Liam sah durch den Regen Jeffs Bar vor sich und fluchte innerlich. Die Zeit mit Lizzy war viel zu kurz gewesen – dennoch lenkte er den Wagen auf den Parkplatz vor der Bar. Als er den Motor ausmachte, sahen sie sich an. Der Regen prasselte wie verrückt auf das Autodach, und Liam dachte an den Abend, an dem alles angefangen hatte. Damals hatte Lizzy vom Regen völlig durchnässt vor seiner Tür gestanden. Nur mit Pebbles und ein paar Kleidersäcken.

»Lizzy, ich muss dir etwas sa…«, begann er.

Doch sie unterbrach ihn: »Nein, ich muss dir etwas sagen, Liam. Denn wenn du immer noch glaubst, dass ich mir nichts mehr wünsche als eine Karriere als Songwriterin, dann bist du entweder schrecklich dumm oder einfach unfähig, einen anderen Menschen zu lieben. Denn das tue ich nämlich. Ich liebe dich. Ich weiß, wie verrückt das klingt. Auch mich hat das völlig umgehauen. Irgendwann zwischen deinen Predigten über Zucht und Ordnung und dem hier habe ich mich in dich verliebt. Ich weiß, dass du das nie wolltest, und auch, dass du mit Emma zusammen bist, aber es ist trotzdem so: Ich liebe dich!«

* * *

Sie hatte endlich gesagt, was sie fühlte! Bevor er ihr erneut einen Korb geben konnte, riss Lizzy die Autotür auf und sprang in die Naturdusche hinaus. Ohne sich noch einmal umzusehen, rannte sie den Parkplatz an der Strandpromenade entlang und ließ Liam zurück.

Sie würde keinen mitleidigen Blick ertragen, der sagte: Es tut mir sehr leid, aber bitte lass uns Freunde bleiben.

Sie musterte die parkenden Fahrzeuge und fragte sich, wo zum Teufel sie Lynns Auto geparkt hatte. Das war doch nicht möglich! Das war so typisch für sie.

Elizabeth Donahue, irre, unfähig, sich den Parkplatz eines Autos zu merken. Überhaupt unfähig, sich wie ein normaler Mensch zu verhalten, und beziehungsgestört. Warum sonst sollte sie sich nach vierundzwanzigeinhalb Jahren das erste Mal richtig verlieben? Und das ausgerechnet in den einzigen Menschen auf der Welt, der sozusagen ihr komplettes Gegenteil war. Und der Bruder ihrer Freundin. Und der sie ständig Nervensäge genannt hatte. Das hätte ihr vielleicht einen Hinweis geben sollen. Liam war ein Draufgänger und nur für unkomplizierte Sachen zu haben. Mit ihm zu schlafen war wahrscheinlich der größte Fehler ihres Lebens gewesen. Vor allem aber der schönste. Was gab es da noch hinzuzufügen? Sie hatte einfach kein Händchen für Männer.

Und wo zum Teufel hatte sie das Auto geparkt? Sie war so aufgewühlt, dass sie es nicht mehr wusste. Niedergeschlagen und bereit aufzugeben, ließ Lizzy sich gegen die grauen Mauersteine der Promenade sinken und stützte ihren Kopf in beide Hände. Der Regen prasselte auf sie nieder, und ihr war zum Heulen zumute. Sie würde bestimmt wieder krank werden, und das, obwohl sie ihre Mum auf keinen Fall anstecken durfte.

Durch den Regen und das Meeresrauschen nahm sie plötzlich Schritte vor sich wahr. Sie sah nicht auf – sie wollte niemanden sehen und von niemandem gesehen werden.

Die Schritte näherten sich, und die abgetragenen Stiefel, die nun in ihr Sichtfeld kamen, erkannte Lizzy sofort. Ihr Puls beschleunigte sich, und sie ließ den Blick bis hinauf zu Liams Gesicht wandern. Er trug seine abgewetzte Jeans und hatte seine Motorradjacke bis oben geschlossen. Ein dünner, ausgefranster Schal hing um seinen Hals. Der Regen hatte ihn vollständig durchweicht. Und dennoch, alles an ihm wirkte anziehend.

Impulsiv, wie Lizzy nun mal war, hätte sie sich ihm nur allzu gern in die Arme geworfen.

Er sah sie seltsam an. »Du verrückte, theatralische und dramatische Nervensäge … du treibst mich in den Wahnsinn, ist dir das eigentlich klar? Anstatt mir wenigstens die Chance zu lassen, etwas zu sagen, haust du einfach ab und rennst im strömenden Regen in Zickzacklinien über den Parkplatz … Lass mich raten: Du hast vergessen, wo das Auto steht?«

Lizzy nickte beschämt und ergriff die ihr dargebotene Hand. Er seufzte, zog sie hoch und direkt in seine Arme. »Schhh, alles wird gut«, murmelte er.

Einen Augenblick hielt er sie ganz fest, und sie fühlte sich so sicher wie niemals zuvor. Für eine Sekunde glaubte sie tatsächlich daran, dass alles gut werden würde.

Dann legte er einen Arm um ihren unteren Rücken und umfing mit der freien Hand ihre Wange. »Weißt du denn nicht, dass ich ein Riesentrottel bin, der Bindungsangst hat und für manche Dinge etwas länger braucht? Ich kann nicht sagen, dass mich eine Frau jemals mehr genervt hat wie du. Aber ich kann auch nicht sagen, dass ich eine Frau jemals so sehr gewollt habe wie dich. Du hast mir so gefehlt, Lizzy Chaos Donahue! Ich bin nur ein Schatten meiner selbst ohne dich. Du hast mein geordnetes Leben ins Chaos gestürzt. Du bringst den Sturm in mein Leben, aber auch viel Licht und so viel Lebendigkeit. Ich will keinen Tag mehr ohne dieses Chaos leben. Bitte sag mir, dass du mich noch willst und mir eine Chance gibst, der Mann für dich zu sein, den du verdienst!«

Lizzy wusste nicht, welche Tropfen auf ihrem Gesicht Regen und welche Tränen waren, doch sie weinte vor Glück. Sie weinte, weil sich nicht nur *ein* Silberstreif am Horizont abzeichnete. Sie weinte, weil sie beide Hoffnung bedeuteten. Plötzlich konnte sie daran glauben, dass alles gut werden würde. Dass alles möglich wäre. Dass ihre Mutter gesund werden würde und es noch miterlebte, wie all ihre Enkel aufwuchsen, vielleicht auch Lizzys und Liams Kinder.

Wenn das Wunder möglich war, dass Liam und Lizzy zueinanderfanden, dann war das wie ein Zauber. Es war mehr als das. Es war Magie.

Sie nickte, unfähig, irgendetwas zu sagen, und spürte im nächsten Moment Liams Lippen auf ihren. Der Kuss war innig und zuerst zärtlich, doch dann öffnete sie den Mund, ließ Liams Zunge ein, und der Bann der Zurückhaltung war gebrochen. Sie küssten sich so leidenschaftlich wie niemals zuvor. Der Regen war völlig vergessen. Es zählten nur sie. Als sie sich voneinander lösten, waren beide atemlos.

Liam sah Lizzy lächelnd an. »Ich liebe dich auch«, sagte er, und Lizzy küsste ihn erneut.

»Du findest also dein Auto nicht mehr?«, hörte sie ihn an ihren Lippen murmeln.

Sie löste sich von ihm und stieß ihn mit dem Ellenbogen an. »Das passiert doch jedem mal«, erklärte sie.

»Eigentlich nicht! Eigentlich passiert das beinahe niemandem. Genau genommen nur dir.«

Liam grinste wie ein zu groß geratener Lausbub, und Lizzy stürzte sich auf ihn.

»Du bist immer so von dir überzeugt«, empörte sie sich, was Liam zum Lachen brachte.

Dann sagte er versöhnlicher: »Was hältst du davon, wenn wir das Auto morgen holen? Wenn es nicht mehr regnet und es hell ist?«

Für diese Idee küsste Lizzy ihn gleich noch einmal.

Es war der Wecker, der Lizzy aus ihrem süßesten Traum riss, und sie knurrte unzufrieden in ihr Kissen. Es war wieder Zeit für die Medikamente ihrer Mutter. Zu spät erinnerte sie sich, dass Lynn noch im Krankenhaus war und dort versorgt wurde. So lange hatte sie doch gar nicht geschlafen, oder?

Plötzlich spürte sie einen Arm, der ihre nackte Taille umfing, und mit einem Schlag kehrte die Erinnerung an die letzte Nacht zurück. Sie lächelte verzückt, als sie sich an Liams Liebeserklärung erinnerte, und errötete, als sie an ihre erste gemeinsame Nacht als Paar dachte. Sie hatte das Wort »Paar« ungefähr hundert Mal benutzt, was Liam jedes Mal ein Lächeln ins Gesicht gezaubert hatte.

Es war ein irres Gefühl, ihn neben sich zu spüren. Wobei ihr noch die eine oder andere Frage auf der Seele brannte – zum Beispiel, was mit Emma passiert war. Doch sie hatte nach ihrem Liebesspiel entschieden, ihm erst ein paar Stunden Schlaf zu gönnen und ihn am Morgen und nach zwei Tassen starkem Kaffee zu befragen.

Lizzy konnte es gar nicht abwarten, ihrer Mutter und Mia von der gestrigen Nacht mit Liam zu erzählen; wobei ihre Mutter natürlich die jugendfreie Version zu hören bekommen würde. Es war ein berauschendes Gefühl, endlich mit ihm zusammen zu sein. Liam war ihr Gegenpol. Vielleicht war es das, was sie beide bisher bei keinem anderen Menschen gefunden hatten. Und endlich hatte sie keine Angst mehr vor einer gemeinsamen Zukunft.

Lizzy konnte nicht glauben, dass sie an Liam Kennedy jemals das Interesse verlieren würde. Er war so anders als sie und so wenig berechenbar. Andererseits kannten sie sich so gut wie kaum ein anderes Paar. Sie wusste etwa, wie er seinen Kaffee trank, und er erkannte nahezu immer, was für einen Unsinn sie schon wieder angestellt hatte.

Lizzy wandte sich zu Liam um und betrachtete seine schlafende Gestalt. Zärtlich strich sie durch sein gelocktes Haar und spürte plötzlich unbändige Lust, ihn zu wecken und zu verführen.

»Wehe dir, du hast nichts Unanständiges mit mir vor, wenn du mich schon in dieser Herrgottsfrühe weckst. Sonst muss ich dich leider übers Knie legen«, nuschelte er und brachte Lizzy damit zum Lachen.

Sie knabberte an seinem Ohrläppchen und fuhr mit dem Zeigefinger seine Brust entlang über seinen Bauchnabel und die feinen Härchen, die einen perfekten Wegweiser zu ihrem Ziel darstellten.

Liam stöhnte sofort auf, als sie seinen erigierten Penis anfasste. Er wälzte sich auf sie und ließ sie seine Lust deutlich spüren. Dann verschränkte er seine Hände mit ihren, stützte sich rechts und links von ihrem Kopf ab und küsste sie leidenschaftlich. Lizzy kreiste aufreizend mit ihren Hüften an seinen, was ihn tief und sexy knurren ließ. Endlich drang er in sie ein, und Lizzy gab einen erlösten Seufzer von sich, bog sich ihm entgegen und gab sich ihrer gemeinsamen Leidenschaft hin.

Im Anschluss schlummerte sie leicht vor sich hin, Liams nackte Haut an ihrer. Sein Duft hüllte sie vollständig ein. Sie hatte ihren Kopf auf seine Brust gelegt und genoss es, wie er ihr zärtlich über den Rücken streichelte. Sie hatte sich selten so begehrt und gleichzeitig beschützt gefühlt. Ein Gefühl, das sie nicht mehr missen wollte.

Als der Klingelton ihres Handys ertönte, fluchte Liam ungehalten. »Warum machst du es nicht einfach aus?«

»Es könnte doch das Krankenhaus sein«, erklärte Lizzy. Sie griff nach dem Handy und erkannte auf dem Display die Londoner Vorwahl. In den letzten Wochen war sie nie drangegangen, wenn es eine Nummer aus London war. Doch jetzt folgte sie einer inneren Eingebung.

»Hallo?«

»Elizabeth Donahue?«, fragte eine männliche Stimme.

»Ja, die bin ich.«

»Entschuldigen Sie die frühe Störung. Hier ist Paul Gates aus dem Erdgeschoss.« Lizzy wusste sofort, wer dran war, und setzte sich kerzengrade hin. Liam spürte ihre Unruhe und sah sie alarmiert an.

»Mr Gates, ist alles in Ordnung?«

Der Mann am anderen Ende seufzte. »Nein, eigentlich nicht, Miss Donahue. Mrs Grayson ist tot!«

Das Blut gefror Lizzy in den Adern, zumindest fühlte es sich einen Moment lang so an. Sie war vollkommen starr und unfähig, irgendetwas zu sagen. Liam fragte, was los sei, doch Lizzy starrte ihn nur an, das Handy weiter ans Ohr gepresst.

»Sie war Ihre Freundin, richtig?« Mr Gates' Worte rissen sie aus ihrer Erstarrung, und Lizzy nickte fassungslos, doch das konnte der alte Mann ja gar nicht sehen.

Liam nahm ihr sanft das Telefon aus der Hand und hielt mit seiner freien Hand ihre andere fest. Er streichelte beruhigend über ihren Handrücken, doch das spürte Lizzy gar nicht.

»Mr Gates, hier ist Liam Kennedy. Entschuldigen Sie, aber meine Freundin ist fassungslos. Was ist genau geschehen?« Während Mr Gates erzählte, machte Liam ein paar zustimmende Töne und stellte Fragen, an die Lizzy niemals gedacht hätte. Zum Beispiel, wer Mrs Grayson gefunden hatte. Mr Gates selbst war durch das laute Maunzen des Katers auf dem Balkon alarmiert worden. Und als es auch nach Stunden nicht aufhörte, hatte er nach seiner Nachbarin sehen wollen.

Lizzy stützte ihren Kopf in die Hände und spürte, wie die Tränen hochstiegen und die Schockstarre niederkämpften. Sie hörte nur entfernt, wie Liam sich verabschiedete und auflegte.

Liam schwieg eine ganze Weile, bevor er mit kratziger Stimme sagte: »Es war wohl eine Lungenembolie. Zumindest vermutet das der Notarzt. Sie wurde eben abgeholt. Ich ...« Er brach ab und Lizzy sah zu ihm hoch. Er war ganz bleich im Gesicht. »Ich hätte es wissen müssen. Als sie gestern bei mir war, hatte sie einen so heftigen Husten. Ich hätte nicht auf ihre Ausrede hören sollen, sondern sie ohne Umwege ins Krankenhaus fahren müssen.«

Betroffen ergriff Lizzy seine Hand. »Du darfst dir nicht die Schuld für Mrs Graysons Tod geben, Liam. Auf keinen Fall! Mrs Grayson war vielleicht kein solcher Drache, wie du gedacht hast, aber sie war ein verdammt sturer Maulesel. Wenn sie etwas nicht gewollt hat, dann hätte sie es nie getan. So einfach war das.«

Liams Gesichtsausdruck war so traurig, dass es Lizzys förmlich das Herz zerriss. Sie schlang ihre Arme um ihn und flüsterte beruhigende Worte in sein Ohr. Nach einer Weile wurde er ruhiger, und sie ließen sich ins Bett zurücksinken, wo Lizzy in Liams Armen ein paar Tränen verdrückte. Sie hasste den Gedanken, dass Mrs Grayson allein gestorben war.

Plötzlich fiel ihr etwas anderes ein.

»Charles!«, rief sie aus, und Liam sah sie zuerst überrascht an, dann schockiert.

»O nein! Ich weiß ganz genau, was dieser Augenaufschlag bedeutet!«

»Aber natürlich! Wir können ihn doch nicht allein lassen. Ich lass nicht zu, dass er ins Tierheim kommt.«

Lizzy reckte entschlossen das Kinn in die Höhe, und Liam unterdrückte nur mühsam ein Lachen. Dann schien er sich an etwas zu erinnern, was Mr Gates ihm gesagt hatte. »Wusstest du ... Hast du gewusst, dass Mrs Grayson dich als nächste Angehörige eingetragen hat?«

»Im Krankenhaus hat sie kurz davon gesprochen«, sagte sie, wusste aber nicht, was das vollends bedeutete.

»Hat sie dir gegenüber irgendwelche Angaben gemacht, wie sie ... beerdigt werden wollte?«

Lizzy sah Liam überrascht an. »Über so was haben wir nie gesprochen«, flüsterte sie dann und griff sich an den Hals.

»Wir sollen uns später noch mal bei Mr Gates melden.«

»Vielleicht fahren wir am besten nach London zurück?«, schlug Lizzy vor.

»Und was ist mit deiner Mum?«

»Ich werde Dad und Celine bitten, sich um sie zu kümmern. Hoffentlich versteht Mum uns.«

Ein paar Stunden später verabschiedete sich Lizzy im Krankenhaus schweren Herzens von ihrer Mutter. Lynn hatte ihr und Liam nahezu befohlen, sofort nach London aufzubrechen, um für Mrs Graysons Beerdigung alles in die Wege zu leiten. Sie war wie immer verständnisvoll und legte Lizzy alle Gründe dafür dar, dass dies der beste Zeitpunkt wäre. Immerhin sei sie gut versorgt, weil sie im Krankenhaus war, und Richard, Nic und Mia waren auch noch da. Josslin plante für das kommende Wochenende ebenfalls einen Besuch in Bodwin. Um Pebbles wollte sich Mia kümmern.

Es wurde eine lange und traurige Fahrt nach London, wo sich zuerst herausstellte, dass ein Anwalt mit dem Namen Jenkins von Mrs Grayson damit betraut worden war, sich im Falle ihres Ablebens um den unvermeidlichen Ablauf zu kümmern.

Liam und Lizzy nahmen Charles zu sich, der ungewöhnlich ruhig und anlehnungsbedürftig war.

Eigentlich gab es damit keinen Grund mehr für sie beide, hierzubleiben, aber Lizzy wollte unbedingt an der Trauerfeier von Mrs Grayson teilnehmen. Also verbrachte sie die Tage bis zur Beerdigung damit, zusammen bei Liam zu wohnen und um Mrs Grayson zu trauern.

Lizzy empfand es ohne Mrs Grayson im Haus seltsam still und unpersönlich. Die Nachbarn im Haus waren ebenfalls sehr betroffen gewesen, dennoch schien keiner der Angelegenheit große Bedeutung beizumessen. Das zeigte Lizzy nur, wie einsam Mrs Grayson wirklich gewesen war.

Am Tag ihrer Beerdigung betrat sie an Liams Seite die Kirche, in der der Sarg und ein Porträt von der alten Dame aus jüngeren Jahren aufgestellt worden waren. Lizzy hatte es ausgewählt, weil Mrs Graysons Augen darauf vor Glück nur so strahlten. Auf Blumenschmuck hatte Mrs Grayson verzichten wollen. Trotzdem hatte Lizzy eine Sonnenblume und Mrs Graysons Medaillon dabei. Sie wusste, wie gern sie das Schmuckstück mit dem Foto ihrer Tochter bei sich gehabt hatte, und es gab keinen anderen Platz, wo es sonst hingehört hätte.

Lizzy und Liam nahmen in der zweiten Reihe Platz und lauschten den Worten des Pastors. Es war eine kurze Zeremonie, und als sie nach vorne traten, um sich von Mrs Grayson zu verabschieden, stellte Lizzy fest, dass nur ein paar Nachbarn und Mr Jenkins, ihr Anwalt, anwesend waren. Sie legte die Sonnenblume und das Medaillon auf den Sarg und hielt einen Moment inne. Dann verließ sie tränenüberströmt die Kirche. Liam hatte den Arm um sie gelegt und war der Fels, an den sie sich lehnen durfte.

Lizzy wusste nicht, was sie am meistens bestürzte. Dass Mrs Grayson tot und für immer fort war? Nicht unbedingt. Lizzy hatte gespürt, wie sehr sie sich den Tod und die damit verbundene Wiedervereinigung mit ihrer Familie gewünscht hatte. War es der Tod selbst? Oder war es gar die Bestätigung, wie einsam die alte Frau gewesen war, bis Lizzy und Liam in ihr Leben getreten waren? Lizzy konnte es nicht sagen, doch sie wusste, so sollte ihr Leben nicht enden. Sie war glücklich über ihre große Familie und ihre bald drei Neffen oder Nichten, die hoffentlich immer ein wenig Zeit für ihre alte, ein klein wenig verrückte Tante Lizzy haben würden.

Kurz bevor die beiden Liams Auto erreicht hatten, hielt Mr Jenkins sie auf und bat um ein Gespräch in seiner Kanzlei. Lizzy war etwas verwundert, sie und Liam folgten ihm jedoch auf direktem Wege dorthin, da sie am frühen Morgen nach Bodwin zurückkehren wollten.

Sie hatten sich kaum in seinem elegant eingerichteten Büro niedergelassen, als er ohne Umschweife zum Thema des Treffens kam.

»Miss Donahue, zuerst muss ich Ihnen noch einmal mein Beileid aussprechen für Ihren Verlust. Sie müssen wissen, dass meine Familie – vor mir war es mein Vater – die Graysons ein Leben lang betreut hat. Mrs Grayson war die Letzte ihrer Familie, und ich kannte ihre Lebensumstände sehr genau. Sie war lange Zeit alleine und sehr glücklich, dass sie Sie kennengelernt hat. Und so hat es mich nicht gewundert, sondern gefreut, als mich Mrs Grayson vor ein paar Wochen um ein Treffen bat, um ihr Testament zu ändern.« Lizzy tauschte einen verwunderten Blick mit Liam, während der Anwalt seine Brille aufsetzte und einen Brief öffnete.

»Das ist das Testament von Mrs Grayson. Sie hat ihr gesamtes Vermögen Ihnen hinterlassen, Miss Donahue«, ließ Mr Jenkins die Bombe platzen.

»Das ist unmöglich!«, entfuhr es Lizzy.

Sie starrte den Anwalt ungläubig an, der lächelnd seine Brille die Nase hochschob und laut vorlas: »›Ich, Marian Annabeth Grayson, vermache mein gesamtes Vermögen, all meine Aktien sowie meine Eigentumswohnung und mein Privatvermögen Elizabeth Donahue, die einer Enkelin am nächsten kommt. Die Versorgung meines Katers Charles gleicht einzig und allein einer Bitte und ist keine Verpflichtung an sie.‹ So lautete ihre letzte Bitte an mich.« Mr Jenkins senkte den Brief und sah Lizzy an.

Ihre Sicht verschwamm, und sie klammerte sich an Liam, der ebenso geschockt aussah, wie sie sich fühlte.

»Ist sie verrückt geworden?«, wisperte sie leise und fügte dann kopfschüttelnd und lauter hinzu: »Das kann ich auf keinen Fall annehmen.«

Sie ließ Liam los, sprang entschlossen von ihrem Stuhl auf und lief unruhig in dem Büro umher. In ihrer Aufregung stieß sie eine Tonfigur des Anwalts um und entschuldigte sich überschwänglich.

»Es steht Ihnen absolut frei, mit dem Vermögen zu tun, was immer Sie wollen. Sie könnten alles spenden … oder einfach für sich selbst annehmen. Denn dies war der letzte Wunsch von Mrs Grayson«, versuchte der Anwalt, sie zu beschwichtigen.

»Wann genau hat sie das Testament geändert?«, fragte Lizzy.

Der Anwalt sah sie entschuldigend an. »Es tut mir leid, aber darauf darf ich Ihnen keine Antwort geben. Es geschah im Vollbesitz ihrer geistigen Kräfte.«

Lizzy kehrte an den Tisch zurück und ließ sich auf den Stuhl zurücksinken. Liam berührte ihre Hand, und sie wandte sich geschockt an ihn. »Ich wollte das nie! Ich wusste nicht mal, dass … Deswegen hab ich mich nicht um sie gekümmert.«

»Ich weiß, das weiß ich doch, Lizzy!«, antwortete er. Erst nach einer Weile fügte er hinzu: »Lizzy, du bist die Einzige, die erkannt hat, wie einsam Mrs Grayson war. Das liegt in deiner Natur. Du siehst Dinge an Menschen, die sie noch so sehr zu vertuschen versuchen. Ich muss es schließlich wissen. Und das ist Mrs Graysons Art, dir dafür zu danken. Sie hat dich gerngehabt und wollte, dass es dir gut geht.«

Der Anwalt nickte zustimmend. »Ich kannte sie lang genug, um zu wissen, dass sie diese Entscheidung nicht leichtfertig getroffen hat. Außerdem hat Sie einen persönlichen Brief für Sie beigelegt.«

»Über welche Summe reden wir hier?«, fragte Lizzy schließlich erschöpft. Als der Mann vor ihr antwortete, hätte Lizzy sich setzen müssen, wenn sie nicht bereits auf einem Stuhl Platz genommen hätte.

EPILOG

Liebste Elizabeth,

wenn Du diese Zeilen hier liest, sind zwei entscheidende Dinge geschehen: Ich habe meine Aufgabe erfüllt, und ich bin tot. Zu meiner Aufgabe muss ich sagen, dass ich in dem Moment, als wir das erste Mal gemeinsam in meinem Kellerraum waren, wusste, dass Du meine Aufgabe warst. Du warst wie ich vor vielen Jahren. Nun gut, Du hast etwas mehr Mut zur Farbe, als ich je hatte, aber ich war mindestens ebenso freiheitsliebend und so eine zielstrebige Träumerin wie Du. Es ist nichts Falsches daran, an seinen Zielen festzuhalten. Doch wie Dir wäre mir beinahe das größte Geschenk des Lebens entglitten. Ich weiß, dass Liam und Du nur ein paar Stupser in die richtige Richtung gebraucht habt, und ich bin sehr, sehr glücklich, dass es endlich geklappt hat. Nicht zuletzt, weil ich dadurch endlich zu meiner Familie zurückkehren durfte. Ich bedaure nur, bei dem endgültigen Happy End nicht dabei zu sein. Aber wer weiß, vielleicht darf ich es mir ansehen, wo auch immer ich dann sein werde.
Ich entschuldige mich dafür, mein Versprechen gebrochen und Dich nicht mehr besucht zu haben. Doch so wie Bodwin und Liam Dein Zuhause sind, so hatte ich sehr große Sehnsucht nach meinem Zuhause und meiner Familie, die ich nun endlich wieder in die Arme nehmen darf. Bedaure meinen Tod nicht, Liebes, freu Dich viel lieber für mich. Denn jetzt bin ich endlich wieder glücklich.

Vergiss niemals, dass Du ebenfalls ein Geschenk für mich warst. Ich hatte nicht nur Glück in meinem Leben, aber ich war dennoch die meiste Zeit davon sehr glücklich. Dasselbe wünsche ich mir für Dich. Lass Dich nicht unterkriegen. Sei frech und wild und wunderbar, wie Astrid Lindgren einmal gesagt hat. Ich werde hier auf Dich warten.

In tiefer Verbundenheit und Dankbarkeit
Deine Marian Grayson

PS: Mach mit dem Geld, was immer Du willst. Ich weiß, Du wirst einen guten Verwendungszweck dafür finden. Aber zögere nicht, es für Dich auszugeben. Hätte ich je eine Enkelin bekommen, dann hätte ich mir gewünscht, sie wäre so wie Du gewesen.

Lizzy faltete den Brief zusammen und blickte durch das Fenster auf den sonnigen Garten und die große Familie, die sich dort zum gemeinsamen Abendessen versammelt hatte. All die Menschen, die sie liebte und die sie zurückliebten, waren da. Und trotzdem fehlte eine Person, die sich nur innerhalb von Wochen in ihr Herz geschlichen hatte und dort seither einen festen Platz für sich beanspruchte.

Es war Hochsommer und wie immer die schönste Zeit in Bodwin. Die Sonne hatte alles in den prächtigsten Farben erblühen lassen. Nun sank sie tiefer, und die Schatten wurden länger. Josh rannte fröhlich vor sich hin plappernd neben seinem stolzen Patenonkel Liam im Gras umher und versuchte immer wieder, Pebbles' Aufmerksamkeit zu erlangen.

Das Urzeittier hatte es ihrem Neffen von Anfang an angetan. Pebbles jedoch genoss selbst zu sehr die warme Sonne und ließ sich von nichts aus der Ruhe bringen. Charles lümmelte sich auf Liams ausgelatschten Turnschuhen.

Lizzy seufzte und dachte daran, wie gern sie Mrs Grayson diesen Ort gezeigt hätte. Hier war ihr Zuhause. Hier war sie immer am glücklichsten gewesen. Sie hatte geliebt, geweint, gelacht und hier so viele wunderschöne Jahre verbracht.

Sie hatte Mrs Grayson nur ein wenig ihrer Zeit schenken können, und dennoch hatte diese sie derart belohnt, dass Lizzy es manchmal immer noch nicht fassen konnte. Geld machte sie sicherlich nicht glücklicher, das hatte Lizzy gelernt. Aber es machte ihr Leben einfacher und freier. Wenn sie es clever anstellte, müsste sie sogar nie wieder arbeiten.

Doch Lizzy hatte einen anderen Weg gewählt. Sie hatte im Bistro gekündigt, Toms Vertragsangebot abgelehnt und selbst eine Plattenfirma mit dem Namen »Bold, wild and wonderful«, kurz BWW, gegründet, die jungen Musikern eine Chance gab. Und das Beste daran war, dass sie ihre eigenen Songs produzieren und von anderen Künstlern und Künstlerinnen singen lassen konnte. Sie hatte in ihren ersten Monaten beinahe nichts daran verdient, aber tolle Menschen und das eine oder andere Talent kennengelernt.

Eins stimmte, was man über die Musikbranche sagte: Es waren allerhand bunte Vögel unter ihnen, und Lizzy liebte diese wilde Mischung. Zumindest wurde es nie langweilig. Demnächst würde sie einen jungen Künstler herausbringen, der sehr vielversprechend war, und sie glaubte fest daran, dass sie irgendwann auch von ihrem eigenen Label würde leben können. Bis dahin half ihr der wunderschöne Batzen Geld auf ihrem Bankkonto, der ihr eben das gab: Sicherheit.

Einen großen Teil des Vermögens hatte sie sofort nach Erhalt der Krebshilfe gespendet. Dann waren Lizzy und Liam in Mrs Graysons Wohnung umgezogen, hatten Charles adoptiert und neben ein paar Möbeln der alten Dame auch eines der weniger beängstigenden ausgestopften Tiere aufgehoben. Das Familienbild der Graysons hing ebenfalls in ihrem Wohnzimmer. Für den Fall, dass sie irgendwann daran erinnert werden mussten, dass es die wahre Liebe wirklich gab.

Lizzy und Liam stritten sich immer noch über Teebeutel auf der Zeitung, obdachlose Tiere, die Lizzy zu gern alle adoptieren würde, und über Liams Ordnungswahn. Lizzy brachte sich immer noch in allerlei Schwierigkeiten und brachte vor allem Liam damit zum Lachen. Doch sie liebten sich dafür noch mehr. Und Lizzy konnte es leichter ertragen, weil er für die nötige Balance zwischen dem Chaos und der Ordnung in ihrem Leben sorgte. Sie waren glücklich.

Liam war immer noch Teil der Swores, deren letzte Platte mit dem Namen »Family Goals« ein riesiger Erfolg war. Nach einer Tour durch Großbritannien und einigen Shows in Europa hatten sie nun eine Pause eingelegt, die es ihnen allen erlaubte, sich eigenen Projekten zu widmen. Diese Zeit wollte Liam dafür nutzen, um eine recht unbekannte Undergroundfirma zu unterstützen, dort Songs aufzunehmen und jungen Künstlern unter die Arme zu greifen. Etwas, in dem er bisher ziemlich gut war. Lizzy war sehr glücklich darüber, ihn auch dort an ihrer Seite zu wissen.

Sie betrachtete ihre wunderschöne beste Freundin, die gegen Nic gelehnt auf einer Gartenliege lag. Jede Schwangerschaft machte Mia irgendwie noch schöner, was Lizzy fast schon ungerecht fand. Nic streichelte gerade liebevoll über ihren riesigen Babybauch und strahlte übers ganze Gesicht. Die beiden hatten ein Haus in Bodwin gekauft, ganz in der Nähe ihrer Eltern, und warteten beinahe jeden Augenblick auf die Geburt ihrer Zwillinge.

Lisa würde nach ihrer Schicht im Krankenhaus zu ihnen stoßen. Immer wenn Lizzy und Liam nach Bodwin fuhren, kam sie vorbei und war wieder eine enge Freundin für Mia und sie geworden.

Ihr Vater stand am Grill und bereitete für sie alle das Abendessen vor, während Lynn den Tisch mit allerhand Leckereien deckte. Lizzys Mutter hatte gegen den Krebs gekämpft und die OP gut überstanden. Seit einer Woche wartete sie auf die hoffentlich guten Scans, damit sie mit Richard die große Europareise antreten konnte, die sie den ganzen Frühling über geplant hatten. Aber sie alle waren zuversichtlich.

Lizzy trat auf die Terrasse hinaus und lächelte, als sie Celine auf sich zukommen sah. An ihrer Seite war Dr. Milton, oder vielmehr Hank, wie sie ihn alle seit einiger Zeit nennen durften. Die beiden hielten sich an den Händen, und Lizzy freute sich sehr für Celine. Liam schien den Gedanken an einen neuen Mann im Leben seiner Mutter noch nicht sonderlich gut verkraftet zu haben und war noch sehr zurückhaltend ihm gegenüber, doch Lizzy war sich sicher, dass er sich daran gewöhnen würde. Noch bestand er zum Beispiel darauf, ihn Dr. Milton zu nennen.

Ihr Blick fiel auf Sophie, die im Schatten saß und wie immer an einer Zigarette zog. Sie sah Lizzy ins Gesicht und lächelte nachdenklich. Es war, als hätte sie als Einzige ihre melancholische Stimmung bemerkt. Lizzy nickte ihr zu und trat auf den Rasen.

In diesem Moment lief Liam auf sie zu, hob sie hoch und wirbelte sie einmal im Kreis herum. Als sie wieder auf dem warmen Gras stand, spürte sie Liams Arme um sich. Nichts auf der Welt würde sie jemals wieder derart in Geborgenheit und Liebe hüllen wie seine feste Umarmung.

DANKSAGUNG

Mein ganzer Dank gilt dem Droemer Knaur Verlag und meiner Ansprechpartnerin Greta Frank, die sich liebevoll um meine Buchreihe kümmern und bemühen.

An Eliane Wurzer möchte ich ein ganz besonderes Dankeschön richten, denn ohne sie wäre dieser Roman womöglich nie geschrieben worden. Danke, dass du an mich und meine Ideen geglaubt hast, Eliane.

Meiner wunderbaren Lektorin, Martina Vogl, danke ich für ihre unermüdlichen Ideen und Verbesserungsvorschläge. Ohne sie wäre dieses Buch nicht so besonders geworden. Tausend Dank.

Besonderer Dank gilt meinem Mann Jan und meinem Sohn Lenny, die das Fertigessen und mich Nervenbündel ertragen haben, weil mich die Ideen zu diesem Buch nicht losgelassen haben. Jan, ich bin sehr glücklich, dass du meine Lizzy-Ader mit Gelassenheit erträgst und ich deine besten Sprüche immer und überall verwenden darf. Ihr beide seid die Liebe meines Lebens.

Ich danke meiner Familie, meiner Mum, meinen beiden toughen Omas und all den anderen, für das Leben, das ich mit ihnen führen darf. Ihr seid besonders und meine Vorbilder.

Natürlich dürfen meine Besten nicht fehlen: Antje, Nicky und Jenny. Ohne euch wäre ich völlig aufgeschmissen. Bei euch ist jeder Zweifel und jede Träne erlaubt, aber danach muss Schluss sein, und ihr schickt mich wieder zurück in den Ring.

Zum Schluss möchte ich meiner Freundin Nane einen Gruß zusenden. Wo auch immer du gerade bist, ich hoffe, du hast einen Moment, um das zu lesen. Du hast mich ermutigt, für das, was ich will, zu kämpfen. Ich wünschte, du hättest deinen Kampf gewonnen. Ich denke oft an dich.